特殊罪案调查组 3

证据虽一时失声，但不会永久沉默

刑事科学技术室痕迹检验师

九滴水 著

湖南文艺出版社
HUNAN LITERATURE AND ART PUBLISHING HOUSE

博集天卷
CS-BOOKY

目　录
Contents

双尸迷棺

POLICE LINE DO NOT CROSS • POLICE LINE DO NOT CROSS • POLICE LINE DO N

OLICE LINE DO NOT CROSS • POLICE LI• POLICE LINE DO NOT CROSS • POLICE LINE DO

陈家庄发生了一起因迁坟产生的纠纷，弟弟陈中秋在给父亲迁坟的过程中，遇到了前来制止的大哥陈国庆，在争执中，石棺突然坠落，从棺内滚落一具女尸。

一 ▶

夜色降临，惨淡的月光洒满大地。荒寂的草丛在清冷月光的照耀下生出无数诡秘暗影，远远望去，犹如幽幽的亡灵火焰生生不息。

伸手不见五指的庄稼地既安静又阴沉，偶尔刮过的风阴冷地号叫着，树叶随之沙沙作声。突然，远处一片高粱地里传出了窸窸窣窣的脚步声。不一会儿，五个黑影从高粱秆乱晃的田地中蹿了出来，左顾右盼地走到地头前。

他们眼前是一片隆起的坟包，坟头上遍布零零碎碎的炮仗屑，风从高粱秆的间隙中穿过，卷起的尘埃中夹杂着烟熏火燎的气息。

"东家，事有没有按我的要求办？"人群中，身形清瘦、道骨仙风的上了年纪的男子捋着自己的长须，轻声问道。

从刚踏进这片庄稼地时，被唤作东家、一身名牌打扮的男人就一直有些跑神，旁边的小辈见他没回话，连忙用胳膊肘捅了他一下，暗示有人在唤他。

四周的黑浓得化不开，上了年纪的男子身边仅剩的一点月光，也被高高的高粱秆挡得严严实实。此时东家转身一看，顿觉眼前一黑，看不清说话人的表情。

上了年纪的男子眼神锐利地盯住那位东家，他明明看出东家在努力分辨他的情绪，但仍旧不动声色，只是一言不发地用手不断轻拂着那标志性的"山羊胡"。

东家定了定神，双眼总算适应了这浓烈的黑暗，嗅着那股看破红尘的气息，他走向上了年纪的男子。

东家站定后，朝男子抱拳行礼，恭敬地回道："贾道长，咱们当然是按您的要求办的，元宝、纸钱、炮仗，全都在三天前的午时（上午十一点至下午一点）就给老爷子安排上了。"

贾道长闻言，狭长的双眼微微眯起，缓缓踱起步子，绕着坟包转了一圈。

察觉到对方似乎对他们并不信任，面有戾气的东家和其他三人就站在一旁不敢吭声，如同犯错被罚的学生。

这些人之所以对这位道长毕恭毕敬，主要还是因为这个叫贾康的道长道行颇深，而且平素从不为金钱所动。这回为了把他请来，东家可谓是大费周折，再加上贾康在市井传闻中颇有神异本事，哪怕东家此时心急如焚，也轻易不敢招惹他，只能在一旁老实候着。

走到坟头墓碑处，贾康总算停下脚步，朝他招了招手，说："东家，你过来。"

东家面色一喜，一路小跑来到他跟前，客客气气地搓着手说："道长，您有什么吩咐？"

贾康朝东家点点头，卸下肩上的布包，从里面依次取出罗盘、烛台、符文、糯米等物，让东家帮忙将物件摆在坟头后，他吩咐道："一会儿我念一句，你就跟着念一句，现在丑时（半夜一点至三点）已过，等法事做完，即可动土。"

东家点头如鸡啄米，说道："没问题，没问题，只要咱家老爷子没有怨气，一切都按您说的办。"

贾康伸手从怀里取出一个土黄圆筒，格外细长的双指从中夹出一张折起的纸。只见他将纸迎风一挥，也不知做了什么，那纸竟不点自燃，橙红火光中，惊讶的众人才看清那黄色的纸上有着朱红花纹，竟是一张道门符箓。贾康用燃烧的符箓点燃蜡烛，从怀中又摸出另一张黄纸，接着他右手甩起马尾拂尘，口中念念有词。

东家压根儿就搞不清楚对方唱的到底是什么经，只知贾康要他跟着念，他连忙双手合十，听音发音，依葫芦画瓢，见贾康并没有纠正，他就这样稀里糊涂地继续念下去，一段时间后，贾康总算停下念诵，朝他点点头，算是完成了法事。

收起法器，贾康又沿着坟头撒下细细一圈糯米，抬头嘱咐道："你们就按照我画的线动土，万万不可越界，等看到石棺，就赶紧联系吊车，记住了，石棺要连同挖出来的盖土一并迁走，如此老爷子才不会觉得离了故土。"

见终于可以挖坟，东家长长地吐了一口气，诚恳地说道："贾道长您放心，吊车现在就在路边候着呢！咱们这边完事，我就让司机把起重臂伸过来，只要把棺材挂上，立马就能走。"

贾康略点点头，又叮咛一番："抓紧点时间，务必在寅时（半夜三点至五点）将石棺下葬。错过时辰可就麻烦了。"

东家瞥了一眼手机，说道："新坟我早就让人开挖了，要是吊车开得快些，最多半个小时就能到，不会误了时辰。"

贾康闻言又点点头，走到一旁，有一搭没一搭地跟东家聊了起来。

找来的三个小伙，也不是头一次干这事，如今身边有个"神仙"镇着，更是胆肥无比。几个人分配好方位，就立马化身人力挖掘机，只见他们一铲一铲地将土甩到一边，在东家跟道长闲谈间，一口雕刻着"龙形"图案的石棺很快就露出了大半。

东家一瞧，眼睛都直了：贾康所画的糯米线，刚好把石棺圈在其中，严丝合缝，丝毫不差。

别人对此并不清楚，可这位东家自个儿却心知肚明——当年父亲身患顽疾英年早逝，风水先生看坟时，特别考量了这一特殊情况，所以特意将棺材跟坟头的相对位置设偏了三十度。要是照着坟头刨，绝对没法子顺利把棺材给起出来。

至于为何要这样做，那时他还小，着实不清楚缘故，只记得好像是为了压住什么煞气。找贾康看坟前，他故意将此事隐瞒，暗里寻思借此瞧瞧这位爷的本事。可没承想，贾康竟能把棺材埋藏的范围画得如此准确，这让他惊讶不已，又佩服到底。

"东家，棺材已起底（挖到了底部）。"三人中，年纪稍大的突然喊了一句。

东家从惊讶中回过神来，连声喊道："稍等稍等，我这就让吊车把起重臂伸过来。"说完他掏出手机，拨出了一串号码。

简单对话后，他打开强光手电，朝远处不停地画"8"字，吊车司机看到早先说好的信号，拧动了点火钥匙，伴着扑哧的气压声，闪着微光的起重臂，从路边一路直直地伸进了庄稼地。

就在几人合力把石棺绑好，即将吊起的当口儿，远处突然传来一声惊天动地的怒吼："我倒要看看，今儿谁敢动我爹的坟！"

话音刚落，黑压压的人群疾步朝庄稼地飞奔而来，呵斥声随着脚步此起彼伏。挖坟的三个年轻人见状顿时阵脚大乱，朝坑外头爬去，就连超然物外的贾康，也一个闪身躲到了田埂边，用庄稼挡住身形。

东家连忙拿起手机，气急败坏地朝那边吼："停下干吗！赶紧给我吊起来！你收了我的钱，就得听我的，其他的事，你用不着管——"

司机一听，也觉得这话在理。拿人钱财，替人消灾，这本就是天经地义的事。况且换句话说，只要把棺材吊起，哪怕后边运不走，这活也算干过了不是？

司机打定了主意，将操纵杆往下一拉，绑在石棺上的钢丝绳立刻被拽得紧绷起来，也就不到二十秒的时间，重达数吨的石棺就从坑里被拽上了半空。

"娘的——王八犊子，都给我住手！"那人眼看棺材离地，叫喊声变得歇斯底里起来，"去，通通给我过去，把那吊车整熄火，别让这票人给跑喽。"

司机瞧着那群人朝他这边气势汹汹地冲过来，心里害怕，连忙拧下钥匙跳下车，猫腰躲进了附近的庄稼地。

吊车没了声响，庄稼地也被围上，由于寡不敌众，场面很快被赶来的人群控制。

叫嚣的男子愤愤地走到地头前，一瞧那被吊起一人多高的石棺，他怒火中烧地回过头，一记耳光重重地甩在了那位东家的脸上。"啪"的一声脆响，把挖坟的那三人惊得打了个哆嗦。

能来干这挖坟起棺的活，必须都是知根知底的人，眼下这二位的身份，挖坟工心里清楚得跟明镜似的，这移棺打人的，是一对兄弟。

那位东家，名叫陈中秋，五十出头的岁数，干的是家具生意，早在二十世纪九十年代，就已是远近闻名的"万元户"了。后头赶来的这位是他大哥陈国庆，当地知名房产公司老总。

　　兄弟俩靠父辈留下的家底各自做起了买卖，虽说陈中秋如今升级做了千万富翁，挺让人羡慕，可他的财富真算起来，最多也就是他哥的一个零头。

　　他俩在十里八乡那可是响当当的人物，而且颇有根基，无论玩黑的还是白的，俩人都难逢对手，一般人遇见了都得躲着走。

　　当初陈中秋找他们来挖坟时，这几位心里也都犯过嘀咕，他们还问过陈中秋，既然要给家里老辈迁坟，也算是个大事，为何不通知他家大哥过来？

　　陈中秋含含糊糊一言带过，他们也就没再追问，你想啊，那毕竟是人家的家事，出苦力的人，何必搞得那么清楚？于是，在两千块钱的诱惑下，他们也就撸袖子干了。可现在大哥盛怒之下，连陈中秋都被扇了嘴巴子，谁能不胆战心惊呢？

　　"二子，你告诉我，这就是你干的好事？"打了弟弟一巴掌，仍然旺盛的怒火让陈国庆全身颤抖，控制不住地冲陈中秋大喊。

　　陈中秋忍着脸上火辣辣的疼痛，眯眼瞧瞧大哥，咬牙切齿地说道："你哪回楼盘开盘时不找人做法事？咱爹坟风水不好，你又不是不知道，我给爹找了个风水极佳的位置迁坟，费用我掏，你说你凭什么不答应？你自己算算，我找你商议过几回了？哪次不被你赶出来？怎么？这不是我爹啊？我做不得主？"

　　"混账！入土为安、入土为安，咱爹的坟能说迁就迁？风水真不好，我自然会花大价钱找高人来改，咱爹都在这儿埋半辈子了，你说挖就给挖了？就不怕惊动先人？实话告诉你，我早就请高人指点过，人家说，咱爹的坟一铲土都不能动。"说到这儿，陈国庆怒视周围，"还有你们，乡里乡亲的，他不识好歹，你们也跟着造孽？"

　　自知理亏的众人，均低头不语，唯独贾康道骨仙风地站在一边捋着胡须，颇有点"跳出三界外，不在五行中"的味道。

　　虽说当下贾康穿着便装，但陈国庆一眼就认出了他，俩人之前谈不上有什么交集，可贾康的名号，陈国庆也不陌生。他做的就是土地生意，自然要跟风水先生多少打一点交道，但凡熟悉贾康道长的无不对其赞赏有加，再说了，一看贾道长就是收钱办事，陈国庆倒也没打算直接责备这个外人。

见大哥的火多少泄了一些，陈中秋揉了揉高肿的脸颊，破罐子破摔地咕哝着："反正现在爹的坟已经挖开，风水也破了，哥你就说，你想怎么着吧！"

陈国庆恶狠狠地瞪向面前耍横的同胞兄弟。

要说这弟弟心里怎么想的，他这个当哥的那是一清二楚。

当年分家的时候，他明明已经很照顾弟弟，父亲留下的家产，自己带走了三分之一，剩下的三分之二都落在了弟弟的名下，无奈这个弟弟向来有野心没耐性，做什么都贪大图多，最后家财败尽，也没整出个像样的事业。

外人并不清楚，弟弟如今的家具生意，也都是在他的帮衬下才做得风生水起的。可他愣是没想到，有了两个钱的弟弟跟他对比，心理还是平衡不了，不想着发愤图强，整天净琢磨些歪门邪道。也不知听谁说的，他之所以生意做不起来，是因为祖坟的风水都旺了哥哥，于是他成天磨着，要把亲爹的坟给迁了。

俩人的父亲不是寿终正寝，老爷子入土都这么多年了，按中国人的伦理观来说，弟弟提的就是混账要求，陈国庆当然不可能同意，他寻思长兄如父，弟弟再不高兴也不至于怎么样。

可让他没想到的是，弟弟竟然来了个先斩后奏，要不是村里有几个挚友给他通风报信，今晚老爹的尸骨肯定会被这个不争气的弟弟给迁走。

要说"风水"，陈国庆也信一些，倒不是迷信，主要是生意人最讲究和气生财，楼盘开盘前找人做法事，就跟影视剧开机前要烧香进贡是一个道理，你不信总有人信吧！

无外乎就是掏钱买个心埋安慰，可要说因为听了几句瞎话就把父亲的坟迁走，他是绝对不会干这种蠢事的。

见弟弟梗着脖子蛮不讲理，陈国庆怨气爆发地咒骂道："今儿就算是遭了雷劈，我也要把咱爹的棺材给原封不动地埋回去，造成什么后果，我来承担！"他指着弟弟的鼻子警告道："给你三分钟，把吊车司机给我找回来，否则我立马叫人砸车！这十里八乡的生意，他也别想做了！"

午夜正是万籁俱寂的时候，陈国庆的声音在空旷的庄稼地里很有穿透力，躲在附近的司机听得是真真切切，心道大事不妙，这个锅可不能自己背，一家老小还指着这车活呢，为了几千块搞掉饭碗可不值。

于是就在陈中秋还在纠结要不要给司机打电话的时候，不远处的庄稼地里就传来了司机的喊声："我在这儿呢，您别砸车，我这就把老爷子给放下来！"

说完，司机战战兢兢地走了出来，正四处寻人的几个大汉，也立马朝他围了过去。在几人的监视下，司机重新拧动了点火钥匙。

按说这就应该放棺归穴了，可在吊车发动后，一个棘手的问题却摆在了司机面前：从他这个角度，压根儿看不见石棺下坟穴的位置。可身边好几个壮汉盯着，不做也不行，于是这哥们儿一咬牙，凭着感觉，缓缓推上了操纵杆。

沉重的石棺就这么摸索着下降，突然司机感觉手臂一顿，好像撞到了硬物，他慌忙停下手，可为时已晚，石棺一角磕在墓穴边，由于重心不稳，钢丝绳滑脱，整个棺材倾斜着朝穴内滑了下去，笨重的棺盖因自身的重力侧倒在了一边，就在司机心中暗叫"糟糕"时，庄稼地里突然死一般寂静。

司机也搞不懂发生了什么，只觉气氛不对，他面无血色，哆哆嗦嗦地从驾驶座上直起身子，嘴里结结巴巴地念道："完……完……完……蛋了。"

不到半支烟的工夫，前方传来了陈中秋理直气壮的叫喊声："好哇大哥，我说你怎么不让我迁坟呢，原来是背着我给爹配了个阴婚啊！"陈中秋绕棺材走了一圈，他上下打量着从棺材中滚出的女尸，阴阳怪气地说道："尸首还新鲜着，应该是刚配不久，我说哥啊，你好大的本事，打哪儿给咱爹找来这么个小媳妇！"

陈国庆也是面如土色，看见自家老爹棺材里滚出个女尸时，他也惊出了一身冷汗。有句话说得好："越有钱，越惜命。"像他这种有钱人对法律法规可不敢小觑，农村流行的"配阴婚"，其中的利害关系他可比谁都清楚，别的就不说了，只一个"买卖尸体"就是三年以下有期徒刑，要是不凑巧再整个命案出来，那必须是牢底坐穿的结局。

坐拥上亿家产的陈国庆，自然不可能冒这么大的风险搞事情。但是从弟弟的态度和话语，陈国庆可以断定，这件事应该也不是他兄弟所为，那么，到底是谁把一具尸体放在了父亲的棺材里呢？

一看事情闹大了，陈国庆可比弟弟要理智，他也不理弟弟，赶忙联系公司

法务 [1]。

　　这边挂了电话，陈国庆就让人先把父亲的尸骨送到殡仪馆，至于这庄稼地里剩下的烂摊子，他一股脑儿地全部甩给了警方处理。

　　陈中秋嘴上虽然冷嘲热讽，一看哥哥直接报警，也清楚这件事跟自家兄弟没什么关系。不能找老大的碴儿，他有些不满足，不过老爹这坟应该是不能不迁了，想到这一点，陈中秋也就没了什么意见，全盘接受了。

二 ▶

　　晌午休息时分，医院住院部原本空旷宁静的走廊里，陡然传来一阵急促的脚步声。硬质皮鞋底敲打地面发出的刺耳噪声，令正在打盹的护士从睡梦中惊醒过来。

　　揉了揉眼眶，她将那副比酒瓶底还厚的眼镜架在了鼻梁上，在抬头的瞬间，视野也从模糊逐渐变得清晰。循声望去，她却只捕捉到了一个模糊的背影。

　　"跑得可真快。"她正这么想着，走廊尽头就传来了一阵咆哮，似乎有人在那边吵架，陆续从病房中探出的脑袋也证明，听到动静的并不止她一个人。

　　中午轮班的护士只有两位，那个习惯偷懒的同事早就借故溜号，只留下她一人形单影只。咆哮声明显是男人发出的，作为女护士她难免有些忐忑，不过职业的责任感，还是让她走出了护士台，打算去阻止这场喧嚣。

　　这层是骨科病房，俗语云，"伤筋动骨一百天"。好得慢，伤得快，所以无论什么时候，这儿都是一房难求。好几百米的长廊，她每天都要无数次地来回，她甚至根据门口瓷砖上的花纹就可以判断出走到了几号病房前。

　　在众人的瞩目下，她低头前行，当走到 30 号病房门口时，双方的争吵声逐渐变得清晰起来。

　　"一个小年轻，一个中年妇女。"不同的音色让她对吵架者有了一个简单的

---

[1] 法务是指在企业、事业单位、政府部门等法人和非法人组织内部专门负责处理法律事务的工作人员。

判断。

…………

"我警告你，别以为你是个孩子就没事了，要是石头有什么三长两短，我绝不轻饶了你。"青年愤怒的声音中，夹杂着一个孩子尖锐的啼哭。

"哎，赢亮，你是怎么说话的，街坊邻里抬头不见低头见，我们这不是带石头来医院治了吗？你冲孩子撒什么泼啊？"中年妇女说起话来也不甘示弱。

"我是看你年纪大，尊敬你喊你一声陶姨，可你自己算算，这都第几次了，要不是石头亲眼看到自己父母死在家里，他能发疯？以你家孙子为首的这些鬼孩子，哪天不是在小区里以欺负石头为乐？石头的父亲是警察，是英雄，你们但凡有点良心，都不能这样对他！"

"不管怎样，他也只是个孩子，又没有什么恶意！"那个女人硬气地顶了回去。

"孩子？都快十岁了，还是孩子？别以为我不知道，不光是石头，他们在背后还叫我爸独眼龙，我爸出事前，你们哪家没找他帮过忙？我爸说过一个不字吗？纵着这群小王八蛋胡说八道，你们还有没有良心！"

"够了亮子，怎么跟你陶姨说话呢！"中年男子浑厚的声音响起，争吵戛然而止，"你先带孩子回去吧，反正石头也没大碍。"

"走，跟奶奶回家去！"女人虽然没再纠缠，但语气里还分明带着怨气。

这段简短的对话，已足够让门外的女护士推测出事情的前因后果。

…………

就在今天上午，骨科手术室转来一名病患，名叫李磊，二十二岁的青年男子，小名唤作石头。陪同他来的是一名五十多岁的中年男子，右眼失明。他自称是李磊的监护人，却跟病人不同姓，从住院单上签下的名字看，中年男子名叫赢川。赢川告诉护士，石头是今天与孩童玩耍时，从二楼上跳了下来，腿骨及肋骨不同程度骨折，所以紧急送进医院治疗。

李磊虽是个大小伙子，可他的面相有些异样，说是他自己从楼上跳下来也能解释通，所以女护士也就没有太在意，可从刚才争吵中透露的信息来看，这里面显然另有隐情。

中年女人一脸不快地推开门，带着孙子离开了，哪怕看见护士就在门外，她也没做丝毫停留。

护士目送片刻，走到这间病房门前。透过木门上的方形玻璃，她看到了屋内的两名男子，其中年纪稍大的，就是她早上见过的嬴川。他长着国字脸，头发已白了大半，虽说右眼几乎完全凹陷，但他身上散发出的气息，仍能让人窥视到军人的独特气场，而站在他身边的年轻男子，相貌与他十分相似。她并不知道他的姓名，可无论是锐利的眼神，还是强健的体魄，都显示他完美继承了父亲的血脉，让人颇想评论一句："虎父无犬子。"

两人正沉浸在各自的情绪中，都没有发现门外还站着一位正在窥探的"白衣天使"，她站在门外观察片刻，发现两人没有继续争执的意思，便转身沿着走廊离开了。

屋内，望着还在沉睡的石头，嬴亮气不过地低声埋怨："爸，你拦我干吗？就算用半个脑子都能想到，一定是陶姨的孙子让石头给他们表演跳楼了吧！上次是从一楼跳下来，石头的脚扭伤了，在家里歇了快一个月，这次从二楼跳下来，准又是那些孩子作的怪！"

"唉……"嬴川闻言，长长地叹了口气，脸上写满了无奈。

他也是满腔郁结不知该跟谁诉说：石头的父亲李占涛曾经是他并肩作战的战友，两个人关系要好到连住房都买在了同一小区，现在占涛两口子因为意外先走一步，在这世上只留下石头一根独苗儿。他们的父母，也是走的走，瘫的瘫。

虽说两口子咽气时，没来得及留下一个字，可他觉得，抚养石头于情于理都是自己的责任，奈何他的身体自从受了伤，便日薄西山，一天不如一天，而石头虽憨傻，可毕竟也才二十二岁，年老体衰的他平日就算追得再紧，也不可能随时随地跟上石头的脚步。

今儿个一早，不过是上了趟厕所的工夫，石头就从楼上跳了下来，其实整个事情经过跟儿子推测的八九不离十，可他又能怎么样呢？他总不能跟一个不到十岁的孩子斤斤计较吧？况且，孩子的奶奶还是小区里有名的泼妇，一来他没有太多的精力再去掰扯，二来要是闹起来，石头只怕会被变本加厉地欺负。

"这事啊，不能全怪你陶姨，还是我没看好石头。"嬴川憋了半天，最后也就憋出这么一句来。

"爸，你怎么……"嬴亮冷不丁望见父亲那头白发，到底还是把后半句硬生生地咽了下去。

石头住的是一间过渡用病房，输完液病情稳定之后，才会把他转进三人间。屋里没其他人，护士更不会随叫随到，嬴川一边用纸巾轻轻擦拭石头额头的汗，一边说："说点别的吧！你李叔的案子，专案组介入了没有？"

他并不知道，自己一句话就让嬴亮的心沉到了谷底，嬴亮想起之前碰的钉子，有些不情愿地说："打从我进组的第一天开始，就不停地在给上级打报告，可部里迟迟不给回应，因为这事，我私下找过展队好几次，可每一次，他都对我避而不谈，总是拿那句'服从组织领导'来搪塞我。说实话，我都不知道现在专案组在搞什么名堂，说好的翻陈年旧案，现在却是接不完的现发案。而且……"

"汇报了就行。"嬴川打断了儿子的牢骚话，"我们警察是纪律部队，上级自有上级的考虑，不能总是我们想怎样就怎样。"

嬴亮有些暴躁地顶撞道："可再这样下去，我们到底要等到哪一天？爸！这案子不破不行。"

嬴川抬头警惕地望向门的方向，见门外空无一人，他才小声地说了句："我也只是猜测而已，我怀疑，你李叔的案子恐怕跟914大案有关。"

嬴亮闻言陡然一惊："914大案？我怎么没听说过？"

"案子发生不久就被列为绝密级，知道的人不多，而你李叔当年被省厅抽调，担任案子的主办侦查员，要不是我俩在一起喝酒的时候，他跟我漏了点口风，就算是我也不会清楚，他手上还有这桩案子。"

嬴亮思索片刻，突然瞳孔一缩，说道："我们专案组的代号就是914，难道说，这两者之间，有着什么关联？"

"我看不但有关联，而且关联比我们能想到的要大。"嬴川叹口气，伸手拍拍儿子比自己更高的肩头，"我跟部里的领导打过交道，既然有人打报告，他们就不可能放着这案子不查不办，之所以卡着不给回音，里面恐怕有什么缘故，说不定要等一个更好的时机，所以你回专案组后，一切要服从上级安排，听到没有！"

嬴亮勉强地点了点头，可对父亲的警告他并没有真正地入脑入心。与此同时，他反倒觉得，如果是父亲推测的那样，那么作为专案组组长的展峰一定知道其中的内幕，他寻思着，只要能揪住展峰的尾巴，问出真实原因，应该不会太难。

长时间的相处中，嬴亮非常清楚，要是自己来软的，展峰那油盐不进的性子，必定不会吃他这一套，只有硬碰硬，或许才有丁点胜算。于是，应付完自家老爹，拿定了主意的他，心里打起了算盘……

三 ▶

病房内，石头还在熟睡，表面达成共识的父子俩，陷入了短暂的沉默。

嬴亮摸索着从脖子上取下了一个物件，嬴川用那只视力低于正常水平的左眼默默注视着儿子的举动，当他的眼神集中到儿子手中那条用酒瓶盖做成的项链时，他的记忆一瞬间仿佛又回到了挚友李占涛被害后的那几年……

嬴亮比石头大五岁，两个人打小就是玩伴，感情好到穿一条裤子。石头受刺激的那几年，嬴亮哪怕被小伙伴指指点点，也始终陪在他身边。而这条项链，便是石头间歇性神智正常时，亲手给嬴亮做的礼物，这么多年以来，嬴亮一直把这个不值钱的物件带在身边。

在外人眼里，嬴亮是个性格刚烈、直率，甚至还有些莽撞的孩子，可嬴川知道，自己五大三粗的儿子有着极其柔情的一面，尤其是跟石头在一起的时候。

嬴亮小心翼翼地把项链放在枕边，瞧着沉睡中表情仍然痛苦的石头，他心里有着说不出的难受。

要是造成这一切的是成年人，嬴亮绝对要给石头讨个公道，可对方是不到十岁的孩子，他就算怒火万丈，最后也只能忍在心底。

正琢磨着怎么让石头以后避免受伤，嬴亮脑子里突然又蹦出一个很现实的问题——医药费。

工薪阶层的那点收入仅能勉强维持日常开销，可自打父亲出事瞎了一只眼，每月的医治费用，已占去了总开销的五成有余。

这次石头受伤，医药费只怕也不菲，指望让吝啬的陶姨拿钱，就等于要了她的命，俗话说，有钱男子汉，没钱汉子难，要是过去，估计父亲又要忍着剧痛停药几个月。

好在他师兄韩阳帮石头申请到了一笔丰厚的救助金。想到这一茬，嬴亮连忙从口袋中掏出一张银行卡递了过去。"爸，这里有六万块钱，给石头当医药费，密码是石头的生日。"

嬴川看着儿子递来的招商银行卡，并没有伸手去接，而是有些迷惑地眯起眼睛，上下打量起儿子。

在他的印象中，儿子应该并没有在招商银行开过户，他们的工资卡，一向是统一在中国银行办的。

按照级别，他现在是"一级警督"（两杠三星），每月的工资不过五千多块，而嬴亮现在只是"一级警司"（一杠三星），每月的工资满打满算也就四千出个头。俗话说得好，知子莫若父，自家儿子的收入，有一大半都会拿出来补贴家用，剩下的那么一丁点应酬应酬也就没了，说嬴亮是个月光族也不为过。再说了，他从没听说过嬴亮有存钱的习惯，嬴亮突然一次拿出六万块，这自然引起了他的怀疑。

"你这钱……打哪儿来的？"

嬴亮一瞥老爹眯着的独眼，就知道他在顾虑什么。他耐着性子，把前因后果和盘托出。他想着这些说辞应该能轻而易举地打消父亲的顾虑，可没想到，父亲听完仍不接卡，却反问了一句：

"儿子，你对韩阳这个人有多了解？"

"很了解！"嬴亮满不在乎地答道。

"很了解？"嬴川咂咂嘴，"那是多了解？"

嬴亮知道老刑警素来有追根究底的毛病，于是他没好气地说道："韩阳，男，1982 年 8 月 15 日出生，父母离异，从小吃百家饭长大，刑警学院 2000

级学生，因成绩优异，各项考核全优，毕业后被分配到了省公安厅大要案队专门攻克'疑难杂症'，曾荣获过两次个人一等功，2007 年因个人原因辞职，进入帝铂集团。

"2008 年地震时，他组织了公司一百多人奔赴灾区开展救援，后来在他的建议下，公司于当年正式成立了慈善部门，专门资助有迫切需求的贫困人士。

"他这个人向来记恩，在集团有了一些话语权后，就一门心思想着为家乡谋福利，他说服了集团公司在他的家乡投资建厂，给予过他恩惠的同村人现在都在厂里工作，虽不能大富大贵，但养活一家老小绰绰有余。"

说到这儿，嬴亮停下来，直视老爹审视的目光："爸，我懂你的意思，你说沾钱的事情一定要小心再小心，因为我们是人民警察。可我们专案组办案期间，只要遇到困难，他都会第一时间出现。之前有起案子要调用直升机，也是凭他的关系才顺利搞定。

"他是偶然听我说起石头的事，才主动提出要帮忙，从公司给石头申请了专款，这张卡就是用石头的身份证办的，正儿八经的慈善事业，钱你放心用。"

说完嬴亮拽住父亲的右手，把卡强行拍在了他的掌心。嬴川握着卡，抬头还想说点什么，却见儿子大步流星，头也不回地走出了病房。

四 ▶

天罗山深处，一座古色古香的私人庭院低调藏身其间。

庭院以木料为主体，用砖石搭建而成，白墙黑瓦的配色，颇有些徽派建筑的味道。庭院面积不大，前后相加不到三百平方米，除了假山、池塘、园林外，也就两间瓦房。一间名叫茶社，另一间则挂了个"客堂"的牌匾。

客堂的布局简约而不简单，踏进门槛能瞧见东西两排四张木椅，正北方本是中堂，现被一道屏风挡着，似乎是故意不让人一眼看尽。这会儿，一名男子正坐在进门左手边第一张木椅上辗转反侧，他不是别人，正是与吕瀚海有过多次接触的"刀疤"。

今儿一大清早，他就收到消息，让他立刻赶到这座庭院内，说是有人要见他。这座庭院看似是个优雅的度假场所，实则是他们组织的一个秘密据点。他们就是图这里前不着村后不着店，安全隐秘，通常只议大事，可来一趟也颇费功夫，除非是特殊情况，否则很少有人会辗转几十里山路到这里来。

刚过八点，刀疤就急匆匆赶了过来，谁知在此一坐，四个小时过去，竟没人搭理，他掂量了一下，知道自个儿处事理亏，心里头七上八下得厉害。

门外的日头早已高升，透过门框射进来的光线灼热且刺目，强大的压力让他不敢起身，心头更是惴惴不安，如坐针毡。

"吱呀！"木门扭转发出的动静，让刀疤竖起了耳朵，他立马正襟危坐，转头看向屏风。

密织的蚕丝画布上是一幅泼墨写意的山水长卷，虽说后门打开的那一刻，光就在屏风上投出一个人影，可隔着屏风，刀疤依旧看不清对方的长相，只模糊觉得来者是个男人。

脚步声渐渐清晰，直到那人坐在屏风后的主位上，屋内才重新恢复了安静。

经过令人难耐的一段沉寂，那人终于开了口："老烟枪现在怎么样了？"

刀疤此前的猜测得到了证实，这次组织让他只身前来，果然是打算兴师问罪。

组织里只有极少人知道，之前那桩"贼帮案"远比想象中的复杂。就连914专案组都未觉察，"老烟枪"实际上是个"三重间谍"。

老烟枪从冯磊的线人，发展到揭穿吕瀚海，其中最大的推动力，就是刀疤的怂恿。

不得不说，这其实是一个接近完美的计划，毕竟只要展峰一死，专案组便不复存在。

而这种极为偏重个人能力的组合，公安部想要重新组建绝非易事。

再说了，借老烟枪这种江湖人的手，事情可以做得神不知鬼不觉，根本不会有人察觉到幕后有人操控，计划简直是无懈可击才对。就连刀疤自个儿琢磨半天都觉得，能想出这番算计的，绝非一般人。

但人算不如天算，谁会晓得，关键时刻老烟枪手一哆嗦，竟然保了展峰一命？

万般筹谋都成了一个屁，作为此事的总执行人，刀疤早做好了"挨板子"的准备，只不过让他没想到的是，直到老烟枪被执行死刑后，他才被组织召见，着实比他预计的要晚了很多。

刀疤在脑子里飞速整理好思路，毕恭毕敬地回答道："已经执行注射。"

"中间有没有出什么幺蛾子？"那人又问。

"您尽管放心，老烟枪有软肋握在咱们手里，一切都还在计划中。"

那人沉默片刻，长长地叹了口气："展峰这小子还真是命大，就差那么一点，他就去见阎王爷了，偏偏这也能让他躲过去。"

刀疤闻言，连忙起身重重鞠了一躬，惶恐道："都是属下办事不力。"

那人倒是通情达理，毫无责怪的意思。"这也不能完全怪你，是展峰命不该绝，跟你没什么关系。"

刀疤一时间有些发蒙，既然也没怪自己的意思，那为啥大费周章把自己叫到这个地方来，总不至于只是为了说两句不痛不痒的话吧？他怎么想，也觉得应该没有这么简单的好事。

刀疤倒也不是不会拐弯抹角说话，可他还是喜欢把话说到明处，便试探道："您这次喊我过来，莫非是有别的事？"

"你这急性子。"那人似乎有些不悦，"既然你问了，那就言归正传吧！老烟枪的事，组织里头拢共有几个人知道？"

刀疤身后虽有靠山，但组织上层人员，也不是他能得罪起的，察觉刚才说话有些鲁莽，他立马放低身段，低声道："按您的要求，尽量不要节外生枝，所有事情都是我一人亲自操办的，除了老烟枪，再没有第三个人知道了。"

"嗯。"那人满意地点了点头，"不愧是庞虎座下一员猛将，你做事，我放心。要不是这回出了点小问题，我也不会叫你过来。"

刀疤闻言脊背一凉，问道："出了什么问题？"

"也不知哪个环节出了差池，老头子好像有些察觉，他在让庞虎查这件事。"

"让虎哥调查？我怎么不知道？"刀疤面露迷惑，庞虎对他信任有加，这件事他却一点风声都没听到。

那人轻声笑道："你跟了庞虎这么长时间，他的为人你不清楚？要不是他城府够深，也不可能成为老头子最信任的人。"

刀疤闻言微微点头，算是默认了那人的看法。

那人又道："我现在也不清楚，老头子和展峰之间到底有什么纠葛，不过目前来说，我得到的消息是老头子对此事相当不满意，所以，你接下来要点滴不漏地观察庞虎那边的动静。还有，你的嘴也要给我把严，要是你被查出了什么，自己扛着，绝不能把你我之间的事情给漏出去，否则……"

随着那的一个"否则"，刀疤的额头上迅速地渗出一层薄薄的细汗。他跟了庞虎多年，深知对方脾性、手段。自家老大不好惹，可相比之下，屏风后头的那个男人，远比庞虎这个江湖大佬更可怕。至少他明白，万一这事真的暴露，他必定会处在进退皆死的境地里，那个"否则"的含义，不过是在他死之外，别牵连更多人的性命罢了……

那人似乎也觉察到了刀疤的惊恐，语气一转，轻松地说道："你也不必太担心，我做事向来滴水不漏，只要你守好了嘴，以庞虎的能耐，想要查到我这儿，铁定不可能，这点信心我还是有的。你的快活日子，没那么容易到头。行了，时候也不早了，你就先回吧！"

得了这句保证，刀疤暗中揉了揉湿漉漉的手心，如释重负地退出了庭院。

五 ➡

离开医院，赢亮心头憋着的那股气却还没散，他驾车直接冲向了专案组驻地。

从小到大，父亲赢川一直是他的人生偶像，为了成为父亲那样的刑警，他在警校从不敢有丝毫懈怠，无论做什么事，他都时时刻刻提醒自己，要做一个优秀的人民警察。

打从记事起，他就没跟父亲闹过别扭，可今天却破了一次例，这让他的情绪很难平复下来。

回专案中心的路上，赢亮不停地在钻牛角尖：石头的父母要是没遇害，他也不可能煞费苦心地进入专案组；而如果自己不是处在这样的特殊环境中，他也不会被父亲怀疑。

所以他无比迫切地想知道一个问题的答案："到底是谁，杀害了石头的父母？"而这，也再度让赢亮对展峰的郁结变得更浓了一些。

车停稳，赢亮疾步走进内勤室，此时莫思琪正手忙脚乱地整理材料，她身旁那部红色座机则丁零丁零地响个不停。

见她忙得不可开交，赢亮识趣地站在一旁，等莫思琪稍稍有了空，他才开口问："展峰他人呢？"

莫思琪将手中的一摞材料塞进档案柜，擦擦额上的汗，说："展队和吕瀚海一大早就出去了，现在还没回来呢！"

赢亮眯起眼睛："出去了？公干还是私活？"

"是中心派的公务车，应该是公干吧……"

赢亮磨牙道："他俩整天勾肩搭背的，到底在搞什么名堂？"

因为韩阳的关系，莫思琪跟赢亮平日私下关系就很近，她也了解赢亮那容易犯急的性子，虽说他有时会口无遮拦，但也没坏心，于是她劝了一句："你就别瞎琢磨了，我已经通知展队回中心了，他估计很快就回。"

"通知？出了什么事？"

"公安部转过来的新案子，就等着展队回来确认要不要接手。"

赢亮的眉头攒成一坨，说道："又是新案子！我之前打报告的那起案件有着落了没？"

莫思琪摇摇头说："上面暂时还没有回复。"

赢亮朝她走近一步，神色严肃地说："莫姐，我问你一件事，你一定要跟我说实话。"

他的语气不容拒绝，感到威压的莫思琪本能地后退了一点，眨眨眼睛，说："什么事？你说呗！"

"我报的那起案件迟迟没有回复，是不是展峰在背后搞鬼？"

"这我哪里会清楚？"莫思琪失笑道，"不过报告又不是没送上去，批复也不是展队一个人的事吧！"

"接案与否都听他的，难道他就没有建议权吗？要是他主动想侦办这起案子，不会这么久没有回应，你说呢？"

已经担任了两届专案内勤的莫思琪，深知上级领导对专案组组长的信任。嬴亮说得不无道理，按理说，如果是展峰亲自把案子报上去，接与不接，上面最起码都会给一个官方回复，而不是像现在这样了无回应。

从内部邮箱的收取记录看，那起案件的相关材料已被查阅，可上面就是迟迟不表态，莫思琪也不清楚其中到底有何缘由。

专案中心是涉密岗位，服从命令、听从指挥是办理一切案件的前提。不该问的不问，不该看的不看，不该打听的不打听，也是内勤工作的基本操守。有些事，没有经过允许，别说嬴亮，就算是对至亲的人也不能透露半句。这更是她一直以来坚守的底线，哪怕两个人私交甚好，她依旧只能用很"官方"的话去回应嬴亮的不满。

"也许……上级有其他考虑也说不定。"

"都是案件，迟早要办的事，考虑什么，是案子不够大、时间不够长，还是不符合专案组办案的需要？总要有个说法，现在这样像什么……"嬴亮话音未落，入口处的监控指示器亮起了绿灯。

"哼！来得还真是时候。"他一个箭步冲了出去，拦在了展峰跟前。

"怎么，有事？"看着面前的嬴亮，展峰停下脚步。

展峰总是一副冷若冰霜的样子，这跟嬴亮进组前那些与他称兄道弟的领导，相差何止十万八千里，为此嬴亮与展峰一直有着颇深的隔阂。

想着石头和父亲，又带着这种关系上的落差，性格直率的嬴亮面对展峰那张"死人脸"，终究还是彻底爆发了。

他怒火冲天地大声质问："展队，实话告诉我，你知不知道914大案？"

展峰闻言，眉头微挑，脸上没有丝毫情绪波动，他反问道："你打哪儿听说的这桩案子？"

嬴亮右手猛地一挥："这你别管，你就告诉我，我们专案组这个代号914，是不是跟这桩914大案有关？"

"对此我无可奉告。"展峰用身体撞开打算硬拦下自己的嬴亮，扔下一句话，"给你三分钟，马上到会议室开会，要是不来，以后就都别来了。"

不得不说，嬴亮还是低估了展峰的爆发力，只见他弓腰捂着肩膀，缓了好一会儿才摆脱疼痛，与此同时，他的师姐司徒蓝嫣也察觉不对，赶到了跟前。

她早把这番冲突看在眼里，伸手拉了一把怒气冲天的嬴亮，说道："这里是专案中心，案子要紧！"

嬴亮闻言咬了咬牙，他不想在师姐面前恶形恶状，他也清楚，对他们而言，案子是压倒一切的。他按捺下心头的怒意，跟着师姐走向了会议室。

三人落座后，发现隗国安又一次惯性缺席，展峰抬眼冷冷地看向嬴亮，嬴亮不情愿地说："电话打过了，这次虽没关机，但一直处于通话中，手机定位就在中心宾馆内，要么让你的御用司机把鬼叔喊来，要么就过会儿再打一次，反正你是领导，该怎么办，你来定吧！"

从嬴亮开口的第一句，司徒蓝嫣便听出这夹枪带棒的语气还是在针对展峰，当然，她也不是第一次经历这光景。她倒不担心两个人会真干起仗来，因为每次展峰都会在嬴亮的怒火中选择沉默，一个要打，一个不接，怎么可能刀光剑影呢？这次应该也不例外才对。

果然，展峰根本不理嬴亮，抬头看了看时间，说："再等他五分钟。"

…………

此刻，隗国安正焦急地在屋里走来走去，用手机不停地拨打着同一个号码。从早上八点到下午两点，整整六个小时里，他不知打了多少次，可这个号码始终处于关机状态。

之前倒也出现过类似的情况，对方不是信号不好就是关机睡觉，可一部常用手机关机这么久明显不对头，隗国安难免有些惴惴不安，一股不祥的预感笼上心头。

他的号码设置了"呼叫等待"，他早就发现在一个小时前，中心的座机曾多次呼入，他也清楚，要不是发案，中心绝不会如此频繁地拨打电话，不抱任何希望的他，在呼入列表中找到赢亮回了过去。

会议室内，莫思琪把准备好的案卷材料分发完毕，正当投影仪预热之际，隗国安大汗淋漓地跑进了会议室。

"鬼叔，你总算来了。"赢亮看见这个跟自己交好的老队友到场，感觉总算舒坦了一些。

剧烈的运动，让隗国安脑门上仅剩的几根遮羞发滑落到额前，颇为滑稽可笑，他慌忙把头发整理了一下，这才气喘吁吁地回道："对不住各位，刚刚有个比较重要的电话，耽搁了，耽搁了。"

"莫姐，鬼叔来了，那我们就开始吧。"在隗国安"失踪"这个问题上，展峰早习以为常，不给他回应其实就是最好的回应。

莫思琪调整投影，开始介绍起案情。

"昨天半夜三时许，XH省横溪市镰仓区沙南派出所接到报案，辖区陈家庄发生了一起因迁坟产生的纠纷，弟弟陈中秋在给父亲迁坟的过程中，遇到了前来制止的大哥陈国庆，在争执中，石棺突然坠落，从棺内滚落一具女尸。"

莫思琪将女尸的细节照片打开，继续说道："尸体五官清晰，腐败迹象并不明显，无致命外伤，皮肤轻触有弹性，内脏被取出，并塞入硅胶，当地警方初步怀疑是他杀。因现场破坏严重，抛尸行为诡异，所以报请专案组协助调查。"

"大家有什么意见？"展峰照例问道。

司徒蓝嫣注视着那张照片，良久后才把目光从大屏幕上移开。"凶手对尸体进行了二次处理，反映出存在异于常人的作案动机，而动机又决定行为，抛尸入棺就是最好的表现。从犯罪心理上分析，凶手的犯罪方式存在非常规化特征，这才是本案的难点。如果能将该案成功破获，应该是一起极其典型的案例，我没意见。"

喘匀了气的隗国安，还是一副随波逐流的模样，见展峰把目光移向自己，他连忙回道："展队，我听你的，你说接就接。"

"我不同意接这个案子！"赢亮举起手。

坐在他一旁的隗国安，用胳膊肘使劲戳了一下赢亮。"你说什么呢？哪根弦搭错了？"

嬴亮却不依不饶地说："展队，我问你，咱们专案组的主业是不是攻克陈年旧案？现在检验设备这么先进，地方公安的办案力量也不容小视了吧！要是一遇到疑难杂症，就往咱们这里交，那么，那些陈年旧案要怎么办？扔在那里长毛吗？"

想起躺在病床上的石头，嬴亮心头泛酸。"多年前技术有限，有多少受害者家属，到死都没有等到真相。要是不能给死者家属一个交代，那请问展队，我们兴师动众成立这个专案组，到底有什么用？"

在嬴亮进组之前，展峰就查过嬴亮的底，作为组长，人选一定是要他来确定。所以展峰很清楚，嬴亮就是为他兄弟石头而来。

摸着良心说，如果抛开专案组组长的位置，展峰于情于理，都不能对这桩案子坐视不管，毕竟石头的父亲李占涛可是警察队伍的功臣，而有些事也并非他能左右的，就算知道上面迟迟不批的真相，他也必须严守秘密。

于是，在嬴亮发泄完毕后，展峰思索片刻，冷静地回答道："《人民警察法》规定，服从命令，是警察的天职，案件没有先后之分，所有呈报到专案组的案件，都是经过多次商讨层层移交的，从来不是上级随意选择的。

"没错，我们专案组的确有最先进的分析设备，最充裕的办案资金，可上级给我们这样优厚的条件，是为了让我们在最关键的时刻解决最紧迫的难题。也就是说，只要是指派下来的案件，我们必须无条件接手。你的疑问，我回答了，还有什么问题，现在提出来。"

接触警察工作快十年的嬴亮，绝对不会轻易被这种官腔套话说服，他哼笑一声，说道："好，既然你说咱们为了解决难题才成立的专案组，那你告诉我，914大案这个难题，咱们打算什么时候解决？"

再度听到914大案，展峰额上青筋陡然暴起，与方才在外面不同，他终于动了真怒。只见他双手一拍桌面，起身一字一句地警告道："你真应该跟嬴队好好学学，有些事，他对你这个亲儿子都只字不提，可见他有着做警察的极高觉悟。我相信，他这次也是偶然才说漏了嘴，让你今天敢于提及此案。

"我再强调一遍，在决策性问题上，我们必须服从命令，听从指挥，从今天踏出这扇门开始，所有人，不准再提关于914大案的任何事情，否则，就算有嬴队的面子在，我也绝不会留你在组里。听明白了吗？”

别的不说，展峰能猜出此事出自其父之口，这已足够让嬴亮震惊好一会儿。从警多年，他当然知道警队铁一般的纪律，也明白父亲肯定不会让他用此当由头去质问展峰的。他之所以故意这样，其实就是想看看展峰的反应。他没想到展峰竟会发这么大的火，不过，从另一个角度看，这也正是他最想见到的场面。

嬴亮心道：“父亲说得对，里面定有隐情！”既然得到答案，嬴亮便不再开口，沉默了下来。

“好了，好了，都是自家人，干吗动那么大的肝火，展队，你也别跟亮子一般见识，他这孩子，性子太直，脾气来得快，去得也快。既然大家决定接手这桩案子，我看咱们还是早点动身的好。啥时候出发？”

隗国安这番话让气氛缓和了不少，展峰坐回原位，说：“如果没特殊情况，大家带好各自的装备，六个小时后，我们准时动身。”

六

清禅阁内曲径通幽，茶香阵阵，深山之中不时传来的丝竹乐音，让这方天地显得别有一番味道。

无名山中的这座茶社，是庞虎花巨资修筑的，面积不大，也许是受那位“老头子”的影响，其中的布局和黑白灰的配色，也颇有点徽派建筑的风情。

此时庞虎正坐在茶盘前，极为悠闲地摆弄起茶具。千年树墩制成的茶桌上，放着一只灰色的陶瓷茶壶，形如葫芦，圆润且质感细腻，如少女肌肤一般，壶底的电加热丝红如铁水，壶内的水蒸气发疯似的顶着壶盖，发出一阵“呜呜呜”的长音。

“虎哥，水开了！”身着西装的小弟弓下腰，小声提醒了一句。

庞虎瞥了茶壶一眼，喃喃自语道：“组织就像这壶水，平安无事时，看不出什么端倪，可一旦火烧了屁股，有的人就开始自作主张吱哇乱叫，连老头子都不放在眼里，尤其是那些年轻后生，简直不知道天高地厚。"

小弟只是跟班，并不清楚庞虎的怒气从何而来，只好恭恭敬敬地回了句："虎哥说得是。"

"是什么是，你知道个屁。"庞虎笑骂，"去看看韩阳到了没有。"

"五分钟前刚联系过，阳哥在路上了。"

庞虎用粗短的手指搓搓那块跟了他几十年的上海牌手表，说："估计也快到了，行了，你下去吧！我得跟他单独聊聊。"

小弟连忙应了一声，训练有素地退到了几十米开外的入口位置，这个距离，听不到庞虎跟别人在茶桌前的交谈，但能看见所有异常情况，随时可以做出反应。

从庞虎所在的阁楼朝下看去，那块"私人茶社，闲人免进"的黑白牌匾就立在茶社门外，很是醒目。庞虎盯着机械表盘，当秒针转过刚好三圈后，一辆奔驰S600缓缓驶入了茶庄。

见韩阳推门下车，庞虎嘴角上扬，挤出一抹微笑，远远地高声喊道："你小子，果然还是那么准时。"

通体黑色西装，精神抖擞又暗带威慑的韩阳，一路小跑着走了上来，一照面就面带微笑地说："虎哥有请，怎么敢不准时啊？"

刚才还面露不悦的庞虎，一瞬间便已换作了和善模样，说道："坐！水都烧开了，就等你了。"

面对庞虎的礼遇，韩阳并不敢掉以轻心，他跟庞虎打交道也不是一天两天的事，此人城府极深，韩阳心知肚明，先捧后杀这种事发生在庞虎身上也不是一次两次了。

庞虎的这座私人茶庄，被组织的兄弟称为"虎穴"，清禅的表象下笼罩的是绝顶的凶险。据闻有不少道上的对手，来过这座茶庄后，就消失得无影无踪。这些人究竟去了哪儿？或许得问问茶庄池塘里那几条肥胖慵懒的鳄鱼才能知晓答案。

不管庞虎是表演还是真心，韩阳说到底也不能驳了这位虎爷的面子。他落落大方地坐下，主动伸手拎起了茶壶，一边倒水一边笑道："端茶倒水的体力活，怎么能让虎哥来做，我来就行。"

庞虎也不拦着他，任凭韩阳这个外行，把茶水一股脑儿地倒进了茶碗。

"可惜了。"庞虎笑眯眯道。

韩阳拎着茶壶的手突然停在半空，问道："此话怎讲？"

"俗话说得好，隔行如隔山，一行有一行的规矩，茶道是这样，做人也是这样，你不懂规矩，泡不出好茶，在道上不懂规矩，就做不成大事。"庞虎将茶碗一掀，连茶带水倒扣在了茶盘上。

"虎哥，你这是什么意思？"韩阳缓缓放下茶壶，正色问道，"有什么问题，自家兄弟不妨明讲。"

庞虎表情一肃，目光狠戾地盯死韩阳："我问你，老烟枪差点杀死展峰这件事，你到底知不知情？"

面对扑面而来的威压，韩阳讶然片刻，随后淡定地跷起二郎腿，给自己点了支烟，猛吸了几口，接着一脸无奈地摊开双手。"虎哥，你倒是说说，我知道会怎样，不知道又会怎样？"

庞虎压低的嗓音像猛虎低声咆哮："我们的计划，是把展峰和吕瀚海绑走，并没有说要伤及他们的性命。老烟枪胆子再大也不敢平白无故地动手，其中一定有人在捣鬼。

"老头子很生气，他让我必须查清楚到底是谁干的。而这，跟你可脱不了关系。你要是知道是谁，就马上把人给交出来。"

韩阳摇了摇头，把烟头按在湿漉漉的茶桌上。"我搞不懂，你们为什么这么在意展峰。他是个警察，要是不想被揭老底，干掉他就是我们的最佳选择。擒贼先擒王，专案组要是没了展峰，那就不复存在了！

"当年爆炸案发生时，你们也是不惜一切代价满世界找寻高天宇的下落，弄得好像要给展峰报仇似的，可他又没伤着一根汗毛。

"说起来那个高天宇的行踪，到现在一点眉目也没有，这些年不也就这么过来了？如今展峰又没死，有必要这么兴师动众吗？"

庞虎瞳孔一缩，说："做小弟的，不需要知道上面到底怎么想，不管是你还是我，只要听话就行了。"

韩阳一扔烟头，靠在红木椅上，表情认真地说道："虎哥，弱者依附强者，而强者决定弱者的命运，这个世界讲究的，就是这套丛林法则。

"要想自己不被欺负，那就只能把自己变成强者。你和我，是一样的人，咱们都想变成强者，新的强者站起来，过去的强者就会被取而代之，当然，也有例外。

"对于那些无法取代的强者，我们的作用，就是让他继续变得更强，只有这样，他才可以庇护我们，你说呢？"

庞虎闻言不语，只是盯着仍在冒出白烟的茶壶，一副若有所思的模样。

韩阳见状语气柔和了一些，说道："虎哥，咱们都得靠老头子讨生活，现在专案组都逼到跟前了，他心软，咱们这些老头子的心腹，可不能任由他去冒险。我说，你今天就不应该找我，你要劝劝老头子才对，怎么掉头来质问起我了？

"虎哥，你跟兄弟露句实的，是不是展峰把庞鹰的案子给破了，你对这个专案组有些感激？尽管说就是了，我虽搞不懂你们老一辈人的想法，要真是因为人家有恩于咱们，倒也不是不能放他们一马。"

弟弟的死，一直是庞虎心口的一块伤疤，要是平时韩阳敢把它摆在桌面上说道，庞虎绝对会马上翻脸不认人，可是今天，他却好像丝毫没有介意，相反，他脸上突然出现了如释重负的表情。

庞虎抬眼看向韩阳，龇牙一乐，说道："阳子，那哥也问你个问题，你也露句实话，你巴不得展峰死，是不是因为他跟唐紫倩走得太近了？"

韩阳闻言一愣，四目相对，沉默片刻后，两个人一同哈哈大笑起来。

气氛顿时从紧张化为轻松，庞虎重新翻过茶碗，按中式茶道的规矩沏了一杯茶水，抬手送到韩阳面前，说道："实话实说，对你，我是绝对信任，如你所言，我们都是靠老头子混饭吃，对老头子的做法，我未必就比你更清楚。上下有尊卑，老头子让我们查，不管为什么，咱们都必须查到底。"

"你不认为是我动的手脚就行。"韩阳抿了一口浓浓的茶水，"不瞒你说，我是看展峰不顺眼，但老头子不发话，我岂敢私下造次？到底是谁，我也没什么思路，但我保证，要是发现什么蛛丝马迹，一定第一时间告诉虎哥。"

"行，有你这句话就行。"庞虎又烧上一壶水，"那，说一说你下一步的计划？"

韩阳细品几口后放下茶杯，说道："展峰能躲过一劫，是因为反扒大队的冯磊接到了一个网络电话，展峰身上一定还藏着我们没搜出来的通信设备，虽不引人注目，但足以把信息传递出去。

"他应该还有别的联络人。专案组成员的行动轨迹都在我们的掌握中，这个人，一定不在专案组里。"

韩阳从怀中取出几张打印纸交给庞虎，上面用荧光笔标注了一条信息。

"我查了冯磊的通话记录，找到了那个虚拟号码，从号码中，我们捕获了一个加密的 IP 地址。我这边会顺着这条线查下去，至于老烟枪为什么要杀展峰，那就是你的事了。"

庞虎将通话记录卷起放在一旁，说："行，我知道了，有情况随时联络。"

韩阳点点头，不等喝第二轮，就以回去追查"加密 IP 的事"为由，起身告辞。

看着奔驰轿车驶出茶庄，庞虎站在阁楼里长叹一声，自言自语道："年轻人就是年轻人，没什么城府可言，只是希望，我当初的选择没有错。"

七

没听见庞虎的感慨，韩阳的车沿着崎岖的山路一路下行，快要驶上国道的当口，他的对公电话就响了起来。

韩阳出身贫寒，从小吃百家饭长大，读书期间连果腹都成问题，更别说花钱买书了，他自打能记事起，就一直刻意训练自己的记忆能力。他有个很特别的习惯，手机通讯录内从不备注姓名，哪怕常用号码，也都以"1""2""3""#"等符号标注，哪个符号代表哪个人，只有他自己才清楚。

显示屏上是一串没有备注的号码，他扫了一眼就心中有数：这是公司财务打来的办公电话。

韩阳按了下接听键，问道："什么事？"

"韩局，你之前叮嘱过的，咱们办的那张姓名为李磊的招商银行卡，一有消费记录就要告诉你。今天早上这张卡出现了支付流水，地点在第一人民医院，金额是一万两千四百块。"

"好的，我知道了。"

韩阳挂断了电话，脑海中浮现出他师弟嬴亮那副倔强的面容。自从离开警队后，嬴亮就成了韩阳在警察队伍中预备攻克的第一个目标。

起先韩阳并没有把这个"头脑简单，四肢发达"的师弟当对手看，以为可以轻松拿下。可等到真正接触后，韩阳才发现，嬴亮这个人虽然看起来单纯，但因出生在警察世家，在是非曲直面前，极有原则性，想要从他身上打听出专案组的消息，基本上没什么指望。

左思右想，韩阳这才又打起了内勤莫思琪的主意，使用一番手段捕获芳心后，在她身上依旧一无所获。

作为一个过去的警务工作者，韩阳不得不承认，专案组成员的素质超过他的想象，全是棘手的硬骨头。

不过像韩阳这样从小生活在极端贫瘠环境中的人，抗压能力非同寻常，耐心也是好到极致，他干脆放下一切期待，细致地观察这两个目标周遭的一切。他就像一条冷静地隐藏自己温度的毒蛇，一定要看清对手最细微的动静才会出手。

终于，经过长时间的接触，韩阳发现了嬴亮的软肋：他的发小石头。

"消费记录发生在医院，说明石头受了伤……"韩阳绝不会放过这个增进感情的机会，他想都没想便在手机上敲出了嬴亮的号码。

几句寒暄后，对展峰心怀怨气，又因父亲质疑，对韩阳有些歉意的嬴亮很快答应了邀约。

两个人约在一个常去的饭馆见面，时间已临近中午，加上地处偏僻，饭馆里仅有零星几位食客。见没什么人，性格直率的嬴亮，从进门那一刻，便把一肚子的牢骚倾倒了出来。

韩阳耐着性子把他拽进了包间，这才问道："你在外人面前嘀咕什么？一个警察，难道让老百姓看笑话？说吧！到底发生了啥事，把你给气成这样？"韩阳一边说一边顺手拿起菜单，勾了几个常吃的菜，"水煮肉片、酸菜鱼、土豆丝，我知道你喜欢这几个，还想吃啥？"

"够了师兄，就咱俩人，吃不了太多，你给我点四份米饭，服务区的餐吃得想吐，今儿中午吃饱点，晚上出去就省了。"

韩阳立马听出了重点，问道："怎么？又出差了？"

嬴亮掏出手机看了看时间，愤愤道："可不是吗？专案组又接了个现发案件，那个展峰让我们六个小时后出发，我还有三个小时吃饭时间。"

"三个小时，猪都吃不了那么长时间吧！"韩阳呵呵一笑，拍拍嬴亮的肩，"就是出个差！你至于那么大气性吗？况且，这不是有你师姐陪着，你应该去哪儿都不无聊才对。"

两个人是朋友，嬴亮从来没有跟韩阳隐瞒过他对司徒蓝嫣的爱慕之情，面对韩阳的调侃，他还是虎着个脸，没有开玩笑的意思，说道："石头今儿早上出事了，被几个小屁孩忽悠，从二楼跳下来，摔断了骨头。"

韩阳顿时收起笑脸，震惊道："难怪公司会打来电话，说石头的卡在医院有消费，情况严不严重？"

嬴亮皱眉道："我去的时候石头还在挂水，刚才跟我爸通了个电话，医生说手术很成功，接下来在家养着就成。"

"石头的父亲，是我们公安系统的英雄，钱的方面你不用担心，特事特办，要是不够了，我还可以再跟公司申请。"

望着一脸真诚的韩阳，嬴亮心里很是熨帖，几个小时前父亲的叮嘱他更是甩到了脑后，他觉得可以相信自己对韩阳的判断。他感激道："谢谢师兄。"随后他抬手搓了搓有些僵硬的脸颊，松了口气。

韩阳爽朗一笑，说："又来了，不是说了吗？你我兄弟之间，永远不用说谢。"

韩阳越是这样，嬴亮越觉得心头惭愧。父亲的提醒也不是完全没用，毕竟父亲可是老牌刑警，有着极为敏感的办案直觉，今天上午他虽然否定了父亲的揣测，但也难免在一瞬间对韩阳的意图产生过怀疑。不过事后一想，自从韩阳离开警队，两个人的生活就像是不相交的平行线，要是韩阳接近自己是图谋不轨，那他的目的到底是什么？

假如韩阳是在短时间里献殷勤，那或许真的有所图谋，可两个人这么多年的漫长相处中，好像只有他有求于韩阳，韩阳从来没有对他提过任何要求，有时他在对话中无意吐露出关于案件的种种，韩阳也都会主动要求打住，并时刻提醒他内部的保密纪律。

赢亮想到这里，越发觉得他跟韩阳之间那就是纯真的兄弟情，没有一点杂质掺合在内。他一下来了劲，觉得既然是真心做兄弟，就应坦诚相待，只要不涉及保密问题，他对韩阳就没有什么不能说的。

沉默片刻，赢亮突然抬起头，冲韩阳问道："师兄，你说我费了这么大的力气，削尖脑袋挤进这个专案组，是为了什么？"

韩阳想了想，说："我知道，你以前跟我说过，是为了石头父亲的案子。"

"没错，就是为了石头。李叔是我爸的铁哥们儿，我和石头从小玩到大，我拿他当亲弟弟看待，他好的那会儿，我俩一起发过誓，以后长大了，要做成像父亲一样的警察，惩恶扬善。"赢亮双眼微红地回忆着，"可你看，现在成了什么样子？李叔和李婶被人杀了，我爸的右眼被戳瞎了，我兄弟石头也疯了。要不是师兄你愿意帮忙，今儿石头伤了，我们可能连付医药费都很吃力。为了信念抛头颅洒热血，送了两条人命，搭上一颗眼珠子，还有我兄弟的人生，就落得这么个下场，哥，你说说，我怎么咽得下这口气？"

韩阳安静地听着，他知道赢亮是在倾诉心中的不满，便没有打断。难得吐露心声的赢亮越说越激动："为了能进专案组，我努力破案，破大案，我求着省厅给我写推荐信，为的就是能让李叔的案子重见天日，给石头一个交代。

"可现在的专案组，根本就不是我想象的样子。为了让展峰归队，我跟师姐苦口婆心劝了他半年，好不容易，等专案组运转正常了，又有接不完的现发案件，我每次跟部里打报告，都是石沉大海。

"我爸跟我说，李叔的死可能与一起大案有关，再往下问，他就不肯说了。我今天上午在专案中心与展峰理论，他依旧回些不痛不痒的话，照这样下去，我真不知道我还能在这个地方坚持多久。"说着，赢亮一拳砸在饭桌上，震得餐盘跳起半指多高。

听完这番话，韩阳却只是沉静地笑了笑，他把倒下的牙签盒拿起来扶正，慢悠悠地说道："我也跟部里领导打过交道，他们的政治站位和长远目光，绝不是你我可以比拟的，李叔是警察，警察被害的案件，本身就比较敏感，公安部绝对不会置若罔闻，依我看，这桩案子里肯定有什么特殊情况，所以才会按着不给回应。往好处想，虽然没让专案组查，可也没说不查，不是吗？"

"有什么难题不可以去解决吗？有什么情况也可以拿出来研究啊！为什么要一而再，再而三地拖来拖去？我是真搞不懂。"嬴亮还在气头上，不太能听进劝。

韩阳闻言，若有所思地说道："我看，有一种可能性倒是挺大。"

"什么可能性？"

韩阳抬头，对嬴亮勾起唇角，说："部里……在等大鱼上钩。"

八

XH省横溪市位于我国的西北方，下了高速，还要在省道上崎岖前行方能到达市内，也正是交通不便导致该市的经济水平一直都排在全国末位。

众人来到市局，目睹了当地极其落后的办公环境。看来部里将本案交给专案组接手，的确是综合了多方面的因素来考量，就连意见很大的嬴亮都消去了不少火气。

外勤车停稳，吕瀚海叼着牙签站在市局大院里伸了个懒腰，不知怎么的，他总感觉今天组里的气氛有些不对，具体哪里不对，他也说不出个所以然，他觉得自己在江湖上打磨出的看人技术定不会有错。

"一个个都绷着脸，难不成是遇到大案子了？"吕瀚海望着几个人的背影，嗑着牙花子嘟囔了一句。

要说市局办公大楼，条件是真的差，楼里照明不足，哪儿哪儿都黑漆漆的。众人摸黑穿过走廊，跟负责接待的刑侦支队一把手陈康在会议室照了面。快到半百年纪的他告诉众人，他已经在这儿焦灼等候了近七个小时。

见陈康如此着急，晚上十点还粒米未进的专案组成员，决定先不吃饭，赶紧听取陈支的案情汇报。

简要案情在加密文件中已有了较为翔实的介绍，展峰着重询问了本案的难点所在。

陈康摇头道："首先，女尸是在石棺中被发现的，经前期调查，已排除了配阴婚的可能，那么凶手为何采取这种抛尸方式？在其他的棺材中，会不会还存在类似的尸体，现在根本无法确定。

"其次，我们发现尸体被嫌疑人整过容貌，且并未找到失踪人口的报案。DNA（脱氧核糖核酸）也没有比中信息。死者是谁，我们也不清楚。

"最后，尸体是在一位亡故多年的逝者的棺材中被发现的，逝者遗体已送往殡仪馆，考虑到中国人讲究入土为安，本案需要在极短的时间内有个结果，但目前这个样子……"

"陈支，"展峰打断道，"部里花这么大的代价组建专案中心，就是为了解决疑难杂症，本案由上级指派，我们必须无条件接手，您不必这么焦急。"展峰瞅了一眼赢亮接着说，"现在就办理交接手续，这些难题都交给我们处理，尸体在哪儿？"

专案组雷厉风行的行事作风让陈康刮目相看，他连忙应声道："在殡仪馆法医中心！"

展峰点头道："那就麻烦陈支沟通一下，一个小时后，我们先进行尸体解剖。"

九

在食堂简单填充了肚子，众人齐齐来到了第一"战场"——这是一间四线城市标准配置的解剖室，面积不到30平方米，四四方方的布局，房间中部的位置摆着一张多功能解剖床，四周三排长条桌组成"凹"字，桌面上排列的都是常规解剖工具，但凡有点科技含量的玩意儿，在这儿连影子都见不到。

众人头顶的无影灯散发出均匀的白光，淡蓝色的裹尸布下，那具女尸如睡着般静静地躺在那里。众人都戴着棉纱口罩，但仍能闻到一股死老鼠般的腐尸臭味。

隗国安抬头看了一眼挂钟，此时距午夜十二点只剩不到四十分钟。进组前，他从未这么近距离地接触过尸体，虽说做颅骨复原时，他也要时常摆弄头骨，可在万籁俱寂的夜晚，面对一具腐败女尸，他心里难免觉得有些瘆得慌。

进屋五六分钟后，隗国安终于适应了屋里的味道，他瞥了一眼正在准备的展峰，对方给了他一个眼神，他立刻明白了接下来要走的程序。

两个月前，专案中心新采购了一套便携式3D扫描设备，设备是基于虚拟解剖系统研发，专门针对现存尸体进行无损解剖。

过去一旦发生疑难命案，尸体不可避免地要进行反复多次的解剖，这势必会对尸体造成不可逆转的损伤。

要是案件告破，还勉强说得过去，可一旦陷入僵局，再想从尸体上找寻线索，无疑是难上加难，要是解剖前对尸体进行3D扫描，固定动刀之前的情况，问题便可迎刃而解了。

装备很便携，也就一个勘查箱大小，可分量却着实不轻，四体不勤的隗国安费了半天力气，也仅移动了分毫，无奈之下，他只好用求助的目光看向嬴亮，可这小子今天脾气大，兀自靠在墙角一动不动，脸绷得如拧紧的琴弦，整个人散发着"只要有人敢惹，就给你整点动静听听"的气场。

别说他了，就连司徒蓝嫣在路上搭了好几次话，嬴亮也都是心不在焉地敷衍了事。

"真不知这小子哪根筋搭错了。"隗国安心里嘀咕着，知道叫不动嬴亮，只得鼓起腮帮子，用尽吃奶的力气，搞得满头大汗，才把设备架了起来。

几次调试，在取景器完全对准尸体后，穿上解剖服的展峰，抬手掀开了裹尸布。

"这，这，这什么情况？不是高腐尸体吗？"接案会上走神的隗国安，望着栩栩如生的女尸惊得语无伦次，"难不成这女的刚死不久？"

展峰上前抬手，用力按了按胸腔，听见"咔咔"的脆响，摇头道："肋软骨断裂分解，骨质变脆。恰恰相反，她已经死了很久。"

"那为什么她看起来……"隗国安话没说完，展峰已经把尸体翻过了身，开始进行背部扫描。

隗国安在基层派出所摸爬滚打这么多年，最会看人脸色，他早就感觉到今天的气氛有些诡异，嬴亮的性子向来是有一说一，有二说二，像今天这种争吵，也不是发生一回两回了，但展峰每次都是充耳不闻，拿原则和套话应付过就算了。

可今天，他明显地从展峰的话里嗅到了上纲上线的味道，就连一向沉着冷静、思维清晰的司徒蓝嫣，看起来也是忧心忡忡。

还真是暗流汹涌啊……隗国安挠了挠发亮的脑袋瓜，不知道要如何缓解压抑的气氛，都说人的情绪会受到环境的影响，他自己不也是一想到那个始终打不通的电话，就觉得心里烦得要命嘛。

瞥见扫描设备的绿灯亮起，隗国安试着说了句："展队，你们先忙，我出去透透气。"

展峰拿起柳叶刀的手微顿了一下，两个人的眼神短暂地碰撞后，他对隗国安点了点头。

† ━

进了 6 月，绝大多数城市都已入夏，但北国的夜仍带着一抹幽幽的凉意。脱掉不透气的解剖服，隗国安把身上的粗布夹克使劲裹了裹，这才朝停车场的方向走去。

借用的依维柯还亮着灯，透过风挡玻璃，他瞧见吕瀚海正拿着手机笑眯眯地盯着屏幕。

隗国安快步走了过去，伸手拉开副驾驶车门，吕瀚海扭头一看是他，连忙问："哎？老鬼，你怎么出来了？这么快就搞定了？"

隗国安从驾驶台上的烟盒中抽出一支红双喜点燃，狠抽一口，驱散鼻腔中的腐臭味，说道："哪儿啊！刚开始，早着呢，我估计没五六个小时弄不完。"

吕瀚海不解道："那你现在出来干啥？"

隗国安苦笑着说："解剖我也帮不上啥忙，在里面也是添乱。而且吧……

味道真的太臭了，我这个老人家受不住。"

"又是啥案子？"吕瀚海很是好奇。

"开会时我也没注意听，只知道是在棺材里发现了一具女尸。"

"棺材里有女尸不是理所当然的？死人就该待在棺材里，我看你也就是糊弄我，这点事还用得着专案组？"吕瀚海戳了屏幕上的暂停键，乐呵呵地继续说，"老鬼啊，我怎么听你话里话外的意思，好像打算要置身事外似的？组里人都算你的小辈儿，你这老辈儿，难道真要当甩手掌柜啊！"

"这是说哪儿的话。"隗国安白了他一眼，"我擅长的是刑事画像，要是核实不了尸源，需要颅骨复原，当然就轮到我上场，可当下尸体解剖才刚开始，到底需不需要我，还难讲呢！要是展队他们在尸体上发现了线索，那不就省我的事了嘛！我可不是在偷懒，我是在等待指令。"

"得得得，技术性的东西我说不过你，怎么说都是你有理。"吕瀚海重新拿起手机，"我说，时候也不早了，你年纪也大了，要不你靠椅子上睡一会儿，养个精蓄个锐，等他们出来我叫你。"

隗国安也不推托，抬手把烟头按进烟灰缸，身体往后一仰，嘟囔道："神州行，我看行。"倒头就睡了过去。

十一

与此同时，沙南派出所调解室里，同样彻夜未眠的人，还有陈国庆和陈中秋兄弟俩。

父亲的坟地作为案发现场，已被保护了起来，要不是大哥陈国庆脑子灵光，在民警赶到之前把尸骨紧急送到殡仪馆，保不齐他俩死了多年的老爹都得一并被送进解剖中心。

这事说一千道一万，都是由陈中秋私自迁坟引起，他也自知理亏，低着头坐在一旁不敢吭声，一切全交给大哥陈国庆处置。

中国人对逝者的态度，自古就讲究一个入土为安，尤其兄弟俩还都是十里八乡有头有脸的人物，不管案件怎么办，他们现在的诉求，都是尽快要回石棺，再选个风水极佳的地方，把父亲重新下葬。

如果这桩案子是本地警方调查，说不定提取了现场痕迹后也就允许了，可此案蹊跷，已层层上报给了公安部，值班的副所长可没有决定权，所以尽管被两兄弟磨得头大如斗，也必须等到市局开会的所长回来，才能定夺。

兄弟俩虽得了个准信儿，可他俩担心被警方忽悠，时间长了，这棺材里掉出个女尸的事岂不是要被传得天下皆知？于是两人打定主意，找了一大帮子人在派出所严看死守，必须逼着所里一把手答应他们的要求不可。

从市局到派出所，有将近三个小时的车程，得知情况，刚开完会的所长张劲松一路油门踩到底，飙车赶回，可就算是这样，还是耗费了近两个半小时。

凌晨五点，天蒙蒙亮，派出所门口已有零零散散的几个早餐摊摆了出来，接连几天没吃过一顿饱饭的他，特别想停下来买个卷饼，喝口豆浆，可一瞧派出所大院内人满为患的样子，他就放弃了这个念头。

揉了揉布满血丝的眼睛，稍微清醒了一点，张劲松把车驶进了派出所院内。

刚刚还蹲在墙角闲谈的人群，就像蚁群嗅到了糖块，瞬间聚拢到车前。

张劲松见此情此景，着实一个头两个大，就在几个小时前，市局领导刚传达过会议精神，目前该案已由公安部专案组接手，尸体正在解剖，原始现场必须原样保留，副所长早就给他打了电话，提及兄弟俩的要求。可他知道，眼下自己绝对没有办法让俩人满意而归。

并不是他不近人情，非要让人家老爷子躺在殡仪馆里，主要是此案非同小可，毕竟没人敢打包票，这个邪门凶手就只作一起案！要是原始现场遭到毁灭性破坏，那么专案组下一步该如何侦查？难不成要把全市的棺材一个个全起出来打开瞧瞧？

他之前在会上也提出了"风土民情"的问题，这一点市局主要领导也考虑得很充分。大家认为，市局可以出面联系当地民政部门再择一块墓地，并且由局里出资，重新打造一口新棺，用于安葬。

会上安排给他的任务，就是以此为条件，尽量安抚好逝者家属，他也把这活接了下来。话虽如此，不过到底能不能成，看这架势，他心里头真是一点底都没有。

把市局给出的安抚条件在脑子里快速转了两圈，组织好语言，张劲松暗暗叹了口气，伸手推开了驾驶室的车门。

"张所长，你总算回来了。"陈国庆一看他下来，立马挤出人群，来到他面前，"市局怎么说？我爹到底什么时候可以下葬？"

张劲松尴尬地夹紧了胳肢窝的棕色笔记本，直觉告诉他，照本宣科地读上面的记录，恐怕不足以打动陈国庆，他想了想该如何解释，然后缓缓地问："这事，你们谁能拍板？"

张劲松话音一落，在场所有人的目光都瞅向了陈国庆。

张劲松点点头，说："行，陈总，你看这儿人多口杂的，要不，咱俩上我办公室里谈？"

在商界摸爬滚打多年，大小场面陈国庆可没少经历，他听出张所长有难言之隐，心里意识到事情不会像他想象的那么顺利。

陈国庆衡量片刻，觉得还是不能跟警察对着干，决定先听听张劲松的说法，便点了头，说："行吧！"

两个人一前一后上了楼，来到三楼所长办公室，张劲松也不着急开聊，而是亲手给陈国庆沏了杯茶。

陈国庆心知这是对自己的礼遇，可他亲爹还没入土，他也没有心思跟张劲松客气，接了茶就开门见山地问道："张所长，你跟我说句实话，我爹的事，市局那边是什么意见？"

张劲松一摸脑门，坦白道："原始现场必须保留，这就是市局的意思。"

陈国庆面色一变，说："原来的坟被我那个不争气的弟弟挖了，风水也破了，我们本来就打算另外迁葬，你们警方要保留现场没问题，可我想知道，到底打算怎么个保留法？还有，什么时候迁？迁去哪儿，这些有安排吗？"

"坟随时可以迁，民政局那边我们会帮着联系，跟你们一起，给老人家选一块上好的墓地，连下葬用的新棺钱，也由我们市公安局出！"

陈国庆唰地站起身。"你说什么？新棺材？"

张劲松重重地点了点头："没错，那石棺是证据。要想早日入土为安，总得有个棺材不是？"

陈国庆气急败坏地拍起桌子。"不是，我陈国庆是缺那棺材钱的人？我要的就是我爹那口石棺。如今落葬，规模什么的都得按国家规定来，不好在阴宅做防腐措施，您说说，那木棺材能用几年啊？就算漆刷得再厚，顶多十年八年就沤得不成样子，我爹去了这么多年，尸首保存完好全靠这口石棺，你说我还能当这不肖子孙，克扣他老人家的棺材本儿？"

张劲松早料到会是这个结果，也只能耐下心来，说："不行我们可以帮着找匠人再做一口？"

陈国庆打断道："别了，那种大理石粘的，跟整块方石凿出来的能一样？现在环保查那么严，做这种巨型石棺的作坊早就没影了，能搞这种老物件的师傅我都寻过，人家早改行了，有一两个能联络上的，人家也不愿意再惹晦气。再说了，我父亲那口棺，选的还是上好的心石一点一点给磨出来的，光造这口棺材，就花了小一年，就算能再做个一模一样的，难不成我爹还要在殡仪馆里躺一年？我爹在这口石棺里躺了几十年，你们公安局也不能说收就给收了啊！人民警察为人民服务，你们还讲不讲道理了？"

张劲松在派出所干了大半辈子，深知当地风俗民情。本市是个多朝古都，自古以来，都是达官贵人扎堆儿安家的地方，再加上古人对丧葬又相当看重，所以在安葬先人时，一掷千金乃至倾家荡产的事屡见不鲜。尤其是对棺椁的选择，更是颇有讲究。从近些年出土的玉棺、金丝楠木棺就能窥一斑而知全豹。

"民效官"的现象从来层出不穷，所以不管古今，当地老百姓也向来是不惜一切代价，在棺椁上挖空心思，哪怕是新时代，也还是盛行攀比之风。前些年，要是谁家给先人下葬用了普通木棺，必然会引起亲朋的指指点点。

因此在火葬制度施行前，老百姓用大号石棺下葬的不在少数。经济稍好的，就选整块方石雕凿，还得在棺身上镌刻逝者生前事迹，配上各种精美图案，完全按照历史上名公巨卿的棺椁拾掇，财大气粗胆肥的，更是直接模仿皇亲国戚的式样雕刻。

普通人家为了不被人戳脊梁骨，多用石板拼接，造价要低廉很多，但最起码还是个石棺。

　　不过凡事讲究个量力而行，要是家里穷得连饭都吃不起，再举全家之力打造一口死人用的棺材，那也太不现实，所以实在一穷二白的人家，倒也还是会选择用好木头打造木棺。

　　由于不良风俗绵延千百年，日积月累下来，导致附近山石被过度开采，甚至还引发了几次塌方。后来政府也意识到了这件事带来的危害，为了做好环境治理，就制定了一系列的措施，尤其是殡葬改革大面积实施后，用方石做棺材的作坊也就不复存在了，这也是张劲松劝告起来颇有些心虚的缘故。

　　接到这桩案子，张劲松第一个赶到现场，正如陈国庆所说，他父亲的那口石棺，选的是上好的绿岩打造。这是一种深层岩，通常是将山体掏空后在中心部位才能取出这种石料，由此可见，光是一个制作材料，就极其稀有。再加上这种石头质地紧，雕刻也要花费一番苦功夫，所以"光造这口棺材，就花了小一年"，陈国庆还真没吹牛。

　　这也正是张劲松心中忐忑的主因，然而窗户纸被戳破，他也只能硬着头皮继续说："陈总，我理解你的心情，可眼下就两个选择，要么按照市局领导的提议，给老人家重新安葬，要么就只能委屈你们等案子破了，棺材一定双手奉还。"

　　"破案？嘿！我说，要是十年八年都破不了，难不成我爹他老人家就得一直躺在殡仪馆的冷冻箱里？"陈国庆愤愤不平起来，"张所长，咱换位思考，这件事要是发生在您身上，您会怎么选？说句不好听的，那天晚上在场的所有人，只要我说一句话，他们一个字都不会漏。我要是全当没看见，把我家老爷子原封不动给埋回去，你们警方也不会知道有这么个案子。现在倒好，我履行了公民的义务，给你们警方提供线索，反倒惹了自己一身臊？"

　　这番话把张劲松说得没了言语，并不是他觉得警方理亏，正如陈国庆所说，要是这件事发生在他身上，他作为一个警察，毫无疑问会以大局为重，这压根儿都用不着想，可这话他着实是说不出口。

　　所处的位置不同，人的思想与觉悟就会大相径庭，他要是把自己的决定说出来，非但不能说服人家，还会让人觉得虚伪，人家又不是警察，凭什么非得要求人家跟他做同样的选择呢？

陈国庆有钱，平日也确实做了不少善事，可说到底，人家也只不过是一介商人，他没办法去跟对方谈什么"大局观"，是个人就有私心，他也能理解，在陈国庆怒气上头时，沉默反而是最恰当的选择。

如他预料，把气话都说出来后，陈国庆的脸色反而好看了不少。

"这样吧，"张劲松见对方气息稍定，这才再度开口，"我还是那句话，您的心情我十分理解，也表示尊重。一会儿我写个汇报材料，把情况再翔实地汇报到局里，咱们看局里领导怎么说。"

陈国庆摆摆手，连连摇头苦笑道："您也别跟我玩踢皮球那一套，让我等，可以，但要给我个确切时间，到底什么时候，我爹才能原棺下葬。"

知道已被逼进墙角，张劲松咬了咬牙，说："一天，请再给我们一天时间！"

陈国庆拿起手包夹在腋下，说："行，张所长，你是我们的父母官，我也尊重你的决定，那我就再等你们一天，要是过了这个时间，再要不回我爹的石棺，那我可丑话说在前面，我弟弟的性子你是知道的，他可就没我这么好说话了。"

十二

早上七点刚过，世间万物在阳光的照耀下，逐渐变得明亮起来。驾驶室内有了一丝暖意，隗国安与吕瀚海这对忘年交，一起在前排口水滴答睡得香甜，车外高昂的唢呐声都没能把俩人从梦里叫醒。

将女尸重新推进冷藏柜，展峰他们穿着血水未干的解剖衣，每人手上都提着几样检材，走出了解剖中心。几人一路走到停车场，路上引来了不少人鬼头鬼脑地围观。

"咣咣咣……"嬴亮挥动拳头用力砸起车门。"道九，开门！"

一路舟车劳顿加上熬夜看剧，吕瀚海睡得像头死猪，倒是旁边的隗国安率先惊醒过来。

他猛地睁开双眼一瞧：好家伙，车外早已聚满了来殡仪馆奔丧的群众[1]，人们纷纷侧目，朝车的位置张望着，在后视镜里，隗国安瞥见沾了一身血迹的展峰。

他慌忙抹了一把嘴角的哈喇子，伸手用力将吕瀚海摇醒，接着打开了后座的电动侧滑门。

几个人把解剖服脱下，丢进了车内的专用垃圾桶，等后车门重新关好，隗国安转过身，有些抱歉地说："展队，那个……都忙完了？"

"差不多了，"展峰冲前方招呼，"道九。"

睡饱了的吕瀚海精神见好，他高声回道："展护卫，有事您说话。"

"回市局大院。"

"得嘞。"吕瀚海手一抬，发动了车子。

驶出殡仪馆，展峰揉了揉太阳穴，面露倦意地吩咐："蓝嫣，嬴亮，回头到了市局，你们马上休息，检材的事就交给我来处理。"

司徒蓝嫣轻轻地"嗯"了一声，嬴亮却双手抱胸，一言不发地靠在座位上。

隗国安听出展峰的语气比之前柔和了很多，这明显是在给嬴亮台阶下。他从后视镜斜了一眼，发现这小子就是不识趣，始终满脸欠打的模样。

俩人搞得剑拔弩张的核心原因，隗国安多少也了解一点，可这也不能完全怪展峰，毕竟上面交代什么案件，也不是他能干涉的。

大家都在一个组共事，没必要把矛盾激化得太过分，成天抬头不见低头见的，他俩不觉得，别人看着也难过不是？隗国安打定主意，等回到市局营房，一定得找个机会，跟嬴亮好好说道说道。

市局配发的依维柯有三排座椅，没过多久，隗国安就从后视镜里看见展峰睡了过去，熟悉展峰的人都知道，每次只要介入案件，他就只能利用这种夹缝时间恢复精力，毕竟案件的绝大部分统筹和技术压力都压在他的肩上。即便是老油条隗国安，也能真真切切地感受到展峰的不易。

路况不咋的，众人的身体随着路面的颠簸不时左右摇晃，车里早已平静，

[1] 通常公安局的解剖室都建在殡仪馆内。

除了吕瀚海偶尔哼哼两句《野狼迪斯科》外，近三小时的车程，再没人说一句话。

十三 ➤

专案组归来后，准备前来汇报的张劲松，听说众人一夜未眠，硬是把掏出来的材料又塞回了包里。

刚打了保证的他，有些左右为难，心道：要是专案组一休息，那这一天时间可不就完蛋了？这人又不是铁打的，总不能连觉都不睡连轴转，看是此等情况，他只能打掉牙往肚子里咽。

张劲松甚至想干脆回去和陈国庆商量商量，能不能再给宽限几天，劝他那个浑不吝的弟弟别到所里撒泼，可一想又觉得出尔反尔地道。

他在五楼局长办公室门口徘徊了半天，最终还是一跺脚，决定不去打扰已经很辛苦的专案组，转身回了自家所里。

第二天凌晨五点，还在熟睡中的隗国安等人被急促的电话铃声吵醒。众人接到了展峰的指令，半小时后，全员在外勤车内集合，召开本案的第一次专案会。

刚踏进车厢，隗国安就听见了持续不断的机器轰鸣声，这声音他再熟悉不过了，调试3D全景扫描仪时，他就特别受不了这种低频噪音。

他抬头一看，果不其然，车内的虚拟解剖系统正在运行，女尸的全息影像已经浮在半空，不用猜，展峰肯定是提前完成了烦琐的数据建模工作。

他看向展峰，从展峰的脸上并未察觉到倦意，隗国安心里感慨：真不知道，是什么样的意志力让他能撑住这种高强度的工作。隗国安一边想着，一边长叹道："这个组长，可是真不好当啊！"

"能做的检材都检验完毕，还有几份需要特殊试剂，我已联系思琪用加密快递发过来，两三天就能到。接下来的工作，还需要和大家碰一碰。"开会前，展峰照例解释了一下当下的情况。

"行了，官方说辞可以打住了，说正题吧！"兴许是看出展峰完成的这些工作有多繁重，嬴亮的语气比之前缓和了一些，但依旧谈不上友善。

　　展峰对嬴亮的出言不逊，向来不直接回应，他把众人引到"女尸"前，开始了细致的分析："死者为女性，身高 161 厘米，从骨骼发育程度及耻骨联合推算，年龄不超过二十五岁[1]。观察盆骨，内侧面无疤痕，死者无生育史[2]。经 X 光扫描，死者全身骨骼完整，无骨折、肢体残疾及相关遗传病史。根据死者体内细胞核酸变化规律，以及 DNA 和 RNA 的含量变化，推断其死亡时间已超过六年[3]。还有，死者被发现时，上身穿一件棕色吊带背心、黑色男士长袖外套，下身穿的是一条墨绿色长筒西装裤。"

　　司徒蓝嫣望着这极不协调的搭配，秀眉拢在一起，说道："抛尸前，凶手给尸体穿上衣物，可能存在两种心理。以深色衣物为主，是为了不引起注意，说明他是在夜间抛尸。若是在白天，深色衣服倒显得有些扎眼。另外，我还注意到一个细节。"她抬手在投影上圈出了衣领、袖口等部位，"虽说衣服不值钱，

---

[1] 由于骨骼的增生和吸收随着人的年龄、生活环境、健康状况的改变而发生变化，骨骼的形态也随之发生变化。未成年人的年龄一般根据牙齿的萌出、骨骺愈合和骨化中心综合推断，成年人的年龄常依据牙齿磨耗程度、耻骨联合面形态改变以及骨质增生、退行性变程度等指标进行分析。其中，青春期后耻骨联合面的形态改变随年龄增长呈现很强的规律性，是应用最为广泛、最为重要的骨龄推断手段。人体骨骼在幼年时期，有机质含量较多，硬度小，韧性大，骨质疏松；到成熟时期，骨骼内的有机质含量逐渐减少，无机盐含量逐渐增多，因而粗壮坚固；到老年时无机盐含量的比例更大，故脆性增加，骨质易受破坏。这些变化是耻骨联合面形态变化的因素之一。刚出生的婴儿，耻骨联合面类似蚕豆形，看不到特别的年龄特征。从三四岁开始，一些隆脊逐渐出现，约十六至十七岁时，隆脊在联合面上有明显的增高变锐。以后，这些隆脊又逐渐变低钝，并慢慢消失。在这个变化过程中，联合面的中部由高凸逐渐减低至水平，最后此联合面又程度不同地下凹。联合面的骨骼结构也由比较疏松变为致密。近老年时，骨质变得更加多孔，类似焦渣状，同时联合面起伏不平，好似隆脊痕。老年时期联合面发生的形态变化，是骨组织结构进一步受到破坏的表现。通过观察耻骨联合面的某些特征，使用计算公式，可以很精确地得到死者的年龄。
[2] 通常认为发现盆骨内侧面有疤痕只能说明死者怀过孕，但是否有生育史还不好判断。而很多人忽略了一点，女性怀孕超过五个月时，身体释放的激素才会使盆骨区的肌腱变软，从而促使胎儿缓慢进入盆腔。只有当胎儿入盆时，耻骨联合、软骨区内侧会出现明显的疤痕。在我们国家，怀孕超过三个月，除特殊情况外医院一般不会轻易做引产术，所以通过观察盆骨可以推断出死者无生育史而非怀孕史。
[3] 核酸分两类，一类是脱氧核糖核酸（DNA），存在于细胞核和线粒体内；一类是核糖核酸（RNA），存在于细胞质和细胞核内。DNA 作为生物体的遗传物质，同样在机体死后的一段时间内会发生降解。一些专家采用 Feulgen-Vans 染色、细胞学涂片和流式细胞仪等技术系统研究了机体死后 DNA 降解规律，结果表明，DNA 降解与死亡时间显著相关，随着分子生物学检验手段和计算机、光谱等技术在法医学中的应用，根据机体死后 DNA 和 RNA 的含量变化来推断死亡时间，已逐渐成为一种新的科学方法。

款式不新颖，但领扣、袖子边扣都扣得整整齐齐，而且你们看裤脚。"

在她的提示下，赢亮低头看过去，仔细端详后，他问："没发现特别之处啊，师姐，你指的是什么？"

展峰指着一个很不起眼的折痕，说："蓝嫣是想说，死者所穿的上衣、裤子都被熨烫过。"

"没错。"司徒蓝嫣解释道，"衣服明显过大，很容易被误认为是凶手随手抓起来给死者套上的，可从熨烫痕迹看，却不符合这个逻辑，我看他选择大件衣服，是想要尽可能地遮盖住尸体，在犯罪心理学上，可归纳为'遮羞行为'。"

她顿了顿，举例道："我看过一个杀人碎尸的案例，女性被害人被分割成了数十块，分别扔在了山中不同的位置，警方在一处草丛内，找到了死者的下半身。

"警方发现凶手专门用大片树叶遮盖了被害人的会阴部位，由此推测，疑犯的'遮羞行为'反映出其与死者存在一定情感纠葛，应是熟人作案。

"随后，警方在侦查中发现了被砍掉的头颅，与分尸试图制造追查难度自相矛盾的是，死者的面部并没被毁容，也就是说，就算核实死者身份，凶手也料定警方找不到他。

"既存在一定的情感关系，又不怕警方顺着尸源挖到线索，说明所谓的关系是一种隐藏在内心，不被外人所知的感情波动。

"最后，通过进一步的侦查，证实了警方的推测，凶手是一个时常给死者送餐的外卖员，因贪恋被害人的美色，心生歹念，对被害人进行了性侵和杀害。

"但在杀完人后，凶手又不断地回想起送餐时，死者温柔的嘘寒问暖，于是又产生了怜悯之情，所以在抛尸时，对死者下半身的尸块附加了'遮羞行为'。"

"师姐，我明白你的意思了。"赢亮进入办案状态后，似乎把对抗情绪抛到了脑后，"你是在怀疑，凶手与死者间，就像你举例的案子一样，存在一定的情感关联，在生活中或许是熟人关系？"

"未必就是这样，"展峰挥手操作，虚拟尸体的衣服完全消失，全息投影上只留下一具赤裸女尸。他指着尸体的头部说道："你们看，尸体之所以看起来像刚死不久，是因为凶手对其进行了二次处理。耳朵、鼻子、眼窝、下巴等处，都是用发泡硅胶制成，效果看起来也极为逼真。"

嬴亮拿起电脑，在数据库中以"发泡硅胶"为关键字，检索出了结果，念道："它是一种双组分加温硫化硅橡胶，为白色或皮肤色油状液体，硫化后可成为柔软的弹性材料，发泡体积达到原来的 3 至 4 倍。能制作如人体、鞋垫、肩垫、贴片、防滑垫等橡胶制品。

"发泡硅胶由两部分组成：A 组分是硅胶，B 组分是固化剂；若将液体硅胶与固化剂按照不同比例混合，可调节硅胶的软硬程度。

"市面上销售的性爱娃娃等情趣用品，使用的就是这种硅胶。不过该原料在市面上流通量很大，且无固定标准，并不具备指向性。"

展峰点头认可，说："解剖时，我已将样本进行了成分及硬度检测，按比例调制后，得到的触感与抚触人体无实际差异。"

隗国安闻言脑海中一个闪念，说道："这么说来，凶手很难一次就把硅胶的比例调制到如此完美，所以这桩案子可能不是个单案吧？"

"没错，有连环作案的可能。"展峰直言不讳，"如果两个人存在真实的情感问题，那么凶手完全没有必要大费周章，用硅胶给死者整容。所以，他们也许互不相识，而矛盾的是，凶手又存在'遮羞行为'，我猜测，会不会是因为凶手将尸体改造后，与之产生了一种情感关联？"

十四 ➡

众人随着展峰的猜测陷入思索，带着疑问，会议再次切入正题。

"先看尸表上的外伤。"展峰话音刚落，"AI波波"就在全息投影上用闪烁的红圈标出了外伤位置，分别是颈部两处，胸部两处，手腕、脚腕、会阴、背部、腰部各一处。

在众人对外伤位置有了大致概念后，展峰挥手熄灭了多余的红圈，只留下颈部及手足的红圈。"这些部位各有一处勒痕，宽4厘米，附着铁锈，有角度倾斜，且存在愈合伤。"他又一挥手，展示出尸体背部，"整个后背有大面积擦伤，伤口内嵌入了木质纤维，也存在愈合痕迹，但我并没有在伤口内发现纺织物纤维。我推测，死者曾赤裸身体，长时间被人绑在一种特制的刑具上。"

"是不是这一种？"嬴亮从数据库中调出了一张"木"字形状的刑具照片。

展峰瞥了一眼，点头道："没错，应该就是它！"

嬴亮立马点开相应内容介绍，念道："木质刑架，民间又叫夺命木人桩，呈木字形状，中间竖起的长木，可钉入土内，便于固定。

"刑具上装有五个铁环，能卡住受刑人的脖颈及四肢，除此之外，刑架的下方还挖有一个土坑，用于放置炭火。这是由古代传下来的一种刑具，被沿用到民国时期，新中国成立后才废止不用。"

说到这儿，嬴亮突然想起在师姐的犯罪心理实验室，就有一个与之类似的复刻版，他表情古怪地瞥了师姐一眼。擅长微表情分析的司徒蓝嫣当然明白其中的含意，只见她眉头一紧，回了他一个"警告"的眼神。

"这家伙怕是个心理变态吧？"隗国安一句话将两个人跑偏的心思拽了回来，只听他继续说道，"把人家衣服扒光绑在刑具上，从愈合伤推断，死者被绑了绝不止一两天。我搞不明白，他这么做的目的是什么？还有，既然是民国时的老玩意儿了，他打哪儿整来的这个东西？"

司徒蓝嫣摇头道："未必就是老物件，木人桩这种简单的刑具，复刻起来并不困难，先不管凶手是不是存在心理问题，他敢把一个大活人绑在木架上这么多天，说明他居住的地方一定荒无人烟。"

"要是死者的嘴巴被堵上了呢？"嬴亮提出疑问，"又不是没有这样的案子，有人绑架少女后藏在地洞里，住所就在人口密集的居民区，只要堵着嘴，就没人能察觉。"

"可在她口中没有发现任何纤维残留。"展峰的一句话，算是给了嬴亮一个回答。

"那会是什么地方呢？一个人住在深山老林里？跟之前山洞里捉的那个家

伙一样？感觉又不像啊！难不成，咱们这个凶手学国外电影，搞了个秘密隔音室，为所欲为？"隗国安也在琢磨。

　　他还在神游天外，展峰手一挥，把正在发光的六个红圈熄灭，调出了脖颈上的另一处外伤。这次投影上标注的光圈只有指甲盖大小，展峰把伤口放大，众人才勉强看出圈内是一个针眼大小的愈合伤。

　　"这是什么？"解剖时中途退出，隗国安对尸体上的伤口了解得并不深入。

　　"针孔。"嬴亮补一句，"准确地说，是10号针头留下的针孔[1]。"

　　"针孔？难不成，她是被毒死的？"隗国安又展开联想。

　　"应该不是。"展峰道。

　　在隗国安的印象中，展峰极少用这种模糊性词语，于是他不解地问："啥叫……应该？这可不是展队会说的话啊！"

　　"情况的确不好判断，通常我们判断死者是否中毒，分析的主要依据便是胃内容物，可本案有些特殊之处。"说着，展峰手一挥，全息投影上露出了尸体剖面影像，"内脏全部被人取出，胸部及腹腔都注入了发泡硅胶，另外，在死者的会阴部，也被塞入了阴道倒模。其腰腹部有一处Y形缝合伤，内脏应该就是从这里被掏出的，所以，不排除凶手具有一定的解剖学知识。另外，阴道假体上检出了可溶性润滑油成分，而这种润滑油多被使用在避孕套表层。"

　　"他与尸体发生过性关系？"隗国安挑眉，没想到会有这个情节。

　　"没错，遗憾的是，倒模里并未检出DNA样本。"

　　联想到刑具，隗国安忍不住说道："难不成凶手是模仿国外的案例，将人捆起来当性奴，等折磨死以后，又制成人皮玩偶，继续施虐？"

　　"不像。"展峰将一份检验报告分别发送到几人的平板内，说道，"我在死者身上的多处血管内，检出了甲醛、氨水、石碳酸及甘油成分。"

　　展峰边说，嬴亮边将关键字输入系统，敲击回车键后，得出了结论。

---

[1] 针头粗细用几号来表示，一般有4.5号、5号、6号、7号等，7号就是针头直径为0.7毫米，10号针头的直径为1毫米。

"这不是防腐液的配方吗？"

"没错。把以上化学成分按照比例配制，再将配制好的液体注入体内，这就是尸体长久不腐的主要原因。"

展峰继续说："人体系统主要有四个，主要功能是进行物质代谢和繁衍后代，机体所需的营养物质和氧，通过消化系统和呼吸系统从外界摄入，并经心血管系统送入人体的各个器官，在细胞内进行物质代谢。代谢的最终产物，再经心血管系统送至呼吸系统、泌尿系统，或由皮肤排出。食物残渣以粪便的形式，由消化系统末端排出。生殖系统是产生生殖细胞以繁衍后代的器官，具有调解内分泌激素的功能。

"在代谢过程中，会有大量的酶参与其中。

"以细胞为例，人死后，细胞质内溶酶体破裂，会释放出多种水解酶，它们在细胞质中激活后，会产生强烈的水解作用，造成组织细胞的蛋白质、核酸、多糖等物质发生水解，引起组织细胞崩化。肠腔和外界空气中的细菌，也能产生水解酶，加速细胞的自溶。"

几人中，司徒蓝嫣分析案情的脑回路向来极为敏捷，稍有提示，她便能轻而易举地推测出表面下埋藏的深意。

"展队，你是说，凶手将四大系统摘除，就是为了给尸体防腐做准备？"

"没错。"展峰点头，"人一旦死亡，在体内各种酶的作用下，很快会产生自溶现象。要想防止这种情况的发生，必须做到三点：其一，使蛋白质变性凝固；其二，使细菌原浆膜受损，改变其渗透性；其三，干扰生物的酶系统。而这三点，刚好就是凶手作案的三个步骤。"

"这是从哪里看出来的？"隗国安问。

展峰解释道："人死后，不管是自溶还是腐败，都需要水解酶和腐败细菌的参与，而细菌与酶的本质，就是蛋白质。凡是能使蛋白质变性的物质，均可以使酶失去催化活性，也可以抑制细菌的繁殖，从而达到防腐的目的。

"类似的物质中，以甲醛最为常用。医学院常用的福尔马林其实就是含量为 35%～40% 的甲醛水溶液。

"甲醛有刺激性气味，加入氨水可大大缓解。所以，全身防腐的第一步，就是要保证防腐液能通过血液循环，到达全身各个角落。"

"难怪凶手要把死者捆绑在木架上。"司徒蓝嫣摸着柔软娇嫩的下巴，"原来他是从颈动脉给死者注射防腐液……"

"不是一开始就注射的。"为了让众人看明白，展峰将那个不起眼的针孔伤放到最大，"如果在死者体力尚存时注入防腐液，极有可能会遭到剧烈的反抗，难免会在伤口处产生更多痕迹，绝不可能仅有一处。所以，我猜测，受害人被捆的这几天，凶手什么也没干，就是在等她失去反抗能力，为他的下一步做准备。"

听到这儿，善于情境联想的司徒蓝嫣立马皱起了眉头，嬴亮与隗国安的表情也好看不到哪儿去。

展峰的目光从他们的脸上逐一划过，他很快接上之前的话题，继续说道："细菌原浆膜是一种半渗透膜，控制细菌与环境、物质间的正常交换。杀死细菌的主要方式，就是使细菌原浆膜受损，改变渗透压，使膜内物质外渗，水分内渗，引起细胞肿胀破裂、溶解。在此过程中，起主要作用的是石碳酸、甘油等物质。

"可见，凶手所调制的防腐液，具有极强的针对性，就是要杀死导致尸体腐败的酶和细菌。为了达到防腐目的，最简单的方法，就是将'酶'和'细菌'含量最多的四大系统全部摘除。接着再打入硅胶，用这种方式来还原死者的体形。"

随着展峰的讲述，隗国安在脑海中勾勒出了大致的作案经过，他提出了一个与自己专业沾边的问题："死者的面部整容又是什么时候开始的呢？"

"是在针孔注射后，被害人尚未完全失去生命体征的过程中。"

展峰的回答让隗国安顿时觉得有些恶心，但他还是硬着头皮继续问道："展队，你怎么判断是在这个时间段下手的？"

"手脚擦伤一般需要三天左右才可以愈合，而且就算是保证水源补给的情况下，被害人也会处于极度虚弱的状态，这时，人体的新陈代谢无疑会变得很慢，导致防腐液滴入缓慢。为了加快血液循环，那就必须通过外界刺激。而增加痛觉，是最简单有效的方法。"

展峰将死者的面部放大，说道："虽说已经过去很长时间，但我仍能在耳根、鼻根的缝合线上看到微量的干涸血渍，所以我断定，凶手是在死者失去反抗能力后，活生生割掉了她的鼻子及双耳。"

十五 ►

专案会刚进行到一半，车外便传来了"砰砰砰"的敲击声。

展峰瞟了一眼监控，发现车门外站的不是别人，正是一脸焦急的吕瀚海。

他加入专案组的时间不短，对内部规矩也很清楚，不是重要的事，机灵的"道九"绝不会在专案组开会时前来打搅。

"不会是发生了什么事吧？要不咱们下去问问？"隗国安有些担心。

展峰按动开关，伴着"扑哧"一声响后，外勤车的隐形车门由上至下缓缓落下。

车门还未完全打开，跟展峰刚打照面，吕瀚海赶忙说道："不好了，出了点情况，市局大门被一帮人给围了。"

"被围了？跟我们有关吗？"嬴亮奇怪地问。

数月前，嬴亮曾和吕瀚海一起出生入死，所以现在两个人间的敌意早就缓和不少，吕瀚海目视嬴亮，摇头道："可不是嘛，你们开会时手机都被屏蔽了，市局领导也是实在没办法才找的我。听说，是死者的两个儿子来了，他们说就算今儿见血，也得要回那口石头棺材。"

"死者的儿子？"嬴亮丈二和尚摸不着头脑，"她没生育过啊！"

"不是那个女死者，是同一口棺材里的那具男尸！那个死了好久的老头儿。"吕瀚海无语道。

嬴亮总算转过弯来，眉头紧锁着说："原始现场还没勘查，石棺怎么可能现在就还回去？"

"你这人有点人性行不行？风土民情懂不懂？"吕瀚海一拍大腿，"人家一开口，我就算了算，从发现尸体到现在，都过去快六天了，咱中国人最讲究入土为安，你想想，你爹的坟被扒开，还把棺材扣下不让人家下葬，换你你会乐意啊？"

嬴亮冷笑道："到底是办案要紧，还是民情要紧？我也懂民情，他爹的棺材里出了个死人，也总得有个说法吧！"

吕瀚海摆摆手，说："你的脑回路真是异于常人，我跟你讲，现在这个情况就是两手抓，两手都要硬，懂吗？"

"可从接案到现在我们也没闲过，办案总需要时间吧！"嬴亮据理力争，"尽快结案，尽快把棺材给送回去，就不能体谅一下吗？"

"这年头人不为己天诛地灭，你公安局的事，跟他们有什么关系？是，女尸是从他爹棺材里滚出来的，可现在不是查清楚了吗？又不是人家儿子给配的阴婚……咳！我跟你啊，就解释不通……"吕瀚海看向展峰，"展护卫，现在案子咱们接了，人家市局领导说要听你的意见，你看着办吧！"

论办案，展峰绝对是一把好手，可要说解决群众矛盾，他是一点主意都没有，展峰把眼神移向了在基层派出所披荆斩棘半辈子的隗国安。

"鬼叔，论经验你最多，有没有什么好办法？"

隗国安老狗一样耷拉着脸，说："你要说发生点别的什么矛盾，那都还好解决，可这入土下葬的事确实不好整。我估计市局肯定也是好话歹话都说了，要想解决问题，咱还必须找个好的切入点去说服人家。"

嬴亮不以为意道："那还不简单，专案会先停一停，现在就去勘查原始现场，最多再等一天，查完，棺材一还，事不就了了。"

"亮子，你没调解过纠纷，不知道里面的道道深。"隗国安说，"勘查工作肯定得抓紧时间做了，可眼下民怨已起，你不能把人家当土匪剿了吧！所以，如何做好群众的安抚工作，才是关键。"

嬴亮顿时火大："这也不行，那也不行，到底该怎么搞？总不能现在就把石棺给还回去吧？"

不管两人如何争论，吕瀚海在一旁始终一言不发，熟悉吕瀚海性格的展峰双眼一眯，立马品出了一点端倪，他问："道九，你是不是有想法？"

吕瀚海哑巴着嘴，故意拖长音道："办法嘛，不是没有……"

展峰爽快地接过话茬："最多一千块，私人赞助，不走公账。"

"啧，我不是这个意思。"吕瀚海撇撇嘴，嫌弃道，"怎么搞得跟我掉进钱眼里一样？我是说，这事既然交给了我，那就必须用我的方法，另外，我得暂时跟你们划清界限，否则被人家识破了，可保证不了效果。"

隗国安望望门口越聚越多的人群，着急道："道九，你就别耍嘴皮子了，赶紧给调查争取时间，事情办妥了，送你两条红双喜。"

"行行行，一会儿你们都到一边去，看我表演就行了。"吕瀚海一路小跑走进营房，等他再出来时，已经换上了一身唐装。

众人也不晓得他葫芦里卖的什么药，远远地瞧着他走到市局大门前。

"把门给我打开。"吕瀚海双手叉腰，朝门岗底气十足地大喊一声。

两位保安面面相觑，谁也不晓得从哪里冒出了这么一号人，直到对讲机中发出指令，他们才怀着忐忑的心情按动了绿色按钮。

随着电动门缓缓移动，原本嘈杂的人群也逐渐变得安静起来。

虽然这群人听了陈氏兄弟的吩咐前来搞事，可市公安局的大门谁也不敢不当回事，更别提真的让人家给你开门。吕瀚海从里头出来，一句话叫开大门，顿时让所有人刮目相看，成了目光焦点。

吕瀚海等的就是这个时候，只见他双手掐腰，吼了一声："你们哪个是管事的？"

陈国庆原本以为走出来的是位领导，可听对方说话的语气，还有浑身散发出来的气质，怎么瞧也跟"领导"俩字扯不上关系。他纳闷地走出人群，说："我是，怎么了？"

吕瀚海上下打量了对方一番，一看这位五十多岁的年纪，精神抖擞，目光锐利，身着一套剪裁合体的深色西装，左肩膀上别着块黑色孝布，一瞅就是一位有头有脸的成功人士。

吕瀚海出阵前，多少了解一点情况，虽然是些鸡零狗碎，但对他这种老江湖足够用了，他立马便从对方相对冷静的反馈中辨别出，这人应该是兄弟中的大哥陈国庆。

"陈总，"吕瀚海双手抱拳，"幸会幸会。"

陈国庆见状心里有了计较：他常年混迹社会，什么层次的人都接触过，他可以确定，政府机关的工作人员，绝对不会用"抱拳"这种江湖礼节。可他的话，市局的人又言听计从，此人绝非一般。

陈国庆这么一想，也不敢轻易得罪这位，他客气地说："我是陈国庆，不知应当怎么称呼您？"

吕瀚海身体微微前倾，嘴角一挑，瘦巴巴的脸上带出个笑来。"不急自我介绍！说起来，我还得提前跟您赔个不是。"

陈国庆一头雾水："您这话，从何说起啊？"

"是这样的。"吕瀚海双手一背，挺直身子，意气风发道，"我乃惊门中人，祖祖辈辈以看相观风水为生。号'茅山道九'，熟悉的人都称呼我'道九'。"

陈国庆虽没听过对方的名号，但对此类人颇为熟悉，眼下对方敢自称"惊门"中人，足以说明他至少是个风水内行。只是从公安局里溜达出这么一位，到底是啥意思，他也看不太明白。

"不知您这是……莫非您跟我老爹的事有关？"

"哦，确实有关。事情嘛，是这样的。"吕瀚海解释说，"原委我都听说了，就是你们俩给老人家迁坟的时候，发现棺材里多了具女尸，并且还涉及到了一起命案！我懂，这事啊，放在谁身上，都是个头疼的刺儿。"

陈国庆一听口风，得，瞧着这位爷是站在自己这边的，他其实也不敢真的冲撞公安机关，主要目的还是解决老爹下葬的问题。他心道，市局领导不出面，派这位出阵，还表示同情，看来事情有门儿。他连忙说道："那可不是吗？我父亲的尸骨都在殡仪馆五六天了，我们也是实在没办法才出此下策，就是想让市局领导给我们一个说法。"

"哎！我明白我明白，可是吧，就算再急，你们也没有必要这样做，你说人家是公安机关，破案才是人家必做之事，你这么一逼，妨碍了人家做正经事情，就不怕适得其反？再说了，人家公安局也并非没考虑到你的难处……"

陈国庆越听越有门儿，赶忙追问："有考虑？什么考虑？"

"实不相瞒，市局领导包括部里的专案组都不信鬼神，可人家也并非不通人情世故！尤其是专案组的领导，他们一听你们的困境，完全尊重你们的要求。在发案后的第一时间，人家就跟我联系上了，希望我能帮个忙，按你们的要求，给老人家重新选一块风水极佳的墓地。

"只不过，我手头有活，这一来二去的，就耽搁了几天。这不，我刚赶过来，屁股还没坐热呢，你们就把人家市局大门给围了，要我说，这可真是大水冲了龙王庙，一家人干吗非得说两家话？你说是不是？"

这些话一下说到了陈国庆的心坎里，原本老爹耽搁着没法子下葬，当孝子贤孙的固然心里不爽，但对他们兄弟俩来说，更大的影响在于"摆平"不了此事，对他们在本地的社会地位会有所影响，所以，他们才硬着头皮来市局搞事，如今一听人家对自个儿还挺尊重，里子面子都齐了，于是他顿时松了口，喜道："您这话当真？"

"咱俩素不相识，我有必要骗你？"吕瀚海指了指头顶，"说正经的，我看风水要结合星象，今晚戌时（晚上七点至九点），我准时赶到老人家的坟前给你说个道道，你要是不放心，多找几个懂行的人来，我说的要有半点差池，你唯我是问。"

吕瀚海信心满满的模样打动了陈国庆，他信了七成，不过以这位生意人的惯性，他还是将信将疑。

"把人都散了吧，再急也不急这几个小时，你爹这情况，沾了杀人的晦气，可不能随便哪个人都能定穴，万一找了个半吊子先生选错位置，那对你们家后人的影响，可就大了去了。"

吕瀚海这连劝带吓，总算压倒了陈国庆内心积蓄的不满。老爹下葬固然重要，可死人怎么也比不上活人的分量，他连忙抱拳道了声谢，双手一挥，把所有人驱散开来。

十六 ➤

吕瀚海的操作给专案组争取了接近六个小时的时间，人群散去的同时，展峰等人就马不停蹄地朝原始现场——镰仓区陈家庄赶去。

镰仓区之所以得名，这里面还真可以说道说道。其中"镰"，为"镰刀"

之意；而"仓"则是粮仓之名；二者结合一看，此地的经济支柱到底是什么，也就显而易见了。

　　陈家庄，是该区盛产农作物的普通村庄之一，如今，由于外来经济的刺激，村里的年轻人，多数都选择外出务工，只剩下妇女老幼，留在村里借着机械打理庄稼。

　　村中人口稀少，专案组的到来并没有引起旁人注意。沿途遇到的零星路人，也只是停下看看，便快步走开了。

　　吕瀚海要执行"特殊任务"，这回的"司长"就不必由他担任，随车的司机出自市局小车班。

　　6月刚好是高粱长势凶猛的时节，可能是北方的土壤更适合这种作物，导致这地头的高粱，比其他地方的要高出好大一截。

　　隗国安拎着设备站在田埂前比画了一下，发现多数高粱秆，都超出他半个头，具有非常好的隐蔽性。

　　进入高粱地前，赢亮操作无人机，俯空拍摄下了鸟瞰视频，用于观察案发现场的原始地貌。

　　画面上，陈国庆祖上留下的土地南北长，东西短，呈长方形分布，其父就葬在距离南边田埂约15米的位置。

　　按理说，老爷子的石棺如此贵重，那么坟穴绝不是随意而选。跟吕瀚海混熟了，展峰对风水也颇好奇，他很想知道，几十年前的风水先生，到底为何把坟穴选在一个既不是中心，也不是边缘的位置。

　　测量了整块田的数据后，问题总算在科学上有了解释。

　　假设将陈老爷子坟穴的位置设为C点，坟包垂直于南边田埂的位置为B点，垂直于北边田埂的位置为A点，并连接各点的话，就可以发现，AC的距离/AB的距离，刚好等于BC的距离/AC的距离。也就是说，坟包的位置，正好处在一个黄金比例分割点上。

　　"风水"有科学的阐述，在当下的学术研究上并不少见，尤其是眼前的现实运用让展峰感觉到，某些"未知领域"能够存在，必定有它存在的道理，固然不能全信，但也不能一棍子打死。毕竟谁也不确定，科学的尽头究竟是

陈家庄石棺案第一现场示意图

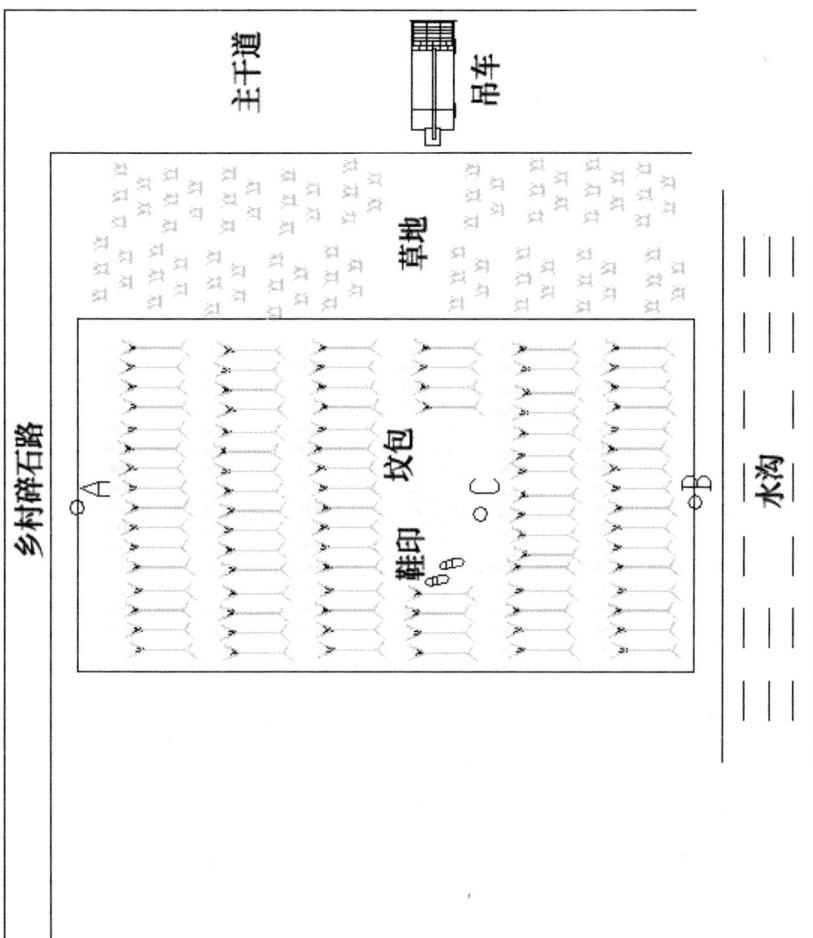

北

主干道

吊车

草地

坟包

鞋印

乡村碎石路

A

C

B

水沟

什么。

…………

负责警戒的民警，收到指令后，全部撤出，专案组几个人径直来到了坟包位置，开始观察现场状况。

望着满地的泥渍鞋印，嬴亮皱起浓眉，说道："怎么破坏成这个样子？"

一旁的隗国安却不以为意地说："被害人都死了六年了，指纹、鞋印什么的，就是有，也不可能保存这么长时间，现场怎么乱其实也没多大影响。倒是现在距离晚上八点只有三个小时，目前最棘手的是要如何处理这口石棺。"

时间紧迫，众人急忙分头忙活起来。

将石棺内的陶器、瓷器、铜器之类的陪葬品一一取出，展峰手持微量物证提取仪，开始对棺内棺外的细小附着物进行地毯式的搜集。在确定没有任何疏漏后，石棺被钢索重新吊起，3D扫描仪也紧跟着开始运转。

传至电脑上的渲染画面，在屏幕上一帧一帧地呈现。

这是一口长方体石制棺椁，分棺体与棺盖两个部分。全棺共六面，棺盖刻有双龙盘柱的花纹，龙首部位写有"万古流芳"四个大字。四指宽的盖沿，雕有"双龙戏珠"，龙珠所在刚好是棺体的正中。

棺体两个窄面上，刻有"双鱼抱福"的字样，具体什么意思，还不得而知。

前后两个宽面上，也都是些仙鹤、祥云的图案。除此之外，还有记录逝者生前种种的碑文，类似墓志铭。读过碑文后，众人大概得知，逝者名叫陈宽容，1921年生，盛年死于不治之症。

3D扫描结束，相关数据也显示在了电脑上：石棺外围长2米8，宽1米4，高1米6；内径长2米2，宽1米1，高1米4；从数据上看，并不是很大，但其实整个棺椁仍要比普通木棺大上一号。

当展峰确定，扫描仪上标注的痕迹与棺椁表面实体痕迹完全吻合后，现场勘查工作到此结束，而时间，也与吕瀚海的"登场"无缝衔接。

十七

晚上八点，夜幕降临。

远离都市污染的乡村地头里，墨色天空中群星密布，即便是暗淡的小星星也清晰可见。

吕瀚海手持罗盘如期而至，在商场身经百战的陈国庆，虽说对这位"道九"的身份没什么好怀疑的，可他到底有没有真本事，陈国庆的心里还是打了一个重重的问号。

事关祖上迁坟这等大事，他也没什么好遮掩的，直接找了几个当地比较知名的风水先生混入人群中，为的就是掂掇吕瀚海的斤两，这其中就有陈中秋早前请来的那位先生，自称"九轩堂主"的贾道长——贾康。

瞧见有一二十人围上来，吕瀚海怎会不知陈国庆的心思。人群里必然混进了"同行"，一时间，他竟有了一种为养父争光的冲动。

当手电筒的光都集中在他身上后，他一个跃身跳进土坑，摆好罗盘。吕瀚海斜扫了一眼，便张口道："老人家是英年早逝，埋棺时，棺盖要露出地面6厘米，以全'盛年'之气。土坑往东稍稍倾斜，您父亲走时难免心中带怨，因患的是顽疾，且卧床多年，若非如此借东风疏散怨气，难免要滋扰子孙，不得安宁。

"我看你们家这片高粱地，四方规整，近山靠水，确实是块好地。当年的先生，颇有些建树，坟地恰是选在了这块地的黄金眼上。"

吕瀚海眯起眼睛，右手四指弯曲，拇指则在指尖来回轻点，片刻后，他又道："老爷子的命格为双龙抱柱，此格能成大事，但也颇多坎坷。可惜的是，双龙抱柱，天时、地利、人和缺一不可，大时代环境不佳，这才导致他老人家没挺过这一劫，只得将福气留给子孙后代。按你们当地风俗，'鱼'谐音'余'，老爷子走后，家里余下几位男丁，就得在棺材上雕刻几条鲤鱼，你们是兄弟俩，所以我猜，石棺的两端，还刻了双鱼抱福的图案，是与不是？"

陈国庆惊讶万分，只因吕瀚海刚才的那番话，说得与实际情况分毫不差。此时天色昏暗，石棺还在 1 米远的高粱地里，在高粱秆的遮挡下，吕瀚海不可能看清石棺的模样。

于是在陈国庆的潜意识中，已经完全相信吕瀚海是个世外高人。而他的道行，比自己见过的所有"先生"都要高出一截。

可陈国庆并不知晓，吕瀚海是懂得一些风水的理论知识，说精通倒也不为过，但若没有展峰提前透露的消息，他也不可能说得如此精准，比如那"双鱼抱福"就是从专案组拿来的资料。

至于陈国庆父亲的生平往事，那就更简单了。老人家虽生于新中国成立前的 1921 年，但后期也办理了身份证，派出所存有他的户籍档案，销户时的死亡证明上，死因写得清清楚楚。

只要有了出生年月，推出生辰八字跟命格，简直就是小事一桩。

至于黄金眼，那也是多亏了展峰的计算。而棺盖露出地面 6 厘米跟双鱼抱福的具体含意，则是赢亮查了当地风土民情的功劳。

靠着三寸不烂之舌，吕瀚海轻松取得了对方的信任，见众人听得频频点头，吕瀚海乘胜追击，开始了真正的表演。他一摸下巴，欲言又止道："不过嘛……"

陈国庆心中一惊，慌忙问道："不过什么？"

刚刚还侃侃而谈的吕瀚海，突然犹犹豫豫不吭声了，这让已对他深信不疑的陈国庆有些抓狂，连忙道："道九先生，有什么您但说无妨。"

"好，那我可就说了啊！你们兄弟俩啊，从老爷子这儿得的福报可不均匀。"

此话一下子戳中了弟弟陈中秋的心坎，他激动地跑上前，双手合十，对着吕瀚海连连作揖，脸上的表情似哭似笑，说道："您简直是神仙下凡啊，句句分毫不差。我哥是大富大贵了，可我还蹭着这点鸡毛钱过苦日子呢，您说，到底该如何化解，您今儿可得给我指条明路！只要能让老爷子的福气匀给我点，花多少钱，我都愿意。"

吕瀚海端出高姿态，说："君子爱财，取之有道，既然我应了委托前来给你们看坟，就算一毛不给，那我也会尽心尽力，这是我做人的原则。我是冲着你们兄弟和睦，解决人民矛盾来的，我是图你那钱吗？"

"是是是，大仙所言极是。"陈中秋搓着手，满眼期待地盯着吕瀚海。

吕瀚海摇头道："造成福报不均的主要原因，是当年的风水先生只会定穴，并不会观星。"

"观星？"

听吕瀚海如此说法，人群中开始窃窃私语起来，就连自称是世外高人的贾康也把注意力集中到了吕瀚海身上。

"四象二十八星宿，这可是老祖宗留下的瑰宝。顶级的堪舆术，必须结合星象。"吕瀚海从兜里取出一个巴掌大的圆盘，其造型与罗盘类似，但指针所对应的却是"青龙""朱雀""玄武""白虎"四种星云图案。

"这个是？"贾康的双眼顿时露出精芒。

"这个可厉害了！"吕瀚海掂了掂手中的圆盘，"它叫星盘，相传为李淳风祖师爷所制，存世极少，有钱也买不着，会做这个的工匠早就绝迹了，不是我吹，放眼全国，懂得星盘用法的人，算上我，那一只手也能数过来。"

之前吕瀚海已经展示了自己的实力，现下自然没人觉得他在吹牛。就连作为同行的贾康，也觉得吕瀚海不是在打诳语。

关于星盘的传说，他向来略有耳闻，甚至还在一本古书上见过星盘的画像，回想起来跟吕瀚海手中的实物很是相像。都说眼见为实耳听为虚，贾康就算再孤傲、再本事了得，也不得不承认，人生在世，不免人外有人，天外有天。

能把贾康都唬住，倒也不是吕瀚海嘴皮子多溜，而是因为他手中拿的这个，还就是从他师父吕良白那里顺来的真星盘。此物本有一大一小两个，因大的太沉，不好随身携带，所以他就带了个简装版在身上。

早年他们爷儿俩住在一间废弃的破瓦房里，卧病在床的吕良白，没事就指着天上的星星和吕瀚海说道，这么耳濡目染下来，还真让他掌握了观星的基本常识。忽悠此道高手，可能还差点火候，但对此道并不精通的人，两三句就能被他给绕进去。

"新迁坟址选在哪儿？"吕瀚海把星盘高高举起，张口问道。

陈中秋瞅了一眼身穿运动衫的贾康之后，朝吕瀚海一抱拳道："九爷，在大铺头村。"

"具体位置呢？"

陈中秋打开手机地图，指着上边一块空白，说："隔壁村，我堂哥家的地里头。"

吕瀚瞟了一眼，笑道："地倒是块好地，还是同样的问题，没有对应星宿的位置[1]。要想福报均摊，墓穴必须往玄武方移动2米，再往青龙方移3米，这个点虽不在黄金眼上，但风水自然沟通天地，效果极佳。"

陈中秋一边听吕瀚海说着，一边用目光询问身边的贾康，见对方频频点头，他心里总算松了口气。

之所以连贾康都会认同，是因为吕瀚海并非信口雌黄，他完全是按照养父所授的相关知识，一点一点认真推演而来。

虽说玄学神秘，世人大多觉得并不可信，但既然他吃的就是这口饭，有些话可以乱说，有些事却绝不能乱做，看风水，吕瀚海是专业的，这是他和养父做人的根本！

为了确保不生纰漏，吕瀚海又到隔壁村实地测量了一番，最终结合皇历，敲定迁坟吉日为两日后的申时（下午三至五点）。

十八 ➠

棺材还回去后，又忙活到半夜的吕瀚海也并非一无所获，被观星定穴之技彻底折服的陈氏兄弟，临走前硬是给他塞了一万块的红包。

自打进了专案组，游手好闲惯了的吕瀚海也多少有了些政治觉悟，放在以前，这钱绝对会被他悄悄装起来。可今非昔比，他现在的身份是公安部特聘

---

[1] 古人把天分为东西南北四宫，分别以青龙、白虎、朱雀、玄武为名。青龙为东方之神，白虎为西方之神，朱雀为南方之神，玄武为北方之神。

辅警，虽说他常自嘲是"二狗子"，可说归说，其实心里还是很愿意接受这个身份的，尤其在"贼帮祠堂"展峰舍命相救后，他更是不愿对展峰有所隐瞒。

所以从陈家庄回来，他就跟展峰报告了此事，并把一万块如数上交。令他意想不到的是，展峰并没有将钱充公，而是说了句"私人劳动所得，不必过问"，把钱又还给了他，这反而搞得吕瀚海有些不好意思起来。毕竟要不是专案组许可，他根本不会去看风水，更不可能有这笔收入，平日他从展峰那儿弄到的"嚼头儿"也不少，人家都是睁只眼闭只眼，如今他有心帮补，展峰却不取一厘，吕瀚海心里也难免有些怪怪的。

话说回来，在原始现场，专案组并没有搜集到什么有价值的线索，石棺上的零星痕迹也暂时不清楚是什么工具所留，与吕瀚海简单交流后，上次被迫中断的案情分析会，在外勤车上又继续召开了。

…………

全息投影被调出，女尸腰腹部的 Y 字形伤口，成了展峰首先关注的重点。

"创口长 16 厘米，创缘平整光滑，缝合线内嵌入微量干涸血渍，凶手是在其刚死亡不久，用较为锋利的锐器进行切割的。"

"为什么要切成 Y 字形？"司徒蓝嫣有些疑惑。

展峰针对性地解释："常规的法医解剖术分为直线切法、T 字弧形切法、Y 字形切开法 [1] 和倒 Y 字形切开法 [2] 四种。

"无论采取哪种方式，在具体操作时，都是为了避开损伤，尽可能地保留尸体原貌。而从我们现在分析的犯罪动机看，凶手的目的也是如此。直线切法和 T 字弧形切法必然会留下较大的创口，所以 Y 字形切开法是他的最佳选择。"

"我补充一点。"嬴亮将笔记本电脑转向众人，屏幕上赫然出现一具干尸，顿时吸引了众人的目光，其腰腹部竟也有一处几乎相同的伤口。

---

[1] Y 字形切开法是分别从左右耳后乳突垂直向下切至锁骨上缘，再向前内方切开至胸骨切迹处会合，其余胸腹部切口同直线切法。颈部有损伤，如索沟、扼痕时，基本会采用这种方式。
[2] 倒 Y 字形切开法是先按直线切法切开颈、胸部皮肤至腹上部，再以半圆形切开腹部，将皮瓣向下翻转。若是腹壁有损伤时可采用此术。

"我查阅了相关资料，古人有时为了使尸体不腐，也会把死者内脏全部掏出，并在其中塞入大量的防腐药材。埃及的木乃伊就是以这种操作方式制成。不过木乃伊的原理是隔绝了尸体的水环境，使酶不能水解，多以干尸的形式保存。我认为，凶手在作案前，查阅过相关资料，不排除模仿作案的可能。"

随着查案的深入，再加上隗国安私下的劝说，赢亮的怒气早就消了不少，可明里暗里跟展峰的博弈，却始终没停，只要让他逮住机会，一定会给展峰补上几句。以往他还有些露脸的心态在，可时至今日，已完全变成了两个人之间的较劲。

展峰盯着木乃伊的图片看了一会儿，认可了这个推测，说："假设存在，可以存入会议纪要。"

赢亮却丝毫没有因对方的认同改变自己的态度，他绷着脸，将刚才的那段话，打进了程序指定的对话框中。

司徒蓝嫣敏锐地察觉到两个人之间的刀光剑影，正要说什么，同样会看人脸色的隗国安已开口打岔道："这两天我一直在想一个问题，凶手这么做的目的是什么？把一个大活人抓过来，做成人皮玩偶，然后再跟死尸发生性关系……当然，我也知道这是一种变态行为，可我就是搞不明白，他到底是如何产生这种常人无法理解的犯罪动机的呢？"

司徒蓝嫣研究过变态心理学，她很快给出了答案："美国作家威廉·福克纳写过一篇非常著名的小说，叫《献给艾米丽的一朵玫瑰花》，讲的是十九世纪时，杰弗逊镇上一位性情怪异的女子艾米丽与尸为伴四十年的恐怖爱情故事。

"艾米丽在七十四岁去世，街坊们去她家参加了葬礼，在她下葬后，大家打开了她封闭了四十年的房间，他们发现屋内布置得就像婚房一样，而床上躺着的，就是她失踪了多年的恋人——荷默的骷髅。"

赢亮从电脑中调出了这篇发表于1930年的短篇小说，一目十行地快速阅读后，找到了一个关键问题："艾米丽有恋尸癖？"

"是。"司徒蓝嫣点点头，"为什么艾米丽会患有恋尸癖？因为她有一位保护欲极强的父亲，长期阻碍她发展正常、健康的人际关系，也不让她交男友，时时刻刻割裂她的社交圈。她的父亲认为，没有男人配得上自己的女儿。因此，艾米丽不得不一切依赖父亲。

"父亲的死，导致艾米丽的整个世界观开始崩塌，她不敢面对瞬间缺失的父爱，所以她否认父亲已逝，拒绝下葬。在家停尸三日后，其父亲尸体还是被强行拖走了。

"而这个时候，荷默出现在了她的生活中。他算是填补了父亲留下的情感空白。可当荷默告诉艾米丽不想结婚时，她无法接受再次被生命中另一个重要的男人抛弃。

"由于年少时父亲的阻挠，她没有办法建立正常的人际关系，因此，艾米丽对生命极度漠视。对她而言，陪伴不一定需要肢体和感情的交流。只要能保证她的精神寄托，一切都在她的接受范围内。

"于是，她将男友荷默杀死，藏尸于阁楼，并跟尸体在一起生活了四十年。

"在心理学中，所谓的恋尸癖是指通过奸尸获得性满足，这算是心理疾病，多见于与尸体常年打交道的职业。如太平间或殡仪馆的工作人员。

"国内外的案例都指出，患有这种疾病的人，最直接的动机，就是通过奸淫尸体来满足自己的性冲动。而艾米丽只是无法面对分离。父亲给她带来的创伤，教会了她不惜一切代价也要留住自己需要的那个人。她其实是一位非典型的恋尸癖患者。"

"你们一定想问，我为什么要举这个例子。"司徒蓝嫣说，"因为经深度剖析，我认为，本案的凶手可能与艾米丽类似。

"首先，在被害人活着的时候，他着急做的是防腐工作，并没有奸淫行为，否则一定会在尸表留下抵抗伤。

"其次，他给尸体做了二次整容，我怀疑，他性幻想的对象，是一位圆耳、高鼻梁的女性，且胸围是 D 罩杯。

"他之所以没有对其他部位进行改造，是因为他对'幻想对象'的了解，也就只停留在这个层面。也就是说，他们未曾发生实质性的性关系，就算是男女朋友，情感也没有到可以同居的地步。"

"凶手会不会是单相思？"嬴亮问。

"很有可能。"司徒蓝嫣大胆猜测，"我怀疑凶手暗恋的那个人，已经彻底地从他的生活中消失了，他长期压抑的情感，促使了犯罪动机的形成。"

"那么，凶手或许会选择长相与之相似的人来下手？"

司徒蓝嫣点了点头，说："没错。"

隗国安茅塞顿开，他拿出画笔，仔细端详着死者的容貌，说："短发、细眉、丹凤眼、高鼻梁、宽颧骨、四方口、尖下巴、瓜子脸、元宝耳。"

他一边念叨，一边画出他构想中的模样，停笔之后，他又叹了口气，说："长相太普通了，人脸识别系统，也不一定能确定身份。"

嬴亮也有些丧气，说："失踪人口及 DNA 信息，都筛过了，没有符合条件的，尸源暂不明确。要是这家伙真是单相思，被害人自己可能都不知道为什么被杀，核实了死者身份，也没办法继续跟进。"

"也不是没有一点抓手。"展峰轻声道。

他来到全息投影前，边观察尸体边开始推论："死者发梢有多处弯头，修剪层次不一，说明剪刀不够锋利，应该不是出自理发店，我怀疑是凶手将死者的长发剪成了短发。

"头发的样本检出了劣质染发剂成分，结合头发的生长规律，测量发根至染色区距离，可以推测出死者是在被害前半年内做的烫染，价格不超过 100 块，发梢中段较弯，其生前常扎马尾辫。

"死者皮肤粗糙，双手手掌可见黄色硬质角质层，右肩明显低于左肩，是长期负重所致。指甲被染成了橘黄色，检出凤仙花色素，是用花瓣覆盖于指甲上完成的染色……指甲油不贵，可她仍然买不起，要用原始的方式来装点。

"最后，她的指甲里存有黑色污垢，成分为玉米秸秆燃烧后的炭灰。"

隗国安接了话茬："展队，你是说，死者是一位出生在农村的女孩？"

"应该不会错。"

"农村烧锅做饭，都是用晒干的秸秆做引燃物，这在当地的确很普遍……"隗国安口中喃喃道。

"不光如此，我在死者的牙齿上，还发现了点线索。"展峰手一挥，全息投影上，只留下牙齿影像。

隗国安仔细端详了好一会儿，发现牙齿除了有些发黄外，好像与正常人并无两样。

展峰指着牙龈上附着的牙斑菌解释说："有明显的四环素牙齿特征。"

"四环素？"展峰刚一说出口，赢亮便检索到了相关内容，"四环素类药物主要包括四环素、土霉素、金霉素、盐酸多西环素等，这类药物属于广谱抗生素，不但在临床上应用广泛，在药店也很容易买到。

"四环素类药物对牙齿的损害程度主要取决于服药的年龄、剂量等，八岁以下的孩子恒牙陆续长出，牙齿正处在发育和矿化期，如果此时服用四环素类药物，四环素沉积在牙齿和骨钙化活跃的地方，不但可以改变牙齿颜色，还可能伴有轻度牙釉质和牙本质发育不全。

"之所以会引发这种情况，是因为四环素类药物与人体钙离子有特别的亲和力，与牙组织中钙质结合后会生成四环素、钙和磷酸盐的黄色复合物，把牙齿内部染成黄色。这种复合物本身呈淡黄色，但在紫外线的作用下，渐渐由黄色变为棕黄色、棕色或棕灰色，也就是常说的四环素牙。怀孕三个月以上的孕妇若使用四环素类药物，出生后的幼儿乳牙也会被染成黄色。所以，八岁以下的儿童和孕妇、哺乳期妇女是禁止服用此类药物的。"

展峰继续说道："这类抗生素价格便宜，在农村诊所几乎是泛滥式销售。我跟本地的药监部门联系了，他们曾多次对全市的乡村医院进行突击检查，哪家诊所有出售，他们都有备案。"

隗国安狐疑道："不过，这也只是稍微缩小了点范围，毕竟农村诊所也不少。"

展峰对隗国安提出的问题早有预计，他将死者的牙齿剖面图调出，指着牙根处很不起眼的白色波浪形痕迹说道："你们看，放大后我发现，每颗牙上还存在氟斑。"

"氟斑？"赢亮的电脑键盘又噼里啪啦地响了起来，不过这次数据库中并未反馈结果。

展峰抬眼看了看有些失望的赢亮，说道："此特征完全是经验总结，没有实例参考。只有长期饮用高氟水源的人才会出现氟斑。城市居民饮用的自来水经过过滤，氟的含量严格控制在饮用范围。所以，只有农村自打的水井，才会出现氟超标的情况。"

展峰调出全市电子地图，其中靠东北的大片区域闪烁着红光。"我接着又联系了水文局，本地的地下水系中，只有这一片的水源是从外省的上游流入，与其接壤的地区，岩浆岩分布较广，经检测，这片区域的水源中氟含量高出正常值的六至十倍，而且越是靠近外省的区域，氟含量越高。

"受害人牙齿的四环素斑明显多于氟斑，由此推测，她的居住地，就算不与外省直接接壤，距离也不会太远。"

隗国安听到这儿，紧锁的眉头终于稍稍松了些，说道："二十多岁，扎马尾辫，染黄发，生活在农村，常干体力活，居住地附近有出售四环素类药物的乡村诊所，自家挖井，水源氟超标。"

所有线索，在他的脑海中逐渐组成一张网络，虽说范围仍有些模糊，但不得不说，靠着这么一丁点的线索，展峰能分析成这样，着实令人佩服。

十九

两天的时间在吕瀚海"吃了睡，睡了吃"中很快度过。俗话说得好，吃人嘴软，拿人手短，拿了陈国庆一万块的红包，这迁坟的重任，自然就落到了他的身上。

定下的时辰如期而至，吕瀚海不负众望，铆足力气不放过任何一个细节，就连新坟的土坑打多深，棺材上盖多少土，都亲自监工，确保不出现一点疏漏。作为长子的陈国庆，看在眼里美在心头，觉得心事全都放下了。

按农村习俗，迁坟必须在村里摆上三天三夜的流水席，有条件的还得请唢呐花鼓。

为了顺利将父亲安葬，不差钱的陈国庆差不多把每个流程都弄成了顶配。能把海参、鲍鱼、帝王蟹都摆上农村流水席的，也就陈氏一家了。

因条件限制，村屋仅有一个包间，吕瀚海被奉为上宾，坐在了面门的主位上。

酒足饭饱后，陪坐的陈国庆兄弟俩起身离开，屋内只剩下吕瀚海和贾康。

要说看坟前，贾康对吕瀚海的实力还处于观望状态，经过这次迁坟后，贾康认定，这个看似不起眼的吕瀚海，百分之百是位世外高人。他懂的那些风水知识，吕瀚海全部精通，而他不懂的那些，吕瀚海也运用自如。

…………

虽说展峰有规定，办案期间不能饮酒，但吕瀚海实在经不住陈氏兄弟的左右相劝，面子上过不去的他，还是意思意思，小酌了两杯。

见他酒水下肚有些微醺，贾康端着酒杯，笑眯眯地走了过去。

"吕兄真是让我大开眼界啊！就您那招夜观星象的绝活，放眼全国怕是也没几个人能跟您比肩。"

贾康的情况，吕瀚海从陈中秋那里也多少听说了一些，据闻这人是本市赫赫有名的风水大师，性格孤傲得很，不管你什么身份，什么地位，只要他觉得不妥，就算开出天价，也不一定请得动。

迁坟这几天，吕瀚海特别注意到，贾康始终在一个安静的角落观察他的一举一动，他本以为是陈氏兄弟故意找贾康过来监工的，可席间，他却从陈氏兄弟的话里发现并非如此。

尤其是陈国庆将他安排在自己对面的"上菜座"[1]，就足以说明陈氏兄弟没把这人太当回事。

按理说，以贾康的性子，不能忍这份窝囊气，可让吕瀚海感到意外的是，贾康非但没有介意，还频频主动向他敬酒，摆出了一副极低的姿态。

事出反常必有妖，虽酌了几杯小酒，但吕瀚海是什么人，他可没有被酒精麻痹大脑，心里跟明镜一样，正等着贾康给自己下菜碟呢！

他假装微醉，哼哼唧唧地说："贾道长，在下不胜酒力，真的不能再

---

[1] 在宴请宾客时，通常会在餐桌上留个空位，方便服务员上菜，该位置被称为上菜座。一般都是宴席上陪酒者的座位。

喝了。"

贾康哪儿是为了让吕瀚海喝酒啊,他就是醉翁之意不在酒,不过他向来孤傲,不喜跟人多打交道,那点社会经验自然不能与吕瀚海相比,他哪儿知道吕瀚海早就猜出了他的目的,无非就是想在自己的活计里,补上观星这个漏子!

不过贾康也很能耐住性子,他怕在吕瀚海醉酒状态时提出要求,要是对方清醒过来,拍拍屁股不认账,再或者一口否决,那么接下来的事还真就不好办,所以倒也没想直接开口。

左思右想后,贾康打算先向前试探性地迈一小步,免得拉着胯。"吕仙人,咱们都是端同一碗饭的,不知道方不方便留个联系方式,日后在一起多交流交流。"

就算他不说,吕瀚海也正有此意,毕竟案件仍在侦办,专案组还要在此地待上一段时间,有个同行聊聊也可以增添趣味。再说了,出门在外,多个朋友多条出路,日后说不定也还能用上。

吕瀚海一抱拳,客客气气地回道:"贾道长比我年长十多岁,小弟初来贵地,抢了您的生意,本就心里过意不去……"

贾康连忙打断,说道:"哎呀,吕兄这是说哪里话,咱们这行本就是凭本事吃饭,我年纪稍长,但确实也是技不如人,这一点吕兄就别谦虚了,往后有需要,难免得请吕兄指点一二。"

倘若今天坐在这里的是吕瀚海的师父吕良白,估计贾康连上前说话的机会都没有,就他那"独门秘籍",怕是带进棺材也不会轻易传给别人,可比起那个脖子梆硬的养父,吕瀚海做人要圆滑太多。

他知道,要在社会上立足,首要的一点,就是不能轻易得罪任何人,常言道,碎瓦还有垫桌角的时候呢,何况对方还是方圆百里赫赫有名的道人,得罪了人家,万一人家给你从中作梗呢?正所谓阎王好惹小鬼难缠,江湖里可不缺睚眦必报的狠角儿,没必要惹人嫌,他吕瀚海可不干这种事。

见贾康把姿态放得这么低,吕瀚海立马拍了拍胸脯,爽朗地回道:"相见就是缘分,老哥要是往后有用得着小弟的地方,您尽管开口!"

"痛快！"贾康喜出望外，"那我就在此先谢过吕兄，等陈氏兄弟的事忙完，我来做东，邀您一聚，到时吕兄千万不要推辞啊！"

吕瀚海一乐："得嘞！悉听尊便！"

二十

两天工夫下来，陈氏兄弟的风波，总算告一段落。可案件却陷入了暂时的僵局。

虽说前期已经列出了核查"尸源"的多条线索，但就目前的状况而言，"命题"仍有些模糊，哪怕市局专门成立调查组，也是无从下手。

目前倒也算万事俱备，还欠隗国安这把东风。要想把所有线索串联起来，死者的真实画像就显得尤为重要。

凶手给尸体做了面部整容，还化了浓妆，还原死者长相的唯一途径便是在颅骨基础上进行复原。

对无名尸体的颅骨处理，是一项极为复杂的工作，需经过四个步骤：

第一步，浸泡、蒸煮。

整个过程做下来，大概要持续三十六个小时。

第二步，脱脂。

经上一步浸泡蒸煮后，清除了头颅的皮肤、肌肉及其他软组织，却仍无法清除骨髓腔内的脂肪，所以要用有机溶剂浸泡进行脱脂。而这一步，要持续三至七天。

第三步，暴晒。

此步骤的主要目的是阴干水分及汽油成分，为第四步做准备，不过将脱脂后的头颅在阳光下晒的时间不宜过长，一至两天即可，为的是防止颅骨表面开裂。

第四步，粘骨。

这是最关键的一步，在前面的操作中，尤其是蒸煮时，极易引起颅骨面的小骨脱落，这会给颅骨复原带来极大的影响，所以待颅骨完全干燥后，仍需用黏合剂将散碎的骨骼重新黏合，这一步必须依靠手工完成，如果不够细心，会影响最后的复原效果。

所以说，要想得到误差较小的画像，处理颅骨的过程中，需格外细致。

好在，隗国安是这方面的熟练工，经他煮过的颅骨，最少也在三位数，对别人来说比较烦琐的步骤，在他这里，完全不在话下。不过就算这样，没个六至八天，他也很难搞定。

二十一 ▬

隗国安忙活的期间，展峰却在思考一个问题：凶手为何要选择这种异乎寻常的作案方式？

而同样的问题也困扰着司徒蓝嫣，于是除隗国安外，专案组其他人在一起开了个小会。

会上司徒蓝嫣一马当先，把她从犯罪心理角度上构思好的理论，先讲了出来："行为主义心理学认为，人的一切行为都是由后天学习而来的。不同的成长环境决定了个人不同的行为方式，而犯罪后果，是在外界不良环境的刺激下，个体产生不良心理，最终导致的犯罪行为的发生。

"本案的嫌疑人，是一位非典型的恋尸癖患者，心理学上可以概括为变态心理。这种心理包括情感、认知、意志和个性等方面的特征。

"我翻阅了国内外所有变态杀人案的案例，总结出该类案件的几个特点。

"第一，变态心理多为一种隐藏在内心，不为人知的病态心理，需采用犯罪的方式进行宣泄，大都是单人作案，少见多人作案的情形。

"第二，受侵害对象具有相似性。即是说，凶手只对某类被害人感兴趣。

"第三，作案手段具有习惯性、稳定性，多为系列案件。

"第四，作案时间兼具规律性与随意性。选择什么时间作案，取决于作案人对作案环境的认识，包括在什么时间容易得手且不被人发现，什么时间作案后能安全迅速地离开，一旦形成惯性，就很难改变。

"第五，作案地点分布具有规律性。凶手杀害被害人的过程较长，往往需要至少数小时。这就决定，他必然是对周围环境比较熟悉，可以找到适合的、安全的作案场所。

"犯罪人在对作案地点的选择上，一方面要考虑到有利于顺利完成长时间的犯罪行为，减少被发现的风险，另一方面，还要体现出犯罪人的独特嗜好。"

赢亮平时与司徒蓝嫣交流得最多，听完她说的之后，他大致明白了师姐要表达的意思：单人作案，这很好理解。在此之前，他也这么猜测过，毕竟不是所有人都有胆量与尸体发生性关系，要找个志同道合的帮凶只怕很难。

而凶手猎取作案目标后，又是去内脏，又是防腐，最后还要整容，这一切都做得井井有条，足以表明凶手并非首次作案。

作案时间相对随意，凶手无固定职业，没有稳定收入，要是凶手有一定的经济基础，完全可以去娱乐场所发泄欲望，没有必要冒这么大的风险。

最后，他选择将尸体抛入棺材，说明他对当地的风俗比较了解，知道当地有石棺下葬的传统，本地人作案的可能性很大。

以上几点，赢亮都能想明白，但唯独作案地点在哪里，他也无从推导。被害人被捆在"木人桩"上好几天，而且其间还被割去了耳鼻，就算是个哑巴，出于本能也会发出很大的叫声。

要是在人流密集区，不做隔音房间，很容易就会被街坊邻居发现。可在全国飞速发展的当下，真正算得上荒无人烟的地方，在城市乡村范围内基本上是找不到的。难不成为了作案，这杀千刀的还真弄了个隔音房？

赢亮快速思索时，展峰开了口："蓝嫣所说的，从某些方面完全可以解释得通，但这仅是大概率的归纳总结，在没有明确的抓手前，只能作为参考。"

赢亮撇撇嘴，心头一万只羊驼在狂奔，谁不知道犯罪心理与痕迹物证本就是一虚一实两个方向，前者起指导作用，最多只能给案件指个道。看展峰憋了半天，还以为他能说出什么建设性的意见，谁知就说了这么句毫无水平的话，赢亮难免感到嫌弃。

可这话对司徒蓝嫣来说，却有着另一层次的深意。

作案过程如此复杂，到底会不会存在有人帮助他人作案的可能呢？为什么司徒蓝嫣会有这种想法？因为她曾经研究过一个叫"冰恋"[1]的群体。该群体中，女尸被称为"蓝精灵"，国外也曾报道过私自贩卖"蓝精灵"的案例。本案是否存在"定制尸体"用于贩卖的情况，她也着实不好拿捏。

思来想去，她还是把这个想法说了出来。展峰听后，考虑了许久，最终给出了否定答案："死者四肢及脖颈的勒痕规整，并未出现重叠情况，说明在抛尸前，死者一直被捆在木人桩上。另外，阴道模具中提取的润滑油及灰尘黏附物，都反映出死者始终处在同一个环境中，且该室内存在大量石灰。从这两方面分析，不太可能存在恋尸癖间的隐秘交易。"

"石灰？"赢亮打开数据库，以"室内""石灰"为关键词，检索相关数据，"石灰是一种以氧化钙为主要成分的气硬性无机胶凝材料。有生石灰和熟石灰之分。主要用在建筑行业。室内多用于刷墙。不过石灰刷墙有很大的弊端，时间一长，就容易脱落，所以现在室内的装修，多用乳胶漆代替石灰。它是以丙烯酸酯共聚乳液为代表的一大类合成树脂乳液涂料。具有易涂刷、干燥迅速、漆膜耐水、耐擦洗性好等特点。目前来说，只有经济欠发达地区，才会在室内使用石灰粉。"

被赢亮强行打断叙述，展峰却不介意，他点头补充了一句："黏附物中，除了石灰，还有土壤颗粒。"

"石灰加土壤，农村土屋？"赢亮瞬间意会。

"按国外的行情，一具女尸的价值最少也要在十万块以上，如果是用于贩卖，也不会被囚禁在环境这么恶劣的地方。"司徒蓝嫣眉头一松，"看来，的确是我想多了。"

否定掉一种可能，就等于少走一条弯路，但展峰并未感到压力减小，他盯着"尸体"说道："性欲杀人案，在尸体上通常可见多种损伤。但总的来说，可以归纳成五类：

---

[1] 冰恋即与尸体之间的爱情。喜爱女性像无生命物体一样，在发生关系时不动不出声的一种性癖好，泛指恋尸癖。

"一、发泄型损伤。此类损伤最常见，形态多为轻微的擦挫伤，严重者可致会阴撕裂或阴道瘘，合并大出血。损伤部位多为性交过程中易接触和易攻击的性器官及其附近。如会阴、处女膜、乳房、大腿内侧等部位。

"二、残暴型损伤。出于情仇、报复和激愤心理动机，性侵犯仅是其发泄仇恨的一种方式。

"三、变态型损伤。损伤方式及部位有悖常理，手段出人意料，性取向扭曲，比如用烟头灼烫乳房、会阴等性器官，甚至会出现切割乳房、生殖器等残忍行为。

"四、胁迫型损伤。是指在强烈的性心理驱使下，嫌疑人以暴力相威胁所造成的损伤。如以毁容相胁迫的，会使用锐器指向面部、颈部、肢体等外露部位；以致死相威胁的，会指向颈部、心前区、胸腹部等要害部位。

"五、抵抗型损伤。指嫌疑人实施性犯罪的过程中，遭到受害者反抗而造成的双方损伤。又可分为搏斗型损伤及挣扎型损伤。"

司徒蓝嫣向来以理论见长，但在分析之前，她仍要翻阅大量资料提前做好功课，像展峰这样张嘴就来一大套的，不下一番苦功夫绝对做不到。

在对他感到真心佩服的同时，她也明白了展峰将理论全部列举的用意。

从"尸体"上可以很直观地看出，仅有少量的挣扎型损伤。而此类伤痕，还是在其被控制以后形成的。也就是说，在此之前，凶手使用了某种方法，使对方失去了反抗能力。

要达到这种效果，惯用伎俩可分为物理、化学两大类。前者是徒手或使用器械击昏，此方法会在受害者身上留下淤伤。后者则是用迷幻类药物，此方法须与受害者建立一定的信任，换言之，凶手和被害人若不熟识，那么最起码也会有一定的空间交流。比如说，去小摊上买瓶水，绝大多数人，不会在意水中是否有毒，而如果是陌生人送你一瓶水，就会是另外一种情况了。

思路捋到这儿，又转回到了原先的讨论：若两个人相熟，为了增加调查难度，凶手或许会给尸体毁容，此情况被排除，那么就剩下一种可能，凶手或许从事某种行当，该行当能自由支配时间且可以为下药做掩护，俗称小本买卖。

推论一出口，赢亮第一个叫好。"还是师姐厉害，这都能想到。我也来琢磨琢磨。"他的手指有规律地敲击桌面，"能把尸体抛进石棺，又是单人作案，既要清楚本地民情和殡葬业态，又要懂得开棺方法，凶手必定精通此道，那么殡葬行、棺材铺，或者阴阳先生之类的职业都在嫌疑范围内。"

"有没有另一种可能？"展峰道，"由于石棺密封性好，可长时间保持尸体不腐，所以凶手才以此法抛尸？"

"保持不腐败？难不成他日后还想把尸体给取出来？他干吗给自己出这种难题？"赢亮闻言，觉得有些难以置信。

司徒蓝嫣摇头，说道："展队的意思是说，凶手与尸体存在一定的情感基础，就算抛尸，也要选择一个相对良好的环境，以此来填补内心的歉疚。"

赢亮了悟道："也就是说，凶手只会选择石棺抛尸，你们是这个意思吗？"

"没错。"司徒蓝嫣肯定道，一旁的展峰也微微点头，原本意见相左的三人，终于在这个问题上达成了共识。

二十二 ➡

会议结束，展峰扔给吕瀚海一个难题：要他打听出，关于"石棺下葬"的细节。考虑到棺内需要放置两具尸体，展峰还特意给他标注出了尺寸范围，并单独支付两千块作为酬劳。

有句话说得好，这世上最难还的莫过于人情债，吕瀚海骨子里还真就是一个重情重义之人。知道这两千块又是展峰自己掏腰包，他果断拒绝，愿意免费帮这个忙。

当然，若是真的需要用钱，吕瀚海就不见得会这么深明大义，他这个活接得如此爽快，自然是因为有路子。这几天，他不断接到那位贾康的电话，要打听下葬之事，本地风水先生是最佳人选。

在陈氏兄弟的白事上，吕瀚海大多时候是应付当下，可贾康却句句当了真，陈老爷子刚刚下葬，这家伙便不厌其烦地找各种理由催着跟吕瀚海见面。

正值办案期间，随时可能用车，没有充足的理由，吕瀚海也不能离开专案组，所以他只能找各种托词先挡着贾康。

不过他也不会像嬴亮那样直来直去，不行就直说不行，能在社会上混这么久的人，情商可不低，每次他只回复两到三个字，不是"开光""补财库"就是"还阴债"，这些都是道门传统法事，也是风水先生吃饭的基础技能。短短三四个字，既可体现出自己处在忙碌之中，又不失礼貌尊重，这样的回复不得罪人，还能给对方一个台阶下：您是道上人，您一定明白我的苦。

吕瀚海一听展峰的要求，就明白要想打听出消息，必须跟贾康碰个头。

两个人相约单独会面，一直被拒绝的贾康有些受宠若惊，他在本市最好的茶楼订了个无人打搅的雅座，自己更是早早赶到，焦急地等待贵客上门。

吕瀚海按地址寻了过去，说是茶楼，实则是一个古色古香的休闲会所，从门口停放的各类豪车不难看出，这里的消费绝对不低。

吕瀚海刚到门口，一位身穿旗袍的貌美女子就迎上来，轻声细语地问了房号，当吕瀚海报出"V01"时，女子立即面露恭敬的神色，欠着身把吕瀚海领进了电梯。

会所一共六层，吕瀚海注意到，其中一至五层的按钮有些脱色，只有六层仍然簇新，可见"一般会员"并不怎么上六楼。

见服务员掏出金卡，将六层的按钮刷亮时，吕瀚海才恍然大悟，他试探道："小姑娘，六层不对外营业？"

女子礼貌地回道："是的先生，这层是我们的贵宾区。"

吕瀚海挑挑眉，问道："那，怎么才能成为你们的贵宾？"

"年充值达十五万。"女子露齿一笑。

吕瀚海还没来得及再说点什么，只听"叮"的一声，电梯门已打开，抬头一看，贾康正笑眯眯地站在电梯口，他居然亲自跑出来迎接，可见有多重视这次会面。

"小平，你下去吧！吕先生是我的贵客，必须由我亲自领路。"

"好的，贾先生。"女子温柔恭顺地点了点头。

从两个人的对话态度不难看出，贾康是这里的常客，而且绝对不差钱。

"吕兄，你可真是个大忙人，终于舍得给我打电话了？"贾康搂着吕瀚海的肩膀朝走廊深处的包间走去，不管是他的言语还是动作，都表现得仿佛是跟吕瀚海处了多年的兄弟，令人倍觉亲切。

两个人不过萍水相逢，贾康却表现得如此熟稔，让吕瀚海对他不得不有了更深的警惕。有句话说得好，人若反常必有妖，言不由衷定有鬼。贾康这样一不差钱，二不差关系的人，自己对他而言有什么利用价值？哪怕吕瀚海用最笨的排除法也能想到，对方可真是眼馋那套连他自己都只会点皮毛的"观星术"了。

如果真是这样，吕瀚海反倒觉得贾康这个人还值得一交，毕竟现在风水先生中，靠假把式混吃混喝的大有人在，能如此低姿态，又真心想学的人，吕瀚海的印象中，他也算头一个。

在走廊中七拐八拐一番，吕瀚海被一路搂到了包间门口。

"到了，这是整个会所最大、最隐蔽的包间，就算放个炸弹，外面也听不到任何动静。"说着，贾康用力把厚重的木门推开，"上好的红木打造，就这一扇门就得好几万。"

随着门缝逐渐变宽，视野还没展开的吕瀚海，已被一股浓郁的茶香吸引了。闻到这股味道，就仿佛进入酒窖，在那种情形下，就算你不懂酒，也能感到沁人心脾、芬芳醉人。

"这是什么茶？"顾不上欣赏房内低调奢华的中式装修，吕瀚海忍不住问了一句。

"想不到吕兄对茶道也有研究？"贾康将他领进雅座，指着桌面上玻璃壶中红艳透亮，没有一丝杂质的茶汤介绍，"曼松贡茶，会所的镇店之品，也是高端会员专供，一颗鹌鹑蛋大小的茶丸，市价要两千块以上。"

吕瀚海早年曾与茶商打过交道，这种茶他也略有耳闻，不过也就是"只听其名，未见其物"。如此"感人"的价格，就算再馋，他这辈子也不会主动尝试。

面对天价名茶，吕瀚海面不改色心不跳，轻轻点了点头，装作一副见过大世面的样子："要是论茶道，我能跟你掰扯一整天，可贾兄三番五次诚心邀约，只怕也没心情聊这个，要不，咱们还是言归正传吧！"

吕瀚海这种把昂贵名茶当鸿毛的态度，却是深得贾康的心，他把人约到这种高档会所，自然是别有用心，一个人的见识眼界，在强烈的外界冲击下会无所遁形，不过吕瀚海看来真是个大师，毕竟那种波澜不惊的感觉，一般人可是装不出来。

贾康哪里知道，吕瀚海自打进入专案组，每天面对的不是心思缜密的展峰，就是各种"奇葩"迭出的案子，那种"心惊胆战、刀口舔血"的日子他早就习以为常，尤其上次跟赢亮还差点嗝屁儿，经历过大风大浪，这心理素质自然不用说，否则他也不敢接这活了不是？

两人"各怀鬼胎"，第一轮较量算是告一段落，贾康用木夹将茶碗小心翼翼夹到吕瀚海面前，定了定神后，他开口道："吕兄啊，一日不见如隔三秋，我……"

"我知道你想说什么。"吕瀚海打断他，"只是在你说出真正目的之前，我也有一件事想问问你。"

"哦？吕兄想问什么？但说无妨，只要我知道，一定如实相告。"一听自己要求的事情有门儿，贾康顿时面露欣喜。

吕瀚海端起茶杯嗅了嗅茶香，说："我说，你们这儿是不是有石棺下葬的风俗？"

"风俗谈不上。别说现在政府禁止开采石料，就是在早些年，石棺也不是普通家庭买得起的。拿陈氏兄弟为例，他们父亲的那口石棺，当年也是举全家之力打造，要不是他们祖上留有家业，也不可能打出这口石棺材。"

"如此说来，用石棺下葬，在本地也不是很常见了？"

"倒也不是这么绝对。"贾康道，"大号石棺一般人是用不起，但小号石棺，用的人却不在少数。"

吕瀚海掏出一张字条，上面写着展峰给他的尺寸。"贾兄，麻烦你帮我掌掌眼，这尺寸，是你们这儿的大棺，还是小棺？"

贾康快速地瞥了一眼，笑道："只要高度大于半米的，都是大棺，您这都超70厘米了，您说这棺材是大是小？"

吕瀚海收起字条。"我再多问一句，大小棺材两者间有什么区别吗？"

"区别很大。"有求于人，对本就谈不上敏感的问题，贾康倒没打算隐瞒，他老老实实解释道，"小棺通常都是用石板拼凑，因黏合剂会发生质变，这种石棺不超过十年就会散架，所以下葬后，要在土坑的空隙中填入水泥封死。否则时间一久，进入空气，尸体便会加速腐败。不过就算倒入水泥，那也是治标不治本，效果是远赶不上大棺的。

"而大棺呢，多用整块方石雕凿而成，棺盖严丝合缝，下葬前，还会用水泥灰将缝隙填平，土坑中只需提前用火烤干，撒进生石灰防潮除虫即可。上好的石棺，可保肉身百年不腐。"

"难怪陈老先生死了这么多年，五官还都清晰能辨。"吕瀚海回忆着下葬时的所见，有些感慨地说。

"那是，他那口棺材，选用的本就是上好的石料，在石棺中，绝对算得上中上品，不过，这次动棺，对他的肉身伤害很大，一番折腾，就算原棺下葬，只怕也保不了多久。"

贾康为陈老爷子抱憾的同时，吕瀚海却在考虑另外一个问题，本地到底有哪些人会做大号石棺？据他所知，吃"死人饭"的行当，因阴气过重很少有人从事，可只要吃上这口饭，便会一发不可收，毕竟这活来钱堪比贩毒，而且还是"蝎子拉屎——毒（独）一份"。这种生意一般都有传承，并且极度排外，只要势力足够大，几乎可以做到垄断式经营。

很多人不清楚，卖棺材始终是靠死人赚钱，干这种行当，总的来说有损阴德，所以棺材铺每卖一口棺材，都要详细记录逝者的生辰八字，并雕刻成木牌供奉到香案上头，每到初一十五的时候，还得专门烧些纸钱给这些"财主"。

江湖规矩，吕瀚海向来烂熟于心，要把这么大的方石做成石棺，取料、打磨、雕刻，一套繁杂的手艺，也绝非什么门外汉能够驾驭。

所以，他认定，能做大号石棺的，绝对有师承，只要能找到源头，就能摸清全市一共有多少口石棺，分别埋在哪里。而这种事情，市公安局的人，可就未必比风水先生更清楚了。

"你可知道，有哪些人现在还在吃这碗饭？"吕瀚海冷不丁地冒了一句。

贾康也不知吕瀚海为啥对石棺感兴趣，不过风水先生中对葬仪有兴致的大有人在，搞阴宅定穴的先生，难免要给家属推荐一下适合的葬仪，所以吕瀚海的癖好一点都不奇怪，他不假思索地回道："这行可不是谁想干就能干的，要说小号石棺，不少棺材铺都能做，可开山碎石，原石做原棺的活计，全市范围内，只有侯家搞得定。"

"就一家？这么少？我看你们市有钱人家可不少，做出来的棺材够用吗？"吕瀚海明知故问。

"吕兄有所不知，咱们当地产的绿岩硬度极高，怎么开采就已是传内不传外的技术活了。抛开制棺手艺不讲，没一定的家族沉淀，光是炸药，就能难倒一大拨人。

"这行虽说赚钱，倒也真没几个人能做。再说了，侯家财大气粗，养了一大帮子工匠，本地会这门活计的人，基本都被侯家给笼络了。"

"那这门生意侯家现在还做不做了？"

贾康摇摇头，一声叹息："巧妇难为无米之炊，现在政府抓得紧，不给开山挖石，我听说，前几年侯家的几个工匠，就是因为偷偷炸石，被当地刑警队给定了个非法采矿罪，因为这事，长期给侯家供应炸药的上家也被连锅端了。

"再加上殡改之后，土葬越来越少，侯家早就不再端这碗饭了，否则以陈氏兄弟的经济实力，怎么可能死皮赖脸地跑到公安局要回石棺？说白了，是真的找不到可以代替的了！"

"侯家的人……你现在还能不能联系到？他们有制棺这门祖传手艺，说不定日后可以用到。"

"能是能，不过他们现在开始做木棺买卖，想找他们打石棺，给再多钱，也不乐意干。"

吕瀚海意识到贾康话里有话，问道："怎么，你找过他们？"

贾康没有回避地点点头："实不相瞒，有人就是想要石棺，多少钱都愿意给。可我找过不止一次，人家都给拒绝了。按理说，我跟侯家也算是老朋友，风水先生哪儿有不做阴宅生意的不是？要是能做，侯家绝对会卖我这个面子，可人家就是死活不愿意。我看是经过炸石那件事后，侯家就下定决心金盆洗手，夹尾巴做人了。"

吕瀚海紧锁眉头："这事闹得……那你说……有没有什么办法能判断地下埋的是大棺还是小棺呢？我没别的意思啊，观星我会，定穴我也会，不过瞅棺材就触到了我的盲区，要是能一看坟包就知道是大棺小棺，那不是……好跟人家开口要价吗？"

贾康还以为吕瀚海在琢磨什么大事，听此一言，他顿时笑了起来："咳，吕兄真是飞机开多了，不知道怎么开车了是吧？这还不简单啊，你用洛阳铲一铲下去就知道了，那坟里夯土带着石灰粉的，就是大棺，铲尖要是带出水泥块的，便是小棺无疑！"

听到"洛阳铲"，吕瀚海脸色微变，他此生最恨的就是这个东西，他养父吕良白当年就是被它给戳残了下半身。

微觉愤怒之余，鬼精的吕瀚海却没放过另一个微妙的信息：贾康一个看风水的先生，干的无外乎是帮人埋人的活计，一个埋一个挖，不是一个行当，他怎么会对盗墓用的"洛阳铲"如此熟悉？

顺着这个思路，他又想起一件事。专案组开会期间，他闲来无事，曾在市局里转悠了一圈，有一个部门引起了他的好奇，门牌上写的是"打击盗墓犯罪专业队"。

这个部门在别的市局好像并不常见，吕瀚海为此还特意在局里打听了一番，门口的保安告诉他，本地作为多朝古都，遍地都是古墓。所以盗墓案件高发，为了打击这类犯罪，市局才专门成立了相关部门。

吕瀚海把所有信息在脑海里串联起来，他也彻底搞明白了贾康的用意。自古观星术都是高等学派，李淳风、袁天罡皆为其中代表。古人认为星象关乎天下大势，所以从来为皇家所垄断，只有朝廷司天监的官员才有资格动用仪器观星，要是官品达不到一定级别，也绝对请不动这一派的大师，擅自使用观星术，说不定哪天就掉了脑袋。当然，只要学会此门技术的人，也都捂得跟宝贝疙瘩似的，轻易不会传人，这也是观星术在现今江湖上接近绝迹的主要原因。

自古以来，大型墓葬无不以风水、星术两门学派统一定位。极佳的风水宝地，定会呼应日月星辰。然而随着时间的流逝、朝代的更替，高山峻岭可能会被夷为平地，江河湖海也会随之逐渐枯竭，当风水地形不复存在时，那只能依靠观星术寻龙定穴。

换言之，只要掌握了这门技术，再稍稍做做功课，寻觅古代那些观星落葬的"大型墓葬"，绝非难事，这才是贾康放下身价，对自己卑躬屈膝的主要原因。

以上推论，在吕瀚海脑子里转瞬出现，他的脸色也在一眨眼间就恢复了正常。

贾康此时意识到，自己似乎说漏了嘴，但他观察之下，并未发现吕瀚海有什么察觉，一颗悬着的心也就放了下来。

恢复平静后，吕瀚海把关于"侯家"的所有信息暗暗记在脑中，一想到展峰交代的事总算有了个交代，他的心情倒是好了不少。

他端起茶碗，细品了一口，故意拖长音道："嗯！好茶。物有所值啊！"

贾康搓了搓手，正琢磨着该怎么把"揣着明白装糊涂"的吕瀚海引上路，然而让他没想到的是，吕瀚海放下茶碗却来了句："既然喝了茶，那就算有了交情，咱们直奔主题吧，贾兄这次找我来的原因是……？"

"哎呀，我是特别欣赏吕兄这直来直去的性子。"贾康慌忙给他又满上一碗，趁热打铁道，"我呢，就是想跟你学观星术。"

吕瀚海咂巴着嘴，故作为难地斜视他，说："贾兄啊，你知道为何会这门道法的人如此之少吗？"

贾康早就料到会有这出，连忙道："一定是师承极严，轻易不传他人。"

"没错。"吕瀚海坦然道，"我也跟你有话直说，我师父绝不会允许我把这项本事外传给别人的。"

贾康一听，焦躁地说："不知师尊尊姓大名，我是决心要学，实在不行，我亲自走一趟，拜在他座下如何？"

吕瀚海心中羊驼狂奔，嘴上还是笑嘻嘻地道："他老人家前几年中了风，瘫痪在床，现在口不能言，也就找个保姆给伺候着。"

"这……这难道就一点法子没了？"贾康依然不死心。

吕瀚海窥着贾康的脸色，觉得现在还不能一口回绝此人。听贾康刚才所言，他跟这个侯家私交甚好，而这起案件，侯家说不定就是一条重要线索，要是这边跟贾康断了联系，就算能找到侯家人，人家也未必给面子，这还只是其一。

其二，吕瀚海还摸不清贾康的正经来路，正所谓强龙压不住地头蛇，别回头对方整个"敬酒不吃吃罚酒"，人生地不熟的，人家要是出了招，他还真不一定招架得住。

其三呢，吕瀚海也想看看，贾康到底还藏着什么狐狸尾巴，现在拒绝了，狐狸把尾巴一猫，那还看个屁啊？

听了贾康的问题，故作思量片刻，吕瀚海突然插了句题外话："贾兄，在你看来，我现在到底是什么身份？"

贾康突然一愣，他没想到吕瀚海会问这个问题。至于"身份"，他自然早有一番考虑，毕竟吕瀚海可是警方请来的人，他也有些提防，担心两者间有什么不为人知的联系。

所以，他托人从市局侧面打听过，得到的结果都是吕瀚海与公安局的某位领导有点私交，是受托过来摆平陈氏兄弟的。当然，贾康可不知道，吕瀚海冒充风水先生前，展峰早就未雨绸缪，在市局上下一致对好了口径，凭他的本事，当然打听不到什么。

不过贾康也算是神通广大，还是利用其他关系打听到，吕瀚海确实是师出"惊门"，有个相当出名的师父，他也是打小便跟着师父摆摊算命，而他师父不知为何现在瘫痪在床。总而言之，在他们这行里，吕瀚海绝对算得上是"名门之后"。

当然，贾康打听到的都是些皮毛，他也没能力再往深了查。

不过对他来说已经够了，所以对吕瀚海的身份，他没有半点怀疑，就算吕瀚海认识公安，也不稀奇，毕竟在社会上混，谁还不认识几个警察朋友不是？

"我明白你的意思。"贾康正色道，"既然以兄弟相称，必定要坦诚相待、给予信任，其他的事，对你我的关系而言都不重要。"

看着贾康拍着胸脯义正词严的模样，吕瀚海心中暗骂句"龟孙儿"，心道都是千年的狐狸，在这儿玩什么聊斋呢。这货如此表忠心，铁定是找人摸过了他的底，知道他这套惊门师承不是假的，才敢来这番表演。

虽说师父吕良白已在江湖销声匿迹，但多年云游四方，还是结识了不少志同道合之人，要想从本行内打听到他们师徒俩的基本情况，绝对不是难事，这也是吕瀚海对暴露自己身份无所畏惧的原因。

吕瀚海假模假样地一抱拳。"既然贾兄已把话说到这个份上，我再推托，那就是我太矫情了，摆明了说吧，要学这个，也不是真不能松口。"

贾康喜出望外，道："吕兄，敞亮啊！你这个兄弟我交定了。"

"那好，可亲兄弟也得明算账。我和师父就指着这门手艺吃饭，既然传授给你，可能还需要些……"吕瀚海的拇指不停地在食指和中指上搓来搓去。

贾康对这暗示能看不懂？心中了然道："用钱能解决的事，那都不是事。兄弟，你开个价吧！"

"三千，先付一半定金，全部要纸板。"

他此话出口，贾康颇有深意地一笑。

俗话说：外行看热闹，内行听门道。吕瀚海这话的点睛之笔，就落在了"纸板"二字上。常玩古董的人都知道，"纸板"代表的是纸币。由于某些古董价值颇高，要是在大街上直接讨价还价，难免会遭贼人惦记，于是在古玩交易中，"一块"所代表的便是一张百元钞票，而吕瀚海所说的三千，那就是整整三十万元人民币。

见对方神情，分明是能听懂暗语，吕瀚海此时百分之百确定，面前这位贾康，与"摸金倒斗儿"的那条道绝对脱不了干系。

吕瀚海提出要现金，目的就是给对方出难题，现在都是电子支付，谁会带这么多钱在身边。他心里盘算着，只要今天能顺利开溜，下次再见面的事，他可以找一万个理由搪塞，就算贾康想来硬的也没那么容易，市公安局可不是谁想进就能进的。

然而让他万万没想到的是，贾康拨了一个电话，前后不到五分钟，一位二十岁出头的青年，就急匆匆地提着皮箱走了进来。

贾康接了箱子，头一偏，示意小弟离开。等人走了，他双手拇指按在箱子边缘的两枚金属扣上，"吧嗒"一声，皮箱瞬间弹开。

他将皮箱转向吕瀚海，一万一摞的百元钞票摆了一箱整。

"不用付定金了，我绝对相信吕兄的人品，这里是三十万，你点点？"

吕瀚海心头大震，他很庆幸刚才爽快地答应了对方，否则就这雷厉风行的架势，今儿自己能不能出这个门怕都是两说。

贾康能随身带这么多现金，充分说明他有强大的经济实力，这只是其一。

其二，他敢把三十万现金就这么理直气壮地交给自己，那么他绝对有信心把自己控制在他的五指山内。

事到如今保命要紧，吕瀚海知道，今儿这门手艺他是教也得教，不教也得教了。

吕瀚海不露声色，瞅着箱子，目露贪婪，贾康看在眼里，心中也是大定，这夜观星象、寻龙定穴的招数，看来是能学到手了。

正如吕瀚海推测的那样，要是他不答应下来，或者答应得没那么爽快，贾康是不会像现在这么客气，而是会在利诱后通过威逼的方式榨出自己想要的东西，就算碍于市局那位领导的面子，不除掉吕瀚海，那也够他喝一壶的了。

仔细清点好数目后，吕瀚海爽快地把随身携带的简易星盘拍在了桌面上，说："学观星，不能少了星盘，这个我今儿就给你了。至于口诀方法，咱们以后再约。"

"一手交钱，一手交货，我喜欢这样的交易。"贾康如获至宝地将星盘拿在手中把玩，他知道，吕瀚海收下了钱，又交出了观星术最关键的工具，必然不会把观星的门道藏着掖着，不必急于一时。

吕瀚海提起钱箱，起身道："百尺高山足浮云，万丈海中有明月。届时你我再相会。"[1]

贾康自然听懂了暗语，赶忙起身相送，直到吕瀚海离开包间，他才把玩着手里的星盘，美滋滋地坐下品起茶来。

二十三 ➤

离开会所，上了出租车，吕瀚海才察觉自己的手心已汗湿了一片，自己还是太低估了贾康，他不断在人潮汹涌的地方换车，确定身后无人跟踪，这才回到市局大院。

刚进办公楼，他就提着钱箱火急火燎地去找展峰。

推开市局专门安排的临时办公室，他只看到蓬头垢面的隗国安在忙活。见对方抬头看来，不等他开口，吕瀚海便慌忙问道："老鬼，展峰呢？"

隗国安扶了扶老花镜，眯眼道："怎么了，瞧你这被鬼追的样子……"

"没时间解释，你告诉我，展峰他去哪儿了？"

"一早就走了，去做什么侦查实验了。"隗国安摆摆手。

吕瀚海一拍大腿，说道："走得还真是时候，地点在哪里？"

"你等等。"隗国安打开群聊，往上翻了翻，"有了，他们在宁安区一个叫远宏书香的在建工地里。"

"我知道了。"吕瀚海转身拎着皮箱夺门而出。

"古古怪怪的……"隗国安低下头，小心地把手里的骨片黏合在已经拼了大半的微黄颅骨上。

…………

吕瀚海拼命狂奔的目的地，位于地下四层的停车场工地内。此时，展峰等人正围着一个仿制的"木人桩"记录数据。一头上百斤的肉猪被五花大绑在木

---

[1] 源自宋太宗的《缘识》。早年行走江湖之人，多为大字不识一个的盲流，江湖春典有很大一部分，是根据名人诗词改编而来，并可以理解为诸多意思。这一句原表达一种意境，从字面意思却要理解为：什么情况下，才能看到百尺高山上的浮云？必定只有晴空万里之日。那么，何时又能看到万丈海中的明月？也只有月朗星稀、没有一丝水雾的时刻。所以吕瀚海的意思是，等到天气大好，能见度极高时，再与贾康相会，以便传授观星术。

桩之上，颈动脉上还插入了一根 10 号针管。

嬴亮走上前，用手推了推，见肉猪不再动弹，松了口气道："差不多死透了。"

"用了多长时间？"展峰问。

司徒蓝嫣掐下秒表："快两个小时。"

"嗯。"展峰望着地面上溅得到处都是的防腐液，"看来，这番操作，就算在具备医学基础的情况下，也比我想的要难。"

"之前我们推断的没错，凶手的作案手法如此干净利落，不可能是第一次犯案，我们发现的这具女尸，也绝不会是第一个受害人。"司徒蓝嫣来回踱了几步，最终下了结论，"这是一起连环杀人案。"

展峰对这个结论早有心理准备，他问嬴亮："从外面能听到动静吗？"

嬴亮冷笑一声，说道："别提了，就是隔十里地也能听到。"

众人之所以选择在这里做实验，是因为展峰还考虑到了另外一种可能，存在石灰、土壤成分的环境，除了农村的土屋外，废弃的工地也不能直接排除。

现在展峰的猜测被实验给推翻了，嬴亮哪儿能放弃这种冷嘲热讽的机会。

正打算收拾实验现场，原本空荡的空间里，传来了一阵急促的脚步声，众人朝入口看去，只见吕瀚海拎着一个皮箱一路小跑，气喘吁吁地到了跟前。

"我去，你们这是在干吗？跟猪较劲呢？"吕瀚海一看这光景，猎奇心顿时被那头命归黄泉的猪给吸引了。

展峰道："别管猪了，你怎么会跑来这儿，有什么事吗？"

吕瀚海定定神，把展峰拉到一边耳语了几句。嬴亮竖直了耳朵，也没听清两人到底在聊什么。

展峰眉头微微隆起，觉得似乎有什么不好的事发生了，吕瀚海说完，展峰思索着对司徒蓝嫣和嬴亮吩咐道："我出去一趟，马上回来。你们先处理。"接着两人一前一后地离开了工地。

看着他们消失在楼梯间转角，嬴亮来不及把沾满防腐液的工作服脱掉，随便找了个上厕所的由头，悄无声息地跟了过去。

工地一共三十二层，主体框架已完全成型，要不是开发商老总欠下巨额赌债，这里在两年前就能按时交房，嬴亮一口气跑到十五层，找了个视野开阔的旮旯猫起来往下看。

此时吕瀚海与展峰正好一起走出大楼。嬴亮锁定两人后，把刚买的华为P30调到了三十倍变焦，这足以把两个人一切细微举动都拍摄下来。

来到院墙外的依维柯前，吕瀚海拉开了驾驶室的车门，展峰则从副驾驶上了车。好在前风挡玻璃没有贴膜，借着手机的高清摄影功能，两个人的一举一动，嬴亮看得那叫一个清清楚楚。

展峰一坐定就问："打听到情况没有？"

"大致都知道了。"吕瀚海从车中拽了半瓶矿泉水，打开猛灌一口，抹了把嘴角，"本地是有石棺下葬的习俗。石棺也有大小之分，小棺是用石板黏合，相对较小，绝对塞不下两个人；只有那种用方石雕凿的大棺，才有可能放下两具尸体。"

吕瀚海掏出手机，把写在备忘录里的信息复制了一下，发给展峰。"不光是本市，周边几个市的大号石棺，都是出自侯家人之手。他们家族祖祖辈辈就靠这门手艺吃饭。据说他们家因为开山凿石，前几年被定了个非法采矿罪。不过，道上人说一可能是五，人家说姓侯，未必就真的姓这个，有这些信息，你能不能查出侯家的真实身份？"

"有手机号、居住地、前科信息，回头让嬴亮查一下，应该没什么问题。"展峰端详手机，微微点头。

"你们不跟这行打交道，所以不知道，像侯家这种颇具规模的家族式经营，势必都有详细的账目和流水保存，哪口棺材埋在什么地方，他们一定会记录得清清楚楚。"

"也就是说，只要找到侯家，就能摸清大号石棺的具体分布？"

"对，没错。"吕瀚海道，"不过……就算侯家把记录毁得七七八八，也可用一些别的办法来确定。"

"哦？"展峰眉毛一挑，"什么办法？"

"贾康说，两种石棺的下葬方法不一样，小号需要用水泥封棺，大号则不需这么麻烦，搞石灰就行，所以确定大致方位，用洛阳铲铲出夯土，一看就知道了。"

"洛阳铲?"展峰没想到会听到这个词。

吕瀚海以为展峰对这个不熟悉,他耐心解释:"对。这玩意儿是二十世纪初河南洛阳一个叫李鸭子的农村人发明的,是一种凹形的探铲,专门用来盗墓。后来逐渐也应用到了考古领域。经过改良后,又精细地分成了多个品种。"

展峰饶有兴味地说:"这段历史不是秘密,我早就听说过了,只是洛阳铲我还真没见过实物。"

"想见那还不容易。本地这么多历朝历代的坟茔,吃这行饭的不在少数,倒腾古玩的市场也遍地开花,要我说,比北京的潘家园热闹百倍,弄点经费,我给你买一套就是了。"

原本吕瀚海也是说说玩笑,要是找得到侯家,又何必用什么洛阳铲。可说者无心,听者有意,展峰倒是觉得买一套很有必要。原因也很简单,刚才在做侦查实验时,手忙脚乱的专案组达成一致意见,本案是一起连环杀人案,后续只怕这玩意儿迟早用得上。

按司徒蓝嫣的推断,连环案凶手在作案时多存在一定的思维惯性,也就是说,在其他大号石棺中,一定还会发现被害人的尸体。

考虑到风土民情,就算侯家给出了大号石棺的分布图,也不可能把每口都开棺检查,否则只怕市局都要被人掀了,因此必须使用其他办法,预先锁定抛尸的棺椁。

这么看来,洛阳铲说不定就是唯一的选择。

"买一套需要多少钱?"展峰问。

"我打听过了。"吕瀚海伸出一根手指,"全套工具,大概要一万块。"

洛阳铲乃盗墓利器,展峰自然能理解价值不菲,但万万没想到,竟然贵到这等地步,他眉头一紧,觉得有些为难了。

就在这时,吕瀚海龇牙大乐,抬手拎出了皮箱,"吧嗒"一声锁头跳开,一皮箱人民币摆在了展峰面前。

展峰不是没见过大场面,面对一箱子钞票,脸上并无震惊之色,倒是趴在楼上有些无聊的嬴亮目光一聚,瞬间来了精神。

眼见为实，耳听为虚，这一幕很难不让嬴亮胡思乱想。

"我就知道他俩有事！这下可被我逮到了吧！"调整光圈，嬴亮顺手按了录像键。

车内的气氛短暂沉默了片刻，吕瀚海开口道："展护卫，这儿可有整整三十万！"

"打哪儿来的？"展峰眼神平静地看向他。

"给钱的人你见过，就是先前给陈氏兄弟迁坟的风水先生，名叫贾康。"

展峰把最近几日见过的面孔在脑中过滤了一下，一位表情严肃颇为高傲的中年男子形象跃然脑海，除了不会画画，他这阅人无数、过目不忘的本事，跟隗国安相比也在伯仲之间了。

"是不是眉角有颗痣的那个？"

经展峰这么一说，吕瀚海才突然想起，贾康左边眉角是有一颗绿豆大小的黑痣，只是不仔细看不容易发觉。

他心中暗惊，展峰跟那贾康不过就是打了个照面而已，这么小的特征都能记住，展峰身上，他不知道的本事只怕还不少。

"对，就是他。"吕瀚海点头。

"他给你这么多钱干什么？"

"干什么，老虎拜猫做师父，差点没要了我这条老命。"吕瀚海骂骂咧咧，把两人因给陈老爷子迁坟相识，到贾康后来如何找他学艺的经过如实道出。

展峰向来习惯聆听，吕瀚海诉说时他一声不吭，直到吕瀚海说完了好一会儿，展峰才低声道："如果是你所说的这样，贾康盗墓的可能性的确比较大。"

"那可不是嘛！"吕瀚海抬头看看天空，"我看了天气预报，最近都是晴天，我估摸着，顶多三四天后，他就会给我打电话。现在我钱都收了，观星术我是教也得教，不教也得教。而且人家还是个懂行的，真本事、假把式，他一听就能分辨出来。想蒙他，人家这狠劲，把我刨坑埋了都有可能。

"我虽说是个辅警，但好歹也是部里领导直接任命的，这点觉悟我还是有的，我要是教了这哥们儿，转天他去挖坟破坏文物，这不是助纣为虐吗？这么大的事，你可得帮我想个辙啊！"

"你放心！"展峰道，"回头你把贾康的详细信息发到我手机上，我马上联系市局打盗墓专业队，把这条线索移交给他们，让他们来解决你的后顾之忧。"

"行啊！"吕瀚海乐呵呵地将装满现金的皮箱推到展峰面前，"三十万，我如数上交，放在我这儿，我心里可不踏实。"

"行，我来处理。"展峰知道这不是几千几百的小事，伸手接过皮箱。

就在展峰刚要合上皮箱时，吕瀚海突然一把又抓住了箱盖："哎，等一等。"

"怎么了？"

吕瀚海捏出一沓钞票在手中甩了甩："我觉得，被这哥们儿吓了一大跳，咱们买洛阳铲的钱算在贾康头上，不算过分吧！"

展峰犹豫片刻，最终还是随了吕瀚海的性子，合上箱子下了车。

…………

烂尾楼上，赢亮把双拳捏得咯咯作响，他心里清楚，要是涉案资金，吕瀚海跟展峰交谈时的神情不可能这么随意。回想着展峰执意让吕瀚海加入队伍，又对他百般照顾，甚至是忍让，展峰危在旦夕的时候吕瀚海还舍命相救，要说这两人没有利益上的纠葛，展峰会这么做吗？

赢亮越想越觉得，俩人铁定贪了什么钱财，在他眼皮子底下做见不得人的事，而他在办理贼帮案时，为了救出俩人，还差点丢了性命，现在想想真有些不值。赢亮狠狠地朝窗外啐了口唾沫。"呸！天天装得清高，背地里不知道搞什么名堂！这事我一定要查清楚。"

二十四 ◄━

发完毒誓，赢亮一口气跑回了地下停车场，奇怪的是，这里已空空如也，一个人影都没有了。

"咦？师姐哪儿去了？"他四处看看，决定还是出去找找。

来到地面一层，他发现司徒蓝嫣正一脸担忧地站在展峰跟前。他就算不懂微表情，也能看出在她身上，多半发生了什么大事。

嬴亮对司徒蓝嫣有意，她的一举一动也时刻牵着他的心，把其他事抛到脑后，他几步跑到了两个人跟前，着急地问："师姐，怎么了？"

司徒蓝嫣一改平日波澜不惊的模样，双手着急地搓着，就连说话的声音都带上了哭腔："我妈住院了，让我现在马上回去。"

"什么？阿姨怎么了？"

不管人长到多大，在自家爹妈跟前永远都是孩子，司徒蓝嫣双眼含泪，轻轻摇了摇头，像个手足无措的少女。"我也不清楚，电话里没说，不过我爸让我现在必须回去……我，我怕我妈……我妈她……"

展峰见司徒蓝嫣话都说不清了，连忙一个电话叫来了吕瀚海。"你现在就带蓝嫣去机场，买最早的一班机票。"说完，他又看向司徒蓝嫣，"案子的事有我们，你别担心，等阿姨病情稳定了你再回来。"

在组里，司徒蓝嫣除了案件，不怎么提及家事，所以也没有人知道，她从小就在大院长大，父母都在部队科研前线。

很多人对中国核潜艇之父黄旭华老先生并不陌生，他就是在三十四岁时被密召入京，之后三十年再没有回过家。2019 年 9 月 17 日，黄老被授予了"共和国勋章"，而司徒蓝嫣的父母，虽说达不到黄老的级别，但也同是为国做出杰出贡献的专业技术人员。

司徒蓝嫣打小就跟父母聚少离多，家人见面的次数掰着手指都能数过来，这非但没让家人之间产生隔阂，还让她对亲情十分珍惜，得知母亲住院，她实在淡定不了，多年压抑的情感，也在此刻爆发了出来。

…………

三个小时的航程，司徒蓝嫣一直忐忑不安，可就在她怀着急切的心情拉开病房大门时，却发现身穿军装的父亲司徒宏章，正用愧疚的眼神看着自己。

他们父女上一次相见还是两年前的事了，当时司徒宏章趁着进京汇报工作的空隙，硬挤出了一个小时，匆匆跟女儿吃了顿午饭，就立即走人了。

司徒蓝嫣本身就是研究微表情的专家，父亲脸上的神色已经让她读出了背后隐蔽的真相：她这次上当受骗了。

凝视着父亲熟悉又陌生的脸，司徒蓝嫣不发一言。

瞧着默不作声、对自己有些陌生的女儿，司徒宏章的内心充满了愧意。可军令如山，他别无选择，为了保家卫国，有些事必须去做，也必须有人做出牺牲。

这些年，多亏了他的战友——现任公安部刑侦局局长周礼，一直帮忙照顾女儿，当闺女告诉他，长大了以后想像周伯伯那样加入公安队伍时，司徒宏章倍感欣慰。

在苦口婆心做通妻子的思想工作后，他就把女儿全权委托给了同住一个大院的老周。

与上次相见的场景差不多，女儿只是望着他，始终一言不发，这让五十有八的司徒宏章心中微微落寞。他的嘴唇轻轻嗫动着，一时间紧张得不知该如何开口。

父亲的一举一动，司徒蓝嫣看在眼里，随着年龄渐长，她也理解了父母的隐衷，可一想起从小父母不在身边的日子，想起今天还要被他们从案件侦破中骗到这里来，她心头又泛起阵阵苦楚。

"嫣儿，最近还好吗？"司徒宏章犹豫再三，还是选择了这句话作为开场白。

司徒蓝嫣点了点头，算是回答，她看了一眼病房，发现病床上的被子叠得整整齐齐，人影都没有一个，问道："我妈呢？"

听女儿这么问，司徒宏章心中一凉。知女莫若父，虽然父女俩不怎么见面，但他对女儿的性格却非常了解。他从老周那儿打听到，女儿正在上专案，若只是为了思念之情提出见面，女儿绝不可能丢下工作赶来。

看来，是被女儿识破了，司徒宏章心中苦笑，要是还有别的办法，他也不想欺骗女儿，可他这么做，也不只是为了见蓝嫣一面，主要原因还是在比他军衔高一级的爱人张雪玲身上。

说起性情，司徒宏章与女儿简直是一模一样，他平时少言寡语，有些内向，可他的爱人张雪玲却恰恰相反，走到哪儿都是女强人式的火暴脾气。

说来也怪，女儿对他这个父亲若即若离，但跟母亲张雪玲却亲密无间，虽说每次与女儿见面，妻子都免不了说教一番，可女儿脸上总是挂着笑意。

司徒宏章私下里也问过妻子有啥秘诀，换来的却是一顿鄙视："废话，生这小丫头片子时，是臀位难产，差点要了我的命，不跟我亲跟谁亲。"每每这时，他也只能撇撇嘴不敢接话，谁让他不会生孩子呢？

见父亲没回应，司徒蓝嫣只好又问一次："我妈呢？"

"我在这儿呢！"一个铿锵有力的女声从门外传来。

司徒蓝嫣丝毫没从这洪亮的声音中听出病人该有的虚弱，她疑惑地转过身，看见母亲手拿着几张 A4 纸走进了病房。

她上下打量着精神奕奕的母亲，确定了自己的揣测。"妈，你没生病啊？"

张雪玲带着怨气一把推开挡在门前的司徒宏章，把几张纸用力往桌子上一摔，说道："你妈我怎么没病了？我生的是心病！"

司徒蓝嫣的目光从母亲身上挪到了桌面上，她定睛一看，那几张 A4 纸上，密密麻麻地打印着照片，而照片上的内容，正是自己偷偷构建的"犯罪心理实验室"。

父母二人都在军方搞科研，她心里清楚，这件事情要想瞒过父母是何等困难，除非不注意，只要注意到，那就无所遁形，要查什么，也就是一句话的事。

司徒蓝嫣看向父亲，发现父亲的眼神躲闪不已，她立刻明白，这一切都是母亲一手策划的，而父亲不过是听命行事罢了。

相比父亲，她与母亲的见面次数其实还要更少一些，可不得不说，人与人之间有时确实奇怪，越是存在距离，见面时便越会亲切。这也是每次面对母亲的说教，她都能耐着性子听下去，却不乐意听从父亲安排的缘故。

其实从心理学层面，这种情况也有翔实的解释，它被称为"刺猬定律"[1]。

---

[1] 在寒冷的冬天，刺猬冻得瑟瑟发抖，因此两只刺猬便会紧挨着对方取暖。若距离太近，刺就会伤害到对方，距离太远又不能彼此取暖，这时聪明的刺猬就选了个适中的位置，伤害不了对方又能彼此取暖。刺猬定律也被称为"心理距离效应"，亲人之间、恋人之间、朋友之间即使再亲密也要保持一定的距离，这样感情才会动人。

不过，就算有再完美的理论，也无法诠释人与人之间的复杂情感，尤其是面对自己的亲人，哪里有那么多道理可讲？不管司徒蓝嫣外表看起来多坚强，她依然有柔弱、需要被人呵护的一面，而母亲这种刚毅、做事果断的性格，一直以来也恰到好处地给了她一种安全感。

所以，明知母亲采用非常规手段将她骗来，司徒蓝嫣始终关心的，还是母亲的身体状况。

"心病？什么心病？"

女儿的这句反问，被性格强势的张雪玲理解成了明知故问，她正要发脾气，可想着刚与女儿见面就大发雷霆似乎也有些不妥，于是她把怨气全发泄到了丈夫司徒宏章身上。

"你看看，你看看，闺女跟你真是一个臭毛病。"

"这跟我有什么关系？"司徒宏章大喊无辜。

"怎么没有关系，要不是受你那个老战友的蛊惑，我能让女儿去当警察？"

"当警察怎么了？我觉得挺好！"司徒宏章郁闷地说。

"还怎么了？"张雪玲指着刑具的照片质问，"你瞪大眼睛看看，这都是些什么啊？你说说，一个女孩子，整天捣鼓这个，以后还有哪个男孩敢娶？"

嘴上不说，心里有数的司徒宏章，立刻听出了这话的弦外之意，妻子除了责怪他忽略女儿的成长外，另一个意思却是在提醒女儿，终身大事到要解决的时候了。

"咱女儿长得这么标致，追她的男孩估计都能排到二里地外，你担心个什么！"司徒宏章还想多留着女儿疼两年呢，忍不住气哼哼地反驳，说完夫妻俩默契地一起看向了女儿。

提及儿女私情，司徒蓝嫣总算是明白这场戏的意思了。她也不吭声，目光在父母身上来回扫视着，这种无声的回应，让身为人母的张雪玲瞬间明白过来，这闺女，看来压根儿就没想过这回事啊！

一想到女儿整天扑在血腥案件上，连找男朋友的时间都没有，张雪玲更是气上心头，把一切都怪罪到了专案组顶头上司周礼的头上，她指着丈夫，气急败坏道："你！回头告诉老周，把我姑娘从专案组给弄出来，否则别怪我跟他不客气。"

司徒蓝嫣听不下去了，开口道："妈，这跟周局没有关系，是我主动报名加入的专案组。"

"你是不是长能耐了？还是不是我生的？我跟你说，你妈我说不行就不行。"张雪玲从来说一不二，对自己闺女也没有好脸色。

"我……"

"好了，嫣儿。"不等司徒蓝嫣继续说下去，司徒宏章一把将女儿拉出了房间，小声道，"你妈什么性格你还不知道，等她气消了，我再跟她好好说说。"

想到已经牺牲的导师关荣，司徒蓝嫣坚定地看向父亲，说："我没有开玩笑，你替我转告妈，无论如何我都会留在专案组，没有别的可能！"

"你这倔脾气，还真是随你爹我！"司徒宏章走近了一些说，"告诉你一个机密，就咱爷俩知道。"

司徒蓝嫣站在原地静静地听着。

"你妈啊，马上要带领团队做一个科研项目，只要她进去了，那可真不知道啥时候能出关，你不就自由了吗？"说着，司徒宏章小心翼翼地朝房内瞟了一眼，"所以，现在别跟你妈戗，你知道的，她脾气上来，做什么都不稀奇，咱表面上应付过去就得了，老爸是永远站在你这边的，乖啊！"

听父亲这么一说，司徒蓝嫣有些释然，她点了下头，算是答应了这个敷衍母亲的提议。

"哎，这就对了嘛！"司徒宏章拍了下女儿的肩膀，朝房间里努了努嘴，"快进去，跟你妈好好聊聊，她这个人，刀子嘴豆腐心，表面上强硬，心里还是很放心不下你的。"

司徒蓝嫣轻轻地"嗯"了一声，推开门走了进去。

二十五 ▬

两年的漫长时间，只有一次与父母共进晚餐的机会，就算是在京城最高档的饭店，这顿饭也品不出什么滋味。

席间张雪玲仍然对女儿从事如此危险的行当耿耿于怀。司徒蓝嫣觉得，这一次，母亲好像下定了决心，绝不是父亲所说的，轻描淡写地发点小脾气。

中国人最看重"孝顺"二字，司徒蓝嫣做不到当面顶撞母亲，离开包厢后，她的心情糟糕到了极点，于是她点了一杯咖啡，坐在大厅的水吧前平复纷乱的心绪。

透过薄如蝉翼的窗纱，她望向玻璃幕墙外霓虹闪烁的街道，原本只是随意一瞥，可没想到，她却看到了一位熟人。不是别人，正是赢亮整天挂在嘴边、专案组内勤莫思琪的现任男友——韩阳。

韩阳身穿一套笔挺的西装，极为绅士地站在酒店大门前，眼神中流露出的渴望、喜悦和时不时抬起的右手，让司徒蓝嫣轻而易举地猜出，他应该是在等一位期待已久的贵客。

果不其然，也就半杯咖啡的工夫，一辆大红色玛莎拉蒂停在了他的面前，从车内走出了一位身材高挑的女子，相比韩阳的一本正经，她的穿着要随意得多，高帮帆布鞋、紧身牛仔裤、长袖 Polo 衫。要不是身后那辆昂贵的跑车加持，她给人的感觉，最多也就是一位气质不俗的寻常女性，至少从衣着上看不出有什么值得韩阳这种成功人士特意等待的地方。

泊车小哥从她手中接过钥匙，借着酒店前厅的 LED 灯，司徒蓝嫣总算看清了藏在帽檐下那张让人怦然心动的脸——竟是个熟人。

"怎么会是她？"司徒蓝嫣有些惊讶，"她不就是峰味海鲜小炒对面，那家咖啡店的老板吗？"

回想起当初多次叨扰展峰时，这位姑娘每次都站在咖啡店门口默默观望，那种美目流盼的神情，让同为女子的司徒蓝嫣都忍不住心动，她绝不会认错这个气质独特的美人。

只是，她的身份这么矜贵，又跟韩阳走得这么近，怎么还会在那种地方经营咖啡店？矛盾的认知，让司徒蓝嫣又朝两个人看了过去。

那辆价值不菲的跑车已经被开走，女子与韩阳之间再没了什么阻隔，司徒蓝嫣发现韩阳的目光始终追随着女子，流露出毫不掩饰的爱慕之情。有莫思琪这个谈婚论嫁的正牌女友，却对别的女人露出这样的表情，司徒蓝嫣心中对韩阳无比鄙夷。

那女子恰到好处地跟他保持着距离，从女子一些细微的拒绝动作不难发现，她虽然对韩阳没那方面的兴趣，但依旧要照顾韩阳的感情。

司徒蓝嫣断言，他俩固然未达到情侣的地步，但也绝非普通朋友关系。

看到这幅场景，再回想起韩阳见到莫思琪时，那张深情流露的面庞，司徒蓝嫣对母亲吃饭时再三提及的"男女之情"彻底失去了信心。

注视着两个人走进电梯之后，司徒蓝嫣放下尚有余温的咖啡，起身离开了酒店。

…………

电梯一路上行，韩阳带着唐紫倩来到了五层的 VIP 包厢。

这是一间可容纳十人的小包。面积不大，也就 30 平方米，四四方方，装修风格简约却不简单。单从脚下那张看起来价值不菲的波斯地毯，还有墙上那幅名人油画就能看出，这种豪华包厢，绝不是一般人可以踏足的地方。

不过对唐紫倩来说，她早就记不清到底来过这儿多少次了，选在这里与韩阳见面，主要是因为在罗湖市待久了，她有些怀念这里的松露沙拉。

这家酒店的 VIP 包间向来需要提前两个星期预订，而跟韩阳相见，不过是临时决定的，她其实没抱多大希望。

可让她没想到的是，韩阳竟有能力在这么短的时间解决这一切，还说服了工作人员把厚重的圆形餐桌搬走，换上了只能两人进餐的欧式长桌。

"难怪父亲会如此重用他！"唐紫倩也免不了在心中由衷地称赞。

"包间我检查过了，门口的服务生也被我打发走了，另外，我还派了两个自己人守在门口，绝不会有人打搅。"韩阳动作优雅地把木椅拉开，让唐紫倩落座，"你喜欢的松露沙拉后厨已经在准备，他们也不了解你的口味，我只能让他们从意大利原产地进口阿尔巴白松露。"

对于松露，唐紫倩并没有什么研究，但对阿尔巴白松露，她还是如雷贯耳。这就与很多人对山峰不了解，却知道珠穆朗玛峰是世界第一峰道理类似。

阿尔巴白松露算是松露中的极品，以目前的市场价，一千克要卖到十六万美元，就这还不好买到。

从决定见面到现在，也才过去了不到七十二个小时，韩阳能把一切考虑得如此周到，这让唐紫倩越发对他刮目相看。

"谢谢，安排得很好。"唐紫倩优雅地道了声谢。

"你说想吃松露蛋沙拉，所以今晚我就自作主张以西餐为主了，不知你是否满意，要是不合胃口，我们可以随时更换。"落座后韩阳礼貌地问道。

"已经很周到了，我很满意。"唐紫倩微笑回应。

"那好！"韩阳按动桌面上的金属铃，把一块金丝餐巾卡在领口。

伴着"嘀嘀嘀"输入密码的声响，两位高鼻梁、蓝眼睛、欧式相貌的英俊男子推门而入。

"French baked goose liver。"上菜前，服务生用流利的英语介绍道。

唐紫倩在香港长大，不需人翻译，她也知道，这道是前菜，名为"法式鹅肝"。通常只有在顶级宴会上，才会用这道菜作为前菜。

待房间门重新关闭，唐紫倩拿起刀叉。

舌尖接触食材的那一瞬，唐紫倩感到了久违的满足，要不是因事而聚，她一定会让自己更静下心来，好好品尝这顿美餐。

"东西也吃了，说吧！你今天找我来有什么事？"唐紫倩用纸巾擦了擦嘴角，直奔主题。

韩阳刚要把软糯的鹅肝送入口中，听她这么说，他又果断地把刀叉放在了盘边，说："有两件事，一件事是我的请求，另一件事是关于你的，你想先听哪一个？"

"为了答谢你的盛情款待，那就先说说你的请求？"唐紫倩有些俏皮地说。

"那好吧。"韩阳从口袋中掏出一张字条，起身递了过去。

唐紫倩双手接过，发现字条上密密麻麻地写着一串数字。

"你能不能猜出，这是什么？"韩阳别有深意地问道。

对唐紫倩这位计算机高手来说，她识别"二进制"编程的代码就像读取汉字一样流畅，她脱口而出："这是加密后的 IP 地址。"

"没错。"韩阳点头，"这串代码是从一通网络电话中截取到的，目前还无法破译，所以我只能麻烦你了。"

"小事情，我回去试试。"对韩阳的真实身份，唐紫倩一直心知肚明，所以这件事她一开始就没打算拒绝。

"还有其他事吗？"唐紫倩又问。

韩阳微笑道："我的请求暂时也就这么多了。"

唐紫倩眨眨眼，说："那好，你可以说说关于我的第二件事了。"

"你托我问的那件事，已经搞清楚了。"

"你是说展峰？"唐紫倩惊喜地问道。

嫉妒之情在韩阳的眼中一闪而过，他手扶红酒杯微笑着说："看得出来，对他你很紧张？"

"没有，只是普通朋友而已，不过是他这人有点意思罢了。"唐紫倩敷衍了一句。

韩阳语气微重地说道："能让堂堂帝铂集团的大小姐卑躬屈膝，选择一条名不见经传的小吃街，开一家小得转不过身的咖啡馆，我想，应该不是一般朋友这么简单吧！"

唐紫倩脸上笑意微凝："这是我的事，好像没必要跟你解释吧！"

韩阳目光一冷，但他脸上很快又浮现出充满歉意的笑容："抱歉，我就是有些好奇，还是言归正传吧！"

唐紫倩把身体往后一靠，瞬间没了食欲。

韩阳知道唐紫倩的脾性，按捺性子继续说："展峰这些年一直在调查那起案件，以他的性格，抓不到嫌疑人是绝不会善罢甘休的。以前刑侦科技不发达，有些案子暂时破不了，可现在不一样了，我觉得他找到凶手，也只是时间问题。"

俗话说伸手不打笑脸人，唐紫倩并非察觉不到韩阳对她别有用心，但她也相信，韩阳刚才那些话，只是无心之举，毕竟韩阳和自己熟识，且一直小心翼翼。

她本想给他点好脸色，可现在得知这个消息，原本的好心情早就被搅得一团糟，此时的她，不再惦记心心念念的松露沙拉，而是需要去整理乱成一团的心情。她有些抱歉地起身，对韩阳说："不好意思，我看今天就到这儿吧！"说完，她也不管韩阳什么感受，快步走出了包间。

看着自动合上的门，韩阳暴怒地用刀叉反复戳刺盘中的蜗牛，此时的他，早没了刚才的绅士风度，脸上交错着狰狞、恐怖与深深的恨意。

二十六 ▰

横溪市公安局刑事科学技术室。

展峰把最后一份报告从打印机里拿了出来。

死者的义眼、阴道假体及发泡硅胶，都是大通货，没有任何针对性。就连凶手用于缝合伤口的渔线，也是最廉价的那种，市场价甚至不超过五块钱一卷。

从伤口规整的缝合痕迹分析，他有自己缝补衣物的经历，反映出其家中女性角色缺失。

虽说对凶手的画像又近了一步，但专案组依旧跟没头苍蝇一样，始终找不到重点。

司徒蓝嫣还没归队，搞得嬴亮也没有了工作动力，只要不点名召见，他从早到晚都泡在市局健身房里，用运动来发泄心中的不满。

专案组中，也就剩下隗国安还在忙个不停了。

"鬼叔，怎么样了？"展峰推开实验室的门，探头问道。

隗国安伸个懒腰，把视线从显示屏上挪开："死者的人像复原做完了。市局提供了1990年至今，所有符合条件的失踪女性照片，我大致看了一下，全部排除。"

"也就是说，被害人家属并没有报案？"

"可能性极大。"隗国安又道，"不过好在咱们分析出了死者生活的大致区域，又有四环素牙、水源氟超标多项条件。刚才市局相关领导联系我，他们准备派出一百名警力，拿着我给的画像，去东北边的几个村子一个个排查，说不定会有结果。"

展峰点点头，说道："有时候最笨的方法，反而是最有效的方法。"

"对了展队，大号石棺的位置都确定了吗？"

"侯氏家族的负责人已经联系到了，侯家人愿意配合工作，正如道九所说，他们对大号石棺的位置确有记录，派出所民警正挨个核实，不过石棺太多，精准定位，仍需时日。"

"唉！"隗国安长长吐口气，"就目前来看，凶手作案绝不止一次，可就算确定了石棺的位置，接下来该怎么办？总不能强行让老百姓把棺材打开吧！要是这样，难免会引起警民矛盾，也违背了我们的初衷啊！"

"万不得已，绝不能这么干。"展峰否定得很干脆，"走一步算一步吧！肯定会有其他办法。"

忙碌的工作总算告一段落，稍稍放下心来的隗国安，不由得又想起那件让他心烦意乱的事来。他起身把门关严，点了一支烟卷，瞅着展峰欲言又止。

展峰从他的举动看出了端倪，问："有心事？"

隗国安长叹一口气，表情严肃地看着手中燃烧的烟卷，终于下定决心，抬头眯眼看向展峰，问道："展队，你信不信我？"

"这是什么问题？"展峰道，"不值得信任的人，都不会出现在这个专案组里。"

"我明白，只是我想听你亲口说。"隗国安苦笑起来。

"我还是那句话。"展峰凝视着隗国安，认真地回答，"人是会变的，信与不信没有什么意义，我眼里只有值得和不值得。我坚持当初给你的承诺，无论发生什么事，我都会站在你这一边。"

听完这番话，隗国安微微闭眼，颇有些欣慰地说："有你这句话就够了，谢谢！我会一直记得这句话的。"

二十七 ➤

深夜，教完观星术的吕瀚海，跟在展峰屁股后面，来到了市局"打盗墓专业队"办公室。负责接待两人的是该队的队长张建，他也是从 211 院校考古系特招入警的专业人才。

"张队，我已按你的要求，把定位器偷偷卡在星盘里了。"

张建比吕瀚海大不了几岁，对吕瀚海观感也不错，此时他格外亲切地说道："刚才技术科的同志给我回了话，说收到了信号。"

展峰在一旁说："两天接触下来，我们发现贾康精明得很，古玩街的每家每户他都熟悉，我看这家伙绝对是个老手，你们之前对他了解多少？"

张建闻言有些尴尬："展队，吕老弟，你们有所不知，盗墓这行当规矩颇多，除非是知根知底的团伙，否则他们从不以真面目示人。相互称呼也都是代号，这群人隐蔽性极强。我们侦破此类案件的线索，也都靠线人提供，除非把这伙人连窝端了，否则很难查清他们的真实身份。"

"照你这么说，贾康就算从事过盗墓行当，之前也没被处理过？"

张建点点头，说道："可以这么说，这人的体貌特征与我们抓捕过的罪犯对不上号。而且目前也还没有实质性证据证明他盗过墓。当然，很大可能是跟吕老弟猜的一样，此人伪装得很深。"

吕瀚海擅长人际交往，来之前他也听展峰介绍过，专业队拢共就十二个人，却要承担全市所有"盗墓"案件的侦办，有时候连轴转都忙不过来，要不是扛着"公安部"的大旗，像这种浮于表面的线索，人家根本没有精力追查。

警力紧张是全国性问题，绝不是一个地市存在的麻烦，尤其还是这种专业性较强的警种。

但回想起今天分开时，贾康脸上那种盘算着什么的阴险表情，吕瀚海到底放心不下，他不得不再次强调："张队，贾康要不是想干上千万的买卖，他根本不会连任何抵押都不考虑，那么爽快就拿三十万给我。依我看，这人绝对是条大鱼，你们可得看好了啊！"

三十万对吕瀚海来说是大数目，可对于见过太多一级、二级文物的张建来说根本不值一提，毫不夸张地说，经他们手追回来的文物，别说千万级，那些无法估价的绝品也不在少数。

张建呵呵一笑，点头道："看好，一定看好！"心里却暗叹，就这个数，在他们眼里还真算不上什么。

倒也不是张建敷衍了事，而是人的精力确实有限。这就好比在医院同时进行多台手术，医生就那么多，总不能那边病人都奄奄一息了，这边还寻思另一个病人的阑尾怎么割吧！自然是拣最要命的先做。

任何事都有轻重缓急，精力有限，就算是公安部提供的线索，也只能先"保守治疗"。

两天没合眼的张建，用力瞪大了布满血丝的双目，强装有精神地回道："请展队和吕老弟放心，我们一定盯死贾康，绝不出一点纰漏。一有情况，立马与二位汇报，怎样？"

吕瀚海哪儿看不出张建的意思，正想补两句，却被展峰一句"告辞"给堵了回去。无奈之下，他也只能带着不安和忐忑，随展峰离开了专业队。

二十八 ➡

次日中午，司徒蓝嫣终于回到市局，恰巧专案组三人也正在召开临时会议。

眼看着她踏进外勤车，嬴亮上前关切地问道："师姐，阿姨的病情怎么样了？"

司徒蓝嫣对父母欺骗自己的事，心情复杂，只好敷衍一句："没什么大碍了。"

看得出师姐仍是心事重重，嬴亮也不好再往下问，只能安慰道："没事就好。"

"案件进展到哪一步了？"司徒蓝嫣无心继续，连忙岔开话题。

嬴亮兴奋道："死者身份被核实了。"

"怎么确定的？"见案子有了突破，司徒蓝嫣也是一喜。

"调查组拿着鬼叔的画像挨家挨户摸排、走访出来的。死者叫潘娟，二十二岁，住在刘集村，从小被人抱养，其养父正在赶来的路上。另外我们还提取到了她生母的DNA样本，比对结果也证实，被害的就是潘娟。"

说话间，吕瀚海过来传话，说死者父亲潘云超已经在询问室候着了。

案件进展至此，算是有了重大转折，稳妥起见，此次审问仍是由展峰担任。

从公安内网登记的人口信息看，潘云超已五十有三，也许是日常太过操劳，他看上去要比实际年龄苍老很多，那张沟壑纵横的面庞如花甲老人的一般。

他一辈子老实本分，从没进过公安局，虽说是提前知道了养女的悲讯，但紧张感还是压过了哀痛，让老人的身体不停颤抖。

展峰见状，倒了一杯热水放在他面前，压低声音道："节哀顺变！"

"谢谢政府！"潘云超的回答格外朴实。

"老乡，能不能跟我们说说，你的养女潘娟的情况？"

也许是因为与养女分开的时间太长了，以至提起潘娟二字，潘云超竟觉得有些陌生。临来前，他就得知养女被人所害，能不能顺利破案，他的证词至关重要。回想起与娃朝夕相处的十多年，再到如今阴阳相隔，潘云超带着悲伤与歉疚，将一直埋在心头的话，全部倾倒给众人。

"我跟我那婆娘是托人介绍认识的，她年轻时就不能生育，医生给诊断的是宫寒，以咱家那时的条件，想怀上基本不可能，于是俺俩就寻思，托熟人抱养了一个女娃，还是我给起的名，叫娟子。"

说到这儿，潘云超直叹气："庄稼人都说，头发长见识短。我那婆娘迷信得很，娃讨过来后，找人算过命，也不知是哪个丧良心的假把式告诉我婆娘，说娟子命中与她相克，这孩子要不得。

"于是我婆娘就想着，干脆把娟子给送回去。我呢，好不容易才讨来这么一个闺女，都养那么久了，听别人放两句屁，就送回去，那我当然不干。

"因为这事，我和我婆娘是三天一大吵，两天一小吵。只要我不在家，我那魔障了的婆娘就拿娟子撒气。从小到大，家里什么重活累活都是娟子一人承担，这孩子是没过过一天好日子。

"娟子十五六岁的时候，我婆娘不晓得从哪儿又抱来一个女娃，打那以后，娟子的日子就更不好过了。眼瞅着娟子也逐渐懂事，我干脆把她的身世如实告诉了她，包括她的亲生父母姓甚名谁。只要她愿意，可以随时去找，我绝不拦着。

"我心里清楚，娟子之所以在这个家中忍到现在，其实还是放心不下我这个老头子，听我这么说，娟子就号啕大哭了一场。

"她误以为，家里多了个小的，她这个大的就只能让位，毕竟以我们家的经济情况，也很难供养两个孩子。

"我也想解释，可这些年她在我家过得不好，就算她怨我，走了，说不定还是好事。再说了，说出去的话，如泼出去的水，孩子也大了，再解释也不一定有用。于是不管娟子心里怎么怪，我也认了这账。

"也就是从那天开始，娟子变得不怎么爱说话，直到 2013 年的年初一，她包完最后一簸箕饺子，解了围裙告诉我，说她要去找她的亲爹娘了。

"我知道，迟早会有这么一天，既然娟子都那么说了，我也没拦着，我把她送出家门，塞给她一千块钱，打那以后，我就再也没见到过娟子，我以为她真去找了她爹娘，我也想她，可不敢去问，我哪里会想到……"

说到最后，潘云超的情绪再也控制不住，询问室门外，都能听到老汉呜咽的啼哭声。

展峰终于弄清了受害者亲属未报案的原因，心中也有些唏嘘，不过从连环凶手"随机选择作案目标"的特点分析，展峰更偏向于"瞎猫碰到死耗子"，也就是说，凶手其实对死者的具体情况并不知情，受害人亲属不报案的情节，也是偶然发生的。

展峰在笔录中注意到一个细节，潘娟临走前潘云超曾给了她一千块钱，而在整理死者随身物品时，他在潘娟右脚袜子中发现了一张叠放整齐的百元纸币，水印的部分，被人用铅笔写上了"潘"字。

从这个歪七扭八的字迹分析，书写者的文化水平不高。

至于为何要在袜子中放一张纸币，展峰还特意找吕瀚海打听了一下，才弄明白，这是当地的一种风俗，寓意为"送死者上路"，一般都是走个形式，塞张五块、十块的，是那么个意思，很少有人会塞百元大钞。

通过这个细节，司徒蓝嫣至少可以得出两条线索。第一，凶手是本地人。第二，他对死者存在一定的情感，就算是抛尸，他也希望死者能有一个好的归宿，而这也是"非典型性恋尸癖"发展至后期的主要特征。

不难看出，凶手或许始终是以"本地人"为侵害目标。

人具备社会群体性，或多或少存在着社交圈，本地人选择在本地作案时，稍有不慎就很容易被发觉，实际操作中存在极大的危险性。

在嬴亮看来，凶手之所以总找本地人下手，是因为他习惯石棺抛尸，而只有当地才符合抛尸条件。

可司徒蓝嫣觉得，这只是其中一个可能，也有可能凶手几乎没什么社交圈，他并不担心有人会认出他！

用百元大钞送葬，证明他对钱不敏感，有一定的经济来源，而这份职业，并不能帮助凶手与人建立交流体系。生活中类似的行当很多，正规的如：殡葬、法医等等，不正规的也举不胜举，譬如盗墓的土夫子。

以目前掌握的线索，仍不好判断凶手到底什么来头。

…………

口干舌燥的潘云超，将一满杯水灌进喉咙，展峰用平板电脑调出了那张百元纸币的照片。

"麻烦你回忆回忆，这个'潘'字是不是你写的？"

潘云超瞟了一眼，很确定地说："没错，是我的字迹。"

怕展峰不解，潘云超又解释说："我们农村人有这个习惯，花大钱之前，要写上自己的名字，万一出了假，人家好找上门。"

"所以说，你给娟子的一千块钱，都写了姓？"

"对，每一张都写了。"潘云超连连点头。

"有没有叠起来？"

"没有。"潘云超稍稍回忆后，又补了一句，"给娟子的钱，是我去银行自动取款机里取的新钱，都是整整齐齐装在信封里的。"

展峰看着照片上横七竖八的直线痕迹若有所思。很多人并不知晓，汗液指纹的主要成分是水、油脂、氯化钠、尿素、乳酸、脂肪酸等物质。在非特殊环境下，其保存时间不会超过一年。也就是说，明知凶手接触过纸币，要想从它上面提取到指纹信息，没有任何可能。

但随着接触性 DNA 这门课题的深入，也并非没有一点办法 [1]。

有研究表明，人体每天大约有 40 万个上皮细胞自然脱落，只要与客体相互接触超过五秒，就一定会有脱落细胞残留，这也是犯罪现场中接触性 DNA 的主要来源。

要把一张百元纸币，叠成 2 厘米大小的正方形，接触的时间绝对超过了五秒，并且在折叠的过程中，还需要用手指使劲捏平、抽拉。

而人民币在印刷的过程中，存在多种立体浮雕式防伪工艺，从理论上说，这张纸币上，定会留下凶手的脱落细胞。

展峰现在要做的，就是在显微镜下将纸币上的皮肤组织，用特殊工具收集起来，在排除潘云超、潘娟的 DNA 后，剩下那个残留量最多的 DNA 样本，可能就来自凶手。

不过，这也只是理论上的假想罢了……

因为他也无法肯定，凶手折纸时，是否戴了手套。另外，钱币放入 ATM 机前，还有哪些人接触？尚不明了。尽管科技已经达到了可以查出接触性 DNA 的水准，但由于是极为微量的物证，交叉污染也无法避免。尤其承载的客体还是具有流通价值的人民币。或许到头来，费了九牛二虎之力得到的样本，非嫌疑人所留。更严重的，还可能会误导侦查。

所以，除非万不得已，否则展峰绝对不会把"宝"押在"接触性 DNA"上。只有在案子难以突破的情况下，才有必要尝试一下，兴许能得到点意外收获。

二十九 ➡

结束询问，吕瀚海驾车载着专案组来到了潘娟最后的失踪地——刘集村。

进村的路太狭窄，仅够一辆三轮车勉强通行，吕瀚海只好把依维柯横在了

---

[1] 泛泛地说，接触性 DNA 是指人体与客体相接触后遗留在客体表面的细胞内含有的遗传物质。根据"洛卡德交换原理"，凡两个物体相互接触，必然会产生转移。这一原理同样适用于犯罪现场的接触性检材及其接触性 DNA。

刘集村潘娟失踪现场示意图

北

田地

潘娟失踪地

乡道

田地

田地

面包车

乡道

田地

刘集村

田埂上。

刚一下车，隗国安便舒展双臂，深吸一口气，感叹道："还是乡下空气好，都能闻到一股泥土的清香。"

"哟嗬，老鬼，看你这状态，心情不错，难不成是中彩票了？"吕瀚海打趣道。

隗国安嘴角挂笑，说道："我要是真能中彩票，就没有这么多烦心事喽！"

"那是，这年头，有钱能使鬼推磨，我还真没遇到，啥事是用钱摆平不了的。"

"也不能这么绝对。"隗国安不假思索地说，"不还有一句话吗，能用钱摆平的事，那都不是事。可见难题多的是！"

两人攀谈中，一辆微型警用面包车飞驰到他们跟前，推门下车的是当地的片儿警——还有三年就要退休的老李。他是前来配合专案组调查取证的。

寒暄过后，勘查工作就进入了正题。

"选择在年关作案，表明凶手没有亲戚可走，更证实了其独居的可能性。"司徒蓝嫣率先开口道。

展峰环视一圈，发现除进村的主干道可以勉强行车外，其他地方均是狭窄崎岖的渣土路，他转身问："李警官，附近的路一直都这样？"

片儿警老李吐掉嘴里的秸秆，叉腰回道："没错，进村的路还是近两年才修的，2015年之前来这里出警，我们都是骑摩托，小面包甭想进来。"

隗国安有些不解地问："难道地方财政这么困难？连条路都修不起？"

老李摇了摇头，说："财政有钱，但这里的路暂时还不能修！"

"什么意思？"嬴亮问。

"你们有所不知。"老李一屁股坐在渣土路边，"咱们这儿盗墓猖獗，你别看附近到处都是庄稼地，说不定地下就埋着古墓。城区楼房兴起的那几年，差不多每个工地，都挖出过大小墓葬。咱们文物局，也就那几十号人，实在是忙不过来。

"所以市政府定的调子，可能存在墓葬群的偏远农村，暂时不给搞基建工程，一来是怕再挖到墓葬，二来是怕交通便利了，给盗墓贼可乘之机。"

"原来如此！"隗国安觉得有些好笑，但也不得不佩服这实用的智慧。

展峰打开电子地图，发现尸体的位置早就被他标上了红点，而此时他们所站的地方，则被标成了蓝点，不测不知道，两点间的直线距离，竟然长达一百四十多公里。

如此远的距离，加上崎岖的路况，凶手要运载一个大活人，绝不是两轮或三轮交通工具可以胜任的。

思索至此，展峰把目光聚焦到了那辆警用微型面包车上。

"李警官，它是你们平时的出警车？"

"出警哪儿能用这头老黄牛。"老李一脸嫌弃，"这种小面包，吃二两黄豆、喝口凉水，放个屁都能喷走，指望它出警，老百姓能把咱骂死。我们只有去路况不好的农村才会开它。"

"李警官，我好像在路上见过不少面包车。"对车观察如此细致入微，也就是身为司机的吕瀚海了。

"现在不年不节的还少点。要是逢年过节，你就看吧，村里遍地都是用这种车载客拉人、干私活的，抓都抓不完，手脚麻利点的，中秋、春节就能把买车的钱给赚回来，不会干的，最少也能赚个大几千。谁让咱这儿交通如此不方便呢？"

老李的这番话陡然让展峰眼前一亮。

潘娟不就是在大年初一白天失踪的吗？细细一品，展峰似乎明白了凶手为何要选年关作案。按年俗，从初一到十五，几乎天天都能听到爆竹声，就算死者发出呼救，也不一定能引起别人的注意。

尸体解剖时，展峰并未在尸表发现抵抗伤。也就是说，凶手是在"和平"状态下，将死者带走的。

若双方素未谋面，在这个地方，也只有面包车司机，可以迅速与乘客建立起信任。

那么问题又来了，就算把死者骗上了车，他又是如何神不知鬼不觉将其带离现场的？

见展峰一刻不停地在田埂上来回踱步，吕瀚海好奇地问道："嘿，展护卫，都要到饭点了，你还在那儿琢磨什么呢？"

见众人向他投来询问的目光，展峰毫无保留地将心中所想全盘托出。

就在几人也陷入眉心紧蹙的冥想之际，吕瀚海优哉游哉地从驾驶室拎出一瓶农夫山泉。

"还有没有，给我整一瓶，我也渴了。"隗国安见状大叫。

"你个老鬼，都什么时候了，还想着占我便宜。进村找水去，我车上可没多的。"吕瀚海撇撇嘴走到几人面前，"都别想了，我来告诉你们答案。"

吕瀚海撕开腰封的包装纸，指着露出的瓶身道："瞧见没？谜底在这里。只要在这个部位做点手脚，再把包装纸重新贴上，不仔细看根本发现不了。这样一来，瓶盖没有拧开，一般不会引起怀疑。所以在夜场，别人无缘无故给你的饮料，一定不要轻易喝。你们说，死者会不会是喝了下有迷药的饮料，然后被带走的？"

司徒蓝嫣没去过什么娱乐场所，虽然对这个法子略有耳闻，但依旧有些疑问："方法行得通，可无色无味的迷药从哪里买？"

"这玩意儿虽然非法，但想买也不难，他们给起了个名，叫'听话水'，喝了就任人摆布的意思。"

吕瀚海并不了解案情细节，但有一点却与他说的不谋而合。凶手在被害人身上塞入了阴道倒模，除了电商网站，这种东西也只能从性用品店购入。

本案是连环杀人，凶手肯定不止一次光顾过类似的店面，倘若与店主混熟了，顺道购买迷药的可能性就很大了。

之所以在尸检中没有检出药品成分，完全是因为"口服式迷药"主要还是通过"四大系统"代谢，而它们要么被破坏，要么被摘除了。

事已至此，也并非没有办法检测，只要获取"听话水"的检验样本，展峰仍可以通过组织残留，推断猜测的合理性。

而取"样"的重任，顺理成章地交到了"社会人"吕瀚海手里。

三十 ➡

要论歪门邪道，专案组没人是吕瀚海的对手，就在众人盘算着，要怎么跟老板套近乎，买到"听话水"时，吕瀚海却反其道而行之，他不知从哪儿整来了一包写满英文的小药瓶，鬼鬼祟祟地上成人用品店里推销了起来。

明目张胆销售违禁药，当然不敢有人接腔，可打着这个幌子，竟没有一家店主对他的身份产生怀疑。

就这样，他轻而易举地买到了市面上所有品牌的"听话水"。

吕瀚海此番出马，可谓技惊四座，这种野路子侦查手段，也给市局的"食药环支队"[1] 好好地上了一课。

他这边刚把样本交到展峰手里，食药环支队那边就收到了销售迷药的门店清单。

经检验，市场上的"听话水""乖乖水"，其主要成分均为三唑仑、巴比妥、氯硝西泮。

三唑仑是强烈的麻醉剂，口服后可迅速使人昏迷，属国家管制的一类精神药品。

巴比妥类催眠药与三唑仑药理相同。一旦中招，昏迷时间可持续六到八个小时，甚至更久。

氯硝西泮是一种抗惊厥药物，服用后，可对大脑的中枢神经造成影响，使人失去行动能力。

将三种药按比例混合，可制成使人四肢麻痹、大脑昏厥、短暂失忆的"听话水"。

从药品成分不难判断，"听话水"主要是肝脏代谢，代谢产物以游离或结合形式经泌尿系统排出，在死者内脏被完全掏出的情况下，展峰只能以氯硝西泮为突破口，从颅腔内刮取组织残留，来寻找答案。

别说在十几年前，就算是几年前，仪器的灵敏度也不足以检测出微量药品成分，就连外勤车上，展峰所使用的设备，从出厂到现在，都还没满"周岁"。检测过程虽有些漫长，但结果还是比较喜人，样本中的确发现了氯硝西泮代谢残留。

---

[1] 食品、药品、环境类案件侦查支队。

最终，专案组确信：凶手驾驶一辆微型面包车，以载客的方式，将潘娟骗上车，获取信任后，再用迷药，之后将其带离现场。

有了这个结果，展峰对"听话水"的药性进行了测算。他将一整瓶计量为15毫升的迷药，注入500毫升的矿泉水中，成年人满饮后，可在三分钟内完全丧失意志，直到两小时后才会逐渐清醒。

当然，实际操作中，受害人不可能一口气把矿泉水全部喝完，所以"两个小时"是个峰值。

随后，展峰又计算了微型面包车在乡村土路上行驶的最大平均速度。将两个结果相乘，就得到了凶手直线行驶能到达的最远距离。

以潘娟失踪地为圆心，直线行驶距离为半径画圆，凶手的居住地，必定在该圆所覆盖的范围内。

依此，展峰在电子地图上共标注出了十三个自然村。

有了范围，如何做更细致的筛选，以现有的条件，仍是一头雾水。瞅着那十三个自然村，全组成员都觉得，这个圆是不是画得太大了一点。

…………

与此同时，市局负责与"侯氏家族"对接的调查小组传来消息，全市范围内一百六十七口"大号石棺"的定位工作全部完成。究竟哪口棺椁中藏有尸体，需专案组做进一步确认。

按照侯氏家族的说法，只要是他们家打造的石棺，他们都是负责运到地方，等成功下葬后，才收取尾款。所以就算过去这么长时间，只要对着账本，哪口棺材埋在哪儿，他们依然可以轻车熟路地找到地方。

然而"地上"的事好解决，"地下"的事又该怎么办才好呢？逝者为大，逐一开棺这犯众怒的事，万万使不得。

可展峰的眼睛又不能透视，就算判断最基本的"棺体痕迹"，最少也得把坟包挖开。

先别说要怎么做通逝者家属的思想工作，就算一天勘查一个坟包，没有半年，也搞不定这件事。

如此效率，必然会砸了专案组的招牌。只有另辟蹊径才是解决此事的唯一办法，可尴尬的是，目前谁也闹不明白，"蹊径"到底在哪儿。

三十一 ➤

打从接案至今，专案组每天都高频运转，案件遇到瓶颈，展峰并不着急找出解决办法，反倒干脆放假三天，自己则回到了罗湖市康安家园的自建楼里。

手提四包成人尿不湿，展峰缓缓拧开自家房门。室外早就入了夏，阳光明媚炽烈，可隔着厚厚的窗帘，屋里仍蒙着一层浅墨般的黑暗。

阴冷、潮湿的空气夹着轻微但难以忽略的臊臭，让多日未归的展峰有些不适。

走进客厅，展峰把那只特意给高天宇买的烤鸭拿出来码在盘中。他现在对高天宇的感情有些复杂，他当然很迫切地想要查出实质证据，将其绳之以法，但就事论事地讲，办理贼帮案时，要不是高天宇反应迅速，第一时间拨通了求救电话，他跟吕瀚海可能早就死在了贼帮的祠堂里。

经过这件事，两人间也不再像以前那样剑拔弩张，在日常相处中，也有了一种和平的气息，双方也心照不宣，自知这种和平可能只是暂时的，但谁也没有主动打破它的打算。

从展峰进门到现在，秒针已整整转了三圈，他感到奇怪，这么长时间，屋内依旧寂静无声，往常他回来时，寂寞难当的高天宇，总会立即出现。

到底怎么了？展峰拽了几张餐巾纸，擦拭掉手中的油渍，接着走到高天宇的卧室前，推开了房门。

这是一间由储藏室改造而成的卧房，没有窗户，就算在白天，也见不到一丝光亮。

"嗡嗡"的低鸣声来自那台被警方监控着的笔记本电脑，微弱的蓝光，照着高天宇那张俊美的脸庞，他石雕般地坐在那里，目不转睛地盯着屏幕，整个人一动不动，忧郁中带着悲伤。

在相处的三年里，展峰还是第一次见高天宇如此感情流露，顺着高天宇的视线，他看见了屏幕上那张温柔美丽的女孩的照片。

她叫徐娇，出生于单亲家庭，从小由母亲独力抚养，八岁时，一起爆炸案夺走了她的双腿，而她的母亲也因此与她阴阳相隔。

因为年纪太小，徐娇痊愈后被安置在了福利院，她能重新站起来，完全是因为高天宇倾尽所有，给她捐赠了一双定制的进口假肢。除此之外，徐娇还有一个身份，那就是高天宇的初恋女友。

这一切，展峰都知根知底，因为打高天宇踏进自建楼的第一天起，他所有的交易条件，都是以"徐娇的安全"为前提。

"太想她了。"

短短的四个字，让展峰清晰地捕捉到，高天宇那刻骨铭心的爱恋相思。

"福利院有我的人，你放心，她很安全。"

高天宇不舍地合上电脑，转头看向展峰，轻轻地说道："谢谢你！"

借着门缝射入的光亮，展峰这才注意到，高天宇眼袋很黑，怕是很长时间没有休息过了。"你几天没睡了？"他问。

高天宇抬头打量了一下四周，长叹道："在这里，我怎么分得清白天黑夜，你的问题我没办法给你答案。"

展峰敏锐地嗅到了一丝对立情绪，放在过去，两人可能又会因此争执不休，但今天的展峰，却因之前的恩情，试图从中寻找双方都可以接受的"情感平衡点"。对展峰而言，眼下最不理智的做法便是与高天宇针尖对麦芒，与其如此，不如保持沉默。

聪明人的对抗与交流，大多只需一个眼神，或一个转瞬即逝的表情，高天宇清楚，展峰没出声是在隐忍，在他看来，具有极度暴戾和极度冷静双重性格的展峰，能在自己这个死敌面前做到这样，已是相当克制。

"你……能不能和我聊聊最近的案子？我想转移一下注意力。我觉得你应该也有这个想法吧？"高天宇没兴趣揭穿展峰，而是直言不讳地对他点明彼此的需求。

常言道，当局者迷旁观者清，展峰选择在遇到瓶颈时回家，其实有两个目的。一个是按周局的命令，定期回来给高天宇添加补给，并观察他的动向。另外，他也的确很想听听，高天宇对这些案子是个什么想法，虽说暂时没有证据可以定高天宇的罪，但不能否认，高天宇也曾是连环爆炸案的嫌疑人，对于犯罪者的心态，高天宇颇有一些警察罕有的思路可以分享。

方形餐桌前，两个人相视而坐，气色萎靡，已几天未进食的高天宇，居然还能优雅地拿起刀叉，用西餐的方式将烤鸭缓缓切成薄片，慢条斯理地送入口中。

展峰早就把高天宇的情况查了个底朝天，高天宇出生于中国的传统家庭，没有出国的经历，他也不明白，高天宇为何会对西方的习惯如此情有独钟。

后来在长时间的相处中，他有了一个大胆的猜测，高天宇或许在模仿他心中的偶像，那位以人肉为食的变态杀人魔——汉尼拔。

展峰一边观察高天宇的动作，一边侃侃而谈。

把最后一片烤鸭送入嘴中，高天宇大致了解了些案情，他放下餐具，用别在领口的白皙方巾擦了擦嘴角，嘲弄道："你们警察办案就喜欢那些条条框框，换成我，我就把所有棺盖都打开。"

"这就是你的答案？弱智了一点。"展峰喝了口水润润喉咙。

"那你有没有想过，万一漏掉了一具怎么办？只有全部开棺，才能确保万无一失。"

展峰不敢苟同地说："规矩就是规矩，不能打破。再说了，付出的成本小于收益，激化群众情绪，这样办案不合适。"

"限制在条条框框里，就是对凶手的仁慈。"高天宇将胳膊立于桌面，十指交叉，用手背托住下颌，饶有兴致地端详展峰，"你很清楚，若凶手逍遥在外，就意味着下一个受害人随时可能出现。让老百姓的生命岌岌可危，跟照顾死人的面子，到底哪一个成本大？还是说，在你心里，人命不是最大的成本，倒是你们警察那点门面功夫，比有人被杀更值得你在乎？"

展峰放下水杯，说："没有规矩，便会造成冤假错案，权力必须套上原则的笼头，这本就是一个矛盾命题，不要跟我玩哲学，我不会全部开棺的。"

高天宇听着展峰的话，脸上再度露出谜一般的诡笑："我明白你的意思。但中国还有句古话，叫人命关天。风水这个东西，向来人云亦云，石棺里埋的都是死了几十年的老人，遇到不肖子孙，逢年过节有没有人去扫墓，都难说。我觉得，在肉眼可见的利益面前，直接开棺根本不是问题，你是在自寻烦恼。"

"你的意思是以补偿为条件，说服家属？"展峰懒得绕弯，直接点明高天宇的暗示。

"对！就算一口石棺补偿一万，也就一百来万，又不是什么大数目。国家掏不起？"

猛地一听，此法也不是不可行，可它所带来的贻害是无穷的，别的不说，赔偿这事向来容易起争执，政府行为更容易被挑剔，要是因一起案件，造成大量群众信访，这绝对会给当地公安带来无尽的困扰。

调查组在走访"侯氏家族"的过程中，也旁敲侧击地了解了一下当地情况，试想，能倾尽全家之力打一口大石棺的人，怎会在乎那一点补偿金？别说一万，就算掏个十来万，也不一定有人乐意背上"忤逆子孙"的骂名，比如陈氏兄弟，人家在乎的是你那点补偿金吗？

高天宇看着沉默不语的展峰，继续挑唆道："要不要，咱俩打个赌？"

展峰从思绪中回过神来，挑眉道："怎么个赌法？"

"如果你能不开棺确定凶手的抛尸位置，算我输。反之，我赢！"

"赌注呢？"展峰饶有兴致地问。

"回答一个我最关心的问题，输了的人不能说假话。当然，我输了，就轮到你问我。"

展峰笑不入眼地看着他，手指摩挲着水杯边缘，说："高天宇，你是不是真觉得，我拿这些棺材没有办法？"

高天宇双手一摊，挑衅地反问道："不然呢？"

三十二 ▶

香港街古玩市场算是当地最早形成且颇具规模的古董交易集市，香港回归前，这里就是文物贩子们走私的必经之地。当然，其中不乏操着一口粤式普通话的古董商。久而久之，香港街这个地名，就在人们的口口相传中渐渐被固定下来。

带着跟高天宇打的赌，展峰一回专案组，就派给吕瀚海一项任务，让他把市面上所有可以撬开石棺的工具全部买来。

揣着一大沓钞票，吕瀚海抬脚到了香港街。这地方，还是教授观星术时从贾康嘴里挖出来的。

这儿都买不到的工具，换别的地方，肯定也弄不到手。他还从贾康那里打听到了一家叫"听雨轩"的古董店，据说店掌柜从香港街未成气候时，就扎根在了这里，只要"钱"能顶上，这位有的是路子。

听贾康说得活灵活现，吕瀚海觉得他应该是这里的常客，于是扛着贾康的"大旗"，吕瀚海径直走到了藏在街尾那间只有十来个平方米的小门脸里。

像古董行这种"半年不开张，开张吃半年"的地方，平日就不怎么有人来。店内的布局，也是出奇地简单，正对大门的，是一个玻璃展柜，造型跟二十世纪八九十年代小卖部的烟酒台类似。柜子里，横七竖八地摆放着少许铜钱、玉器，就算是门外汉，也能看出这些物件都是便宜货。

店里左右两边墙上，分别安置了木质古董架，被隔开的方格上，搁着一些花花绿绿的瓷器，吕瀚海对古玩的认知本就是白纸一张，不过从价签上早已褪色的钢笔字迹看，这些东西应该也是不值钱的装饰品。

话又说回来，要是真有什么价值连城的东西放在外头，怎么可能他都站了一炷香的工夫，店里居然没有一个人出来招呼？

他踮起脚，冲通向里间的布帘喊起来："有人吗？还做不做买卖了？"

"谁呀！"应声的人明显有点不耐烦。

"买东西的客人！"

"哦哦哦，知道了，知道了，这就来，这就来！"

声音由小及大，从远到近，吕瀚海察觉小店的后院另有乾坤。

掀开蓝色布帘，一位身穿唐装戴着八角圆帽的中年男子探出脑袋。

吕瀚海最擅看相，都说面由心生，一般尖嘴猴腮留着八字山羊胡的，无一不是人精，说的就是他这般长相。兴许是经常倒腾死人物件，此人还印堂发黑，八成是熬夜挖坟，肝功能受损所致。

"难怪白天都没人，看来这家伙是吃夜食的主儿。"吕瀚海心头有了数。

"你谁啊，怎么从来没见过？"店家一瞧，发现来人自己不认识，顿时警觉起来。

见对方语气不善，吕瀚海从兜里掏出星盘卖起了关子："是朋友介绍我来的，人家说山猫掌柜神通广大，向来有求必应。"

一听对方能一嘴喊出自己的外号，那"熟人介绍"的说辞定是假不了。那山猫顿时对吕瀚海另眼相看，不过买卖人凡事都讲究个"利"字当先，他一眼就看出，吕瀚海手中那个星盘是个稀罕物件，可他们这行也有自己的规矩，他倒腾"明器"，常有"四不收"：不明来历的不收；没有销路的不收；佛像、石碑等祭祀法器不收；占星、堪舆、卜卦等奇门遁甲的物件不收。

山猫那双玲珑小眼一聚，便知吕瀚海手里把玩的应属第四种。

"不好意思啊！您怕是白来一趟，这东西，我可接不了。"

吕瀚海皮笑肉不笑，一把将星盘塞进裤兜。"想得倒美，这可是我吃饭的家伙，卖给你了我吃什么？"

山猫的小眼滴溜一转，立马抓住了重点，说道："哟！这么说，您是摸主儿？"

临来前吕瀚海把本地的盗墓行当查了个底朝天。早年香港街的人对"盗墓者"并不这么称呼。相传在漫长的中国盗墓史上，主要留下了四个门派，分别是摸金、搬山、卸岭以及发丘。

不管哪个门派，都是以发掘墓葬为最终目标。而在古代，凡风水极佳之地，都被统一称为龙脉。专门从事寻龙探穴的人，则被当地人称为龙爷！单一个"爷"字，就能听出，盗墓者在本地的超然地位。

在科技落后的年代，龙爷也算是显赫一时。可俗话说得好，"枪打出头鸟"，不是不报时候未到，随着新中国成立后，政府对"盗墓"行为强力打压，以前在古董街生怕别人不知道的龙爷们，也都开始夹着尾巴做人。

前两年，一部盗墓题材的影视剧《鬼吹灯》大火于网络，摸金校尉一词，也逐渐被更多的人熟知。

而摸主儿就是摸金校尉的简称，喊着喊着，也逐渐被盗墓者认可，成了别名。

虽然称谓换了，但摸主儿在古董商心目中的位置，非但没打折，反倒还有逐年上升的趋势。

毕竟，在公安局的强势侦查下，曾经风光一时的摸主儿，几乎都吃了牢饭，而且大都是进去就出不来的终身"公务餐"。物以稀为贵，"人才"亦是如此，想要好物件，谁不把这些爷当活宝贝看？

"是贾康介绍我来的，想从掌柜这儿淘些称手的家伙式儿，您帮帮忙，往后有什么好物件，就走您的道儿。"

吕瀚海报出贾康的名号，也不担心对方会背地里核实，因为自从他把观星术的皮毛教授给对方后，这家伙的电话就再也打不通了。估计他要么去分金定穴，要么就直接撞枪口上吃牢饭了。

吕瀚海早就把这条线索移交给了"打盗墓专业队"，在他这里，他与贾康的一锤子买卖已经达成，剩下的交给市局，他也落了个心安理得。

听说是贾康，山猫悬着的心总算落了下来，撇开歪门邪道不谈，光人家那祖传的风水秘术，半个古董圈的人都如雷贯耳。

山猫曾有幸和贾康打过几次交道，临走时，他用三个"不"字来形容对方，"不差钱""不简单""不得了"。

俗话说得好，物以类聚，人以群分，发现是贾康的朋友，山猫硬是挤出一丝谄媚的笑容来，说道："兄弟，您客气了，有什么我能帮上忙的，您尽管开口。"

吕瀚海双手一背，故作姿态，斜睨着山猫，说道："最近有个大活，需要一些上好的工具，你店里有什么，都给我整来，没有的，称手的能收的收，齐全为主，价钱不是问题，剩下的就别多问。"

听有大活，山猫双目射出精光，再一想，刚才人家说，有了好东西走他的道儿，更是点头如捣蒜。"规矩我懂，规矩我懂，您放心，家伙式儿我绝对给您配齐喽！"

"那好！"吕瀚海从兜里掏出两沓人民币潇洒地往桌子上一丢，"够不够？

不够再来点？"

干他们这行，做的就是长远生意，山猫怎会看眼前这点蝇头小利，只见他小心翼翼捏出一沓，重新塞进吕瀚海手中，说道："嘿！您能来，小店蓬荜生辉，我还能在这些东西上赚您的钱？只要刚才您那话……"

见他欲言又止眼珠子乱转，吕瀚海了然道："您放心，只要有好东西，我第一个奔您这儿来！说到做到。"

"哎哎哎！就这么定了啊！"山猫喜出望外，弓着腰连连称谢。

说好了事，直到走出店门老远坐上出租车后，吕瀚海才破口大骂了一句："真他妈黑，一堆铁疙瘩，竟然收我一万块！"

三十三 ➤

午夜十二点，吕瀚海接了个陌生电话，声音不是山猫，说是工具已准备妥当，可以交接了。约定的地点在四十公里外的乡村里头，吕瀚海驾驶着展峰做侦查实验的那辆微型面包车匆匆前往。

多次变换了交接地点后，吕瀚海终于跟对方碰了面。

深夜，四周漆黑一片，他只能借着月光分辨出对方是一名壮年男性，此人戴着帽子、口罩，他也无法看清对方的容貌。

而且，那人驾驶的也是一辆微面，从这一点至少能证实，这种车，确实是盗墓者的标配。

吕瀚海打开后备厢，那人眉头突然一皱："怎么没把后排座去掉？"

吕瀚海最听不得别人在他面前嫌弃。"不是，你能有多少东西？这还放不下？"

那人也没什么耐心，呛了一句："你自己定的玩意儿，你自己心里没个数？"说着，对方一把打开了他的后备厢。

要不是有夜色遮挡，吕瀚海定会被对方看出什么端倪，他望着装得满满当当的一车工具大吃一惊，总算强装镇定，压低嗓子问："怎么这么多？"

那人也是一肚子委屈："我知道个屁，我就是个送货的！"

"要不这样，你等我一会儿，我去换个车？"

"不行，我等不了！"对方说着，也不管吕瀚海同不同意，直接从副驾驶的车斗中掏出扳手、钳子之类的工具。

"你这是……"

"我把你的座位拆了，交完货你再找人帮你装上。"

特殊情况特殊对待，吕瀚海也不敢纠缠，怕人识破，连忙应了下来："行，就按你说的做。"

"丑话说在前面，这要额外收费！"

"加多少？"

"市场价，一百五！"

"得得得！"吕瀚海摆摆手，"一百五就一百五，我以为多少呢！抓紧干活啊，我也赶时间。"

那人手一伸："先给钱，后干活！"

吕瀚海摸了摸口袋，发现自己来时匆忙，竟一个子儿都没带，他拿起手机说："微信、支付宝行不行？"

那人犹豫了一下，没有说话。

"不是，我花钱买这一车东西干的是什么生意，你没数？你还怕我是警察啊？要么转账，要么先欠着，再或者，你上山猫店里拿去，那儿安全。"

"欠着可不行！"那人嚷嚷道。

"这也不行，那也不行，你说怎么办？实在不行，你把货给我拉回去，我不要了行了吧，你跟山猫交代去。"

见吕瀚海动了真怒，对方也只好勉强退让："行吧，那就微信吧，我只会用微信。"

"我看你就是掉钱眼里了！"吕瀚海打开微信支付，伴着"嘀"的一声，一百五十块转到了对方的账户中。

"收了钱，干活就麻溜点，耽搁了我的事，回头找你算账。"

那人收起手机，自信地说："这点你放心，香港街的货都是我送，摸主儿都排着队找我拆座椅呢，我保证二十分钟内完事，绝不给你碰坏了。"

吕瀚海撇撇嘴说："得得得，满嘴跑火车，瞧把你给能耐的！"说完，他双手插兜，一屁股坐进驾驶室打起盹来。

也不知过了多久，一阵剧烈的摇晃，让吕瀚海从睡梦中醒来，他擦了擦嘴角的哈喇子，眼神仍有些迷离。

"老板，搞定了！"吕瀚海闻言，揉了揉眼往后一瞥，好家伙，各类工具堆得是满满当当，加上被拆下来的座位，几乎看不到一点缝隙。

"得，辛苦你了，回头给你个五星好评啊！"

伴着最后一句调侃，两人在高粱地的掩护下分道扬镳。

三十四

吕瀚海回到市局，已是深夜三点，工具也如数交到了展峰手里。

早在几天前，展峰便收到消息，说是"侯氏家族"在配合查案中，总是有些小心翼翼，他们还托关系打听市公安局找他们到底是不是查棺这么简单。嗅觉敏锐的调查组，觉察到这帮人明显暗中有事，于是在所有石棺位置落定后，来了招放长线钓大鱼，经过秘密侦查，果不其然，侯氏家族仍在悄悄制作石棺，侦查人员在现场依法扣押了四个刚刚完成，尚未交接的大号石棺。

经地质专家鉴定，石棺选材仍是当地的绿岩，分析石材的矿物质含量，专家锁定了这群人取材的确切位置——当地庆阳山一处不起眼的石窟。民警随即在现场又抓获了六名仍在开采石料的工人。

这一发现，竟误打误撞地解了展峰的燃眉之急。

在勘查第一现场时，他把整个石棺进行了3D扫描，棺体上的痕迹也一处不落地被他记录下来。

但让他比较迷惑的是，他也无法排除，到底哪些痕迹是在制棺时形成的，哪些又是凶手开棺后留下的。

现在吕瀚海买来了所有撬棺工具，只要能找到一口全新的石棺做比对，排除干扰，他就能根据"遗留痕迹"来反推工具种类了。

当然，此事高天宇并不知情，换句话说，就算知道，展峰也不可能全盘告知，长时间的接触中，展峰已经摸清了对方的性情，激将法用在高天宇的身上，那是屡试不爽，只是绝不能让高天宇察觉，他其实早就有把握赢了这次打赌。两个人之间因斗智斗勇和彼此需求形成的微妙信任，展峰还想继续保持下去，没有毁掉的打算。

半天后，反推痕迹的工作，在贴满封条的作坊中计时进行起来。

经实地观察，展峰发现，侯氏家族制作的石棺，除大小差异明显外，棺身上所雕花纹，几乎大差不差。

因雕刻工具常年不变，雕刻技艺又存在传承，所以在棺体上留下的雕琢痕迹也都有迹可循。

在详细观察了四口新棺后，展峰在3D扫描图上排除了十一处痕迹。于是，剩下的三十七处痕迹，就是他接下来要分析的重点。

展峰可以确定，凶手并不可能全盘掌握大号石棺的埋藏位置，为了分辨出可供抛尸的石棺，他只会随机寻找墓地，用洛阳铲做初步的判定。

因小号石棺为石板拼接而成，在下葬后，还要在缝隙中注入水泥砂浆，所以拔出洛阳铲，只要在铲尖的位置发现水泥灰，那么该墓地便可直接排除，若是石灰粉，那就可以下手。

而陈老爷子的那口石棺上，东西南北四面棺身，均留有铲痕。

按理说，观察夯土，只要一铲便可判断，凶手为何要多此一举，分别从四个方位刺入？

带着这个疑问，展峰再度查阅了侯氏家族售出石棺的尺寸列表。

他发现，贾康在会所内没跟吕瀚海说实话，他报的数据存在不小的水分。

石棺使用的是天然石料，考虑到开采和运输成本，贾康口中的大号石棺，仍存在着"上中下"三个档次。

其中"下等棺"，只容得下一具尸体。"中等棺"在没有陪葬物的前提下，勉强可以容纳两具尸体。可按照当地风俗，就算再穷苦的人家，也会包两床棉被作为陪葬。这么一来，就只有"上等棺"才符合凶手想要的抛尸条件。

如此一来，凶手在四个方位插入洛阳铲，极有可能是在测量石棺尺寸。

在确定抛尸点后，又有一个问题接踵而来，凶手凭一人之力，要如何打开棺盖？

展峰观察后发现，每个棺盖的合口外沿，都雕刻着双龙戏珠的图案，而龙珠的位置，恰好是石棺的中点。

而且，越是靠近龙珠的地方，铲痕就越是集中，显然，凶手就是找准了这个位置。

找这个中点，到底有什么特殊意义呢？

展峰认为，凶手是想利用杠杆原理，撬开棺盖。

物理公式中：动力 × 动力臂 = 阻力 × 阻力臂。只有把支点选在杠杆中点的位置，才可以消除杠杆自身重力对杠杆平衡的影响。

通俗点讲，在龙珠的位置撬棺，既稳当又省力。凶手能把这一点摸得如此透彻，也说明这种事他绝不只干过一次。

三十五 ◢

侯氏家族的石棺在当地极为畅销，他们甚至做成了独门生意，原因从棺材的各种细节便能窥视一二。

合上棺盖，侯氏石棺的盖沿与棺身间的缝隙，竟可以精确到毫米，密封性堪称一绝。

要想插入如此薄的缝隙，月牙状的洛阳铲绝对无法办到。在一堆工具中扒来扒去，展峰发现，只有一种名为撬棺铲的工具可以胜任。

铲子的造型，与铁锹有些类似，不同的是，这种铲的铲面薄如蝉翼，硬度极高，只要力气足够大，撬开棺盖并非难事。毕竟人家敢叫撬棺铲，也非浪得虚名不是？

可是让展峰感觉到奇怪的是，棺盖外沿的位置，竟未发现直线型的试探痕迹，也就是说，凶手在撬开棺盖时，可以一把定乾坤，直接将撬棺铲插入缝隙，动作极为精准。

石棺可是埋在地下的，要想拿捏得如此准确，那么这条缝隙，就必须在凶手的可视范围内。

换言之，凶手在确定龙珠的位置后，应该在坟前挖了一个较深的土坑。

在吕瀚海买来的众多工具中，有一把经淬火处理的45钢[1]多功能折叠工兵铲，这把铲子最大的特点就是在铲土时，撬面与撬把，能形成九十度夹角，可加快刨坑的速度。

如此一来，那些葬在墓地，用砖石修葺完善的坟包，就不具备开棺条件了，只有那些埋在自家地头儿的老坟，才符合抛尸首选。

撬棺铲插入后，整个铲把处在悬空状态，若想打开棺盖，最简单的方法，便是双手握住把手，用力下压。

可理论与实际还是有着不小差距的，不算上棺椁上方的坟包重量，单一个石棺的棺盖，重量就上千斤，凭借一己之力，简直是"蚍蜉撼大树"，怎么可能弄开这玩意儿？

为了搞清楚凶手到底如何打开的棺盖，展峰把重点放在了棺材的内沿上。

最终，他在两处半圆形的碾压痕迹上找到了答案。

经比对，这是一种名为超薄式千斤顶工作时留下的痕迹，只要先用撬棺铲，把棺盖扩出约2厘米的缝隙，就能把其塞入，最后利用液压传动原理把棺盖顶开。

由于超薄式千斤顶的最大做功距离不到10厘米，因此，仍需要大号千斤顶辅助，才可完成整个撬棺流程。

…………

分析完所有痕迹后，展峰试着把一口新棺埋入地下，重新模拟了整个开棺过程。

经比对实验证实，棺体上产生的痕迹，与第一现场3D扫描的结果，基本吻合。

如此一来，土坑附近留下的戳土、刨坑、撬面、千斤顶液压等诸多伴生痕

---

[1] 45钢也叫油钢，为优质碳素结构用钢，硬度不高易切削加工，经淬火后芯部会出现硬脆的马氏体，可提高自身的硬度、耐磨性和使用寿命，可承受巨大的摩擦力。广泛应用于摩托车、汽车上，特别是那些在交变载荷下工作的连杆、螺栓、齿轮及轴类工具上。

迹，就成了判断凶手选择抛尸点的重要依据。

三十六 ▬

接下来的几天里，专案组以此为依据，共梳理出了八处有抛尸嫌疑的坟冢。经展峰再三确认，从坟前动土痕迹和棺体留下的洛阳铲痕完全可以证实，这八口石棺中，都藏有尸体。

开棺前，市局一把手把逝者的后人全部请到局里，循循善诱地做了长达一天的思想工作。在承诺了经济补偿、迁坟等等一系列附加条件后，又招来吕瀚海，解释了一番风水问题，当得知声名显赫的陈氏兄弟都是这位大师给迁的坟，这帮人总算放下心理负担，"开棺寻尸"才终于提上日程。

自古以来开棺就不是小事，确定开棺后，"参战"人员心中无不七上八下，要是打开棺材，里面没有尸体，只怕家属能蹦起来骂街。

可展峰却胸有成竹，他甚至已经把后续工作考虑周到，毕竟要一次性分析八具尸体，就算他有三头六臂，也不可能在短时间内完成，所以他还提前打了个报告。

实际困难经层层上报汇集到部里，一天内，专案中心便联系了全国能排上号的刑技专家，前往该市增援。

最终，在展峰的协调下，增援队伍被分为法医组、痕迹检验组、理化检验组、人像复原比对组。

有了潘娟的全部勘查流程做模板，接下来的工作，变得相对容易了很多。

痕迹检验组按照展峰的要求打开棺椁，事实正如他预料，八口石棺内，无一例外，全都发现了腐败程度不同的无名女尸。

火速把外围痕迹固定完毕后，尸体由法医组接手，辗转到第二战场——省一级多功能尸检中心[1]。同时理化检验与颅骨复原也随之展开。

---

[1] 多功能尸检中心是由财政专项拨款，提高尸体解剖的科技投入而建立的全方位、立体化、多层次、综合性的法医解剖中心。根据规模和投入的不同，分为区县三级、市二级及省一级三种。

九名被害人，按死亡时间排序，展峰发现，潘娟竟是保存最完整，腐败迹象最不明显的9号死者。而腐败严重的1号死者，已足足死了十四年有余。

把尸体依次排开，能够明显看出，凶手的防腐技术一次比一次精进。

以最早的1号为例，其头部发现的是钝器伤，不足以致命，而尸体之所以腐败严重，是因为凶手采用的是一种"简单粗暴"的防腐法——"油浸法"。

具体操作很简单：直接把尸体浸泡在油中，使之隔绝空气，从而让微生物无法存活，减缓腐败的时间。而这种操作有一个非常大的弊端，人体内百分之七十都是水，当水分从体内渗出时，因水、油的密度不同，水会流向下层，这样尸体接触水后，依旧会加速腐败，此法只适合短期内保存尸体。

另外，法医组还在1号死者身上发现了玫瑰齿、舌骨骨折等特征，并在其指甲缝中刮取到了大量的泥土样本。

经现场重建，可以确定，凶手第一次作案，是使用暴力把死者击晕，并带到了一个人迹罕至的地方。死者苏醒后，凶手又强行与其发生了性关系，其甲缝中的泥土，就是在剧烈反抗时所留。性侵结束后，凶手直接掐死了被害人。

…………

检验工作告一段落，核查尸源成了头等大事。DNA比对、颅骨复原、伤疤特征、疾病特征、个体特征等一切可以利用的细节，全被专案组考虑到了极致。

有了潘娟的调查经验，新发现的八名死者，也在多日后被确定了身份。

她们均生活在偏远农村，都是穿着、长相并不出众的外出务工者。她们的家人法律意识淡薄，再加上农村重男轻女现象严重，为了避免麻烦，极少有人前来报案。八个人中有两个人是在中秋节前后失踪的，另外六个人都消失在春节期间。

回顾整个案情，凶手作案存在几个共性：第一，选在两大传统节日作案，尤其是春节，共作案七起；第二，作案地点都在地理位置偏僻、外出务工者居多的农村；第三，凶手对死者的长相并无要求，选择目标的随机性较强，怀疑只针对落单女性下手。

有了充足的例证，司徒蓝嫣也同时给出了心理侧写：首案是凶手在冲动的情绪支配下完成的，表现出了大量的暴力特征。这种压抑型的情绪，是在常年的思想反复中逐渐形成的，凶手内心必然存在一种不为人知的情感伤疤。这种无法释怀的情绪，与其封闭的社交圈存在很大的关联。而社交与生活环境又息息相关。

结合本案的诸多细节，司徒蓝嫣认为：凶手熟悉农村的情况，说明其有在农村长期生活的经历。九名死者中，两人在中秋节被害，七人死在春节，其主要针对的还是离家较远的外出务工者（中秋节放假时间短），他选择这些受害人，不仅仅是因为她们的家人法律意识淡薄，或许还有别的原因。

例如，凶手就生活在某个偏僻的村落，而与他产生情感纠葛的，正是一位长期外出的女性务工者。

三十七 ➡

心理侧写报告一段落后，展峰突然想到了做防腐实验时的一个小插曲。

在记录完实验数据时，他曾让嬴亮把猪的尸体运到殡仪馆焚烧，可中间由于司徒蓝嫣突然回京，嬴亮担心之余，竟然把这件事忘得一干二净。负责保护现场的民警并不知道内情，直到猪的尸体腐败生蛆，恶臭难闻，才打电话询问展峰下一步该如何处理。

因想起这件事，展峰折回解剖室，在嬴亮与隗国安的帮助下，3 号死者和5 号死者，两具在中秋节前后遇害的尸体又被拉了出来。在用探入式镜头仔细观察眼窝、耳道、鼻腔及口腔内部等处后，展峰心中一惊。

"发现了什么？"司徒蓝嫣轻声细语，生怕打断了他的思路。

展峰摇摇头，貌似仍没想出准确的答案，不过面对众人的疑问，他还是耐心解释起来："命案现场出现最早的是蝇类，其整个发育过程为卵、幼虫、蛹、成虫四个阶段，属完全变态昆虫。如果条件适合，约在人死后三十分钟内，蝇类就会找到尸体并产卵。卵一般为乳白色或黑褐色，长度仅为 2 毫米左右。

"而决定蝇类产卵的条件有四个：食物源、湿度、氧气、温度。由于蝇类的生殖能力很强，所以只要条件允许，蝇卵会在短时间内聚集在眼角、耳道、鼻腔、肛门、会阴等湿润开放的地区。当室外环境在12至40摄氏度之间时，蝇卵会孵化成蛆虫。

"让我觉得奇怪的是，3号死者与5号死者失踪时，室外气温在28摄氏度，外界环境完全符合蝇类生长的条件。可我并未在她们身上找到一颗蝇卵。"

司徒蓝嫣思索片刻，提出了一种假设："凶手杀人后，给尸体做了整容，会不会在此过程中，被清理掉了？"

"蝇卵有极强的黏附性，附着在尸表很容易清理，但要把耳道内部的蝇卵清理干净，绝不是易事。另外，凶手在作案前期技术不足，不会考虑得如此细致。"

隗国安恍然道："展队，你的意思是说，他处理尸体的地方，气温低于12摄氏度，根本不适合蝇类生长，所以也就不存在产卵一说？"

"没错。"

"室外28摄氏度，室内12摄氏度，中间有16摄氏度的温差，就算使用空调，也不可能把气温降到16摄氏度以下，难不成，凶手是在冷库中作案？"嬴亮的喃喃自语，被展峰敏锐的听力捕捉到了，他摇头道："所有尸体上，都提取到了石灰样本。冷库中湿度较大，不会存在浮尘颗粒。另外，冷库的温度范围一般在零下10至零下30摄氏度之间，人在毫无保暖措施的情况下，会出现血管扩张、血流缓慢，导致心室纤维性颤动，心脏功能衰退、组织缺氧，引起呼吸中枢障碍而死亡。此过程最快可在两小时内发生，如果是在冷库中作案，那么被害人身上根本来不及出现愈合伤。"

隗国安捏着下巴说："也就是说，他是在一个温度低，又极为干燥的环境中作案的？"

"没错。"

"会有这种地方吗？"隗国安很是迷惑。

"当然有！"嬴亮自信的口吻，仿佛铆劲要给自己扳回一局似的，他把随身的笔记本电脑转向众人，指着屏幕道："大气层能大量地吸收地面的长波辐射使大气增温，所以，地面与空气的热量交换是气温升降的直接原因。影响气温的主要因素有射到地面上的太阳辐射热量，地形与地表的覆盖物及大气环流的热交换作用等。

"要是地上无法形成作案环境，那么二选一，我们可以考虑一下地下。由于深层土壤的阻隔，地面的热波只能慢慢地向下传递。且在传递的过程中，存在一定的消耗。通常，距离地表越远，温度就会越低。"

"那……需要多深的距离，才能达到16摄氏度的温差？"隗国安问。

"这个……"赢亮顿时语塞，在检索半天没有找到相关数据后，他只能含糊回道，"每个地区情况不同，具体多深，还要经过细致测算。"

康安家园的自建房里就有一个地下室，展峰当然也想到了这个结果，在赢亮闭口不谈后，他及时做了补充："数据我大致知道一些。4米深的地下室与地表相差5摄氏度左右。若是深达10米，会有8到10摄氏度的落差。土壤层虽有阻断地热的作用，但其还有保温的效果，这也是地窖会冬暖夏凉的原因。"

司徒蓝嫣瞬间听出了重点。"也就是说，并不是地层越深温度越低，而是会在某个范围内，达到一个恒温？"

展峰说："没错。想产生16摄氏度的温差，凶手的地下室最少要挖到30米左右。"

隗国安说："30米？快有十层楼这么高了，挖地基也挖不了这么深啊！"

…………

这时候大家才总算明白展峰的疑惑。谁也想不通，这么深的地下室，到底是凶手亲手建的，还是某种特殊的地理环境天然形成的。

若是前者，那么他必定要借助大型挖掘工具，搞出极大动静方可完成，倘若真如此，那调查工作就简单多了。而是否存在第二种可能性？专案组认为，概率也很大，毕竟侯氏家族"取料"的地方，就是一个隐藏性极强的地下溶洞。可究竟这种"地坑"会在什么方位，一时间，谁也想不出来。

三十八 ◣

案件又卡在了瓶颈上，展峰再一次走进多功能解剖室。占地百余平方米的解剖间内，九具裹着白布的尸体依次排开，回想起多天前尸检时刺鼻的甲醛味。他顺手启动了通风装置。

扇叶在电流的带动下飞快旋转，气流也开始在室内循环。也许是理化检验时，尸体内的甲醛溶液早已被抽取殆尽，此时的屋内非但没有异味，相反还有一股诡异的清香。

"什么味道？"展峰吸了吸鼻尖，朝尸体的方向走去。随着距离越来越近，这种气味竟越来越浓。展峰的目光越发锐利起来，他现在必须确定，气味的源头到底在哪里。

展峰折回外勤车，取出了市面上最先进的便携式气味采集系统——电子鼻[1]。

人体气味是汗腺、皮脂腺、大汗腺等多种腺体分泌物在皮肤表面微生物的作用下挥发形成的。是人的一种生物信息，由遗传物质决定，具有相对稳定性，不同个体的气味差异由基因决定，具有个体特征性。

回到解剖室，在分析了气味图谱后，展峰得出了一个令他惊讶的结论，这种特殊香味，竟来源于尸体表面。

能够产生嗅源，必然说明皮肤表面的微生物，曾经与某种特殊气味体发生过长时间的接触。而嗅源要想长时间保存，必须有一个密闭的环境。否则在风力的作用下，嗅源会很快消散。

本案中，抛尸用的石棺完全密封，这点毋庸置疑。那么凶手残杀受害人的地点，难道也是一个密不透风的空间吗？

考虑至此，展峰把九名被害人的尸表全部擦拭，经检验，那种类似中草药的特殊香味，是由高良姜、辛夷、茅香、花椒磨成细粉焚烧后所产生的味道。

在擦拭的过程中，展峰又发现了一个细节，九具尸体尸表不仅没有蝇卵，

---

[1] 电子鼻是利用气体传感器阵列的响应图案来识别气味的电子系统，它可以在几小时、几天甚至数月的时间内连续地、实时地监测特定位置的气味状况。电子鼻主要由气味取样操作器、气体传感器阵列和信号处理系统三种功能器件组成。电子鼻识别气味的主要机理是在阵列中的每个传感器对被测气体都有不同的灵敏度，例如，一号气体可在某个传感器上产生高响应，而在其他传感器上则是低响应，同样，二号气体产生高响应的传感器对一号气体则不敏感。归根结底，整个传感器阵列对不同气体的响应图案是不同的，正是这种区别，才使系统能根据传感器的响应图案来识别气味。

甚至连昆虫啃咬的痕迹也没有[1]。

如果说温度控制得好一些，不见苍蝇并非难事，可要连蜘蛛、蟑螂、蜈蚣都看不见，那必须得花一番额外的功夫。

展峰突然想起被扼颈致死的1号死者，他随即翻开甲缝中污垢样本的检验结论，当看到成分列表中赫然写着白膏泥、木炭、石灰粉、砂砾岩等物时，展峰瞬间想到了什么，于是他立即召集专案组成员开会。

…………

嬴亮以高良姜、白膏泥等为关键词在数据库中检索后，众人终于解开了心中的疑惑。原来在马王堆一号汉墓，就曾经出土过一件装有高良姜、辛夷、茅香等的混合物的熏炉。而在湖北江陵汉墓中，棺内也放置有杀菌香料，要是把棺椁四周以木炭、沙石填塞，便可使墓室与外界隔绝，形成密闭空间。

在这种环境下，具有较强挥发性的花椒等香料，可以抑制墓室内其他生物的生长，从而保持尸体长年不腐。

至此，一个至关重要的结论终于浮出水面：凶手的作案地，会不会就在某个不为人知的古墓内？

这个推论换成其他地市或许不成立，但这里是多朝古都，凶手利用墓葬充当杀人场所，大有可能。

三十九 ━

前几日，为了装载盗墓工具，专案组借来的那辆面包车后座被全部卸掉，眼下到了还车的时候，吕瀚海还得把车恢复原样。

虽说吕瀚海现在并不缺钱，可打小过惯穷日子的他，为了能多省几十块钱，只要他能上手，绝不会让修理厂多赚一毛。

---

[1] 在法医实践中，与尸体最为密切的昆虫，被称之为尸源性昆虫。主要分为四种，第一种：食尸性昆虫。常见的有双翅目的丽蝇科、麻蝇科等等。第二种：杂食性昆虫。常见的有蚂蚁、甲虫、蜂类等等。第三种：寄生者昆虫类和捕食类昆虫。最常见的有螨虫等。第四种：以尸体作为栖息地及水分、营养来源的流浪类昆虫。如，蜘蛛、蟑螂、蜈蚣等等。

当把副驾驶座位掰正时，他突然发现了一条"漏网之鱼"，那是一件用黑色塑料袋包裹的圆筒状物体。

吕瀚海用指甲将其划开，一个印着字母的小号铁皮筒露出了原貌。

打量了一圈，他没在上面发现一个汉字，闹不清是何物的他，只能把它带回专案组，让展峰做个判断。

回到市局大院，吕瀚海刚好碰到从外勤车内走出的众人，于是他赶忙把车一横，挡在众人面前。

"你个道九，着急投胎啊？"距离面包车只有 0.01 厘米的隗国安破口大骂。

吕瀚海摇下车窗，说道："慌什么啊，咱可是秋名山车神，手上自有分寸。"

"滚犊子！"隗国安懒得在这个问题上纠缠，"瞧你赶着投胎这德行，是不是有了重大发现？"

"说你是鬼精，一点都不假。"吕瀚海把车熄火，拎着铁皮筒走了下来，"你们看看这是啥，上面写的英文我看不懂。"

"英你个头啊，这分明是化学式。"隗国安白了他一眼。

"化学式？什么东西？"

隗国安嘲笑道："你连小学文凭都没有，告诉你你也听不懂。"

两个人说着就要抬起杠，忍了半天的嬴亮阻止道："道九，这硅胶你是从哪里弄来的？"

"硅胶？这玩意儿是硅胶？"吕瀚海低头看着。

嬴亮连忙重问了一遍："从哪里来的？"

"买盗墓工具时一起运过来的，送货的给放在了副驾驶，外面还包了层塑料袋，之前我没发现，刚才还车才看到，怕是重要物证，这不就赶忙给你们送过来了。"

"我去，说不定，这还真是个重要物证。"嬴亮喃喃道。

…………

凶手作案时就在死者体内填充了大量硅胶，而现在硅胶又与盗墓扯上了关系，嬴亮的直觉告诉他，情况绝不简单。

这时他可顾不上跟展峰的那点矛盾了，带着吕瀚海找到了展峰，为了弄清缘由，展峰和吕瀚海又找到了"打盗墓专业队"的队长张建。

这些日子，石棺抛尸案成了整个市局热度最高的话题，尤其是在开棺寻尸前，所有参战民警都屏息凝神，那紧张的气氛，绝不亚于等待公布高考成绩。说难听一点，大家都做好了市局被围堵的准备，直到被确定的八口石棺都发现了尸体，大家才长舒了一口气。

打盗墓专业队当时也抽调了两人前去帮忙，归来后，他俩曾眉飞色舞地向全队人宣讲，专案组是如何抽丝剥茧、怎么确定抛尸石棺的，听了这些神乎其神的传言，就连此前有些轻视专案组的张建，也忍不住对他们肃然起敬起来。

想起专案组还曾向他们移交过一条线索，张建不敢怠慢，立刻提上日程，指派专人对贾康进行二十四小时监控。

得知专案组要来，他更是工工整整地打印了一份两千字的汇报资料。

近些日子，展峰把工作重心都放在了"连环杀人案"上，贾康的线索他早就忘得一干二净，不过歪打正着，既然来了，多了解些情况倒也无妨。

"经过我们的初查，贾康的轨迹，确实有些问题。"张建把资料递给展峰。

"什么问题？"展峰边翻阅资料边问。

"罗盘中安装了定位器，可前些日子，贾康一直没有动静，直到最近，我们发现他的行踪变得诡秘起来。就在三天前，他去了一趟省监狱。"

"监狱？他去那儿干吗？"

张建道："根据释放记录显示，当日出狱的是我们市臭名昭著的盗墓团伙成员，贾文涛，绰号叫瞎子。

"这个瞎子五十四岁，曾是风水先生，因常年戴着一副墨镜冒充盲人算命，所以得了这么一个外号。

"在盗墓团伙中，他负责寻龙点穴，观察古墓埋葬方位，扮演军师的角色。"

"他俩都姓贾，会不会是亲戚？社会关系查了没？"展峰接连问道。

"查了。两人虽姓氏相同，可没有一点血缘关系。"

张建对此百思不得其解，吕瀚海在一旁插了句："有可能两人师出同门。

江湖中，拜入门下直接改名的，并不少见。"

"吕兄这话倒有可能。"

"贾康学到观星术，这么久没有动静，偏偏要等到贾文涛出狱，里面定有猫腻。"吕瀚海来了兴致。

张建点头道："找瞎子，肯定是为了盗墓。"

"这人拿三十万连眼都不眨一下，他们要盗的，也绝不会是小墓。"

"张队，咱们市除了已经被文物部门保护起来的，还有没有尚未被发掘的大型墓葬？"展峰问了句题外话。

"那肯定有，但具体在哪里，我们也不知道，关键吧——文物部门的工作重心都放在了抢救性发掘上，光建房修路发现的墓葬，都够忙活好一阵了，根本没有时间去勘探。"

人少活多，这是很多部门面临的实际困难，展峰也理解，结合命案，他又换了个问题："目前有没有发现过30米左右深度的墓葬？"

"这个深度的很多。"张建不假思索地说，"40多米的都有。"

"张队，贾康除了去监狱，最近还在干什么？"吕瀚海仍比较关心这个问题。

"除了去几趟香港街外，还没看出他有什么大动作。"

提到香港街，吕瀚海立马想起了那位留着八字胡的古玩店老板山猫。"难不成也去买工具了？"他自言自语道。

"可能性很大。"张建道，"我的线人也告诉我，目前盗墓所用的工具，百分之九十都是从香港街流出去的，不过遗憾的是，我们暂时还没有掌握确切的货源。"

吕瀚海灵光一现，说："对了，搞货的线索我有。"边说边打开了微信钱包。

"这个是？"

见两人露出大惑不解的表情，吕瀚海把前因后果仔仔细细、原原本本地讲述了一遍。

在听完原委后，张建猛地起身，激动地问道："吕兄，这当真是货郎的微信？"

"货郎？谁是货郎？"吕瀚海一脸蒙。

"就是你方才说的，给你送货的那个人，他的绰号叫货郎，与很多盗墓团伙都有关系，可我们一直核实不了他的身份。"

"照这么说，货郎肯定是他，而且他还亲口告诉我，香港街一大半的车座位都是他卸的，我当时还以为他在吹牛。"

"太好了，有了微信转账记录，查出他的身份简直易如反掌，只要盯紧他，我们肯定能挖到不少大鱼。"

张建是兴奋无比，可挖到再多的"鱼"，也跟抛尸案没有关联。

展峰赶紧言归正传："张队，盗墓你熟，过程中会不会用到硅胶？"

"当然会，而且用途还很广泛。"

"哦？怎么个用法？"吕瀚海好奇道。

"盗墓时经常会发现陶器、瓷器、玉器等易碎文物，这时，只需要把固化剂与硅胶按照比例混合，再把易碎文物裹进其中，便可起到很好的保护作用。这种硅胶一般都是桶装，在香港街随处都可以买到。"

得到了肯定答案，展峰终于又把线索往前推进一步：利用墓穴作案，能够轻而易举搞到发泡硅胶，那么凶手会不会是一名盗墓者呢？

四十

李拐子村中，一处无人居住的民房内，贾康、贾文涛俩人正围着热腾腾的火炉，边吃边聊。

"哎，在里面蹲了十年，天天就想着这一口。"贾文涛抿了一口热乎的小酒，嘴里感慨个不停。

比他小十岁的贾康连忙奉承道："师兄啊，你也别那么丧气，塞翁失马焉知非福，只要咱们兄弟联手把那个墓给端了，马上好日子就来了不是。"

贾文涛摇了摇头说："你以为说端就能端？回头搞不好，连你都进去了。我说师弟啊，你老老实实看你的风水，骗点碎银子花，不也好得很？这些年没见你缺钱，何必冒险呢？"

　　贾康是什么人？按别人的说法，这位头发丝切开来都是中空的，贾文涛他再熟悉不过了，这师兄绝对是一个不见兔子不撒鹰的主儿，就算是亲娘老子来，不把他逼到一定程度，都不会得到他的坦言相告。

　　也正是因为太过了解，所以从出狱到现在，贾康始终也没有跟师兄透露半点关于自己懂得观星术的消息。

　　而贾文涛又何尝不知，师弟这就是在故意与他亲近，可遗憾的是，贾康会的他都会，贾康不会的他还会，要是带着贾康去挖墓，就等于白白多了个分红的，这赔本儿的生意，他指定不会干，所以不管贾康如何阿谀谄媚，他都打着一手漂亮的太极，既不得罪，也不答应。

　　虽说贾康利用风水秘术，这些年也骗了不少钱，可这跟堪舆点穴相比，简直是九牛一毛，要是运气好，倒个大斗儿，那至少几辈子吃穿不愁，看风水的小打小闹，贾康真的忍够了。

　　按贾康的说法，他这辈子也就这样了，他总不能让自己的孩子，还指着风水术去骗吃骗喝吧！眼看全市的斗儿都快被倒了个遍，别人大把大把银子进账，他心里那叫一个痒痒。可无奈的是，颇有盗墓经验的师兄，始终把他撇在一边，好说歹说都不带他入行。

　　他也知道其中缘由。无非就是技不如人，带着也只是多了个累赘，所以当他得知吕瀚海会观星术时，才会不惜一切代价，把这东西学到手。

　　观星术一词，最初他就是从师兄嘴里听说的，大致口诀，他多少了解一些，所以吕瀚海教的是真是假，他也有一定的判断力。学有所成后，他觉得有了谈判的砝码，所以才觍着脸去接贾文涛出狱，跟师兄在这里打太极。

　　见师兄咂巴着嘴不言语，贾康知道真人不露相，那就没有什么好说的了，于是一咬牙，从随身的挎包中取出了星盘。

　　咀嚼声戛然而止，贾文涛的双眼盯着圆饼状的木盘，眼睛都直了。

　　"这个……难道是？"

　　"师兄好眼力啊！"贾康干脆把星盘奉上，"这就是你以前常说的，失传已久的观星盘。"

　　贾文涛赶忙放下饭碗，顾不上那一身刚买的新衣，把沾满菜汤的手，在衣服上蹭了蹭，双手恭恭敬敬地接了过来。

"你是从哪里弄到的？"贾文涛边摆弄边问道。

贾康也不隐瞒，把与吕瀚海相识，再到如何学到观星术的过程，一字不落地讲了一遍。

听完，贾文涛把玩星盘的手突然停了下来，表情也变得严肃了很多。

发现不对劲的贾康正要询问，被贾文涛突然举手制止。对方不知从哪里摸出一个放大镜，对着星盘上的缝隙就是一番观察。

屋内，除了木材燃烧的噼里啪啦声外，贾康再听不到一丝动静。

约莫过了一炷香的工夫，贾文涛把星盘放在耳边左右摇晃后说道："星盘是真的！不过，被人做了手脚。"

"做了手脚？"

"你凑近点看。"贾文涛把放大镜放在了一条缝隙上，"看到新鲜的撬痕没有？"

经他提醒，贾康果然在两块木盘的接口处，发现了一个梯形的凹陷，于是他老实地回道："看见了。"

老谋深算的贾文涛解释道："听你说，这个吕瀚海是警察请来的，我就觉得此事有些不简单。我在监狱跟警察打了十年交道，现在的条子，可不像以前那么好对付，你不觉得，你学观星术这事，有点太顺畅了吗？再说了，吕瀚海既然会观星术，那么平时拉拢他的人定不在少数，他为什么却偏偏选择你来传授？"

贾康在社会上摸爬滚打这么多年，当然也能察觉到一些异样，尤其是对方明明已经猜到他准备"盗墓"，却依旧看透不点透，这点就很奇怪。换句话说，谁不知道"盗墓"来钱快，既然知道别人要拿自己的"看家本领"去盗墓，于情于理也要掰扯掰扯入伙分成的事，可吕瀚海竟只字不提，这也是贾康在学到观星术后，就把吕瀚海拉黑的主要原因，他也想杜绝后患啊。

贾康恍然大悟："对啊，我怎么没有想到，咱风水圈里的人，要是知道谁会观星术，绝对能把门槛给踩塌了，毕竟，打着风水先生的旗号，出去倒斗儿的人可不少。"

"所以，只有一种情况可以解释通。"贾文涛目光一寒，"吕瀚海一直在给警察做事，平时不跟外界往来，他的社交关系，不在咱们风水圈里。"

听师兄这么一说，贾康瞬间感觉到一股凉意从脚底板直冲天灵盖，他无声地盯着那个原木色的星盘，用颤抖的声音问道："师兄，你刚才说，对方在这上面做了手脚，难道是……"

贾文涛取出折叠刀，小心翼翼地把星盘撬开，一枚花生仁大小的金属组件露了出来。

"定位器！果然是定位器！"贾康拍着脑门，气急败坏地在屋内大骂起来，"他奶奶的警察，差点栽在他们手里！"

贾文涛并没有把定位器取出来，而是小心翼翼地合上星盘，淡然笑道："别慌，既然条子算准我们不会发现，那我们就将计就计。"

贾康瞬间领悟："对啊，既然他们想整咱们，咱们也可以反将一军。"

"就是这个道理，我问你，星盘你是不是整日随身携带？"

贾康老实回道："还真不是，基本都是放在我家中的保险柜里，有时带，有时不带。"

"那就好。"贾文涛眼珠一转，顿生一计，"一会儿，你马上回家，把定位器取出来，放在家里，回头我带你用这星盘找个好东西。"

为了防止听错，贾康又确认了一遍："师兄，你肯带着我？"

贾文涛重新端起饭碗，微笑着说："赶紧吃，都快煳锅底了！吃饱了，好有力气干活！"

"得嘞！"贾康总算得偿所愿，兴奋得连说话的声音都提高了几个调门。

四十一 ➡

在怀疑凶手是盗墓者后，展峰把死者的随身衣物全部翻开，重新检验了一遍。之所以这么做，是因为他从张建队长那里得知，盗墓时，摸主儿习惯把衣物反穿，等干完活后，再穿回正面，这样走在路上，不至于因身上泥多，被人发现。而在扒土的过程中，袖口会与地面产生摩擦，在衣物内侧留下扒土痕迹。

展峰发现，果然男士衣物上，都留有这种痕迹。这也直接证明了，凶手是一名有前科的盗墓者。

搞清楚这一点，展峰利用探针开始提取衣物上的接触性 DNA，假设能够提取到样本，入库比对，兴许就能直接锁定嫌疑人。可遗憾的是，由于衣物经多次洗涤和消毒，展峰竭尽全力，也没能找到有价值的线索。

线索穷尽，案件第三次进入瓶颈期，究竟是哪里出现了疏漏呢？带着这个疑问，展峰决定重走一遍案发现场。

虽说现场已时过境迁，但一遍遍地反复勘查，一遍遍地现场重建，其实就是对之前推测的查漏补缺，正所谓"书读百遍其义自见"，说的就是这个道理。

…………

依照案发的时间顺序，中午一点，依维柯停在了前甸子村的入口。

"再往西走十里地就能到，前面是村路，大车开不进去。"吕瀚海拧钥匙熄了火。

半晌没说话的展峰从副驾驶的方向转头瞟了他一眼。

吕瀚海苦笑道："你瞅我干啥？车开不进去了，让你去借一辆小面包，你非不干，这下倒好，一个现场来回二十里地，敢情你们是来刷微信步数的？"

"道九，你少说两句吧！"隗国安出言相劝，"那微面是私人的，咱用了这么久，够可以的了，哪儿能回回都用。"

"我管你是私人还是公家的。"吕瀚海把座椅靠背往后一松，直挺挺地躺了下去，"反正我就是一司机，又不指望拉人赚钱，只要你们觉得走路健身合适，那我没意见。"

隗国安从后侧拍了拍他的肩膀："哎，道九，看你这架势，是准备在车上睡大觉了？"

"那是啊，刚吃完午饭，还不得多休息休息，否则哪儿有精神跑完九个现场。"

隗国安就指望吕瀚海帮自己扛设备呢，连忙道："别介，我可指着你讲荤段子打发时间呢，你怎么说撂挑子就撂挑子了呢？"

吕瀚海嘿嘿龇牙一笑："老鬼，整个专案组就数你最精，别想着给我挖坑，说一百样我也不下车。"

"那好，现在就回市局！"展峰轻描淡写的一句话，让车内瞬间安静下来。

"不是，展队，你说回哪儿？"隗国安以为听错了，又问了一遍。

"市局。"

"现场不复勘了？"

"暂时不需要。"

吕瀚海闻言暴跳如雷："展护卫，你是拿我寻开心呢，老子累得半死，开了两个多小时才开到这鸟不拉屎的鬼地方，你连车都不下，就让我打道回府？"

展峰一脸平静地解释："我刚想起有一处疏漏，现在回市局求证一下，如果真与我推测的一样，现场就不需要复勘了，当然，如果你不觉得累，我们也可以把现场全部跑完再回去，方向盘在你手里，你自己选。"

在专案组，也只有吕瀚海敢直接对展峰出言不逊，当然了，展峰对付他也有自己的办法，不用看，这一局吕瀚海完败。

"得得得，算你牛！"吕瀚海最懒不过，能省事自然不会多事，他很不情愿地重新点火，一路狂飙返回了市局大院。

推开门，展峰便吩咐司徒蓝嫣等人上了外勤车，他本人则直奔指挥中心大楼。

见他匆匆下车的模样，隗国安等人猜测，他多半是发现了重大线索。怀着激动的心情，专案组几个人在外勤车内落了座。

焦急地等了半个小时，车门重新打开，展峰捏着一沓材料步伐轻盈地走了进来。

隗国安第一个起身问："有新线索了？"

"没错。"展峰把打印好的资料分发下去，"刚才在车上，道九的一句话提醒了我。"

"哪句话？"

"拉人赚钱。"

"拉人赚钱？"众人异口同声地重复了一遍，一时间却想不出其中玄机。

展峰打开 LED 屏，把所有被害人的失踪时间全部打在大屏幕上："中秋节、春节，是农村人流最密集的时候，面包车司机为了多赚钱，没有一辆不超载驾驶的。而本案嫌疑人，也是冒充载客司机，可不同的是，他只拉了一个人。"

"哼，笑话，人多了，还怎么下迷药？难不成把全车人都迷倒？"赢亮呵呵笑起来。

"这不是重点！重点是，他为什么在只拉一个人的情况下，却没有引起被害人的怀疑！"

"展队，你这到底是什么意思？"司徒蓝嫣仍有些纳闷。

"我小时候曾坐过这样的面包车，只要不坐满，车就一直处在等客状态，有时一等一个小时都是常态。按理说，两个重要节日，乘车人肯定会很多。你们有没有考虑过这种情况，被害人上车后，突然又有其他人招手，这时，凶手如果拒绝，一定会引起被害人的警惕，如果答应，后面又必然不好下手……"

"我觉得这种情况不一定存在。"赢亮打断道，"假设被害人上车后，凶手直接给她一瓶水，迷晕了带走，中途不停车不就行了。"

"实际情况不会是这样！"司徒蓝嫣果断否定，"被害人与凶手初次见面，处在陌生的状态，怎么都不可能一上车，就接受对方的饮品。只有在两个人交流到一定程度，彼此建立信任后，或许才会如此。这个过程，不光需要时间，还需要凶手的实际行动。所以我觉得，喝水只会在车辆行驶途中，而不是被害人刚上车时。"

"车在开，又不能拉第二个人？"隗国安瞪大双目，瞬间领悟，"难道他的车……后排座位也全拆了？"

"鬼叔说到了重点。"展峰把文件拍在桌面上，"本地面包车拉客的情况很泛滥，说明交警部门存在管理上的漏洞。

"后来我还专门问过分管交警的常务副局，他告诉我，这些年，几乎年年都在打击违法载客，可面包车价格便宜，购买渠道又多，想一次性斩草除根几乎不可能。

"常务副局还告诉我，七八年前，当地有一处重要的墓葬群被盗，盗窃团伙驾驶了六辆小面包把墓室内的文物洗劫一空，案件侦破后，省厅专门下文，要求彻底整治全市的面包车。该行动集中全局警力，代号'利剑'，我刚才给你们的，便是我从指挥中心打印来的具体方案。"

在展峰的提示下，赢亮把方案内容投上了大屏幕。

在通读了指导思想、组织架构、行动时间、打击范围、具体措施及责任奖惩六大块内容后，专案组成员，总算看到了一丝曙光。

从事盗墓行当的面包车都有一个共性，为了能扩大运载量，方便装载工具和赃物，盗墓者会把面包车的后排座位全部卸除。根据《道路交通安全法》第十六条第一项规定，对"拼装机动车或者擅自改变机动车已登记的结构、构造或者特征"的单位或个人，可以依据《机动车登记规定》第五十七条，由公安机关交通管理部门责令恢复原状，并处警告或五百元以下罚款。

在"利剑"行动中，全市共有370辆面包车被处罚，抓获盗墓分子42人，收缴各类文物254件，带破盗墓案14起。

"行动是2011年开始的，凶手做的最后一起案件是在2013年，也就是说，凶手不在被抓获的42人中。"

"蓝嫣说得没错。"展峰把处罚名单导入大屏，"我大概看了一下，370辆车中，有18辆被确定为作案工具，已被依法扣押；另外还有278辆为快递、超市、饭店等商贩运货所用；剩下74辆，暂时无法查清用途。"

隗国安甩了甩挡在额前的头发："难道凶手驾驶的微面，就在这74辆之中？"

"还可以更精确一点，"展峰切换大屏，把所有车辆的行驶轨迹全部调出，"我们曾在潘娟失踪的现场利用微面做过一次侦查实验。按车辆行驶的最大距离，判断出了凶手可能落脚的十三个自然村。

"调出交管系统记录的行驶轨迹，如果与我们划定的范围重合，那该车就存在嫌疑，反之便能排除。"

说完，展峰按动遥控器，七十四处闪光点熄灭大片，仅剩下最后八处。

赢亮迅速把八名车主的身份信息输入数据库，待所有网页全部刷新完成，他的眉头逐渐挤在了一起。

此前，专案组根据"扒土痕迹"判断，凶手存在盗墓前科，可检索八名车主，竟都没有违法记录。

"怎么会没有前科？难道是搞错了？"

隗国安的一句反问，让车内顿时鸦雀无声。

展峰抱着平板，大屏上不停地切换与本案有关的所有数据，当最后一页翻完，展峰直起身子，很确定地说道："没有疏漏，我们要找的答案，一定就在这八辆车中。"

四十二 ▶

凌晨五点，打盗队的一把手张建叼着油条，推开了信息中队的房门。别看这间屋子里面只有两位民警、四台电脑，他们却承担着整个大队的信息分析及研判工作。中队的两名警官，也是二十四小时轮流"翻烧饼"，遇到大案，整月不回家，对他们来说早已是家常便饭。

盗墓者干的都是夜活，要想精准打击，打盗队也是常年黑白颠倒，这也是展峰每次去找张建，他都带着一脸倦意的原因。

张建把还热乎的杂粮饼放在值班干警小冯的面前。"贾康那家伙，最近有没有什么新情况？"

小冯拿起杂粮饼咬了一口，嘴中呜呜地说道："定位结果显示，星盘一直放在家中没有拿走。"

张建猛然警惕起来："一直没拿走？会不会他已经发现了？"

"不会。"小冯一脸轻松，"从吕瀚海那里接走星盘后，这种情况都发生过好几回了，最长一次，在家放了一个多星期。再说，他要是发现了，还能时不时地带着星盘到处转悠？依我分析，他应该是在招兵买马，准备干票大的！"

小冯虽这么说，可张建仍是有些不放心，说道："你把贾康的行动轨迹调出来，给我看看。"

"得嘞，等等啊！"小冯把杂粮饼叼在嘴里，双手在键盘上噼里啪啦地操作，很快，显示屏上出现了一张如蛛网似的轨迹图。张建把他挤开，坐在电脑前，逐一查看。

是人都有攀比心，在领教了专案组的过人之处后，张建心里其实也在暗自较劲。试想，要是连环杀人案成功告破，专案组移交的线索他还没有查出任何头绪，等真到那个时候，于情于理他的面子都会有些挂不住。所以现阶段，对贾康这条线他格外上心。

前后折腾了一个多小时，张建也没看出贾康的动向有什么问题，他只能转而问："货郎最近有什么动向？"

困意袭来，小冯揉了揉布满血丝的眼睛，强打精神道："通过查询吕瀚海的交易记录，我们核实了对方的真实身份。货郎名叫邢木，早年在香港街蹬三轮，现在帮人运货。这个人鬼精得很，不是熟人的生意他不做，而且从来不多问一句，把自己跟盗墓团伙的关系撇得干干净净，你别说，还真很难直接逮住他。不过我已经派线人盯上他了，据线人反映，他最近频繁接打电话，对方应该又是一个盗墓团伙。"

"OK！货郎必须盯紧，就指着他钓大鱼呢！"张建说，"咱们可不能在专案组跟前丢人。"

小冯一听自家队长有这意思，连忙拍胸脯道："放心吧张队，交给我了！"

四十三 ➤

深夜，二幺村一处不起眼的小山包上，贾文涛正端着星盘，仔细确定着方位。

"师兄，这都接连来好几天了，发现什么了吗？"站在旁边的贾康，端详着师兄的脸色小心翼翼地问。

"你小子被那个吕瀚海忽悠了。"贾文涛抹了把脸，不动声色地说。

"什么？忽悠？"贾康一脸莫名其妙。

贾文涛双目精光烁烁，聚精会神地盯着空中几颗若隐若现的星星，说："观星术我也听过一些，那个吕瀚海教给你的口诀，百分之八十都是对的，但另外百分之二十他有保留，一般没点这方面功底的人，根本分辨不出来。因为他编的内容，其实也是严格遵从风水学的一套理论的。能把你都骗过去，看来吕瀚海这个人的水很深啊！"

"我托人打听过，他的师父叫作吕良白！据说很有名气！"

贾文涛斜视四十五度，回忆良久后，突然提高了调门，说："哦，我知道了，就是那个江湖人称惊门第一人的吕良白？"

"对对对，就是他！虽然这个人消失了很多年，但在咱风水圈，提起来还是如雷贯耳的。"

"原来是他的徒弟，那难怪了，连你都蒙在鼓里！"

"我觉得这都不重要。"贾康舔了舔干裂的嘴唇，"最重要的是，咱们要找的东西能确定了不？"

贾文涛收起星盘，笑眯眯地说："师弟，我问你，你可知这里为何叫二幺村？"

"这么土的名字，一定是哪个没文化的村民起的！"

"非也，非也！"虽然知道师弟是在装大傻子，为的就是捧自己，但这招却极对他的胃口，贾文涛习惯性地摸了把已没有胡须的下巴，解释道，"你把二字，看成一点、一横，然后再与幺组合，是个什么字？"

贾康用手指在掌心默写了一遍，说："是玄字！"

"没错！"

"你是说，这个村子暗藏玄机？"

"俗话说得好，知己知彼方能百战百胜！咱们既然要在这片土上刨食吃，那自然要对这里的历史了如指掌才行！这个村子，就是暗藏了玄机。"

"师兄所言极是啊！"贾康满脸堆着心服口服。

"咱们市所有的摸主儿，都把目光放在了帝王官员的墓葬上，一个个都想一步到位，可他们不知道，这些墓葬有极高的考古价值，国家盯得比咱们还紧，就算弄到了好东西，能不能销出去，还是个问题。我当年要不是贪心，也不可能吃了十年牢饭不是？现在想想，真他妈不值。"

长吁短叹后，贾文涛继续说道："其实很多摸主儿忽略了一群极为重要的人。咱们这儿可是古都，除了达官贵人，富得流油的商人也不在少数！

"虽说封建社会的阶层分为士、农、工、商，但哪朝哪代，不是有钱人说了算？商尽管排在末尾，可死后参照皇家规模偷偷厚葬的，可不在少数。

"他们往往生前就在偏远地方买地，以家族经商的名义建个村落，实则是在举全村之力修建陵墓。常言道，有钱能使鬼推磨，就算地方官员有所察觉，可山高皇帝远，倒也不会去过问。"

"师兄，你是说，二幺村就有这种情况？"

"没错。我翻阅了我们当地历朝历代所有富商的相关史料，有一位叫沈农的商人，有过确切的历史记载，而且根据野史介绍，他当年富可敌国，但死后却薄葬于野。"

"看到这儿时，我就觉得很奇怪。在那种特殊的时代背景下，商人没什么地位，尤其是富商。对不公平的待遇，他们表面上顺从朝廷，可骨子里还是很想反抗，想让他们乖乖听话，绝对没门儿，这些人在古代不允许穿什么红色、紫色的衣服，只有当官的才能穿，你猜他们怎么着，竟是把僭越的衣裳穿在里头。

"所以我就想，他的墓会不会是个假的呢？后来几经周折，我找到了沈农的墓葬，撬开棺椁后证实了我的想法。不管从风水还是陪葬看，都朴素至极，我当即断定，这是一处假冢。

"按照咱们中国人的习惯，不管生前有多少财富，死后终究要落叶归根。沈农的出生地，就在咱们市的西北边，现在被分成了五个自然村。"

此时贾康终于明白，师兄最近为何总是在几个村子中来回转悠。"难道，沈农的真冢就在这二幺村里？"

贾文涛重新举起星盘，嘴中念念有词："申子辰合水局，亥卯未合木局，寅午戌合火局，巳酉丑合金局。若不是有观星术相助，还真看不出，二幺村竟是众星拱月的风水宝地。"

"太好了，既然确定了范围，接下来事就简单多了！"贾康一脸兴奋。

"对了，土丘子（专门负责挖坟掘墓的人）找好了吗？"

"妥了！"

"一定要知根知底！"

"这点请师兄放心，我在圈里混了这么多年，心里有数！"

"那好，等货郎把工具送到，咱们就直接进村！"贾文涛一锤定音。

四十四 ▄▃

为了不打草惊蛇，近几日嬴亮把自己关在办公室内，逐一分析有嫌疑的八辆面包车的出行规律。遗憾的是，相隔时间太久，交管系统内多数资料已自动清除，仅剩的几张图片，无法给分析工作提供强有力的支撑。

好在隗国安根据模糊的截图，手绘出了八辆车实际驾驶人的画像，经人像比对可以确定，驾车司机就是机动车持有人，排除了借车、套牌车的可能。

这就等于把车与人建立了关联，车既然有嫌疑，那么人肯定也在嫌疑人之列。

穷尽所有方法，仍是缩小不了范围，那么只剩最后一招，最笨也最管用的方法——按图索骥，逐一核查。

事不宜迟，专案组从市局抽调十余人，组成调查小组。为了防止人多嘴杂，展峰并没有把八名车主的信息全部公布。而是由他带队，逐个见面，排除一个，再告知大家下一个是谁。

…………

就在调查工作进行得如火如荼时，打盗队的冯警官也收到了线人的情报。

"张队，与货郎对接的人查清楚了。"小冯兴奋不已地报告。

"是谁？"

"不是别人，正是刚刚放出来不久的瞎子，贾文涛！"

"瞎子？怎么会是他？"张建一惊，打了个冷战，"对了，贾康现在在什么位置？"

小冯瞅了一眼屏幕说："定位器显示，还在家里没动！"

"不对头！"张建敏锐地察觉到事出反常，他再次把贾康的轨迹图打开，赶忙问道，"瞎子是什么时候出来的？"

"一个月前！"

"一个月前……"张建边自言自语，边操作鼠标，截出了贾康近一个月的行动轨迹图。当以时间节点把前后两张图对比之后，张建瞬间从座位上起身，骂道，"妈的，果然被这孙子给耍了！"

这下连小冯也看出了端倪，自从瞎子出狱后，贾康的轨迹便极少出现了，现在瞎子大量采购工具，说明他们发现了墓穴位置，要不是吕瀚海及时提供了货郎这条线索，估计整个打盗队还被蒙在鼓里。

小冯歉意满满地说："对不起张队，是我的工作疏忽了。"

张建挠着头皮说道："这跟你没关系，光看电脑也想不到这茬，不过现在知道也不晚，从今天开始，全队不准休息，给我盯紧货郎，只要瞎子他们动手，我们立刻收网。"

"明白！"小冯挺起了胸脯。

四十五

深夜一点，贾文涛、贾康带着几名壮劳力，趁夜色偷偷溜进了二幺村，他们这回的目标并非墓冢，而是一座建在村南边的四合院。

贾文涛经多次勘察发现，富商沈农的墓葬大概率就在这附近，以该院落为掩护，开挖盗洞，是最好的选择。

按照盗墓者的一贯手段，遇到这种情况，先把院子里的住户全给绑了，等开棺后再给点钱作为补偿，农村人胆子小，一般来说，也不会有人报警。

经过多日的观察，贾文涛发现，偌大的院子里，只住着一位看起来四十啷当岁的中年男子，这就很好下手了，只要把他给绑走，一切便可顺其自然地按计划进行。

几人兵分两路，贾文涛带人先翻墙入院，等控制住人后，贾康火速驾车，把人带走。整个过程，要确保在十分钟内完成。

直到翻入院内，贾文涛才发现，四合院中有三间瓦房，究竟哪一间有人住，随行的几个人也都拿不定主意。

经验丰富的贾文涛早有准备，他打开手机，放了一段"夜猫叫春"的音频，前后不到十秒，东边第一间，突然有了动静。

贾文涛指挥两个人持棍分别站于门前，就在对方骂骂咧咧拔掉门锁出门查看时，贾文涛一个下切的手势，那人瞬间被击倒，失去了知觉。

与此同时，在门外焦急等待的贾康也收到了信号，只见他快速冲进屋内，把那人五花大绑塞入车中，带出了村子。

一切都按原计划进行，贾文涛终于松了口气，在气息稍稍喘匀之后，他起身把三间房的门逐一打开。

可就在拉开最西侧的木门时，他不由自主地"咦"了一声。

因为在这间屋子中，他看到了整套的盗墓工具。

于是他弯腰捡起脚尖前的洛阳铲，抠掉铲内的泥土放在鼻尖嗅了嗅，一股浓烈的药香味，让他一激灵。

为了确定自己没有闻错，他顾不得弄脏衣服，像条警犬一样直接趴在了地上，使劲地嗅着地面上的味道。

"怎么会有这么浓的香熏味？难道墓冢已经被这家伙给挖了？"贾文涛干脆打开灯，在屋内仔细寻找。

从布局上看，这里曾是一间卧室，靠墙的里侧，还有一张落满灰尘的土炕。

而就在炕的边缘，他终于有了发现。

"怎么会有泥印？"怀着忐忑的心情，贾文涛一把掀掉了铺在炕上的木板。

"呼"的一阵阴风，从炕下的洞口袭出。

懂行的贾文涛，一眼就认出，这是一处盗洞。

"我去，什么情况？被人给捷足先登了？"随行的人说。

"先不管这么多，下去看看！"他掏出酒精棉球点燃，直接扔进洞里，见棉球久久没有熄灭，他说道，"通风良好，说明这家伙经常下去，应该不会有问题。我在前面，来两个人断后，另外一个人守在洞口。"

简单分工之后，贾文涛踩着明显是后来修葺的台阶，走进了墓葬。

不得不说，这盗洞打得是恰到好处，从台阶跃下，直接来到了墓室正厅。在虚掩的石门两侧，有两只凶神恶煞的镇墓兽安静地蹲在一旁。

青石地面上留下了清晰可见的弧形擦痕，显然，墓室的石门，早已被打开多次。

推开墓门，他闻到了一股浓重的煤油味，在手电筒的帮助下，他发现两侧墙壁每隔一小段距离，就凿有一盏长明灯，只是古人用的灯芯草，已经被替换成了现代工艺的棉麻绳。

贾文涛掏出打火机，把长明灯逐一点燃。在火光的照耀下，墓室霎时间变得亮堂起来。

古人根据身份不同，墓室结构、规格也不一。平民的一般按照宅院设计，分主室、后室、耳室。而达官贵人的，则分为前、中、后三部分。其墓室门口吊有千斤闸，从闸门进入，首先到达的是明殿。该室按墓主生前堂屋的布局置办，摆有各种家具，这些器物也被称为明器。中间墓室为寝殿，是摆放棺椁的地方。最内侧的为配殿，是用来放陪葬品的地方。讲究的墓主，还会请人在配殿内涂鸦绘制，用来记述墓主的生平。

贾文涛确信，他现在所站的位置便是明殿，通读完墙壁上的小传后，他可以肯定，这才是富商沈农的真冢。可让他气愤的是，他在明殿中，竟没有发现一件明器，看来值钱玩意儿已经被挪走。

带着怨气，他准备再往里看一看。可八角形的明殿内，一共设有八扇石门，傻子都能猜出，此地暗藏玄机。

众人来时匆忙，这回也不是为了下坑，手上没有称手的工具，贾文涛决定，暂时不冒险去打开这几扇门。再加上，村中人口稀少，生面孔容易引起怀疑，所以他只能带着一帮人，连夜撤到了村屋中。

…………

凌晨五点，一盆冷水把被绑起来的屋主浇醒过来。

贾文涛撸起袖子，手拎皮鞭怒喝道："兄弟，念咱们都是同道中人，我觉得有些话还是心平气和地跟你慢慢谈。你说说，这么大的斗儿，你是不是打算一个人吃独食！东西呢？交代出来，咱们各自分分，你这条命也就保住了。"

那人甩了甩头上的水渍，横眉冷对，一声不吭，竟然摆出了一副"要杀要剐随你便"的模样。

"哟嗬，还是个硬骨头！"贾文涛指着他的鼻尖警告，"你可要想清楚，命要是没了，有再多明器那也只是你的陪葬！"

见那人始终跟个木头疙瘩似的，不做任何回应，贾文涛一鞭子甩在了对方身上。

说来那人也是刚烈的性子，带有倒刺的皮鞭在他身上连皮带肉抽出一道血痕，那人硬是咬牙忍了下来。

一怒之下，贾文涛又接连抽了数鞭，直打到没了力气，他才把皮鞭交给了身边的另一个人，叮嘱道："一定给我打到他服为止！"

听着皮鞭声，贾文涛走出村屋，在院中焦急等待的贾康迎了上来。

"师兄，情况怎么样了？"

贾文涛啐了口唾沫，说："妈的，这人嘴巴比茅坑里的石头还硬！什么都不说。"

"那下一步该怎么办？"

"凡事都有个过程，别着急。"贾文涛话锋一转，"既然盗洞已挖通，常用工具这小子家里都有，你先联系香港街那边，把工具都退了，能省一点是一点，要是这小子突破不了，等天黑了，大不了我带上家伙去破一破明殿的机关。问题不大。"

"有师兄这句话我就放心了。"贾康最关心的莫过于这次有没有搞头，一听师兄说有门儿，他的心也就从嗓子眼儿落回了胸口。

四十六 ◄

早上八点，专案组一行人来到了二幺村村长王士春的家中。另外十多名侦查员，则按照要求，早早地埋伏在了目标人物——王宏伟的小院外。

在道明来意后，村长同意通知王宏伟到村部，接受调查。

可接连拨了几次电话，均是无人接听，就在村长想要再次打过去时，王宏伟的电话，竟主动回了过来。

但电话那头并非王宏伟本人，而是调查小组的负责人，刑警大队大队长李登。

见来电显示上出现"村部"二字，李登直接问："那头的是不是村长？"

"对对对，是我，你怎么现在才接电话。"

"我不是王宏伟，你让展队接电话。"

"展队？谁是展队？"

"是我！"展峰伸手接过话筒，"喂？什么情况？"

"展队，我是李登，王宏伟这家伙好像跑了，手机是我们在草丛里捡到的，院门口有大量的泥土鞋印，您快过来看看吧！"

展峰不敢怠慢，挂上电话就直奔离村部一公里的王宏伟家。

这是一个坐南朝北的小院，1米83的砖瓦墙围着三间瓦房，用于方便的旱厕，建在院墙的东侧，距离旱厕不远的村道上，停放着一辆有些年代感的红色面包车，轮胎痕迹很新，显然这辆车眼下仍在使用。

在东侧第一间房内，展峰发现了一双塞有棉袜的运动鞋，简易衣架上，还挂着一条带有皮带的牛仔裤，一串钥匙被凌乱地摆在床头。

被窝内尚有余温，表明王宏伟是在睡梦中离开的。

翻开手机通讯录，近半个月来没有通话记录，大可排除通风报信的可能。

院里打有水泥地坪，无法提取鞋印，而从门口凌乱的泥土足迹分析，最少有五个人曾经来过这里。

来者何人？王宏伟又去哪儿了？

带着一连串的问题，展峰来到了最西边的那间瓦房。

屋内面积不大，但显得很空旷。不到20平方米的空间里，除了一张土炕，剩下的全是盗墓工具。

屋子里的脚印相当凌乱，洛阳铲、撬棺铲，均有被人动过的痕迹。

在提取完室内所有指纹后，展峰把样本扫入了快速比对系统，这不比不要紧，结果栏中，竟比出一位熟人——打盗队始终心心念念的瞎子——贾文涛。

结果一出，展峰立马联系上了张建，在得知情况后，张建带着整个打盗队赶到了现场。

"瞎子怎么跑到这里来了？"张建心生疑惑。

"你们不是一直在盯着这伙人？"展峰反问。

"展队，你不知道，这帮人鬼得很，吕兄安的定位器早被他们发现了。后来我们就把工作重心放在了货郎身上，也就在昨天，线人刚传来消息，说瞎子

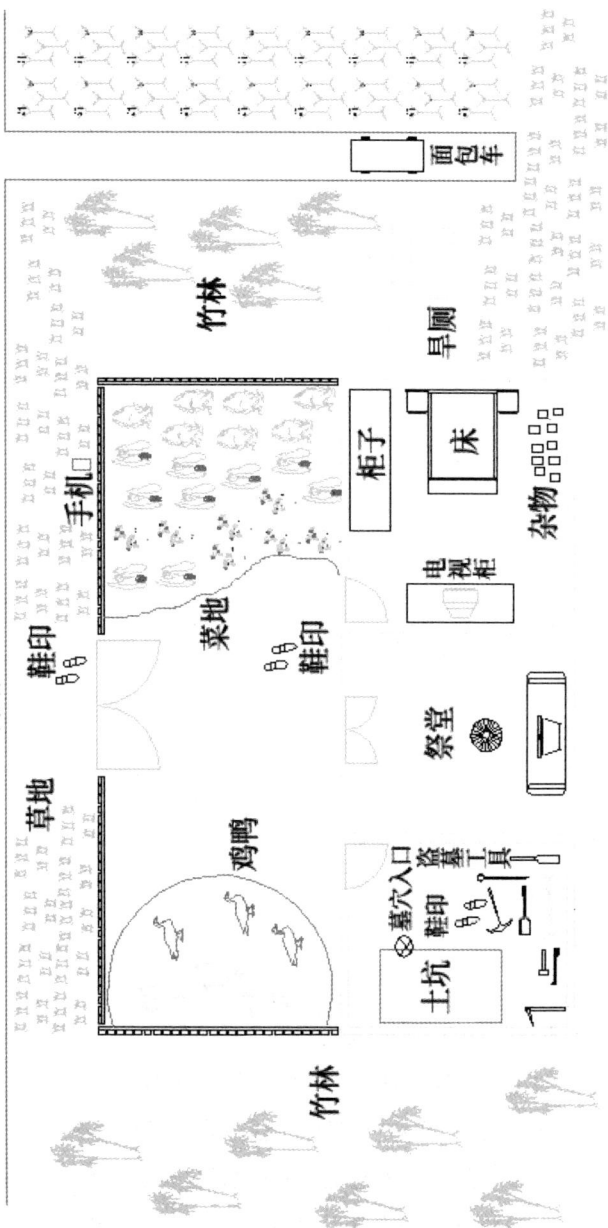

嫌疑人王宏伟住处现场示意图

北

竹林

面包车

旱厕

柜子

床

杂物

手机

电视柜

菜地

鞋印

鞋印

祭堂

村路

草地

鸡鸭

墓穴入口

鞋印

盗墓工具

土坑

竹林

准备购入一批工具，我们猜这伙人一定是想大干一场，可让我没想到的是，今儿早上线人又传话过来，那批工具被退了，我们全队人都在琢磨是哪里出了问题，您的电话就打来了。"

"贾康从哪里订的工具？"

"不是从山猫那里，是另外一家。而且干他们这行的，嘴都紧得很，就算从山猫那里订，也绝对不会走漏风声的。"

隗国安问："那货郎有没有察觉？"

"也没有，他正在联系一星期后送货的事，如果有察觉，他早就不干了啊。"

"既然各个环节都没有出错，问题究竟出在哪里呢？"隗国安挠了挠自己的"光明顶"，大惑不解地嘀咕。

展峰突然眼前一亮，他环视屋内片刻，径直走到土炕前。"凶手把尸体藏在了极深的地洞里，如果我猜得没错的话，答案应该就在这个床板之下！"

"嘿！"展峰用尽全力，把重新封好的木板一把掀开！

"是盗洞！"打盗队全体干警异口同声地喊道。

"小冯，去车上拿家伙！"在张建的吩咐下，冯警官一跃而出。当再次折回时，手中多了一个长方体的大号金属箱。

展峰主动让位，把接下来的工作，交给了打盗队处理。

一件件连展峰都觉得陌生的探测仪器被从箱子中取出，在打盗队熟练的操作下，众人被安全地领到了墓室门前。

"长明灯被点燃！有人刚进去过！"张建来不及判断墓室的来源，带着众人直接进了明殿。

除了打盗队外，其他人都是第一次下墓穴，又加上近些年盗墓题材影视剧的热播，让不少随行的年轻干警觉得既紧张又刺激。

"我说，这里怎么啥都没有？"老顽童隗国安探头探脑地问道。

张建仔细观察后，说："这是一座仿造古代宫廷所建的地宫冢，明殿内要是摆放明器，很容易被官员发现。所以这里什么也没有，免得被人说僭越，这八扇门中，应该只有一扇可以通往寝殿，墓主的棺椁及陪葬，恐怕都在那里！"

听他这么说，靠近外侧石门的年轻干警不由自主地伸手推了推身边的一扇门。

"闪开！"张建的嘶吼声，把那名干警吓得退后了几步，紧接着"嗖"的一声，一支弓弩，贴着他的下巴，钉在了石门上。坚硬的石板，竟被射出了几厘米的坑！

现场死一般寂静。受到惊吓的人群，如时间静止了般立在那里，一动不敢动。

见所有人都脸色发白，面无血色，张建张开如鹰翅般的双臂，努力稳住所有人的情绪。"大家先冷静一下，墓室机关已经启动，我没有办法确定是一发机关还是连环机关，从现在开始，你们全部退到墓门外，这里交给我们打盗队处理，没有我的允许，谁也不能进来。"说着，张建用凛冽的目光望向展峰，仿佛在用眼神告诉对方，接下来他的这些话，不容许这个级别很高的专案组组长有半点拒绝，"展队，外面的人交给你，就算我们发生不测，没经过我的许可，也不允许任何人进来。"

展峰抬起右手，朝打盗队敬了一个礼，随行的所有人，也都缓缓地抬起了手。

也许有人要问，在这种情况下，为什么还不全体撤离？若是可以，张建也绝不会带着自己的兄弟们做无谓的牺牲，但是现在屋主王宏伟与盗墓者瞎子、贾康都不知去向，他们到底有没有深入墓室，是不是命在旦夕，谁都不清楚。

这帮人虽然干着盗墓的行当，但罪不至死，作为警察，救死扶伤是天职，就算对方是杀人犯，警察也不可能见死不救，毕竟，能够对罪人做出审判的，只有法律。

倘若墓室设置的是连环机关，难保几人会遭遇不测。因此，张建带领打盗队，只能硬着头皮往里进，他们的宗旨是破案，更是救人！

四十七

有序的脚步声渐行渐远，展峰最后一个退出明殿。八角形的宫殿内，只剩下打盗队的六名队员。

　　打从考古院校毕业起，满打满算，张建已在打盗队摸爬滚打了二十多个年头，大大小小的墓冢下过不计其数。常言道，知己知彼方能百战百胜，盗墓者熟知的风水堪舆，他这个警察也了然于胸。

　　他手持剑盾，自上而下仔细观察着墓室的构造，顺着石门上弩箭的射入角度，很快找到了弓弩的发射位置。

　　张建朝队友使了个眼色，墓门附近的队员，快速地吹灭了长明灯。

　　泼墨似的黑暗中，一道刺眼的光束，从张建的位置射了出去。

　　"张队，有反光！"端着夜视仪的小冯提醒道。

　　"我也看到了！"张建把激光手电筒的挡位调至最大，箭头反射的金属光亮也随之变得强烈。

　　"老大，这弓弩能自动上膛，难不成墓冢使用的是墨家机关术？"绰号叫虎子的队员问道。

　　"我之前也比较担心，要是真源自墨家，咱们说不定都得栽在这里，不过目前看来，应该不是！"

　　小冯拍了拍胸脯，悬着的心放了下来。"张队，你要这么说，我就把心放肚子里了。"

　　张建没有搭腔，他屏息凝神地举着激光手电，缓缓地移动了一整圈，在大致确定了所有弩箭的发射口后，他让队员重新点燃了长明灯。

　　"老大，摸清楚门道了？"

　　"差不多了！"

　　"哪个门能进入寝殿？"

　　"暂时哪个都不行！"张建解释说，"这是皇室墓冢常用的机关，全名叫九宫八卦阵，明殿的八面墙，从外表看不出什么端倪，而墙的顶部，都是中空设计，内藏多把弓弩，且弩与弩之间，由传送带相连。八扇门，连为一体。刚才那一箭，只是对盗墓者的警告。如果在不知情的情况下推开石门，会带动齿轮运转，导致全部弓弩齐发，让盗墓者没有任何后路可退。"

　　"老大，墙上没有留下箭痕，说明机关之前并没有被误触过？"

"没错。"张建道，"按墓冢的建造顺序，明殿最先落成，所以这个机关有一个总闸，只要把闸门别住，使传送带不能运转，机关自然就会失效。"

"老大，那你搞清楚总闸在什么位置了吗？"

"我刚才数了一下，石墙顶端有六十四个小型孔洞，总闸就藏在其中。"

"六十四个？那该从哪儿下手？"

张建胸有成竹地说："古人虽然聪明，但他们怎么也没料到，科技能发展到如今的地步。虽然从外观看，每个孔洞都一模一样，但为了有所区分，内部结构一定会存在细微的差异。我们可以先利用无人机观察，确定总闸的位置后，再使用便携式增高云梯关闭闸门。只要整个过程不碰到墙壁，就不会触发机关。"

"云梯？"

"有什么问题吗？"

"不不不。"小冯用手指了指头顶，"张队，如果我没记错的话，王宏伟的卧室好像就有一个！"

"你确定？"张建有了一种不好的预感。

"我好奇心重，你是知道的，所以四合院的每间屋子，我都看了几眼，对了，你可以去问问展队，他勘查的现场，他最清楚。"

张建心中有数，如果真如小冯所说，那么王宏伟定是掌握了破解机关的秘密，而如果云梯这两日并没有使用过，那么足以证明瞎子等人也没有进入墓室深处，那对他们就不必冒死相救了。

张建配合刑事技术室勘查过多起盗墓案现场，多少也掌握些痕迹检验的相关技能，只要判断云梯上有无新鲜指纹，就能得到他想要的答案。

张建等人撤出来，告知展峰原委，对方立即对云梯做了检验，确定至少在一周内，云梯没有任何使用过的痕迹。

可一波未平一波又起，话刚说完，职业的敏感性让展峰心头猛地一缩。

从痕迹可以判断出，王宏伟是在睡梦中被贾文涛等人带走的，去处无外乎两个：一是下了墓，二是出了村。前者被排除，那么只剩下后者。

"连环抛尸案"虽然还没有找到直接物证，但明摆着的作案环境，无不告诉专案组，王宏伟就是那个嫌疑人。此时，展峰脑中有了一个大胆的猜测，王宏伟被贾文涛带走，会不会就是为了逼问关于墓穴的事情？

　　毕竟贾氏二人冲着盗墓而来，事到临头，发现墓冢已被盗，只怕会气得一佛出世二佛升天，加上里头没看见货，他们会不会把王宏伟带走，逼他交出明器呢？

四十八

　　远处的高粱地里，贾文涛把望远镜交给了身边的贾康。

　　"师兄，接下来该怎么办？"

　　"墓都被条子发现了，还能怎么办！"贾文涛有些气急败坏，"妈的，到嘴的鸭子都能飞了！"

　　"我纳闷啊师兄，咱们拆了跟踪器，条子怎么还能这么快就找到了这里！"

　　"你不说我还不来气！"贾文涛指着贾康的鼻子厉声道，"你实话告诉我，吕瀚海除了给你星盘，还给了你什么？"

　　"师兄，你都问一万多遍了！真的什么都没有！我敢用性命担保！"贾康连连摇头。

　　"妈的，我在里面蹲了十年，就想着能靠这一次翻身呢，这下倒好，后半辈子要喝西北风了！"

　　"师兄，你说有没有这个可能？"

　　"有话快说，有屁快放！"见师弟还在瞎白话，贾文涛大怒。

　　"条子会不会不是针对我们，而是冲着那个男的去的？"

　　"什么意思？"贾文涛顿时冷静下来。

　　"你刚出来不久，还不知道，咱们市最近发生了一起大案，据说都惊动了公安部。"

　　"大案？什么大案？"

　　聊到这儿，贾康可就滔滔不绝了："说来，我还算是第一目击者。一个月前，我去陈家庄给人迁坟，在迁坟的过程中，陈氏兄弟俩因意见不合发生了矛盾，后来石棺的棺盖被打开，从里面滚出来一具女尸。我本以为是配冥婚，而警方却说是命案，公安部还专门派了一个专案组来调查此案，专案组成员我都见过！"

"你是说，院子里有专案组的人？"贾文涛眯起眼。

"也就一面之缘，我不敢确定，不过有几个真的很面熟！我觉得是。"

贾文涛重新举起望远镜，望了片刻后，他说道："我和打盗队算是死敌，里面的队员我都熟悉，你说得没错，院子里有不少生面孔。如果只是因为盗墓，不会搞这么大的阵势，难不成……"

"难不成……"

突然，两人异口同声，喊出来："难不成咱们绑的是凶手？"

微风中，如海浪般的高粱地里除了叶片摩擦的沙沙声，一时间竟听不到一点响动。

冷静下来之后，贾文涛使劲揉了揉太阳穴，显得很是焦灼。"妈的，还真是个烫手山芋！"

贾康磨磨叽叽地建议："师兄，他要真是凶手，咱把他交给警察不就得了！"

"你以为老子不想交啊？"贾文康急得在高粱地里来回踱步，"交出去咱们能好吗，非法绑架总得算一条吧，倒斗儿呢？你想进去？"

贾康见状，劝道："法律条款我也知道一些，咱虽然准备倒斗儿，可咱们还没行动不是，公安局能拿咱们怎么样？"

"你打哪个地摊上买的法律条款。"贾文涛怒气冲冲地掰着手指说道，"我们从家中把人绑走，截止到日前，已经控制了二十四个小时，构成非法拘禁罪。我还用皮鞭把人打得奄奄一息，构成故意伤害罪。咱们虽然没有实施盗墓行为，但也是处在犯罪预备阶段[1]。数罪并罚，最少七年起步。更傻眼的是，我

---

[1] 犯罪预备是为犯罪准备工具、制造条件的行为。故意犯罪中介于犯罪决意与着手实行犯罪之间的一个阶段。行为人在此阶段上，主观方面具有犯罪的直接故意，即明知其预备行为是为侵害某种客体制造条件，并希望以此保证犯罪的既遂；客观方面表现为为实施犯罪而准备工具、制造条件，既可以是作为的形式，也可以是不作为的形式。

还是累犯[1]，若是刑期在七年以上，十年以下，指定要被顶格处理！把人交出去，老子又要吃十年牢饭！而且还不给减刑！"

"怎么……怎么……怎么会这么严重！"也就在一瞬间，贾康的额头上就渗出了冷汗，"师兄你……法条怎么背得这么溜？"

"你呀你，抽空多学学法律，别整天摆弄那些没用的风水秘术！老子的法条也是在牢里学的……"贾文涛说到这里，也是又想哭又想笑。

一想到自己要被戴上手铐，平时高高在上的贾康，心态陡然崩塌，他一下子瘫软在地，拽着贾文涛的裤脚哀求道："师兄，你快想想办法，我可不想坐牢，我上有老下有小，如果坐了牢，我可就什么都没有了！"

贾文涛冷哼一声："我之前怎么劝你的，让你好好当你的风水先生，骗点钱糊口得了，你非要蹚这摊浑水！"

"师兄，你一定要想想办法，一定要想想办法！"

"想办法？能想什么办法？"贾文涛也乱了阵脚，"把这家伙交出去，他铁定会咬咱们，到时候，我们几个一个都跑不了。"

"妈的！"贾文涛心一横，"听过这句话吗？既然解决不掉问题，那就解决产生问题的人！只要这个人从世界上永远消失，那么就不会有人知道，这其中到底发生了什么！"

此番话惊得贾康不敢发声，他很清楚师兄话里话外什么意思，这是要动手杀人了。

盗墓行当，若是追溯历史，可以绵延好几千年，接连被盗的大墓也是屡见不鲜。有时盗墓团伙忙前忙后，弄不到一件明器的情况时有发生。

狼多肉少，盗墓团伙自相残杀很是常见，贾康也有所耳闻。他师兄在盗墓行刀口舔血了这么多年，能说出这些话，他倒一点也不觉得奇怪，就是想着要

---

[1] 所谓累犯，是指受过一定的刑罚处罚，刑罚执行完毕或者赦免以后，在法定期限内又犯应当判处一定的刑罚之罪的罪犯。累犯分为一般累犯和特别累犯。《中华人民共和国刑法》第六十五条规定：被判处有期徒刑以上刑罚的犯罪分子，刑罚执行完毕或者赦免以后，在五年以内再犯应当判处有期徒刑以上刑罚之罪的，是累犯，应当从重处罚，但是过失犯罪除外。前款规定的期限，对于被假释的犯罪分子，从假释期满之日起计算。《中华人民共和国刑法》第六十六条规定：危害国家安全的犯罪分子在刑罚执行完毕或者赦免以后，在任何时候再犯危害国家安全罪的，都以累犯论处。

杀人，他还是觉得止不住地心慌手抖。

别看贾文涛文质彬彬，其心狠手辣的一面，贾康也是领教过的，他至今都在怀疑，师父的死，有可能就跟他有关，否则依他师父那保守的性格，不是万不得已的情况下，绝不会把看家本领倾囊相授，要知道，二人之间师父原本更喜欢他，要论资历，那也应该是先教给他才是！

贾康愣神之际，贾文涛已凶相毕露，抬手一把夺走了他的手机，警告道："从现在开始，一切按照我说的办！手机我没收了。"

四十九 ◢

一个小时后，张建带领队员利用无人机成功关闭了机关，八扇石门也被逐一打开，穿过正西侧的黝黑通道，一行人轻步来到了寝殿。

"木人桩、香熏炉、石棺……"

在偌大的正方体空间内，司徒蓝嫣一眼便锁定了所有物证。

"展队，王宏伟他……"

展峰举手打断，径直朝着嵌入地板的石棺走去。

"展队，小心有机关！"张建在一旁提醒。

"应该不会，"展峰指着地面，"你们看，石棺北侧的角落，有一把撬棺铲。棺盖中心有多次撬压的痕迹。另外，西南、东南两个角，磨损严重，这口棺材，曾被人多次打开过。"

司徒蓝嫣秀眉一紧。"如果开棺的目的是窃取明器，那么也只会开启一两次，他这么频繁地打开棺盖，目的是什么？"

展峰拿起撬棺铲，说："嫌疑人之所以这么多年没作案，秘密可能就藏在这口石棺中！"

"轰！"在众人的合力之下，厚重的棺盖被整个推开。

眼前的一幕，惊掉了所有人的下巴，古老的棺椁中躺着一具保存完好的现代女尸！

…………

距王宏伟住处三里地开外的村村通公路上，吕瀚海拿着手机，惬意地看着昨晚缓存的电视剧！

把车开到地头上后，他没有下车，展峰那边发生了什么，他是一概不知。

就在电视剧快要播放到高潮时，一声短信提示出现在了屏幕的顶端。

"都什么年代了，还发短信！"

吕瀚海骂骂咧咧地按了返回键，可当他看清楚短信上备注的姓名时，心中顿时一惊。

"贾康？怎么是这孙子？"

疑惑中，他点开了信息，内容只有四个字：救人石棺。

与贾康相处时，吕瀚海就知道，对方习惯做任何事都留一手，短信没有标点，定是在情急之下发出的。吕瀚海不敢轻举妄动，拿起手机，拨通了展峰的号码。

有些事就是这么无巧不成书，展峰几人前来摸排时，并没有想到四合院下有个古墓。打盗队也没想到，贾文涛、贾康折腾了这么久，目标也是这里。

事发突然，包括展峰在内，所有人都忘了一个细节，贾文涛等人把人绑走之后，会不会还潜伏在附近。

司徒蓝嫣认为，贾康之所以发出求救信号，极可能是因为团伙内部发生了矛盾，而矛盾的起因无外乎两个，不是古墓就是被绑架的王宏伟。

不过法制社会下，再大胆的"老鼠"也不敢跟"猫"硬碰硬。仔细琢磨短信内容后，司徒蓝嫣认为，贾康说的是"救人"而非"救命"，其主观意图是放在第三者之上。由此分析，盗墓团伙有人要撕票，而石棺只怕就是撕票地！

团伙中，除了贾康，说话最有分量的就是他师兄贾文涛，短信虽只有四个字，以司徒蓝嫣的功底，还是可以把这条信息被发出的情景重现出来：

"贾文涛要撕票，杀死被他们绑走的王宏伟，而贾康不愿意杀人，所以迫于某种压力，表面屈服，背地里却给我们通风报信。如果真是这样，王宏伟现在估计已在棺材里，但人肯定还没死！"

张建在一旁犯了难。"石棺空间这么小，氧气不足，活人要是被扔进去，估计撑不到一个小时，何况全市这么多口石棺，如此短的时间里，我们要去哪儿找？"

展峰不假思索地说："去陈家庄！这群人最熟悉的大号石棺，只有陈老爷子那一个。"

五十 ━

得知父亲的新坟又要被公安局挖开，陈中秋、陈国庆兄弟俩差点气得背过气去。这回俩人赶到时，陈老爷子的棺材已见了天日，俩人带着几十名亲戚，正又跳又叫地把专案组围住，讨要说法，可就在这时，一具"男尸"竟从俩人父亲的棺椁中被抬了出来。

围观的人群顿时傻了眼，掰着手指算，这也就一个多月的时间，竟前后抬出了一女一男两具尸体，如果说，女尸是偶然发现，后来的"男尸"又是怎么自己长腿跑进去的？

陈氏兄弟在当地那是有头有脸的人物，被这么折腾，定咽不下这口气，压不住怒意，陈国庆朝着人群吼道："谁是领导？你们今天必须给我个说法，这他妈到底是谁干的！"

他这一喊，也给其他人顶足了底气。

"你们公安局查到现在，扔女尸的还没找到，这下倒好，又多出来一个扔男尸的。"

"就是，依我看，这八成就是凶手的报复。"

"我们老爷子这是招谁惹谁了，报复到我们头上？看我们陈家好欺负是不是？"

"早知道就不报警了，公安部来的专案组，也就那样，屁用不管！"

"吵吵什么！你们懂个屁！"关键时刻，吕瀚海一句狠话压住了激愤的群情。

常言道，富在深山有远亲，迁坟时，陈氏兄弟沾亲带故的亲朋全都在场，吕瀚海当天可是被奉为座上宾，不少人亲眼所见。

卤水点豆腐，一物降一物，吕瀚海这"半仙"发话，还真没人敢顶撞。

"吕大师，您怎么也来了！"陈国庆作为代表走了出来。

"陈家大哥，这事没你想的这么简单，回头等警察忙完，我一定给老爷子再选个风水宝地，麻烦先让你们的人让让。"

"这……"

吕瀚海把他拉到一边，附在他耳边道："实不相瞒，刚才从老爷子棺材里抬出的就是扔女尸的凶手，这货连续杀了十个人，现在只剩一口气了，警方正在抢救，要是因为你，人没抢救过来，你的罪过就大了！孰轻孰重，你掂量掂量。"

陈国庆一听死了十个人，知道自己绝没本事担当这种责任，于是他一挥手，人群便如鸟兽散。

…………

只剩下半口气的王宏伟，多亏了吕瀚海相助，这才及时被送上了救护车。要不是他做通陈氏兄弟的工作，王宏伟绝不可能在失去自主呼吸后，还能被抢救过来。

把他从黄泉路上拽回来的同时，贾文涛团伙也在三天内悉数落网。

据贾康的交代，其师兄贾文涛盗墓不成，怕二次被罚，要求撕票。贾康担心不从，会被一起做掉，所以只能假装应了下来。

在讨论撕票过程时，贾康提议，要是直接把人杀死，怕运尸体不好处理，所以他建议，把人击昏，然后丢进石棺活活闷死，这样警察找不到尸体，自然没办法再往下查。

提议得到了贾文涛的认可。当贾文涛询问，抛尸在哪口石棺里比较合适时，贾康则认为，最危险的地方，就是最安全的地方，他觉得陈氏兄弟刚迁的新坟，就是一个不错的选择。第一，这个地方他最清楚。第二，陈家新坟不会愿意被谁动土。第三，已经查过的坟墓，很难想到还有人动什么手脚，正所谓"灯下黑"是也。

贾康的计划很有道理，于是团伙成员在商讨后，一致同意把王宏伟塞进陈老爷子的棺材里一了百了。

在主动出谋划策取得贾文涛的信任后，贾康趁着团伙成员挖坟开棺之隙，用藏在内裤口袋中的备用手机，偷偷给吕瀚海发了条短信。也正是因为这条信息，才使得系列杀人案凶手落网，案件也有了一个圆满的结局。

五十一

从 ICU 被转入普通病房的王宏伟，在意识模糊时听到了这么一句话："医生，不管付出多大代价，请一定要救救他！"

这应该是他活这么大，第一次有人这么在乎他的生命，虽然对方是个警察。

经他手，拢共结果了十条人命，特殊的性癖好，让他每天都在痛苦中煎熬，他想过自行了断，却又没有对自己举刀的勇气。这也是贾文涛团伙以死相逼，他也未发一言的原因。

说到底，王宏伟清楚自己就是个扭曲的人，他未尝没想过借着贾文涛的手，终结自己的恶念。

他本以为死了才是一种解脱，可真正面临死亡时，本能的求生欲，又让他对活着抱有一丝希望，从棺中突然醒来，面对窒息、黑暗的那种绝望感，让他真切地感受到了死亡的恐惧。

在那一刻，他突然觉得，比起这样白白送死，还真不如被警察抓到。虽说到头来，免不了会丢了性命，但最起码他还能用"器官捐献"来减轻自己的罪孽。

随着棺内的氧气越来越稀薄，他的神志也越来越不清晰，渐渐地，他如吸入麻药般昏厥过去，等到再次醒来时，他的头顶有了一圈白光，旁边的机器，很有规律地发出"嘀嗒""嘀嗒"的声响。

"我还活着。"这是他苏醒后的第一个闪念。

之后的日子里，王宏伟的病房里每天都有两名警察轮流值守，由于身边没有亲朋，只身一人的王宏伟，拉屎撒尿，全靠这些警官帮衬。

他心里清楚，捡回来的这条命，已进入了倒计时，和很多杀人犯矛盾复杂的心理不同，现在的他，竟空前地放松，或者说，思想上有一种前所未有的解脱感。

　　审讯被安排在了王宏伟出院的第二天，其间，展峰带领刑事技术组对王宏伟的住宅及地下墓穴进行了地毯式的勘查。最终，专案组在寝殿内，提取到了十名被害人的DNA样本。另外，死者身上的摩擦血痕，也与木人桩完全吻合，至此，案件形成了完整的证据链。

　　讯问开始前，看护组的负责人与展峰通了个气，告知王宏伟在住院期间，已经口头承诺配合警方调查，并且在与看护民警的闲谈中，也间接承认了故意杀人的犯罪事实。

　　有了前期的铺垫，展峰没了攻心的打算，他直接开门见山道："石棺里的最后一名死者是谁？"

　　从坐上审讯椅的那一刻起，王宏伟已经在脑海中整理好了一切，虽说他的生命才走完四十一个年头，但用他的话来说，杀了十个女人的自己，已经活够了本。

　　展峰想知道的答案，早就在他心中有了准备，于是他回道："我同学，李美珍。"

　　10号尸源早已核实，展峰之所以以此问题作为开头，一是为了再次确认被害者身份，二是隗国安发现，其他九名死者整容后的长相，都与李美珍极为相似，也就是说，她才是王宏伟心中的症结。

　　"你杀这么多人，是不是因为她？"

　　王宏伟沉吟了一会儿，接着重重地点了点头。

　　当嫌疑人放下思想防线开口供述时，仍会存在些许反复，一名合格的审讯员，必须学会揣测嫌疑人的思想动态，在最恰当的时刻，采取最恰当的手段。

　　展峰从兜里掏出事先准备好的烟卷拆开，亲自给王宏伟点了一支，剩下的一整包，他也很大方地摆在了王宏伟面前。

　　这些年来，除了酒精，王宏伟最依赖的便是尼古丁，这些天的治疗，几乎使他忘记了烟卷的味道，深吸一口后，他竟有了初次抽烟时的窘态，连连咳了好一会儿，等到一支烟嗑完，他脑海中逐渐浮现了他第一次抽烟时的场景，那个场景中，就有李美珍的存在。

那是在初二的下半学期，他暗恋很久的李美珍与隔壁班的男孩手拉手走进了录像厅，偶然发现，尾随一路的他，心里有说不出的酸楚，路边报亭的老太太正在兜售自家卷的"小白龙"，于是他上前买了两支。

那种如稻草燃烧般的气味，呛得他半天喘不过气，剧烈的咳嗽声也引得路人纷纷侧目，在众人的关注下，他强装镇定，叼着烟卷独自离开了。平时就少言寡语的他，突然觉得自己应该学学上海滩的许文强，拿得起放得下。

打从那天起，只要心中烦闷，他总会搞几支"小白龙"解解乏，久而久之也就染上了烟瘾。

在回忆中抽完三支烟卷，王宏伟也意识到耽误了不少时间，他有些抱歉地说道："警官，你们想问什么尽管问，我什么都说。"

展峰很有耐心："那就从头讲起吧！"

王宏伟凝视着天花板的日光灯，伴着缭绕的烟雾，他似梦似醒，思绪飘飘忽忽地回到了过去。

"我母亲是东北人，早年传销泛滥时，她被人骗到了这里，走投无路的时候认识了我父亲，就跟了他。因为家里经济太困难，我母亲生下我，算是报了恩，便一走了之，再也没有回来。我父亲为了生计，跟着村里的一帮人南下打工，赚了些钱，之后他又在南方找了伴儿，后来在南方定居，打那以后，我就再也没见过他。

"小时候，我和我爷在一起生活，我父亲会定期打一些生活费，爷爷走的那天，我父亲回来料理丧事，临走时他去给我一千块钱，并告诉我，他只会养我到十六岁，以后的路，让我自己去想办法。

"其实我早有了心理准备，毕竟是我妈先对不起他，再成家后，他就把对母亲的所有怨气，都撒在了我身上。

"我是一个本来就不该存在的人，也没有选择的权利，不管怎样，我都只能被动接受，家庭是这样，感情也是这样。

"李美珍跟我同村，我俩从小学到初中都是同学。她虽然长得不是很漂亮，但是挺耐看的。我也不知道为啥，从小学就一直很喜欢她。

"我很自卑，性格内向，喜欢了她很久，也不知该怎么跟她说。就这样，上初二的时候，李美珍就跟隔壁班的男生搞在了一起。我是后来才知道，她和那男的在一起谈了十多年，可是对方还是把她给蹬了。"

王宏伟苦笑了一声，接着说道："初中毕业后，我就辍学在家，从那时起，我就和美珍彻底分开了，连朋友都做不了。我爸不再给我汇钱，再加上我年纪小，出苦力都没人要，在村子附近游荡了一段时间后，我就认识了'三胖'兄弟几个。

"'三胖'大名韩三，在家中排行老大，后来因为盗墓，被公安机关抓获，跟他一起进去的，还有'宽面''傻虎''大壮''牌楼'四个人，都判了无期。我知道他们是坏人，可要不是遇到他们，我早就被活活饿死了。

"说句心里话，我们几个之所以能玩到一起，完全是因为大家都是没人管、没人问的苦孩子。要不是饿得实在没有办法，我们也不会去坟地里捡贡品吃。

"捡着捡着，我们还偶尔能发现些钱财，再后来被逼无奈，韩三就提议，不行就挖几口棺材，看看里面有没有值钱的东西。

"韩三在我们几个人中，年纪最大，说话也有权威，他带头干，我们当然不会反对，人总要吃饭嘛！

"一次很偶然的机会，韩三在一片高粱地里发现了情况。因为周围的高粱长得很高，唯独中间一小片矮了一大截。

"韩三脑袋瓜特别灵光，他告诉我们，地都是一样的，长势不一样，说明地下有东西阻碍了高粱根的发育。他认为，这片高粱地下，可能有大墓。

"我们这片儿往前数几百年都是古都，村里盖房修路，挖出瓶瓶罐罐是常有的事，我们还听别人说，某某村子发现古墓，一村子的人都跟着发了财。

"听韩三这么说，我们都兴奋得睡不着觉，在准备好所有工具后，我们趁着夜色挖开了高粱地。结果跟韩三推测的一模一样，地底下有一口石棺，从死者的衣着打扮看，像是民国时期的人。在棺材里，我们发现了银圆、玉器、铜摆件。把坟墓回填后，我们把明器拿到香港街换了一万多块钱。

"在二十世纪九十年代，这些钱绝对是一笔巨款，尝到甜头后，我们几个再也不满足于挖土坟填肚子，韩三说，我们要靠山吃山，靠墓吃墓，只要能倒一个大斗儿，我们这辈子就吃穿不愁。

"从那以后，韩三整天把自己关在屋子里研究风水墓葬，在不断的失败中，我们终于摸索出了一点门道，经过长时间的磨合，几个人也有了明确的分工。

"韩三是我们的老大，也是总指挥。我年纪最小，负责开车运货，他们忙不过来时，我还帮着扒扒盗洞，干点体力活。

"虽说我的活是个人都能干，但兄弟几个并没有嫌弃我，不管明器换多少钱，永远是一碗水端平。

"那几年，我们其实弄到不少好东西，主要还是不识货，很多东西都被我们贱卖了出去，韩三因为这事，还跟香港街的古董商吵过一次，可古玩生意，讲究的就是买定离手，这么一吵，非但没争出个高下，还间接暴露了我们的身份。

"干我们这行，狼多肉少，除了要躲避你们警察的追捕，还要提防同行间的竞争，其实到现在为止我都搞不清，我们到底是被谁给盯了梢，也许是命中注定要栽个大跟头。

"那段时间，韩三告诉我们，他发现了一个大官的墓，他去勘探了好几次，并没有发现被盗的痕迹，如果这次能顺利得手，肯定会弄到不少好东西。

"在准备好所有工具后，我们选在年三十的晚上开始干活。"

"为什么要在年三十？"展峰插了一句。

"因为要用炸药开坑，年三十晚上家家都会放爆竹，选对了时间，压根儿听不到响动。"

展峰点了点头，示意王宏伟继续说。

"韩三寻的那个墓在一片荒野地中，车子开不进去，他让我在外围等消息，他们几个先去打洞。

"大约过了一个小时，我突然听到远处传来喊叫声，我担心出事，就准备下车查探，就在这时，我听到了几声枪响，我心中一沉，知道来的不是同行，是你们警察。

"我跟他们有一公里的距离，再加上爆竹声的掩盖，警察并未发现我的存在，于是我飞快地开车回到了家中。

"那段时间，我已经做好了被抓的准备，可让我没想到的是，事情过去了近两个月，警察那边竟一点动静都没有。后来我才知道，兄弟几个没有一个人把我给供出来的，所有的事，全被他们顶了下来。

"警察在当天的墓中发现了大量的一级文物，属于盗窃罪的加重情节，我那几个兄弟，按照团伙论处，全判了无期。

"我假用亲戚的身份去探监时，韩三告诉我，当天是被一个农村妇女举报的，他还跟我形容了妇女的长相，让我日后一定要小心这个人。

"我本就不爱跟陌生人交流，这辈子能算上有过命交情的，也只有他们兄弟几个，他们保护了我，要吃一辈子牢饭，这份恩情，我真不知该怎么去还，知道内幕以后，我不自主地就把这份感激，转化成了对那个农村妇女的憎恨！

"从监狱回来，我独自在家窝了快一个月，每天都会躺在床上两眼大睁，脑子里不断浮现过去的种种，其中一半是和韩三他们在一起的日子，另一半却是关于李美珍的。

"别看我这样，我也上过学，会读书，我在书上看过一些话。

"有人问：'男人若是忘记一个女人需要多长时间？'

"有人答：'初恋一辈子，剩下的三两天。'

"我跟李美珍从小一起长大，从记事起，我就对她有着强烈的好感，甚至连我青春期第一次'打手枪'，幻想的对象也都是她。

"虽说我不知道，我在她心中是什么位置，可在我心里，她就是我的初恋。我当年之所以没有着急成家，就是因为心里还抱有幻想。我很希望有一天她能回到村里，再也不离开。直到亲眼看到他们家的人全部搬离村子，我才彻底断了念想。

"我永远不能离开这里，别的不说，兄弟几个的老婆孩子还等着我去照顾，我活着是一个人，可我身后却是五个家庭和七个嗷嗷待哺的孩子，这个恩，我得拿一辈子来报。

"兄弟几个牺牲自己，给我换来了一个自由的机会，我不能对他们坐视不管！从那天起，我在心中暗暗发誓，如果不把兄弟几个的老婆孩子安顿妥当，我就永远不成家。"

王宏伟嘴角一扬，露出了些许笑意，他从烟盒中抽了支烟卷点燃，惬意地嘬了几口，继续说道："也许是老天有眼，我自己都不知道，从小到大，我竟然就躺在金山上。"

王宏伟掐灭烟头，抖擞了精神，续上了刚才的那句话："那天我蹲在自家的茅厕里，正发愁该找哪条生财之道，突然听到'咔嚓'一声，架在茅坑上的木板应声断裂，我差点掉进坑里。

"擦完屁股后，我把木板抽出，准备再换一个新的，无意间我扫了一眼木材的断面后，心中一惊，如果放在五六年前，我绝对认不出这是楠木，为了确定我的判断，我赶忙用刷子刷掉了木板上的泥垢，再用放大镜仔细观察纹理，于是，我百分之百可以肯定，这块架在我家茅坑上几十年的木头，正是黄心楠木，它的价值仅次于被称为软黄金的金丝楠。

"抱着这块木板，我心里扑通乱跳。这种木料在古代，都是王公贵族所用，我们家三代贫农，往上翻十代，也不会出现这种料子。

"后来，我隐约想起一件事。我记得我很小的时候，院子里曾堆了一大堆木材，经太阳一晒，会滋滋地往外冒油，我还用舌头舔过，苦得我哇哇大叫。

"爷爷告诉我，这都是我们家盖房子时从地下挖出来的，不能碰，有毒，只能当柴火烧。

"再后来，爷爷用那些大块的木头，做了板凳、斧头把、锹把，剩下不能用的小块，都砍成了煮饭的劈柴。

"想到这儿，我疯了似的跑进老屋，找到了当年爷爷做的小木凳。我挥起斧子把板凳面劈开，结果跟我猜的完全一样。当年堆在我们家院子里的木头全是黄心楠木。

"要知道，这种木材在古代，都是有钱人家做家具的上上之选。很多古墓陪葬的明器中，就有不少黄心楠木制作的家具，还有大墓把这玩意儿铺在墓室上面，叫作黄肠题凑[1]。

"我当时就想，难不成我们家下面就有一座大墓？带着这个想法，我开始研究韩三给我留下的'盗墓笔记'。不过翻来覆去，我还是看不懂，抱着试试看的心态，我开始用洛阳铲在自家的院子里勘探。

"我试遍了家中的每个角落，最后发现，在我爷爷生前睡的瓦房下头，可能真的有东西。

"我家住在村子最南边，平时根本没人经过，我毫无顾忌，开始连天加夜地挖，挖了足足两个月，终于让我找到了墓门。没吃过猪肉也见过猪跑，推开石门后，我只敢进入明殿，因为这种大墓必定设有机关。实在拿不定主意，我去探监找到韩三，用暗语大致描述了全部经过后，是他告诉了我破解机关的方法。在他的帮助下，我花了好几个月的时间，才把墓室的结构彻底搞清楚。

"这是一座东西走向的墓冢，墓主人是我们当地的一位富商，名叫沈农，死了有大几百年了。墓室是他仿造皇陵地宫修建的。

"最西边的明殿呈八角形，设有九宫八卦阵，八扇石门，有三扇可以通向寝殿，其余门口均设有机关，稍有不慎，就会性命不保。

"寝殿分上中下三间，各摆放一口石棺，中房里躺的是沈农，上房和下房，分别是他的原配和最喜欢的妾。这老东西不是个好人，原配和妾都是被活活殉葬的。

"穿过寝殿，便是配殿，也分三间，分别存有明器、刑具，还有壁画、书籍。"

由于张建所在的打盗队早已把墓室机关全部破解，展峰也目睹了墓室的结构，只是对墓冢内的一些变化，他还要追问其下落。他问道："那些陪葬品都去哪儿了？"

王宏伟老实回道："都让我给卖了，换成的钱，我自己留了点，剩下的都

---

[1] 题凑是一种葬式，始于上古，多见于周代和汉代，汉以后很少再用。黄肠题凑是西汉帝王陵寝椁室四周用柏木垒成的框形结构，黄肠题凑一词最初见于《汉书·霍光传》中。根据汉代的礼制，黄肠题凑与梓宫、便房、外藏椁、金缕玉衣等同属帝王陵墓中的重要组成部分。但经朝廷特赦，个别勋臣贵戚也可使用。

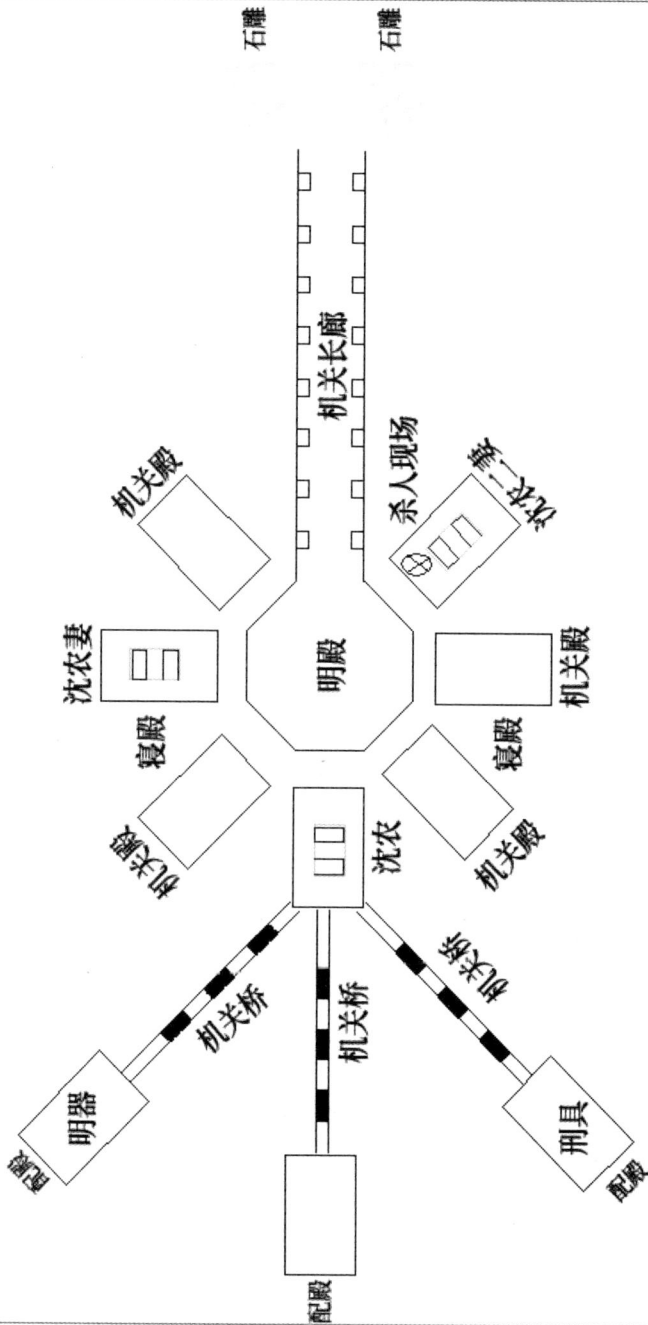

富商沈农墓及凶杀现场示意图

分给了兄弟们的老婆孩子。"

"寝殿内的两具女尸呢？"

王宏伟有些不好意思地看了一眼正在记录的司徒蓝嫣，这个细节，并未逃过展峰的眼睛，于是他挥挥手，喊来了一位年轻的侦查员换走了司徒蓝嫣，等侦查员重新坐到电脑前时，展峰问道："可以开始了吗？"

王宏伟感激地点点头，继续说道："破解了明殿的机关后，我最先进入的是寝殿的下房，也就是放置沈农小老婆的那口石棺。

"当我用千斤顶、撬棺铲把棺盖打开后，我惊讶地发现，这具女尸竟然保存得栩栩如生，丝毫看不到一点腐败的迹象。

"那些年，我一直都是一个人，又因为我们干的是盗墓行当，韩三禁止我们去找小姐，他怕嫖娼被抓后，会被公安局采指纹，留下案底就完了。

"长期压抑，让我顿时产生了邪念，我把女尸从棺中抱出，闭上眼睛，脑子里幻想着李美珍的模样，和女尸发生了关系。

"欲望发泄之后，我陷入了深深的自责中，可没过多久，我又重新产生了邪念，如此反复，搞得我痛苦不堪。

"直到两具尸体慢慢腐败，我才从这种变态的欲望中渐渐走出来。然而，紧接着发生的一件事，彻底改变了我的人生轨迹。

"那天正逢节期，我从集市订了头肉猪，分成五份，开车给兄弟们家里送去，在返程的路上，一位背着行李的农村妇女拦住了我，希望我捎她一程，并承诺给我五块钱车费。

"钱不钱的对我来说，根本就无所谓，我看也是顺路，于是就把她给带上了。

"看长相，她就是我们本地人，可一张嘴，却操着一口广式普通话，跟那个抛弃我的父亲一个口音。在车上她对我指手画脚，我买的矿泉水，被她连灌了三瓶，快到地点后，连同水钱，我问她要十块，可没想到，她推门就想跑，还好我及时按了锁车键。

"见无路可退，她便开始胡搅蛮缠，说我非礼她，如果不把她放出去，她就报警。

"她不提警察我还不来火，一提我就想起我那几个被抓的兄弟，气不打一处来的我也不管三七二十一，拿起扳手，就冲她的头敲了一下，我本就想让她长个记性，可谁知下手太重，直接把她给打昏了过去。

"要是这样把她丢在路边，天寒地冻的，保不准就没了性命，可要是把她送到医院，我又不想掏医药费。

"思来想去，我便把她带了回去。为了防止她醒来大喊大叫，一到家，我就把她带进了墓室，并搬来了木人桩，把她捆了起来。

"南侧的寝殿，仿佛对我有心理暗示似的，一进到这里，我就想起了和尸体发生关系的那一幕，想着想着，我有些欲火焚身，就和那个女的发生了关系。

"韩三他们被抓期间，我仔细研究过法律条文，故意伤害、绑架、强奸，三样加一起，最低都是十五年起步，于是我干脆一不做二不休，把那个女的圈在了墓中养了起来。

"可让我没想到的是，她醒来后，整天污言秽语地辱骂我，我实在无法忍受，就一把把她给掐死了。

"看着她死不瞑目的样子，我回想起在我短暂的生命中，遭到了父母的抛弃、喜欢之人的抛弃，至亲的兄弟也被奸人所害，他们都离我而去。

"那一刻，我突然觉得，活人要比死人更加险恶，比起活人，我宁愿选择与死人待在一起。

"那个女的死后不久，我就按照书上看来的方法，给尸体做了防腐处理，最开始也没经验，处理后的尸体，就没保存多长时间。"

展峰有些好奇："你为什么要把尸体抛到别人的石棺中？直接放在沈农的墓里，岂不是更保险？"

王宏伟摇摇头说："起先我确实是这么干的，可墓室通风不畅，稍有异味，便会串得哪儿哪儿都是味道，死人味道沾衣服，洗都洗不掉，所以只能把尸体抛到外面。为了不引起别人的注意，石棺就是最好的选择。"

疑惑解开后，展峰不再搭话，王宏伟则继续说了下去："那个时候，我早就把兄弟几个的家人全部安排妥当，也没了后顾之忧，于是……我开始驾驶我的面包车寻觅下一个目标。

"我一般会选择偏远农村的外出打工者下手，她们穷，舍不得电话费，往往一出村，很长时间都不会跟家里联系，等到发现问题后，多数人要么不报案，要么就是报失踪，时间一长什么痕迹都没有了，警察也找不到地方查。

"把第一具尸体处理完，接下来的半年，我都在研究尸体防腐术，在这期间，我还用过活羊、活猪等牲畜做过实验，最终，让我摸索出了一套可以长时间保存尸体的方法。从第二个目标开始，我就按照此方法开始制作尸囊。"

"尸囊？"这个名词，展峰还是首次听到。

"尸囊是古人为了祭拜山神、河神，用活人制成的祭品，那时候没有化工合成的药水，全靠中草药处理尸体，有点类似木乃伊。"

"明白了。"展峰露出了解的神情，"你接着说。"

"用我的防腐方法，一具尸体其实可以保存很多年，可遗憾的是，时间一长，我便无法忍受药水与血液混合散发出的那种刺鼻气味，所以每过一段时间，我就要重新寻找下一个目标，就这样，我杀了九个人。一直到……我又遇到了李美珍。"

王宏伟突然停止了供述，敲击键盘的声响也随之戛然而止，审讯室内，突然变得出奇地安静。

展峰双手插兜，站在审讯椅前一动不动。王宏伟轻轻地摇了摇头，好像很不情愿去回忆这段往事，不过沉默良久后，他还是略带遗憾地开了口。

"大壮他媳妇兰英，是李美珍的高中同学，她俩后来不知怎么联系上了。在闲谈时，兰英嘴一秃噜，把我这些年如何捐助她们娘儿仨，给了多少多少钱，一股脑儿地都告诉了李美珍。正是因为这个，李美珍主动找上我，还跟我聊起了初中的过往。

"说实话，打第一面见到她时，我就感觉她已经变了。市侩、贪财，为了钱可以不择手段，甚至可以在没有任何感情基础的前提下，跟我上床。

"当她问起我，整天不出门工作，哪里来的钱时，我指着地面告诉她，下面有一个大墓，里头藏着数不尽的宝贝，可以几辈子吃穿不愁。

"我从她的眼睛里看到了我最厌恶的贪婪，被男人多次抛弃的她，选择把赌注押在我这儿，不过就是想从我身上榨取钱财罢了。

"二十多年来，她一直是我心中最单纯的形象，就连其他受害者，也都被我整成了她的模样，可到头来呢？她还是和其他人一样，虚伪、无餍、不择手段。

"那一刻我才顿悟，我喜欢的只不过是她的这副皮囊，我真正喜欢的那个女孩，早就不在这个世上了，所以从我选择告诉她真相的那天起，我就已经打算，把这副皮囊永远留在我身边。

"3月18日那天我过生日，我骗她喝下了带有迷药的饮料，从此以后，她再没有机会看一眼这个肮脏的世界了，也再也没有用我喜欢的脸，对我露出那种贪婪的眼神。"

"之后你有没有再作案？"

王宏伟摇了摇头。

"为什么？"

"因为我已不再抱有幻想了，不管是东西还是人……"

王宏伟咧开嘴笑了笑，说："包括我自己。"

第二案

复仇饮鸩

案发时，正值工地下工期间，入室围观的人员较多，加上后续 120 前来抢救，地板革上足足留下了上百枚残缺、叠加及损毁的鞋印样本。

一 ➤

　　说起"二道街"的由来，就不免要联想起"六尺巷"的典故。

　　话说清朝开国状元傅以渐，家中因宅基地纠纷，与邻居发生了矛盾，后其家人修书一封送往他处，希望他能为家里撑腰。

　　谁知收到来书之后，傅以渐提笔回道："千里修书只为墙，让他三尺又何妨？万里长城今犹在，不见当年秦始皇。"家人看后，自感惭愧，主动让出三尺距离，邻居知道后，感同身受，也让出三尺，就此形成了今天人们所见到的六尺巷。

　　由于这段历史和相似的名字，或许会有人觉得：二道街难不成也因此得名？然而事实恰恰相反。

　　据说二道街原本只有一条，为两兄弟共同拥有，后来街市繁荣后，此街车水马龙，正所谓天下熙熙，皆为利来；天下攘攘，皆为利往。口袋里的钱多了，一个利字却让原本亲密的兄弟俩反目成仇。为了井水不犯河水，两个人干脆在街道中央修起了一道高十尺的围墙，硬是把好好的一条街一分为二。

　　两街不通，商客走到街角，就必须原路返回。遇到商家进货的日子，保不齐这条道就得堵个水泄不通。

　　这世间，向来是好事不出门，坏事传千里，久而久之，此处的生意也就每况愈下了，等到兄弟俩发现问题后，为时已晚。

　　如今，二道街的围墙早已被拆，只在入口处留下的半米砖墙上，用规规整整的楷书写上了这条街的典故，提醒后人要懂得和气生财。

当下，在政府多次改造引导下，二道街已经变成了一条销售传统工艺品的集散地。有地域风情的糕点等特产几乎家家有售，这里也是旅行团游客离开此地前，为家人采购特产的最后一站。

二道街 87 号，是一家不到十平方米的小门脸，分为内外两间，门头的黑色牌匾上用镏金行书写着"棍糕"二字。

棍糕是当地一种很有名气的民间小吃，做法流传甚广，在我国以稻米为主食的地方，都不难见到它的踪影，所谓区别，无非是叫法不同，实质上都是一种东西。

它的做法也很简单，糯米用水淘净，黄豆炒熟磨成细面备用。再将糯米煮成饭，盛于木槽内，用木榔头蘸水略捣，使之成泥状，而后倒在石板上，再以木棍将其打为米饼。边打边从旁边拨之，反复捶打，使其薄厚均匀。成形后，撒上豆面即可食用。要是切成块，蘸上白糖或蜂蜜，口感更佳。

从工序就能看出来，做棍糕绝对是个体力活，所以一般都是夫妻店，男的在屋内捶打，女的在外头坐摊售卖。

87 号店的营业执照上，法人名叫王玉芳，她是夫妻店的老板娘，熟悉她的人都叫她芳芳。虽说已经是四十大几的年纪，但她的穿衣打扮依旧新潮靓丽，叫芳芳一点不违和。

因为操作简单、没什么技术含量，在二道街上，棍糕这种生意可以说是遍地开花，而生意的好坏则与地理位置关联极大。越是靠近街口、人流量大的地方，生意越是红火，像王玉芳所在的 87 号，离街尾只剩不到 20 米，略加思量便知道他们家的买卖是何等惨淡。

店里的生意如何，王玉芳心知肚明，反正两口子也就是为了糊口，并不计较那些。可最近，王玉芳却明显地觉察到有些不对劲。这段时日，隔三岔五就有几个操着外地口音的男子来店里问这问那，偶尔还试探地朝屋内望一望，一来就是一大帮人，临走时也就随便买个十块二十块的棍糕。

一帮人这边刚走，没过多久便会又来一拨，操着同样的外地口音，也是朝店里头东张西望。

一来二去，王玉芳就把心头的疑惑告诉了丈夫杜强，没想到的是，杜强当晚就决定离开二道街，说是要用两人多年的积蓄去别处另起炉灶。

没做这桩正经生意时，王玉芳曾是 KTV 里的陪唱小姐，杜强是场子里的内保，当年因为杜强总是帮她解决麻烦，俩人渐渐看对了眼，后来才发展成恋人关系，谈婚论嫁。

打那种地方出来的女人，有个归宿就不错了，况且杜强带着她从 KTV 离开之后，也是吃苦耐劳、不挑不拣地过日子，她更没心思多想。如今出了这档子事，芳芳才发现，杜强的过去，她竟一概不知。可直觉告诉她，杜强身上一定不干净，否则绝不会数年如一日，整天戴着口罩出门。

要说风月场所的女子，能找到一个真心对自己的男人实属不易，所以她从不过问杜强的过去，杜强说什么，她就做什么，今晚，也是如此。王玉芳一听要离开这里，麻溜地跟杜强一起收拾起来。

拾掇了整整一晚，第二天一大早，王玉芳就拿着银行卡将所有积蓄兑成了现金，可让她没想到的是，刚返回家里，就看见杜强被一群人按倒在地，只见杜强涨红着脸朝她喊出"快跑"，她还没来得及转身，就被埋伏在门口的两名干警擒获。

二 ➡

审讯室内，节能灯旁烟雾缭绕，"730 专案组"组长鲍志斌怒目金刚一般瞪着眼前年近五十的杜强。

"赖皮强，甲基安非他命尿检呈阳性，这么多年，还抽着呢？"

杜强眼都不抬地说道："海洛因早戒了，不过压力大的时候，还会来两口冰。"

鲍志斌冷哼一声，说："狗改不了吃屎，跑了十五年，你也算够本了，怎么样？咱们接下来聊聊你的事？"

杜强闻言嗤笑道："我的事？我除了吸毒，就是偷了老头子的拆迁款，我能有什么事？"

　　鲍志斌一拍桌子，指着杜强的鼻子怒骂："你那些毒友都叫你赖皮强，还真是一点没叫错，算起来，你前前后后，也进过好几次戒毒所，在禁毒大队也是能排上号的老油条了，不过今天我警告你，少跟我玩花花绕子，在我们刑警队，你那套太极拳行不通！"

　　杜强总算抬起头来，一脸无辜地申辩道："警官，你别吓唬我，你也知道我在戒毒所进进出出，这些话可没少听。你直接挑明了吧！除了吸毒，我到底还犯了什么事，你放心，但凡是我做的，我绝对认！"

　　"好，痛快！"鲍志斌拍案而起，来到他身边，低着头直视他的双眼，"我就给你个提示，十五年前，帝铂花园工地！"

　　听到帝铂花园，杜强露出心寒的表情，叹了口气："唉，我就知道老东西不会放过我，我拿他的拆迁款，也是为了保命，老东西吝啬了一辈子，就我这么一个儿子，怎么就见死不救呢？哦！到头来还把我给告了？"

　　"你还真是不见兔子不撒鹰，玩什么心眼呢？"鲍志斌把刑拘证拍在他面前，"你给我睁大眼睛仔细看看，你涉嫌的是什么罪！"

　　杜强双手拿起那张盖着红章的拘留证，那份白纸黑字的文件上，涉嫌罪名一栏赫然竟写着"故意杀人"四个大字。

　　杜强双手一抖，差点捧不住那张薄薄的纸，浑身汗毛都竖了起来。

　　"怎……怎么会？"他在脑子里不停回想，自己怎么会沾上这个罪名？莫非是以前与毒友分食毒品时，导致对方吸食过量死亡？不对啊，他印象中从没有出现过这种情况，而且就算有，也应该禁毒大队立案，跟刑警队有什么关系？

　　杜强愣着神，鲍志斌俯下身去，俩人之间的距离不到一指，他甚至能闻到鲍志斌嘴中呼出的浓厚烟味。

　　"怎么了？赖皮强，你傻啦？看着这个，想起什么没有？"

　　杜强定了定神，双手将刑拘证平铺在审讯椅的小铁板上。"警官，罪名是这么个罪名，可你有什么依据说我杀了人？"

　　鲍志斌见杜强这个反应，眼睛一眯："哦？这么说，是我们冤枉你了？"

　　"我觉得是！"杜强斩钉截铁地说道，"我没杀人。"

　　"赖皮强——"鲍志斌再也止不住怒火，咬牙切齿道，"别给脸不要脸！你想不起来？好，那我来帮你回忆！2004年7月30日，帝铂花园9号工棚，八名工友被人投毒，五死二伤。你就是本案最大的嫌疑人！"

"凭什么说是我，你们有证据吗？"杜强面带怒色地吼回去。

"因为有人指认你就是那个凶手！"

"是谁？"杜强恨声道，"谁他妈诬陷老子的？"

鲍志斌笑了起来，怜悯地看着这个近五十岁的老毒虫，一个字一个字地说道："你的亲生父亲，杜泽富！"

三 ➡

下午两点，730专案组在刑警支队召开紧急会议，曾参与本案的二十名干警全数到场。

头发斑白的鲍志斌看了看墙上的挂钟。"还有五个钟头就满二十四个小时了，很遗憾地通知大家，杜强到现在还没有突破，召集你们来，就是想听听大伙儿的意见。"

有人忍不住问道："没想到追了这家伙十五年，到头来还是块茅坑里的石头，他要不认怎么办？"

"我不想听丧气话！"鲍志斌抬手打断，"都给我想辙。"

室内安静了一会儿，一位专案组民警举手道："杜强被抓获以后，我第一时间去找了杜泽富核对，他的口供跟十五年前一模一样，一口咬定就是他儿子投的毒。"

"杜泽富具体是怎么说的？"鲍志斌问。

"他说他儿子杜强吸毒后无恶不作，逼着他把房子拆了换取拆迁款，杜泽富自然是宁死不从！再后来房子被强拆，杜泽富被拆迁公司的民工打断了腿，心里始终咽不下这口气。于是他就跟儿子说，只要能帮他出这口恶气，他就把拆迁款分给儿子一半。

"为了得到拆迁款，杜强不知从哪里弄来了河豚，用民间土方制成河豚毒，趁着那些工友上工的空隙，投在茶壶中，至于结果大家都知道了，造成了五死二伤。"

鲍志斌想了想，说："核对过吗？当初打断杜泽富腿的民工，与被毒死的是不是一伙人？"

"强拆发生在晚上，杜泽富年迈眼花，没有辨认能力，被杀的工友也无法开口，活着的工友都说他们没有参与强拆，更没有打断谁的腿，工地人多眼杂，现场没有充足的证据，眼下是没办法搞清楚了。"

"就算杜泽富是他们打伤的，事情过去了这么多年，换谁都不可能承认。"鲍志斌皱着眉头快速思索着，"据我了解，赖皮强为了吸毒什么都能干，他有一个跟他青梅竹马的女朋友，为了换取毒资，他居然逼着对方去坐台，难怪他亲爹都说他丧尽天良，要是他毒瘾发作，为了拿到几十万拆迁款，铤而走险的可能性确实很大。"

"没错。"有队员接过话茬，"他父亲知道儿子杀人后，觉得事情闹大了，所以一出院，就连忙到辖区派出所说明了情况。另外，他还跟民警强调，杜强是在他不知情的情况下，转走了他的全部存款，包括整整七十万拆迁款！在那之后，身无分文的杜泽富，只能寄住在桥洞里，靠捡破烂度日！"

"奶奶的，真是一个逆子！"不知是谁骂了一句。

鲍志斌揉了揉太阳穴，说："刑事技术组呢，现在人到案了，有没有办法找到物证定他的罪？"

技术组的负责人摇了摇头，说："当初发案时，第一时间肯定是救人，工地拨打了120，抢救的医生、工地的工友，把现场踩得一塌糊涂，以十几年前的技术条件，很难在现场发现关键物证。而且……"

"行了行了，情况我知道了！"鲍志斌头疼欲裂，"也就是说，目前除了杜泽富的口供，本案还没有发现任何直接证据。羁押期限马上就要到了，大家讨论一下，下一步该怎么办？"

"人，绝对不能放！"

"就是！好不容易抓到的，放出去，再想找到他，谈何容易！"

"可是，杜强拒供，只靠杜泽富的指认，直接丢进看守所恐怕不妥。"

"也是个问题。这个人逃了十五年，又是强戒所的常客，法律法规比我们背得都熟，还是不要冒这个险……"

众人七嘴八舌，商讨了好一段时间，作为专案组组长的鲍志斌拍板定音："实在不行，就办个软性措施，找个宾馆指定监视居住。我回头再打报告，从特警队抽调三十名干警，轮流看守这家伙，我们专案组所有人，从今天开始，吃住都在组里，我就不信，他赖皮强嘴再硬，还能扛半年？"[1]

四 ➡

会议结束后，专案组副组长，鲍志斌的警校同学张森，把鲍志斌给拦了下来。两人之间相差三岁，毕业后又被分到同一个刑警中队，现如今，年纪较小的鲍志斌是刑警支队大案队的队长，而年长的张森则是大案队的教导员。

两人一个主抓业务，一个把握队员的思想动态。在级别上，两人是在一条水平线上，但性子上，与火暴性格的鲍志斌相比，张森就显得稳重得多。

"老张，这着急上头的时候，你拦我做什么？"鲍志斌推开对方的手臂，说着就要往外冲。

张森反手揪住他的衣领，说道："我说豹子，你能不能先冷静冷静！"

"哎呀！"鲍志斌把记录本摔在桌上，"我怎么可能冷静得下来！这么大的案子，厅里都挂了牌，我年年汇报工作进展，兄弟们跋山涉水，好不容易跑了几千公里，这才把赖皮强给抓了回来，我们现在居然拿他一点办法都没有，你说说，我要怎么冷静？"

"你早该料到有这一天了，是，你把所有心思都放在抓人上了，可没有定案证据，抓到人又能怎么样？你能关他半年，再往后呢？"

说到缺乏证据，鲍志斌的脸立马拉了下来，手指敲着桌面，说："老张，你几个意思？难不成你还怀疑我的侦查思路有问题？"

---

[1]《中华人民共和国刑事诉讼法》第七十五条规定：监视居住应当在犯罪嫌疑人、被告人的住处执行；无固定住处的，可以在指定的居所执行。对于涉嫌危害国家安全犯罪、恐怖活动犯罪，在住处执行可能有碍侦查的，经上一级公安机关批准，也可以在指定的居所执行。

见鲍志斌又要发脾气，张森颇无奈地道："不是你想的那样——"

"那你是要搞哪样？"鲍志斌把警帽一脱，"这儿就咱兄弟俩，既然你都把话说到这儿了，那咱哥俩今天就好好掰扯掰扯。我问你，你带着技术组把现场翻来覆去勘查这么多遍，发现什么了？有结果吗？我就是负责抓人的，找证据不是你的事吗？哦！人我抓了，没证据还是我的锅啊？"

张森耐心解释道："那不是因为当年的技术有限吗？不过我们该提的物证，一样都没落。"

"那有什么用呢？"鲍志斌反问，"工棚早就拆了，原始现场不复存在，我们现在连复勘现场的机会都没了。你既然坚持能从物证上找到答案，我也不拦着你，你现在就把提取的证据全分析一遍，要是通过那些物证破了案，别说喊你哥了，就是喊你爹我都愿意，不然你就别整天跟和尚念经似的，在我面前念叨个不停，念叨又没用，一样定不了那货的罪。"

一个战壕里走出来的两个人，有着过命的交情，熟悉他俩的人都知道，这对同学，平时就跟处于七年之痒的两口子似的，三天一大吵，两天一小吵，大案队的队员早就习惯成自然了。

不管鲍志斌说得再怎么难听，张森一直都是笑脸相迎，压根儿不跟这人计较。

可这次，张森却板了脸。"分析物证需要丰富的经验，我们虽然提取了大量样本，但因时效问题，多数仅有一次检验机会，所以我才不敢轻举妄动，要是证据在操作中灭失，我可担不了这个责任。"

"你听听，你听听，你这是人话吗？"鲍志斌使劲地拍着手背，"技术组十几个人，玩命一样干了半个多月，提了几百样物证，你现在跟我说不能动？难不成，还要留着下崽啊？"

"不是不能动，是因为案情重大，我觉得，必须要请经验丰富的人亲自操刀！"

"老张！你绕来绕去到底想说什么？有话你直说，我照办行不？"鲍志斌终于没了耐性。

张森双手背在身后，在会议室内来回踱了几圈，站定道："我想打报告到公安部，请914专案组介入本案。"

"扯什么犊子！虽说都是专案组，可人家是部里的，你让人家来人家就来？别想那些有的没的了，我们自己干不行吗？再说了，我不觉得我们730比他914差在哪儿！"鲍志斌"柠檬精"上身。

"得，你别管了，想要证据就别拦着我。"

"去去去，只要别来烦我，随你便！"说完，鲍志斌气呼呼地摔门而出。

五 ➡

与康安家园隔条马路，有一家展峰经常去的苍蝇馆，名叫居乐小酒屋，老板姓田，年轻时混过社会，为了帮兄弟出头，把人砍成重伤，蹲了十五年监狱。

服刑期间，田老板想明白了一个理，打打杀杀都是假的，安居乐业才是真的，于是他浪子回头，在街角开了这么一家餐馆，养活妻儿。

每天凌晨四点，田老板会准时蹬着三轮车，到附近的市场买最新鲜的食材，小酒屋没有菜单，那些饥肠辘辘的食客，只需告知几荤几素，剩下的，就全交由老板自行安排。

酒屋的面积也不大，分两层，一层卡座接待散客，二层包厢用来宴请。顺着狭窄陡峭的楼梯爬上去，展峰直接来到了最里侧的8号包间。

推开那扇挂着"888"的棕色木门，一位身着警用蓝衬衫、头发花白的男子站起身来。他叫丁长春，是罗湖市田家庵区刑警大队副大队长，展峰所住的康安家园，就隶属于他的辖区。

"峰子，你来了！"丁长春笑眯眯地问候。

"刚从部里赶回来！丁老久等了。"

对方的称谓很亲切随意，而展峰的回答却充满敬重。

老丁拍拍身边的板凳，笑道："还站着干啥，又没外人，来来来，快坐下！"

展峰微微一笑，没有推辞地走到他身边坐下。

虽说展峰比老丁小了足足两旬，可论级别，展峰比他还高上一档，见惯大风大浪的展峰，调整了一下自己的坐姿，在他面前竟有几分拘谨。展峰何许人也，为什么会在一个老警察面前如此局促？这就跟藏在他内心那段刻骨铭心的记忆有关了。

二十多年前，还是少年的展峰就跟老丁谈过话，不过，地点并不是在今天这种私人场合，而是在刑警队的询问室里。当天，展峰在母亲的陪同下，战战兢兢地跟老丁复述了他与林婉的种种过往，在被问起他与林婉的关系时，他口中的普通朋友，却被老丁认定是在撒谎。

老丁给他看了从林婉家中找到的一本日记，上面清楚地写着两句话："展峰，你是否能感觉到，我真的很喜欢你。为了你，我决定加倍努力，争取和你一起考进高中。"

因这次问询涉及命案，老丁并没有避讳，而是当着展峰母亲的面说出了他的猜测，在他看来，展峰与林婉就是情侣关系，为了能跟展峰在一起，林婉和养父因上学问题发生争执，然后持刀将养父杀害。老丁耿直地认为，这毫无疑问是一起由学生"早恋"引发的弑亲惨案。

在那个相对保守的年代，老丁当然不会给涉嫌早恋的展峰什么好脸色，至于在其母亲面前给他保密，更是天方夜谭。

当然，老丁当面说出这些话，一是给展峰压力让他如实相告，另外也是为了给家长提个醒，需要注意一下展峰之后的异动。

按照老丁的推断，刚满十四岁的林婉，没有经济来源，就算是跑，也不可能跑太远，况且经外围调查后，老丁发现，林婉在本地根本没有亲朋，那么她唯一可以投靠的，就只有展峰。

让老丁万万没有想到的是，打那天以后，他竟找了林婉二十多年，直到他退休，也没能等到破案那天。

"今天找你来，还是因为林婉。"老丁端起茶水抿了一口，开门见山道。

这些年，因"林婉案"，两人于公于私，记不清见了多少面，从最开始的互不信任，到后来彼此坦诚，足足用了十年的时间。

转机出现在老丁得知展峰为了查明真相，以超出"985"几十分的成绩考入警校，他这才彻底明白，林婉的失踪，对他来说只是工作上的烦恼，可对展峰而言，却是一生都过不去的坎。

自从展峰入警后，他俩就从办案人与被询人的关系，发展成了如今的忘年交。

临来之前，展峰已经从电话中大致了解了此次见面的原因，他也知道，吃了这顿饭后，两个人可能很长时间不会再见，又或者，是永远不会再见了。

一想到这里，离别的伤感油然而生，展峰沙哑着嗓子问道："丁老，您还有多久离开？"

"唉！"老丁有些不舍地叹了口气，"昨天刚办的退休手续，以现在办事的速度，就这几天了吧！"

展峰沉默了，这时候菜还没上，老丁从无纺布袋中掏出一瓶老酒，满满斟了两杯，说："来，尝尝，我自己酿的粮食酒！"

二两的玻璃杯，展峰抬手一饮而尽，辛辣的酒精从食道一直烧进他空荡荡的胃里。

老丁笑了笑，说："你这猪八戒吃人参果的喝法，真是白瞎了我的好酒。"

展峰也跟着咧开嘴角，屋内伤感的气氛也因为这句玩笑话，变得轻松起来。

"追了这么多年，林婉还是没一点消息。"老丁咂着酒说道，"我每个月都会发布协查她的 DNA 样本，可到现在也没收到过一次反馈。那句话怎么说的来着，没有结果，就是最好的结果。毕竟林婉作案时，还没成年，而且事出有因，就算顶格判，也不会超出十五年，要是再减减刑，最长也不过十一二年。展峰啊！要是林婉当年不跑，她出狱后，你俩说不定就……可现在，"他用余光瞟了展峰一眼，"唉，可惜了……"

"我只希望她能活着！"展峰自斟自酌地又仰头灌了两杯。

展峰这种喝法，后劲上来必定难受。可老丁也没拦着，吃完这顿散伙饭，他就要南下定居，去儿子那儿照顾他嗷嗷待哺的孙子了，连他自己都不清楚，什么时候能再与展峰相见，他离开后，不会再有人能跟展峰聊林婉的事了。所以，此刻展峰不管怎么放纵，在他眼里，都是情有可原，没有必要劝着。

作为过来人，老丁知道，这世上最伤人的莫过一个"情"字，哪怕铁血干警，谁又不是肉身凡胎呢？外表再怎么坚强，内心终究也有柔弱的地方。

老丁适时地从袋子中取出一个方形纸盒，打开后，里面是带着密码锁的硬壳日记本，不管花色还是质感，看起来都有些陈旧。

他抬手把日记本递给展峰，说："考虑到你和林婉的关系，按规定，案子不能直接交由你们办理，所以这事我自作主张，把卷宗移给了市局刑警支队。林婉的笔迹，技术科已提过样本，这本日记跟案件无关，你拿回去，多少还能留个念想。"

展峰双手轻颤，小心翼翼地接过日记本。

老丁能察觉到，在酒精的作用下，展峰的情绪正处在崩溃的边缘，两个人碰过无数次面，他还没见展峰像今天这样失态过。还是个少年的时候，展峰就以镇定自若的表现，给他留下了深刻印象。

老丁拍了拍他的肩膀，安抚道："峰子，你放心，支队那边我交代过了，只要有一点她的消息，他们一定会在第一时间联系你！"

展峰眼眶微红，沉闷地说："谢谢！"

六 ➡

这一天，展峰彻底喝醉了。等他从迷醉中清醒过来，已经是第二天中午时分。展峰知道，酒精会让血管迅速扩张，使血液循环猛然加速，造成颅腔内的氧气不足，轻则会引起剧烈头痛，重则可能会出现短暂失忆，这也是很多人酒醉后，感觉自己断了片儿的原因。

展峰从床上坐起来，大口喘息了好一会儿，增加的血氧让他稍稍缓解了不适，他习惯性地一手捂着头，一手摸出手机，没想到屏幕上竟出现了十四个未接来电，均来自专案中心。

自从上次展峰出事后，刑侦局就专门颁布了一项特殊规定，只要专案组组长失联超过三个小时，内勤组就必须在第一时间内上报，如此密集的呼入，怕是莫思琪觉察到了危机。

点开第一条通话记录，显示是早上九点十分，而挂钟的秒针只要再跑完两圈，专案中心就会立刻启动应急预案。

打从展峰进组以来，他雷厉风行的做事风格，整个中心都有目共睹，以至于莫思琪差不多都已经认定，展峰多半是遭到了什么不测，就在展峰回拨的前一秒，莫思琪已编辑好文档，只要鼠标一点，刑侦局的特派小组，便会马上采取下一步行动。

"我没事。"简短的三个字，总算让莫思琪悬着的心彻底放了下来。

内勤作为专案中心的"心脏"，必须时刻关注每一个环节的运作，而展峰则是中心的"大脑"，只要他的轨迹正常，他在想什么，莫思琪从不过问，中心的任何情况，她都不会向外人透露分毫，她耿直地认为，只要大脑还在正常运转，那么整个中心就会井井有条，其他事情无须她来顾虑。

在电话里简单沟通后，展峰和来接他的吕瀚海火速赶往中心，而早早到来的嬴亮、司徒蓝嫣，也已预先从莫思琪那里了解到了一些情况。

得知本案涉及帝铂集团时，嬴亮的心情有些复杂，站在发小石头的角度考虑，他很希望帝铂集团能跟一切案件撇清关系，毕竟石头的医药费，到目前为止还都是帝铂集团在支付。可站在案件的角度考虑，他知道自己必须秉公执法，这也是他从警的底线。

…………

"这次我们接的案子……好像跟你们集团有关。"趁着展峰还在路上，嬴亮把韩阳约到了咖啡馆。

韩阳被嬴亮的开场白惊出一身冷汗，他惊讶地问："跟我们有关？这怎么可能，什么案子？"

嬴亮皱眉道："师兄，你知道专案组的内部纪律，虽然我们关系很好，但有些东西，我还是不能跟你透露，我只能告诉你，跟公司有关，剩下的你得自己留意了。"

有句话说得好，屁股决定脑袋的思维方式，韩阳现在是帝铂集团执法局的局长，主要工作就是跟公检法对接，虽说他清楚纪律条令，但"端人碗，受人管"，知道与集团有关，他忍不住喃喃自语道："公司到底会扯上什么案子？"

展峰到之前，以嬴亮的级别，无法深入了解案情，他知道的也不过是一点皮毛。嬴亮会在这个节骨眼上约韩阳出来见面，主要还是担心，要是案子真的跟集团脱不了关系，他这回只怕要跟韩阳站在对立面上了。

韩阳明里暗里帮过他那么多，要是连个招呼都不打，难免太不仗义。再说，韩阳入职不过五六年，而专案组办理的多为沉年旧案，嬴亮认定韩阳不可能参与其中。

作为同是警校出身的师兄弟，嬴亮也希望在大是大非前，韩阳能站在公正的立场上，所以于情于理，他都要赶在专案组介入前，给韩阳提个醒。

"师兄，你也知道，只要我们确定接手，绝对会一查到底，所以，你最好事先有个心理准备。"

"亮子，这一点你大可放心。"复杂的表情在韩阳脸上一闪而过，他严肃地说道，"我现在虽然是集团的员工，可一直做的也都是秉公执法的事，只要查实集团中有人涉嫌犯罪，我绝不会徇私枉法。再说了，要真有什么见不得人的事，这也是引导企业健康发展的机会啊！"

嬴亮闻言举起水杯，露出一丝笑意："我师兄是什么人，我心里最清楚，来，以茶代酒，敬师兄一杯，祝你顺利解决即将到来的麻烦。"

"我发现你这个愣头小子，自从进组以后，圆滑了很多啊，是不是跟那个叫吕瀚海的司机学的？"韩阳苦笑着也端起了杯子。

嬴亮喝了口水，放下杯子说道："师兄，你是怎么知道我们的司机叫吕瀚海的？"

韩阳暗叫一声"不好"，在脑中飞快思索起搪塞的理由，一会儿之后，他若无其事地说："思琪没事就喜欢跟我聊你们专案组的事，这个人，我也是听她说的。"

"莫姐会跟你聊专案组的事？"嬴亮觉得有些不可思议，相处了好几年，莫思琪那"地下情报员"的性格，他比谁都清楚，要想从她那儿打听出规定范围之外的事，简直比登天还难。

韩阳看出了嬴亮的怀疑。"不是你想的那样！"他解释道，"就是瞎聊嘛，绝对不涉及案件，你莫姐的脾气你又不是不了解，三棍子都打不出一个字来，她只说那人是给你们开车的辅警，不过看着油头滑脑的，她不太喜欢，所以跟我提过一次名字，至于我怎么记得这么清楚，你又不是不知道，我是你师哥嘛！"

"我说呢！师哥在学校记忆力好，可是出了名的，我估摸着莫姐也不知啥时提过一次，就被你记住了。"解开怀疑，赢亮长舒一口气，"不过吕瀚海是展队带来的人，毫无组织纪律性，我看他可不爽了！"

"哎，都是同事，这又何必呢？你跟他不对付，不就是给展队找为难吗？"

赢亮冷哼一声："他算老几？我会怕给他找麻烦？"

七 ➡

展峰前脚刚踏进中心内勤室，后脚那部红色电话就恰到好处地响了起来。

"是周局。"莫思琪看了眼来电。

展峰拿起听筒。还没等莫思琪反应过来，他便结束了对话。

"周局怎么说？"

"部里要求我们直接介入。"

"不用开会再商讨一下？"

"不必了。"展峰回答得斩钉截铁，"其他人在哪里？"

莫思琪从监控器上切出画面，屏幕那边另外三个人正在会议室中等待，展峰瞥了一眼，说："思琪，通知其他人，不必开会，直接出勤，吕瀚海我来联系。"

"现在？"莫思琪不敢确信地又问了一遍。

"对，现在。"展峰表情凝重，"按照周局的意思，让我们马上对接，具体任务路上再说。"

…………

外勤车发动后，众人都是满心疑惑，自打专案组重新成立，再困难的案件，也是规规矩矩按照接案程序一步一步来，这种由周局直接下令，连大家的意见都不征求的案件，对谁来说，都是大姑娘上花轿——头一回。

隗国安偷偷瞥了一眼手中的平板，发现除了几句简要案情外，再没有其他详细资料，甚至连一张卷宗影印件都没有。他用小脑寻思，都知道这活绝不轻巧。

"展队！"隗国安想了想，还是开了口，"资料这么少，难不成是一起现发案件？"

"这回不是。案子发生于2004年7月30日，当地市局成立了专门负责侦办此案的730专案组，就在前几天，他们还抓获了一名在逃了十五年的嫌疑人。"

隗国安有些纳闷："嫌疑人都被抓获了，还让我们去干啥？难道抓捕时出了什么幺蛾子？"

展峰摇头道："抓捕过程很顺利，但730专案组内部起了分歧，嫌疑人杜强虽然有人指认，但教导员张森认为此案有蹊跷，也是他打的报告到公安部。"

"都十五年了，有蹊跷早该发现了，为什么到现在才上报公安部？"司徒蓝嫣疑惑地问出了口。

隗国安解释说："你对羁押过程并不了解！刑诉法规定，只要有证人指认，并存在故意躲避侦查的行为，就符合拘留条件。我估计730专案组这十五年的工作重心都放在了寻找嫌疑人上，嫌疑人被抓后，发现交代的问题与案件实际有出入，这才报给了我们。"

展峰点头道："大致情况跟鬼叔所述差不多，不过时间紧，案件细节只有到了地方后，才能具体了解。"

八 ➡

五百多公里的路程对习惯了奔波的吕瀚海而言，最多只能算个短途，下午一点出发，赶在太阳落山前，一行人便赶到了HN省阜新市公安局。

简单寒暄了一下，刑警支队大案队教导员（二把手）张森就抱来了关于本案的全部资料。

几个人翻阅卷宗的同时，张森从旁介绍："案件发生在2004年7月30日23时38分，案发地在帝铂花园小区的在建工地内。当晚八名工友下工返寝，饮用了杯中的茶水后中毒，其中五人经抢救无效死亡，两人重伤，一人幸免。经检验，有人在茶叶中混入了河豚毒，很显然，这是一起恶意投毒案。

"接案后，我们立即成立专案组，对八名受害人的背景、社会矛盾进行了细致排查，就在我们调查期间，一个叫杜泽富的男子提供了重要线索，他说他儿子杜强就是投毒凶手。"

赢亮快速扫视了一遍杜泽富的口供，问："他儿子为了帮他报仇才去投的毒？"

"没错。"张森肯定道，"帝铂花园小区由两个公司共同承建，先是由帝铂集团拍得地皮，集团的建筑部门负责规划设计。"

"确定施工图纸后，由一个叫东胜的公司，负责组建施工团队，包括水暖工、木工、混凝土工、电工、泥瓦工、抹灰工、钢筋工、粉刷工八个班组。每个班组根据工程进度来确定具体施工人数。八名受害人都是东胜的泥瓦工。

"另外，东胜还弄了一个专门负责拆迁的子公司，小区原址的拆迁工作，也都是他们公司负责。"

听完这些，大家了然。简单来说，帝铂集团与东胜其实就是一个接活一个干活的关系，案件发生在后者的承接范围内，至于帝铂集团是不是搅在里面，就必须弄清楚两者的潜在关系才能知道了。赢亮对此格外关心，他略显急切地问道："两个公司之间，有没有更深的关联？"

"这个我们也查了。"张森道，"帝铂集团是一个综合性的产业集团，主营房地产，另外还有其他多种业务。集团一把手叫唐康永，算是个比较低调的慈善家，你们应该也略有耳闻。据我们了解，集团还设有专门的慈善部门，每年都有好几亿的专项资金用于建设学校、帮助贫困大学生及特困人群。唐康永这个人，平时的生活作风十分节俭，几乎没有任何负面新闻。从我个人的角度来说，我比较敬佩这样的企业家。"

"至于东胜，法人名叫徐克军，六十多岁，笃信佛教，主要经营项目就是劳务输出，房屋拆迁及承建。帝铂花园小区是他们公司合法投标的项目，从程序上我们找不出任何瑕疵。

"该公司成立至今所有的承建项目，不少都跟帝铂集团有关。明眼人一看，就知道其中肯定有猫腻，但仔细一想，也能解释通，毕竟帝铂集团在全国都能排上号，每年的项目多如牛毛，除了东胜，有不少公司也是常年指着帝铂集团吃饭。按理说，像东胜这种小公司，只有巴结人家，稳住大客户的份，帝铂集团应该不会私下里与他们有较深的联系。不过嘛，这也仅仅是我根据目前掌握的情况做的推测。"

张森说完，拿出当年帝铂花园的旧址图铺在桌上，他指着中央一处孤零零的四合院说："你们看，这就是杜泽富的家。"

"钉子户？"隗国安一看那突出的位置，脱口而出。

"没错。由于要价太高谈不拢，帝铂集团改了图纸，不过后来临近工期时，还是被东胜给拆掉了。"

"是强拆的吗？"司徒蓝嫣问。

"按杜泽富的说法，他当晚出门跳广场舞，回来时，就看到家具被搬到了院外，有一台挖掘机正在施工，他上前阻拦时，被人推倒在地，摔断了腿，紧接着就进了医院。

"杜泽富一口咬定是拆迁民工把他推倒的，辖区派出所还介入调查了此事，但由于天太黑，他也认不出谁是谁，所以到底是不是民工干的，根本就是糊涂账。

"再后来，那个挖掘车司机因涉嫌强拆被带走调查，我们也没想到东胜竟然出具了他儿子杜强签署的拆迁申请书，该四合院是小产权房，户口本上明确了杜泽富与杜强的父子关系，所以只要有一方认同，东胜就不涉嫌强制拆迁，司机后来也就被放了。

"按照法律规定，户主不同意拆迁的情况下，由儿子代为签署，是无效协议。所以拆迁后的问题，就变成了杜强与父亲杜泽富之间的民事纠纷。由拆迁造成的损失，杜泽富可以通过人民法院起诉杜强进行解决。与东胜没有半点关系。

"不过这事嘛！到了法盲杜泽富的嘴里，就变成了东胜派民工将其打伤，然后强制拆迁，这个控诉也就嘴上说说，其实是无凭无据的。

"虽说木已成舟，但拆迁款还是打到了杜泽富的卡中，他告诉杜强，想要钱，就得给他这个老子出气，把害他的民工给收拾了。不过他也只是在气头上随口一说，并没有想到后来儿子竟然投了毒。等听说闹了人命，吓得屁滚尿流的他主动到派出所说明了情况。"

展峰安静地听完全过程，疑惑道："他是怎么知道毒是杜强投的？"

张森道："是杜强跑路前，去医院见他最后一面时说的。"

"具体怎么说的？"

"杜强说，他用河豚毒将几名民工毒死了，现在要跑路，于是他就把拆迁款都取了出来。"

"杜强知道银行卡密码？"

"应该不知道。"张森调出了杜强第一次取钱时，ATM 机拍到的监控影像。从画面上能清楚地看到，杜强在不停地尝试输入密码。按动暂停键后，张森解说道："他第一次输入的是父亲杜泽富的生日，第二次输入的是他死去母亲的生日，均不正确，直到第三次，他输入自己的生日时，成功了。可见他知道银行卡密码是生日，但并不知道是谁的生日。"

展峰看了一眼视频右上角的日期，上面清楚地显示着 2004 年 8 月 3 日 14 时 33 分，他问："时间校对了吗？"[1]

张森点头："校过了，录像显示的就是北京时间。杜强是在案发后第四天，通过 ATM 机转账，从杜泽富的银行卡中转走了五万元，在确定密码正确后，他又去了医院。那时杜泽富躺在床上并不知道自己的钱被转走了，后来一段时间，杜强又多次转账，最终把拆迁款全部转到了自己卡里。紧接着，他又去了医院，跟父亲说了这件事。医院病房的监控我们也调了，与杜泽富交代的完全吻合。"

---

[1] 很多监控显示的时间，多为系统后台调试的时间，而时间的调试多是人为操作，经常存在很大误差，所以分析视频的第一个步骤，便是校对北京时间。

"杜强是从哪里弄来的河豚毒？这种毒可不常见。"展峰又问。

"杜泽富不知情，他说是儿子提到的。"

"你们觉得，有没有这种可能？"一旁听了半天的司徒蓝嫣推测道，"首先，在房子拆迁这个问题上，杜强与父亲本来就存在很大的分歧。其次，在拆迁款拿到手后，杜强又私下里把钱全部转走，然后丢下父亲一走了之。从杜泽富的角度分析，他对杜强肯定充满怨恨，他会不会是为了泄愤，把脏水泼到了儿子头上，从而迷惑了我们的侦查方向？"

张森摇摇头："实不相瞒，这种猜测我们也考虑过，不过经专案组讨论之后，觉得应该可以排除掉。"

"怎么排除的？"

张森考虑了一下，说道："我给各位介绍下杜强的情况，你们就知道了。杜强打小就是问题少年，后来跟社会上的人混在一起，染上了毒瘾。杜强因吸食海洛因，曾多次被强制隔离戒毒，他母亲就是因他吸毒被气死的。

"杜强之前谈过一个对象，名叫张丽，他为了换取毒资，故意在烟里混入海洛因，让张丽上了瘾，然后逼迫张丽出去卖淫。据禁毒大队提供的线索，张丽早在十年前就因吸毒过量，死在了宾馆里，发现时，尸体已爬满蛆虫。

"另外，杜强为了搞钱，还去帝铂花园的工地里偷过金属管件，被东胜的保安抓过三次，前两次都是教训一顿后就当场给放了。因这人屡教不改，最后一次，保安把他扭送到了派出所。值班民警给他尿检时发现他吸食毒品，就在禁毒大队给他办理强制戒毒时，他谎称自己吞食了异物，要求去医院救治。没想到，他趁着医生给他做 B 超的间隙，突然跑到里间休息室，反锁房门，从墙上的方形天窗硬是爬了出去。

"给吸毒者体检，向来都在定点医院，杜强不知去过多少次，所以我们猜测，他应该早就想好了逃跑方案。就因为他逃走这事，值班医生和相关民警都被问了责。"

司徒蓝嫣道："这么说，除了拆迁，杜强与东胜之间还有其他过节，因此他作案的嫌疑很大？"

"是的。要是杜强没成功逃走，他至少面临两年的强制隔离戒毒。

司徒蓝嫣停下记录，又问："还有没有别的证据可以证明，杜泽富不是蓄意报复儿子，而是确定他真杀了人？"

"有，杜泽富受伤后，一直住在第三人民医院，直到案发后一个月，才出的院。而中毒的民工，被送到第一人民医院。两家医院一南一北，相差五十多公里。

"因该案案情重大，我们一直没有向外界透露过任何细节，按理说，杜泽富连手机都不会用，不应该会知道这么多案件内幕，尤其是河豚毒，展队刚才也说了，这种毒素不常见，只有检验人员和极少医务人员知晓，我们当时又对这些人做了要求，必须保密，不能传播。

"在这种情况下，杜泽富能清楚明白地说出细节，且跟视频监控完全吻合，这让我们不得不信。"

司徒蓝嫣仍觉得其中有些问题："我怎么感觉，杜强跟东胜之间的关系，似乎有些乱。他同意拆迁，其实是在帮东胜做事。可反过来，对方又将其亲手送进了派出所，这是什么操作？"

"您可真问到了点子上！其实，这也是我们一直觉得，杜强就是杀人凶手的主要原因。"张森解释说，"虽然没有直接证据可以证实，但我们打听到，杜强在前两次盗窃时，被工地保安发现，于是东胜派人去查了他的底。

"当得知他是钉子户杜泽富的儿子，并且还吸毒时，东胜就以此为要挟，让他在拆迁申请书上签字。杜强觉得自己被坑，心中不满，才有了第三次盗窃。这次杜强已签字画押，失去了利用价值，所以才发生了扭送和逃跑的情节。

"杜强到案后，我们还专门针对此事进行了讯问，他本人也没有否认，所以他跟东胜之间，除了他父亲断腿的事，还包括他自己的私人恩怨。"

听到这儿，隗国安咂巴着嘴斟酌了一番："先是过河拆桥，后是弄伤他父亲，再加上本人常年吸食海洛因，思维方式异于常人，投毒这种事，也不是干不出来。"

张森一拍大腿，说："我们也是这么认为的，而且我们还把几名受害人的社会关系全查了个遍，他们平时的生活习惯都不在一个调子上，更别说共同矛盾了。所以分析来分析去，我们都觉得投毒的主要动机可能是泄愤，而杜强是唯一符合条件的嫌疑人。"

作为 914 专案组组长，展峰深知一点，理论推测得再天衣无缝，没有物证支撑，也只能是空谈，于是他问道："现场证据现在是什么情况？"

被说到痛处，张森长叹道："发现工友中毒后，屋里进进出出了很多人，光是抢救的医护人员就不下十人，现场被破坏得太严重，而且投毒不像入室杀人，本身触碰的物品就少，如此混乱的场面，很容易造成关键物证灭失。"

隗国安恍然道："也就是说，你们现在陷入了一个有嫌疑人没物证的境地？"

隗国安一语中的，张森也没遮掩，重重地点了点头。

九

展峰一行人来到了案发工棚所在的位置。现如今，这里已经被设计成了一块正五边形的小区广场。

在广场拐角最醒目的地方，分别摆放了一只石狮，神态迥异，与我们常见的镇宅狮不同，这五只石狮有高有矮，凶相毕露，大小并不统一。

张森道："为了不造成社会性恐慌，发案后我们并没有向外界透露案情，可几个月后，工地死人的事还是不胫而走，帝铂集团为了防止日后引起不必要的麻烦，干脆把这里改建成了广场，还找来风水先生在广场的五个角放了这几只石狮子。我是无神论者，装神弄鬼那一套，我可不信。"

"咱们不信，不代表老百姓不信嘛！"隗国安环视了一圈，"弄这几个狮子能不能辟邪咱不清楚，但最起码能安抚一下民心。"

"隗老哥讲得对啊，说实话，要不是这么操作，这广场到了夜里，还真没几个人敢来。"张森双手后背，仰头看了一眼附近的高层，一声叹息，"唉……因为这起案子，帝铂集团损失可不小啊。"

嬴亮对牵扯到帝铂集团的问题都很上心，他连忙问道："张教，此话怎讲？"

"你不明白，虽说这起案子跟帝铂集团没有直接关系，但他们还是掏了不少真金白银。"张森掰起手指，"我给你们算笔账！五名死者，赔偿每人家属六十万现金。两名伤者的医药费及后期护理费，集团全包。连带那名没中毒的，都有十万元精神补偿费。另外，杜泽富住院、后期检查的钱，也都是帝铂集团掏的腰包。这还不算完，因工棚出了人命，他们为了消除住户的顾虑，直接砍掉了四栋高层，把地儿给腾出来，建了这个广场！

"放眼全国，没有哪个集团有这种魄力，一赔就是四栋房子，连辖区派出所的人都说，要不是帝铂集团出钱安抚好被害人家属，保不齐又得发生一起极为难缠的上访事件。"

嬴亮有些愤愤不平道："我就不明白了，那个东胜公司在做什么？他们才是直接关系方。"

张森摇了摇头，说："这就是大集团与小公司的差距，事情是东胜挑起来的，可牵扯到赔款时，法人手机一直关机，'只给米吃，不给面见'，来了招金蝉脱壳。你说能怎么办？没错，集团家大业大，可是相对来说，它也跑不了啊，还得在这里卖房子，只能捏着鼻子认了。"

司徒蓝嫣眺望远方，她的目光透过广场上黑压压的人群，发现远处有一块醒目的LED招牌。"张教，那牌子上的东胜物业是不是东胜旗下的？"

"没错，小区成形后，工地的内保还有保洁人员就地留了下来，瞧见那个超市了没？"张森指向小区西大门。

"门口的那个东胜便利店？"司徒蓝嫣问。

"对，十五年前，小区西门是建筑工地的唯一入口，被投毒的茶叶，就是从这个便利店卖出来的，它也是东胜的产业，一直保留至今，连老板都没换。"

几人正说着，总算找到停车位的吕瀚海，大步流星地走了过来。在组里待时间长了，他深知专案组的规矩，在展峰查案期间，除非逼不得已，否则他绝对会坐在车里，"两耳不闻窗外事，一心只看肥皂剧"。

通常而言，能让他挪步的只有两件事，一是吃，二是拉。

眼看着路灯渐渐亮起，吕瀚海的肚子早就咕咕直叫，他这时过来，一是想问问还有多久才能结束，二是他发现，广场对面的小吃摊上好像有不少美味。

可就在他刚刚踏进广场的那一刻，仿佛触电般愣在那里，他的全部目光都被那几只石狮子给吸引了过去。

因人群阻挡，展峰几人并未注意到身后的吕瀚海，他们在张森的带领下，正向西门走去。

正所谓外行看热闹，内行看门道，这几只狮子，在不懂行的人眼里，无非就是几个石疙瘩，可吕瀚海却不一样，他深知其中的特殊之处。

狮子向来被誉为"百兽之王"，尊贵且威严。在中国传统文化中，石狮是很常见的辟邪之物。我国最早的石狮发现于东汉时的高颐墓前。明代以后，许多宫殿、府第、寺院，甚至富贵人家的住宅，都常设石狮守门，以壮声势。因此，石狮成了我国古代建筑不可缺少的装饰。就连天安门前，都还保留着几只造型各异的石狮。

大门前的石狮子一般要成对摆放，通常左雄右雌，符合男左女右的阴阳哲学。左侧的雄狮一般都雕成右爪戏绣球，象征统一寰宇和无上权力；右侧雌狮则刻成左爪抚幼狮，象征子孙绵延。

按雕刻流派划分，石狮还有南北之别，北狮雄壮威武，南狮活泼有趣，各有各的寓意。

风水学中，石狮则被细分为：京、钱、球、汕、戏五类；其中京狮象征权力，钱狮象征财富，球狮象征勇猛，汕狮象征庄严，戏狮则象征吉祥。

以五行图为依托，按不同方位分别摆放五种石狮，在风水中是极为讲究的一件事。

因石狮造价极高，玩得起的都是非富即贵之人，他们只会找名望较高的先生前去指点，而石狮通常用来引导和镇压风水，即便在行内也存在学识门槛，一般风水先生不敢触，近年来，惊门精于此道的只有一人，那就是吕瀚海的养父，惊门之中百年不遇的旷世奇才——吕良白。

临来的路上，吕瀚海也听说了关于此案的一丁点信息，具体案发时间他记得是清清楚楚。

在吕瀚海的印象中，2004 年，养父明明一直卧病在床，他绝不可能外出帮人指点迷津，可这种"五行石狮阵"，除了他之外，极少有人能把方位把握得如此准确。

"难道老不死的有事瞒着我？"吕瀚海心里犯起嘀咕。

十一

第二天一大早，展峰和张森办理了案件移交手续，"730 投毒案"的所有物证及电子卷宗，全部被移交到了专案组手中。

然而让张森感到奇怪的是，展峰在接手后，并未开展任何调查，而是带着组员一头钻进了那辆外勤大巴车。

车门关严，展峰从车厢内的角落取出四个"眼罩"分发给众人。

"这是什么？"隗国安一脸疑问。

嬴亮边输入数据，边解释："鬼叔，这是中心技术部专门针对灭失现场研发的系统，英文名叫 Virtual Reality Crime Scene Investigation，翻译过来就是虚拟现实犯罪勘查系统，简称 VRCSI，我习惯叫它 VC。"

"维 C 银翘片那个维 C？"隗国安开了个玩笑。

嬴亮很早就从莫思琪那儿得知 VC 系统的存在，但从来没见过庐山真面目，这次办案能摸到这个，作为资深技术发烧友的嬴亮难掩兴奋之情。"鬼叔，你有所不知，这个 VC 可厉害了。"

自从嬴亮跟展峰硬杠上，隗国安还是第一次见嬴亮这么高兴，于是他赶紧搭腔："这玩意儿真有这么厉害？快给我们说道说道。"

嬴亮边在电脑上建模边介绍："VC 系统，是技术部在 VR 虚拟现实的基础上，历时两年研发的成果。目的就是还原灭失现场，无论室内室外都适用。"

"你倒是说说，它是怎么个还原法？"此时的隗国安像极了于谦，就一捧哏的。

嬴亮道："VC 系统里，存了各个年代的高清卫星地图。室外现场，可以利用地图建模进行还原，不过因为科技发展的限制，只有 1990 年之后的卫星地图，才具备建模条件（图片分辨率需小于 0.1 米），1990 年之前虽然也可以建模，但 0.3 米的分辨率，对现场勘查来说，误差太大。

"室内现场就简单很多。以此案为例，技术员在勘查现场时，拍摄了大量照片，我只要根据工棚结构，在电脑中搭建一个 3D 模型，再把照片数据粘贴在模型中，就能在 VR 系统内，还原一个一模一样的现场。同理，室外现场也能这么干。

"另外，相关物证也可以根据原始现场照片，精准放置到 VR 系统内。"嬴亮将 VR 眼镜拿在手中掂了掂，"虚拟现场搭建好后，只要戴上它，就能进行勘查了。"

隗国安有些难以置信："我滴个乖乖，咱们这行的科技都发展到这个地步了？"

"那是！"嬴亮很是自豪，"咱们组用的虚拟解剖系统、VC 系统，放在欧洲发达国家，也是顶尖的存在，只不过咱们不往外说，普通人并不知道技术发展到这个地步罢了。"

隗国安感叹："为了提升破案率，上面可没少在警用科技上花银子。现在连偏远派出所都有大数据中心，带人脸识别功能的天网监控更是随处可见。这要是放在十年前，想都不敢想。"

"那是，科技强警不是一句空话！"嬴亮话语里满是得意劲。

"还有多久才能完成建模？"展峰插了一句。

"五分钟，"嬴亮伸出手掌，"再给我五分钟。"

十一 ➤

多次调试后，专案组四人，戴上 VR 眼镜进入了"虚拟现场"。展峰作为组长，"现场勘查"进程自然由他一人全全把控。

年过半百的隗国安还是第一次接触这么新潮的 VR 设备，当他戴上眼镜，调试好清晰度后，着实被眼前的景象吓了一跳。

"我的妈呀，难怪叫虚拟现实，简直跟真的一模一样！"隗国安在原地转了一圈，他发现碧蓝的天空下，到处是一望无际的田野，风景美到让人窒息，"展队，这就是还原后的现场？不是工棚吗？"

"稍等，还没有进去呢。我们现在所在的地方，你可以把它理解为电脑桌面。"展峰左右摇动手中的圆柱形控制器，很快，一个三角形的浮标出现在了天空中。

隗国安这才注意到，在头顶的蓝天白云间，竟还藏着一个备注为"730投毒案"的黄色文件夹。

展峰双击控制器后，四周突然漆黑一片。

当视线从模糊逐渐变得清晰，隗国安最先看到的是一张缩小后的电子地图。

其中有一块规整的长方形，被金亮的黄色线条圈注了出来，长方形的中间位置，写着一行宋体字：帝铂花园项目在建工地。

"咯噔"一声响后，长方形四个边的数据显现了出来，紧接着，隗国安眼前闪出公式，也就眨眼的工夫，他看见了一个数值，"84790平方米"（约等于127亩）。

"这应该是小区的总面积。"隗国安想。

再次定睛细看，两条红线将金色长方形截成了面积不等的两块。为了区分，面积较小的地方被红色阴影覆盖，并备注了"案发工棚"的字样。南侧如"菜刀"形状的黄色阴影，也显示出了"项目施工地"的标志。

又是"咯噔"一声响，画面从二维突然变成了三维，隗国安体会到一阵如坐过山车般的失重感。当他从眩晕中缓过劲来时，才意识到，他已经来到了"案发工棚"的院子中。

他连忙仔细观察，发现这是一片东西长，南北窄的长方形区域，四周建有3米高的围墙，共三个进出口，分别是通往工地外侧的西大门，它也是用于工人进出的主大门，在大门北侧依次建有小卖部、食堂、水房、公共卫生间，大门南侧则是一道岗亭，有六名保安，两两分三班，二十四小时在工棚内值守。

与此对应的东门，通向一期项目工地，南门则是二期项目的主要入口。隗

帝铂花园项目在建工地平面图

北 ↑

案发工棚

项目施工地

国安翻阅过卷宗，他知道这两道门，只有在上工和下工的时候才会打开，平时都是上锁的状态。

挨着北墙的是一片停车场。由于距离保安岗亭较远，据说有不少工人在夜间从此墙翻出，至五公里外的岗集村找乐子。所以，北墙虽没有大门，但也是一个可以自由进出的地方。

除此之外，所有闲置区域，均被一排排泡沫夹心板房给占据，为了区分，每一排第一间房的墙面上，都用红色油漆笔做了标注。

按工种划分，由南向北分别是：一排，项目部办公室；二排，项目负责人休息区；三排，木工休息区；四排，泥瓦工休息区……以此类推，足足十排。

除前两排房屋面积较大以外，其他休息区全是一排十二间，每间八人的标准配置。

建筑工人流动性比较大，要是遇到某工种需求量大时，就由劳务公司负责人统筹分配。

为了搞好内部团结，同一工种在分配房间时，原则上按照亲朋、同乡优先在一起的逻辑安排，要是来自同一个地方或有亲戚关系，那么就有很大可能会被分到同一间宿舍。

此外，东胜对工棚内的工人，全部采用军事化管理，从起床洗漱到吃饭睡觉，一天的活动轨迹，有一张精确到分钟的时刻表，若是遇到加工、抢工、阴雨天等特殊情况，则要听从工地上大喇叭的指令（类似村喇叭）。

为了防止泡沫房起火，工人居住的寝室，分时段集中供电，只有工人下工返寝的那两个小时，才会统一送电，至于什么时候熄灯，则以大喇叭的熄灯号为准。

当隗国安对着那些足以以假乱真的模型建筑，依次回忆案件细节时，四排一号房，通体被标注成了红色。

与此同时，其房顶上还有一个红色箭头在不停上下晃动，箭头尾部横着四个立体的宋体字——"中心现场"。

帝铂花园小区案发工棚平面示意图

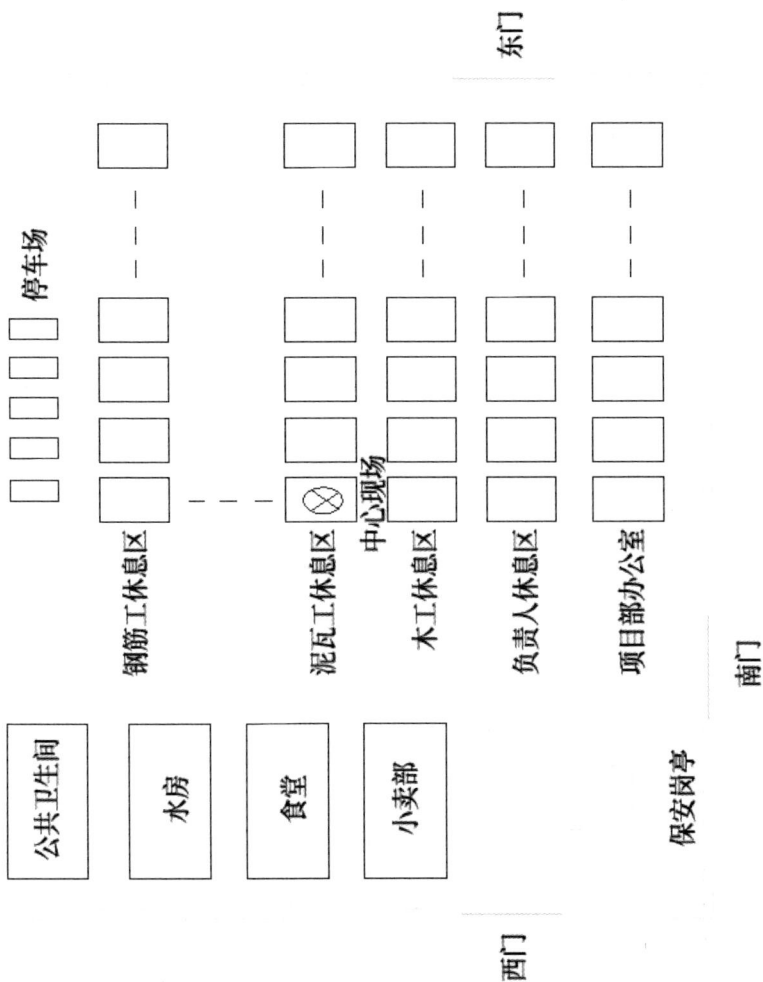

北

停车场

东门

公共卫生间

水房

食堂

小卖部

钢筋工休息区

泥瓦工休息区

中心现场

木工休息区

负责人休息区

项目部办公室

保安岗亭

西门

南门

十二 ➡

众人跟着展峰的脚步，绕外围现场走了一圈，与隗国安走马观花的看法相比，展峰看得要细致得多，每一个犄角旮旯，他都没有放过，虽说很多地方都是画面动人不动的原地踏步，但隗国安感觉，勘查虚拟现场消耗的体力也不比勘查真实现场差多少。

绕了几圈，展峰再次切换画面，将几人带至了案发现场 4-1 室的门口。

他一番操作后，系统自动标记出了数值及物证情况。

这是一间南北长 12 米，东西宽 4 米，高 2 米 4 的长方体板房。房门朝南，铁皮加泡沫材质，金属球形锁上有叠加指纹[1]，指纹无比对价值。

司徒蓝嫣回忆起走访卷宗内的一个细节，说道："东胜只有在端午、中秋、春节三大节日才会给工人发工资，平时每位工人只有五百元的生活保障费，由于这儿没有贵重物品，寝室门基本都不上锁。"

隗国安不以为意："工地工作辛苦，工人流失很常见，为了留住工人，很多地方的劳务公司都卡着工资到年节时才发。"

展峰观察门口，说："门框铁皮无翘起，锁芯无撬别痕迹，跟蓝嫣所说的一样，案发时，房门没有上锁。"

言毕，面前的板房突然缩小，前后两扇塑料窗，从画面中被调出，放大后，窗框的细节清晰可辨。

"除了门以外，南北墙的两扇窗子也可以进出。窗子为塑料材质，分内外两层，内侧是纱窗，外侧是可以推拉的玻璃窗。你们看窗框下面。"展峰将局部放大，一颗黑色洋钉刚好卡在了玻璃窗的下方。

建模是嬴亮亲自操刀，很多细节，他心中有数，因频繁切换模型，已给他造成明显的眩晕感，他只是觉得自己是个纯爷们儿，所以才一直强忍着不适。

---

[1] 叠加指纹是多人触碰过客体留下的残缺指纹，以常规的技术，只能对最后一枚指纹，做比对分析，前提还要以指纹样本的实际情况为准。但也有特殊情况，且看后案，本案暂且不表。

为了不让展峰再频繁切换画面，他直接开口道："有阻尼钉，这扇窗子不能完全打开！"

虚拟勘查系统，说白了，还原的仍是现场照片上的静态画面，所以展峰只能根据观察到的情况来进行推测，由于前后窗只有 10 厘米的开关范围，投毒者如果不是只猴子，是无法由此进入的。

赢亮说出答案后，展峰总算将画面切进了屋内。

这是一个标准的八人间，长方形，南北宽，东西窄，类似学生宿舍。地面没有地砖，为了防止反潮，只铺了一层木色的地板革。

进门靠南墙的位置是一张长条桌，上面凌乱地摆放着工地配发的茶缸。为了区分，每个茶缸面上都用油漆笔写了 1 到 8 的阿拉伯数字，正好分给八人使用。茶缸旁边有一个容积为 3 升的搪瓷茶壶。银白色的金属茶叶罐则摆在桌角，罐内剩有少量的茶叶碎末。西南墙角，有一个用金属板焊接的三角形洗漱架，分为八层，每层上都摆着各自的脸盆、牙刷等洗漱用品。

东西两边墙分别有三张高低床。也是为了加以区分，当年负责现场勘查的技术员按由南到北，由下至上的方位分别标注了西一至西六、东一至东六几个编号。

西边外侧的西一、西二床搭有衣物，当作"换衣架"使用；里侧的西三至西六床，以及东一至东四床，都铺有铺盖，为工人休息所用。东五、东六床，则改成了堆满包的行李架。

屋子中间并不富裕的空间里，有两张长条桌，桌面较为凌乱，可见啃食过的乡巴佬鸡骨、烟灰缸等杂物。

等大家对室内环境有了大致了解，画面再次被切换，此时众人眼前出现了密密麻麻的红色数字，每个数字下方，均对应着一个物证，或是指纹，或是足迹，以及用肉眼无法辨识的其他痕迹。

隗国安数了数，一共 109 处，由此可见，当年的现场勘查做得的确很细致。

泥瓦工棚四排一室中心现场示意图

北

进出口

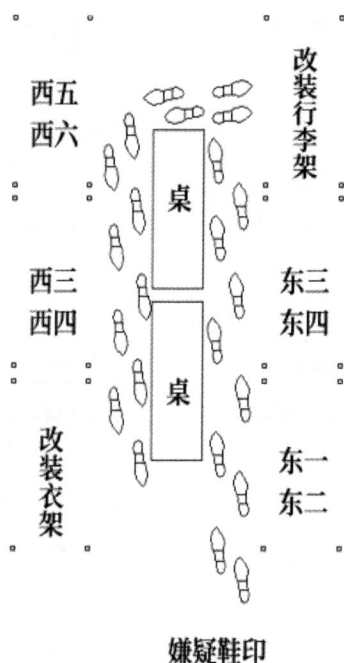

改装行李架

西五
西六

桌

西三
西四

东三
东四

桌

改装衣架

东一
东二

嫌疑鞋印

三脚架

重点部位

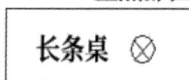长条桌　

十三 ➤

从小区广场回到车上，吕瀚海不禁回忆起了过去。他记得小时候跟养父出门算卦，路过一处富贵人家。他见门口的石狮憨态可掬，就随口问了关于石狮的种种。或许是那天生意惨淡，养父吕良白闲来无事，给他讲述了关于石狮的各种禁忌，其中让他记忆最深刻的，莫过于传说中的"五行石狮阵"，当他问起这种阵法还有谁会时，养父告诉他，阵法早已失传，只有那本自己视为命根子的《古藏经》上才有详细记载。

养父从没跟他提起过《古藏经》的由来，但吕瀚海可以确信，这本裹着羊皮的古书，放眼天底下，应该都找不出第二本。

想到这儿，吕瀚海便心如猫抓，他很想搞清楚，养父是如何在完全瘫痪的状态下，还能给别人布局风水的。另外，这种阵法耗资巨大，按规矩，东家给的赏钱只多不少，那么这笔钱又跑到哪儿去了？

想想十五年前，吕瀚海为了能让养父喝得起药、吃得饱饭，经常风餐露宿，不管是出苦力，还是扫厕所，只要能赚钱，什么样的活，他都做过，有时遇到不讲理的主顾，一天的辛苦钱，也才够喂饱一张嘴。往往这个时候，他总会灌一肚子自来水，把热腾腾的饭菜分成三份留给养父。

要是真像吕瀚海猜的那样，养父背着他干私活，于情于理，他都接受不了。

着急搞清真相的他，一回到市局就跟展峰请了两天假。看着吕瀚海心事重重的样子，展峰虽有疑问，但还是准了。

…………

一进友邦家和医院的病房，吕瀚海做的第一件事，便是赶走了所有的值班护士，无论护士长如何动之以情，晓之以理，他的回应就俩字："滚蛋！"

他把房门从里侧反锁，房间里终于重新安静下来。

吕良白按动手边的遥控器，将床板向上抬了三十度，视野内，吕瀚海怒气冲冲，一副要吃人的模样。

"大海来了？"虽看出吕瀚海怒气冲天，但吕良白仍用一种溺爱的口吻作为开场。

"老不死的，我有件事要问你，你今天要是不如实告诉我，咱爷俩从此以后，大路朝天，各走半边，生死不问，各安天命！"

"瞧瞧，瞧瞧，我儿咋那么大气性，有啥事，过来说！"吕良白笑眯眯地拍了拍床沿。

"瞧你那嬉皮笑脸的样儿，我今儿没心思跟你开玩笑。"吕瀚海打开手机相册，丢在养父面前，"仔细给我看清楚了，这世上除了你还有谁会这阵法？老不死的，我先把丑话说在前面，你可别想着糊弄我，这事你若不给我一个明明白白的交代，咱爷俩没完。"

吕良白吃力地拿起手机，当他看到那五只形态各异的石狮子时，表情突然凝重起来，问道："你是从哪里拍到这张照片的？"

吕瀚海眉头一皱："怎么的，这阵法还真是出自你手啊？"

"你还没回答我的问题，在哪里拍的？"吕良白正色道。

"怎么？莫非你背着我，还不只是干了这一件私活？"吕瀚海一把夺过手机，"那行，你要是想不起来，我就给你提个醒，帝铂花园小区，想起来没有？"

吕良白面色微变："你怎么会去那里的？"

养父的问题，已经让吕瀚海知道了答案，他有些心寒地回了句："我去哪里用不着你管，就像你干私活也背着我一样！"

这句话落在吕良白耳朵里，十分扎心。阵法虽然是出自他手，但他一时间也不知该如何解释。养子从八岁起，就一直以为，他被人殴打致残的原因，就是没有帮人找寻古墓。

然而这孩子不知道，这其中另有一番隐情。

…………

二十五年前，一处破旧的四合院里。刚出院没两天的吕良白躺在板床上痛苦地呻吟。懂事的养子吕瀚海一早就出门讨饭去了。就在这时，院子的木门"吱"的一声被打开。

"是大海吗？"吕良白警觉地呼喊，可是并没有得到回应，很快，急促的脚步声由远及近，吕良白心中有数，家里这是来了不速之客。他下意识地把怀中的《古藏经》塞进床缝，对他而言，这本惊门古籍的价值，绝不能用金钱衡量，所以他第一时间想的就是保住这本书。

卧室的门被猛地推开，来者是一名中年男子，身材魁梧，脸上捂着口罩，看不出容貌，但从凶狠的眼神可以察觉来者不善。

"你是谁？"吕良白故作镇定地问道。

"你不用管我是谁，你只要记得，要不是我们老板心软，你现在根本没有开口的机会！"

男子有较重的北方口音，可吕良白并不知道对方这句话是什么意思，迟疑着不知如何回应。

"想不起来？"男子冷哼一声，"也好，有时候管好自己的嘴，可以保住自己的命！你不为你自己考虑，也要为你的养子吕瀚海多考虑考虑。"

吕良白再笨也能听出，对方早就把自己的底细摸得一清二楚。行走江湖多年，他心知自己应该是在不知情的情况下，得罪了某些人。而自己落得半身不遂，或许就与此有关。手无缚鸡之力的吕良白只得一抱拳，姿态很低地说道："还请兄弟明示！"

男人双手一背，略带鄙夷地说："吕魁在惊门之中，也算是响当当的人物，要不是遭小人迫害，到如今也是风光无限！你作为他的关门弟子，他把毕生的绝学都传授给了你，我们老板当初也是出于对魁老的信任，才请你出的山，没想到啊没想到，你竟是个牙缝里漏风的货色。"

当这人提到恩师的名讳时，吕良白已经弄清楚对方为何事而来了。多年前，他曾受人托付，给一处大凶之地逆改风水。由于地形广袤，地势高低起伏、复杂多变，他几乎穷尽了看家本领，大兴土木，才将之合理布局。

对吕良白来说，这绝对能算上是人生中可以啧啧称赞的浓重一笔。虽说在拿到赏钱后，他曾信誓旦旦地保证，绝不向外透露分毫，可一次醉酒后，他还是没有把住口风，把这事给说了出去。

回忆过往，吕良白自知理亏，在榻上对那人再次抱了个拳。"此事是我失言在先，坏了江湖规矩，一切后果我自行承担，绝不敢有半点怨言。"

"你能这么想自然最好！"那人见目的达到，临行前，又丢下一句话，"要是听到有什么风声，我还会来找你，看看你的腿，以后好自为之吧！"

男人走后，吕良白心冷无比，他躺在床上不停反思，是什么让他落到了如今的这般田地。都说木秀于林，风必摧之；枪打出头鸟，刀砍地头蛇。说来说去，要不是他师出名门，接触到这些要命的活，又怎能遭此劫难？

想通后的吕良白打定主意，绝不能让养子重蹈他的覆辙，这也是这么多年，吕良白都没有教授养子更多风水绝学的主要缘由。

那次后，又过了多年，吕良白才与那人再次见面，五行石狮阵也是在那人以"吕瀚海的安危"威胁之下，才逼不得已依照施工图，被迫帮着布的。这本就是一笔讨不完的陈年老账，至于钱，他自然是一分也没见着。

虽说吕瀚海从十几岁开始，就整天把"老不死的"挂在嘴边，但吕良白深知养子对他的那份深重的情谊。他也不想将复仇的种子埋在养子心中，他只能用谎言去掩盖真相，半句也没跟吕瀚海提及过。

可无巧不成书，这么多年过去了，五行石狮阵偏偏还是被吕瀚海撞见了。

面对养子的咄咄逼问，吕良白沉默良久后，问道："大海，你是不信我咯？"

正在气头上的吕瀚海很不耐烦："别跟我来这一套了，你就给我句痛快话，这阵法你到底是怎么弄的，搞了多少钱，明明白白地讲。"

"行！"吕良白打定主意，"你既然这么想知道，我今天就把实情告诉你！"

"最好别跟我耍花样，我可不乐意被你一骗再骗。"吕瀚海警告之后，问出了第一个问题，"阵法到底是不是你布的？"

"是！"

"你一个瘫子，人又不能去现场，是怎么布的？"

"有人拿着施工图上门找的我！"

"是谁？"

"不能说。"

"收了多少钱？"

"对方没谈钱。"

"没谈钱？那谈的是什么？"

"条件。"

"什么条件？"吕瀚海听出了不简单的味道。

"不能说。"吕良白叹息道。

吕瀚海进一步确定了自己的揣测，眼珠一转，换了个方向："除了这一次，你还背着我干过几次？"

"就这一次！"

"真的就这一次？"吕瀚海狐疑道。

"我可以对天发誓！"

"得得得！黄土都埋到脖颈了，还跟我玩发誓那一套！"吕瀚海嘴上硬得跟石头似的，但心里却好受了许多。养父是江湖中人，这人一旦名声在外，难免就会有许多不必要的麻烦，有人上门找事不方便讲，也算合情合理。再者，老头儿一直瘫痪在床，钱对他来说与白纸没有区别，他也的确没有理由背着自己藏私房钱。

吕瀚海想通之后脸上的阴郁渐散，瞎聊了几句不痛不痒的话后，大步流星地离开了医院。

十四 ◢

退出 VC 系统，赢亮在一阵眩晕中，跌跌撞撞地冲进了市局大楼的男厕所。干哕了好一阵，他才稍稍缓过劲来。

"喂，兄弟，你没事吧？"

清亮的声音，从赢亮身后传来。

"没事，没事！"他背对着那人摆了摆手。

"给！"一团卫生纸递了过来。

赢亮转过身去，客气地说："谢了！"

"咦？师兄？是你？真的是你？"

赢亮好奇地打量着对方，二十岁出头的年纪，笑容很是阳光，身穿一套春秋常服，戴着"一毛二"的肩章，不过瞅长相，赢亮还是觉得有些面生，于是他试着问道："抱歉啊，兄弟，你是？"

"哦，师兄，你不认识我很正常，我叫许猛，入学时，你已经毕业了。"

"你也是刑警学院的？"两个人的距离一下拉近，赢亮有些高兴。

"对，还跟你一个系呢，毕业以后我被分配到了市局情报中心，专门搞数据研判！"

"不错，有前途！"赢亮抬手拍拍对方的肩膀。

"跟师兄比，差距还大着呢，经你手破的那些案子，有的都写入我们的选读教材了，我啊，对师兄你的敬佩之情，那是有如滔滔江水连绵不绝。"

有公务在身，赢亮也没有多少空闲时间，他掏出手机，说："来师弟，加个微信，我这会儿有活，等有空了，咱俩慢慢聊！"

"好嘞，师兄我扫你！"许猛趁扫描二维码的间隙，又蹦出一句，"师兄，你们914专案组准备在这儿待几天啊？"

赢亮一听，心中有些不悦，因为按照部里规定，除非迫不得已，地方市局要对专案组的行踪及接手案件严格保密，以之前办理的"0617凶杀案"为例，直到嫌疑人被抓获，市局很多部门，都还不知道有专案组的存在。这样做是为了不打草惊蛇，毕竟顶着公安部的帽子，一旦消息传得尽人皆知，难保会让在逃凶犯有所警觉。

市局大院每天进进出出很多人，而专案组办案从不穿制服，只要他们自己不说，基本没人会在意他们的身份，除了负责对接的张森，他实在想不出，还能有谁会走漏消息。

"这……是张教导员告诉你的？"

从赢亮迟疑的语气里，许猛觉察出中间好像有些误会，他慌忙解释说："师兄，你想多了，我是730投毒案的专案组成员，嫌疑人杜强的落脚点，还是我给研判出来的，我们组的人对这个案子比较上心，不是要跟你故意探听什么。"

听他这么说，赢亮顿时眉头舒展："可以啊，师弟，这家伙都躲了十五年了，还是没逃过你布的法网啊！"

"也有运气的成分，再说了，我以为抓回来，就可以顺利破案了，可没想到还是块烫手山芋，现在关不能关，放不能放。而且张教啊……还跟我们鲍大队产生了严重的分歧。"

"哦？这怎么说？"嬴亮一听来了兴致。

许猛左右看看，凑到嬴亮身边压低了嗓音说道："鲍大队一口咬定，凶手就是杜强，可张教持怀疑态度，要不然，也不会把你们给请来。"

"原来是这样！"嬴亮了然地点点头。

"对了，师兄你把心放肚子里，我们领导强调了相关纪律，除了730专案组内部人，市局其他部门，没人知道你们的存在！"

"那就好！"嬴亮把许猛拽到楼梯拐角，小声问道，"既然张教和鲍大队意见相左，那你们那边现在是什么情况？继续往下查吗？"

"按鲍大队的意思，正在梳理杜强这些年的社会关系，看能不能从这方面入手，找到突破口。"

嬴亮笑道："有头绪没？"

"案子都过去十五年了，想在短时间内捋出线索，难比登天！对了师兄！张教那边与你们对接得如何？"

"物证这玩意儿，我也搞不懂，最多是打打下手！"嬴亮道，"不好意思，我也没什么信息给你。"

"啥？让你这位研判高手打杂？那简直是和田玉压咸菜缸——大材小用嘛！"

许猛的话，陡然戳中了嬴亮的痛点，自打进入专案组，嬴亮发现很多情况下，案件的侦破完全变成了展峰的"一言堂"，他除了查查数据，偶尔充当一下"百度"，其他时间根本就是一个吃闲饭的角色。甚至有时候，他觉得自己连编外人员吕瀚海都不如。

嬴亮越想越憋屈，就在这时，许猛突然又冒出一句："师兄，宁做鸡头，不做凤尾，不行你干脆来我们组，好歹我们这儿有个抓手，总比大海捞针强得多！"

这句话就像导火索，把嬴亮心中原本的那点小埋怨给瞬间引爆，他嘴上虽然说"这事又由不得我!",可他心里,已经埋下了一颗"跟展峰对着干"的种子。

十五 ➡

虚拟现场勘查完毕,其他人都回去休息,唯独展峰不知疲倦地把自己关在车内,又一次打开了虚拟解剖系统。

在展峰的指令下,系统开始逐一显示被害人的全息影像,AI语音助手"波波"在一旁介绍道:"1号死者,金坤,男,四十九岁,身高163厘米,随身穿的衣物为白色背心、蓝色工作裤、绿色解放鞋,肢体无残疾,体表无外伤,阴茎、龟头、冠状沟、包皮等处,可见陈旧性溃疡,出现肝脾及淋巴结轻度肿大。经检验,其患有复发性一期梅毒疹。

"死者双侧球睑结膜充血,口唇、指甲发绀,内脏器官出现淤血等窒息征象。胃、十二指肠有消化的食物及残渣,推测死亡时间为饭后四至六个小时。胃内容物未发现河豚肉,但检出河豚毒[1]。综合分析,为河豚毒素引起呼吸肌麻痹,致呼吸衰竭死亡。"

1号死者分析完毕,展峰紧接着又调出了其他四个人的全息影像。不管是器官解剖特征,还是毒化检验结果,都可以证实,五个人几乎是在同一时间服下河豚毒而死。

除此之外,本案还有两名伤者及一名幸存者,要想彻底弄清楚当晚发生了什么,展峰认为,还得亲自见一见那名幸存者,闫峰。

…………

打从十五年前在鬼门关转悠了一圈,闫峰彻底被吓破了胆,他老觉得那个

---

[1] 河豚毒素是河豚含有的一种毒性剧烈的类神经毒素,性质比较稳定,其主要存在于河豚的肝、脾、肾、卵巢、卵子、睾丸、皮肤、血流及眼球中,肌肉一般无毒。中毒后患者先后出现感觉、运动神经麻痹症状,严重者可因呼吸肌麻痹而死亡,目前尚无特效解毒药。常规方法如洗胃、导泻、灌肠,越早越好,减少胃肠道对毒物的吸收。洗胃时需要注意变换体位,这样可以洗得彻底并利于胃排空。另外,早期予以充分的补液及利尿治疗,可促进体内毒素排泄。补液中加入维生素可缓解神经肌肉麻痹。

下毒的凶手要杀人灭口。案发没多久，他就从警方那里得知，凶手已经跑到了外地，下落不明。

　　闫峰认为，在凶手落网前，待在本市是他最好的选择，抱着这个想法，他果断放弃了去外地发展的大好机会，选择在本地经营一家烟酒店勉强度日。不光是他自己，他甚至要求他的老婆孩子，也不能离开本市半步，别人过春节，都是拖家带口，回乡探亲，闫峰刚好相反，每次都是父母不远千里赶来与他团圆。

　　这些年，办案单位有需要，他是随叫随到，相当配合。用他的话来说，只要一天不破案，他的心始终悬在半空，就像网上说的那句"总有刁民想害朕"，这个心结，他怕是到死都放不下。

　　多年的接触让他跟办案民警也相当熟络，教导员张森把他简单介绍给专案组后，闫峰就被带进了询问室。

　　虽说当年办案时，已经对闫峰做了详细的问话笔录，可每个人的办案方式不同，询问的侧重点也不尽相同。只要是展峰接手的案件，他还是习惯对所有涉案人员进行一次系统的问话。

　　"能不能麻烦你说一说你们寝室人员的具体情况？"

　　这个问题闫峰不知道回答过多少次，他不打磕巴地立马回答道："我们4-1寝室是泥瓦工组，在工地上主要干一些和水泥、拎泥斗、砌墙的体力活。屋里一共住了八个人，分别来自两个地方。金坤、金广水、金建业、金选奔、金磊，他们五个是 HB 省瑶尚市沿河县金寨村人。我、闫旭光、闫力行三个人的老家在哈尔滨。我们都是通过熟人介绍，到这个工地做活的。

　　"当年，八个人里我最小，二十嘟当岁。老奔，也就是金选奔，五十出头，年纪最大。金磊比我大七岁，排行倒数第二，剩下几个都在四十五岁左右。

　　"别看咱屋就这几个人，但也分好几派。老坤、广水、建业三个人整天凑在一起，是那种见到女人就走不动路的主儿，只要一有闲钱，就喜欢去几公里外的岗集村找小妹。

　　"老奔和磊子，虽说跟他们是同乡，但他俩从不同流合污，都是各玩各的。老奔喜欢食堂的洗碗工——赵寡妇，平时一下工，就直奔食堂，不是帮忙挑水，就是帮忙洗衣服，不过遗憾的是，直到他离开工地，他俩也没能勾搭到一起。

"磊子呢，家里负担很重，他要供养一个上大学的妹妹，平时不舍得吃不舍得穿的，白天下工后，别人都在睡觉，他还会去拧钢筋，赚些零用钱。要说我们几个人中，我最佩服的就是他。

"再就是我那两个老乡旭光和力行。他俩不好色，只好赌，被他们带得，我一年到头也剩不下几个子儿。

"后来不是出了这档子事吗，我越想越觉得，冥冥之中自有天意一样。我、老奔、磊子，我们仨品行还算端正，都活了下来，剩下那几个，都去跟阎王爷报到了，你说奇怪不奇怪？"

涉及迷信，展峰没法子说是或不是，于是接着问道："你知不知道，他们是怎么死的？"

"起先嘛，并不清楚，后来刑警队的告诉我，他们是中毒死的！"

"中的什么毒？"

闫峰摇了摇头，说："不知道！我也问过刑警队，但他们没有告诉我！"

"那你知道，毒投在哪儿吗？"

"在茶叶里头。"

"你是怎么知道的？"

"这个就说来话长了。"闫峰道，"我们上工地干活，图的就是帝铂集团的牌子。他们家的活从不拖欠工资，给的工价还高。既然条件好，管理也就很严格。东胜说，叫什么军事化管理，每个寝室，都要排班值日。每天我们上工，还会有巡视员，对寝室的卫生、物品摆放做严格的检查。

"寝室按来人的先后顺序，都有自己的编号，1至3号是老坤、广水、建业。旭光、力行排4号和5号，老奔是6号，磊子7号，我8号。

"我们八天轮一次，墙上贴着值班表。值班当天要负责打水和打扫卫生。

"出事时是7月份，为了躲避三伏天高温，我们的工期改成了清早和傍晚。早上六点钟上工，上午十一点下工。晚上五点上工，晚上十点下工。每天十个小时。虽说时间长，但中途累了，可以就地休息，还算是比较人性化。

"老坤、广水他们五个，都是南方人，喜欢喝茶，久而久之，把我们三个北方人也带上了道。别的屋我不清楚，但我们屋的几个，都有喝茶的习惯。

"每次一下工，不值班的直接奔淋浴房洗澡，值班的则去水房打一壶开水，把茶泡好，等洗完澡，茶温刚刚好，一口灌下去，解渴又解乏。

"案发那天，正好是我值班，晚上下工后，我拎着水壶直奔水房，可当打开茶叶罐时，发现只剩下些茶叶渣了，这就让我犯了难，我跑到小卖部准备再买一袋，可说来也巧，茶叶居然卖光了。

"没有办法，我只能把茶叶渣归拢归拢，分成几份，倒进了各自的搪瓷茶缸里。老坤、广水、建业他们仨是茶叶篓子，喜欢喝浓茶，我就多放了点。旭光、力行虽说跟我是老乡，但他俩最不好说话，我也给多捏了些。老奔、磊子平时没啥脾气，我们关系也不错，放与不放，他俩都不会说啥，我就给少搁了点。等轮到我的时候，罐里就剩下些茶叶末，我本来就没茶瘾，一顿不喝也没啥，于是我自己那杯就干脆没放。

"茶沏好后，我和金磊聊了几句，然后我就端着脸盆去了水房，等我回来时，他们几个都趴在地上，脸色别提多难看了，尤其是老坤和广水，躺在地上口吐白沫，一动不动。

"当时给我吓坏了，我嗷地号了一声，把周围的工友全部喊了过来，工地领导打了120，后来抢救了一天一夜，也只有老奔和磊子保住了一命。"

说到这儿，闫峰叹了口气："命虽然没丢，可他俩日子也不好过。老奔因为毒素没排清，患上了肌无力，没办法行走，到死都离不开轮椅。磊子因为跟我关系不错，杯子中的茶叶我也多放了些，他中的毒，比老奔还深。肾脏毒素无法排净，出院没多久，就患上了尿毒症，现在一个星期就要做一次透析。这些年要不是帝铂集团承担了他的医药费，我估计他也撑不了多久。"

展峰问道："你是否还能联系到他俩？"

"老奔现在就在老家呢，目前不知道磊子在哪儿，不过应该不难找到！"

"你们之前有没有跟外人发生过矛盾？"

闫峰信誓旦旦地摇头："死了的五个，虽说吃喝嫖赌样样都沾，但他们都是老实人，从不惹什么是非。老奔平时大门不出二门不迈，不可能跟谁有过节。我和磊子就更不用说了。我到现在都没整明白，凶手为什么这么狠心，非得要把我们一屋人都弄死。"

闫峰并不知道，专案组梳理案件时觉得，如果不把吸毒者杜强考虑进去的话，闫峰绝对可以算得上是头号嫌疑人，并且即便把杜强算在内，也不能排除闫峰的嫌疑。所以为了证实猜测，在他叙述的过程中，司徒蓝嫣在隔壁透过玻璃窗，观察着他的一举一动。

研究犯罪心理时，司徒蓝嫣曾观看过上千名罪犯的述罪视频，多数嫌疑人，习惯在关键问题上避重就轻，出现一种心虚的表象。

心理学的阐述中，心虚是行为人想把某件事物变为与事实相反的结果，而因此产生的不为人知的恐慌心理，是思想上与心理的某种刺激关系，也被称为逆向性心理。

与心虚结伴而生的就是谎言。说谎者的主要情绪体验是害怕感、负罪感及兴奋感，随之产生的生理反应有：呼吸频率、皮肤汗腺分泌、血压与脉搏速率的变化，同时也包括语言、表情、肢体动作的异常。监测这些指标的变化，也就是测谎仪的工作原理。

不借助任何仪器就可以观察到说谎者可能暴露的语言和非语言线索，一直是心理学家研究的兴趣所在。司徒蓝嫣对此也是乐此不疲。

通过观察闫峰在叙事过程中的微表情变化，她从犯罪心理层面，已经基本排除了闫峰作案的可能，因为他并没有出现说谎者的相关行为特征。

其实，在730专案组成立之初，有一段时间也曾将其列为重点怀疑对象，集体投毒案中，轻微中毒或者没有中毒的那个人，通常都有很大的嫌疑。不过在长时间的调查中，侦查员发现，闫峰是真的没有作案动机。而且闫峰很少外出，更没有接触和制作河豚毒的条件。

闫峰的口供加上司徒蓝嫣的微表情分析，已经将他的嫌疑完全排除。

十六 ➡

无论现发案件，还是陈年旧案，现场勘查时都要遵循"先重点后一般"的原则，这里所说的"重点"包括重点区域、重点部位、重点物证等等。在闫峰的叙述中，那个茶叶罐无疑是重中之重。

询问结束，展峰便从成堆的物证中，找到了那个贴着"易灭失"标签的玻璃皿。玻璃皿呈扁平圆柱体，高约5厘米，类似细菌培养罐。贴于盖面的标签上分别写着"茶叶碎末""一次性用量""干燥密封"。

展峰肉眼观察一番，预估茶叶余量的总重不超过5克，这么少的样本，在检验时若不留神，极易造成物证永久性灭失。为了不造成干扰，展峰一个人走进了外勤车。

检验仪器特有的电机轰鸣声，足足持续了八个小时，得到结果后，展峰才通知其他人开会。

…………

"我用探针将茶叶样本进行分离，发现了一些情况。"这句开场白，让所有人都竖起了耳朵。

"把样本物理分离后，得到了以下几种物质。"展峰说着，大屏上显示出了相关物证照片。由于是将微量物证放大数倍后的图影，为了方便辨认，他又在每张图的下方打上了文字标注。

"茶叶、卵、肝脏、血液细胞、木炭、孢粉……"隗国安小声读出注解，并仔细琢磨着这些物证间的关联。

司徒蓝嫣与赢亮听得眉头紧锁，从充满疑问的表情上不难看出，他们俩暂时也是一脑袋糊涂酱。

"我们一样一样来分析。茶叶是茶树的叶和芽，内含儿茶素、咖啡因、肌醇、叶酸、维生素B5等成分，不同种属，其成分含量也迥然不同。现场提取的茶叶末，为本地所产的'尖牙'。此茶产量极高，市场平均售价为三十至五十元一斤。由于茶叶片较大，在炒制时极易产生碎末，所以本地人，又称这种茶为'满天星'。"展峰从身后的柜子中取出了一袋重为500克的茶叶，接着说道，"闫峰说，他们寝室所泡的茶叶，是从工地小卖部购买的，于是我也买了一袋。这袋茶不管从炒制手法还是成分含量看，都很接近他们以前购买的茶叶。

　　"小卖部所售的茶，进货渠道是一个山中小作坊，与老板为亲戚关系，产量不高，品质低劣，所以从未铺开销售，我们可以理解为工人专供，因此，茶叶不是嫌疑人自己携带来的。"

　　司徒蓝嫣道："能利用现场物品进行作案，一定很熟悉室内情况。但卷宗材料上，并没有反映出吸毒者杜强是否熟悉工地环境。"

　　嬴亮反对道："师姐，你可别忘了，杜强曾多次趁工人上工去那里盗窃。贼不走空，他肯定每个房间都溜达过。"

　　"说得也对！"隗国安补了句，"要是真能偷到钱，杜强也不可能费九牛二虎之力去偷金属管件，那玩意儿，又大又重，还值不了几个钱。所以他一定把每个屋子都查过了。"

　　司徒蓝嫣说不出哪里不对，点了点头，算是勉强认可，可心里仍留着一点疑惑。

　　展峰没继续纠结这个问题，而是说道："茶叶末中分离出的卵、肝脏、血液细胞仍可以提取DNA[1]，经检验，以上生物物证，均来自鲀科，东方鲀属鱼类。"

　　"这么拗口，不就是河豚吗？"隗国安不解地问。

　　展峰摇头道："河豚只是一种很笼统的叫法，其也分多个种类，本案的毒素来自一种叫暗色东方鲀的鱼类。另外，我一共检出了五种DNA序列。也就是说，毒素分别来自五条河豚。"

　　"暗……色……东……方……鲀……"嬴亮进入数据库中检索，"有了。一种洄游性鱼类，生活于水体中层。内脏、生殖腺和血液有剧毒。鱼越大，毒性越强，生殖期最毒。其在长江中游或洞庭湖、鄱阳湖水系产卵。产卵期从4月中下旬到6月下旬，5月为产卵盛期。"

　　展峰"嗯"了一声，继续道："剩下的是木炭与孢粉。木炭是两种形态共存，一种是完全燃烧后所留下的钾盐及草酸盐，另外一种则是不完全燃烧后

---

[1] 为了防止外来物种入侵，动物DNA一直是分子生物学研究的重点。鱼类作为餐桌上最为重要的蛋白质摄入源，为了判断其种属的DNA研究已相当成熟。目前，已有相当完备的鱼类DNA数据库可供比对。

的木炭烟尘颗粒，将颗粒极限放大后，可判断燃烧物为生长在平原地区的阔叶木。

"最后是孢粉。由于植物种类较多，目前仅有微量变形孢粉，不好判断种属，仅能笼统地分析出，其来自某种室外风媒植物。"

所有人听完解释，感觉仍是一头雾水，突如其来的安静，让车内的气氛显得有些尴尬。

隔了大约一分钟，隗国安终于憋不住了，问道："展队，这就没了？"

"我是想听听你们的看法。"展峰道。

隗国安挠了挠"光明顶"。"这能有啥看法？你总得给个提示吧？"

展峰看向嬴亮，对方颇为不爽地白了他一眼，似乎很抗拒这种说半句留半句的开会方式。

倒是司徒蓝嫣用手托着下巴，全神贯注地盯着屏幕，一言不发。

"蓝嫣，你呢？看出什么没有？"

司徒蓝嫣低头看了一眼笔记，说："卵和肝脏上，都发现了暗红色的血细胞，内脏从河豚腹中取出后，并没有经过冲洗。而木炭及花粉孢子完全混入其中。我认为，凶手取出内脏后，直接放到了低温炉火中烘烤，脱去了水分。

"这两天我也查过相关材料，河豚毒是一种无色的针状结晶体，属耐酸、耐高温的动物性碱，220摄氏度加热二十至六十分钟，可使毒素完全破坏，致毒性消失。所以为了保持毒性，必须要严格掌握温度。

"目前看来，用木炭作为燃料，其实是最佳的选择。因为木炭在燃烧的过程中，会在表面聚集一层炭灰，只要不人为敲打，可以起到天然的隔热效果，方便控制温度，这也是很多中药在炮制前，需要特别用木炭烘焙的缘故。

"其中混入了植物孢粉，表明整个烘干的过程是在室外进行，但为了保持炉火恒温，又不能被风力干扰……"

"院子！"司徒蓝嫣还在思考时，展峰已经给出了答案。

"院子？"

"没错，确切地说，是一个占地面积很小的院子！"展峰继续道，"烘烤河豚性腺时，少量毒素会随水分蒸发，要是在空气不流通的室内，也容易使制作者中毒，所以凶手只能选在室外进行。另外，为了最大限度地保持毒素不流失，取下的内脏绝不能进行清洗，要第一时间，在最佳温度范围内进行烘烤。"

司徒蓝嫣讶然："制作要求苛刻，这么看来，凶手对如何获取河豚毒素，应该是了如指掌才对啊。"

"没错！"展峰右手在大屏上一滑，翻页后又出现了几张图片。因倍数被放得太大，众人一下根本识别不出图片所示的是何物。

展峰指着凹透镜状的扁平状物体说道："这是一张鱼卵放大照，从图上不难看出，它被某种球面物体猛烈撞击过。茶叶末中，没有发现沙砾，所以我怀疑河豚性腺被烘干后，凶手又使用了金属臼、杵进行反复捶捣，使其变成碎末。"

"这家伙，工具还蛮齐的嘛！"隗国安咂巴着嘴。

"不光这样！"展峰把众人的视线引到其他几张图片之上。与刚才那张图片不同的是，剩下几张照片的鱼卵上都有如刀切一般的线条。

展峰道："这是比较精细的金属药碾才能形成的痕迹。完全烘干的河豚卵，会因挤压变成粉末，只有处于半烘干状态、尚存少量湿度的卵上才会留下痕迹。我仔细数了一下，茶叶末中只有不到五十枚卵是这种情况。"

嬴亮道："河豚一次产卵三万至五万枚，只有不到五十枚，有什么大惊小怪的？"

"不，你没明白展队的意思！"司徒蓝嫣解释，"五条河豚，二十多万枚卵，只有几十枚没被烘干，说明凶手精于此道，并为投毒做了非常细致的准备。"

"师姐，你说得都在理，不过我认为推测制作的过程并不重要。关键要看结果，请问展队，咱们分析了半天，有没有能跟下去的线索？"

面对嬴亮的质问，展峰欲言又止，憋了半天，他总算回了一句："稳妥起见，我打算亲自提审一下杜强。"

十七

次日早上八点。

　　吃饱喝足的杜强坐在单间里边嗑瓜子，边欣赏着最近热播的电视剧。730专案组给他办理的是"指定居所监视居住"。说得简单点，就是给嫌疑人找个管吃管住的宾馆，没有警方的允许不得离开宾馆半步。通常这种强制措施，在贪官污吏身上用得较为普遍，有点"双规"的意思。杜强也是第一次领教这种路数，不过适应了几天后，就连他自己都开玩笑说："没想到跑了这么多年，竟然还能享受县级领导的待遇。"每每有民警轮班执勤，他还恬不知耻地给民警传话，让食堂多烧点素菜，说是肉吃多了，对身体不好。

　　值守民警一见他那泼皮无赖的样子，就恨得牙根直冒火星子，更可气的是，民警还真不能拿他怎样。杜强也是抓住这一点，闲来无事就拿民警开涮，尤其是吃饱歇足之后，更爱找人家的碴儿。

　　今儿也是一样，电视剧刚刚结束，他伸了伸懒腰，准备去院子里晒晒太阳，而就在这时，一辆黑色帕萨特驶了进来，透过玻璃窗，杜强首先注意到的是那张以"99"打头的车牌，他跟公安局打了数年交道，当下一眼就能认出，这是市局的民用车。

　　推门下车的五个人中，瞪着滴溜圆小眼睛四处张望的精瘦男子是司机；坐在副驾驶的，是一位气宇轩昂、神色自若的欧巴，虽然看起来年纪不是很大，但身上散发出的气质，让杜强一眼就认定，他绝对是这个队伍的话事人。后排坐三位，秃顶油腻老头儿与肌肉男一起从左侧钻出，而从右侧下车的，是一位秀外慧中、仪态万方的年轻女子，至于她的容貌有多美，杜强只看了一眼，目光就如钉子一样，再也拔不出来了。

　　负责值守的民警接到会见手续后，用门禁卡刷开了一楼的电动玻璃门。

　　吕瀚海按照展峰的指示，率先将一缸小鱼抱进了杜强的休息室。

　　"领导们真讲究，来就来吧，还带什么礼品！"也许是被抓后，悬着的心彻底放下，难得地松弛了绷紧的神经，杜强一改过去的不苟言笑，抱着横竖都是一刀的心态，如今见着谁都能开上两句玩笑。

　　吕瀚海原本把鱼缸送到，就准备返回车中，可听杜强这么一说，他也顿时乐了，说道："这不是组织上考虑到你被软禁在此，怕你憋疯了，专门给你整两条小鱼逗逗乐。"

"真的？那敢情好！"杜强笑眯眯地把手伸进鱼缸，将其中一只仅有半个巴掌大的小鱼放在手心。

嬴亮刚要上前阻止，被展峰一个眼神给瞪了回去。

"哎，领导。"他看向吕瀚海，"这是什么鱼啊，怎么摸它两下，肚子还鼓起来了？"

吕瀚海一乐："你哪儿不好摸，非往人家屁股上摸，指定是生你气了！"

"哟嗬，这小家伙，还会生气？得得得，以后还指望你解闷呢，就不招惹你了！"杜强笑嘻嘻地把鱼放回鱼缸里，"领导，你们的心意我领了，不过我还是那句话，是我干的事，我全都认，但不是我干的，就算有那个老不死的指认，那我也不会认！"

嬴亮打小就以父亲为榜样，一切有辱"父亲"一词的词语，他都不怎么爱听。"你竟然这么称呼你亲爹，简直大逆不道！"

杜强瞥见说话那人一身腱子肉，心道要是没有监控，自己可能就会认怂了，可经过这么多天的轮流"诈唬"，他早就百毒不侵了，于是他调侃地回道："某著名相声艺术家曾说过，那些不明白情况就劝你大度的人，一定要离他远一些，因为遭雷劈的时候会连累你！"

"你说什么？你再说一遍！"

嬴亮上前就是一脚，杜强往后一退，用手指着头顶的监视器，说："可别乱来啊，都有人看着呢！"

嬴亮将关节掰得"咔咔"直响。"哼！我可不归市局管！"

"难不成你还真想打人？"杜强面色一变。

"怎么的？我就是觉得你这种人欠打，不修理一下是不会老老实实的。"

杜强有些胆怯地看向展峰："领导，都什么年代了？还搞刑讯逼供啊？"

当嬴亮在气势上完全压倒杜强时，展峰指着鱼缸，说："要他不动手也简单，只要你告诉我，这是什么鱼，今天就饶了你！"

杜强面露苦色："不是，这你们刚送给我的，我哪儿知道是什么鱼！"

展峰不再说话，后撤一步，给嬴亮让出了施展空间。

常年混迹社会的杜强深知一个道理，会咬人的狗从来不叫，他见展峰这第一面，就知道此人是个狠角儿，而且这么多天来，他虽然经历了多次提审，但都是在打嘴官司，办案民警也是"君子动口不动手"，可有句话说得好，狗急还跳墙呢，何况是个人。

吊了警察这么多天的胃口，专门派几个人来修理自己一顿，也不是不可能，就算头顶上亮着监控，但查阅权终归还在警方手里。哪怕日后他自己提出申诉，警方也有一万种理由把视频抹掉，毕竟没有哪款监控设备，能保存视频六个月之久吧！

念头在杜强脑子中一闪而过，就在嬴亮抡起拳头时，他连忙退到墙角抱头蹲下，大喊道："别打，别打，我说，我说！"

"那就别废话，我的拳头可没有耐心！"

"是河豚！"

"哼！"嬴亮收起拳头，冷言冷语道，"你比奥斯卡最佳男主角还会演！"

展峰眉心一紧，追问："什么品种？"

杜强绝望地一屁股坐在地上。"领导，你们就饶了我吧，你们就算打死我，我也不知道是什么品种啊！"

嬴亮揪住他的衣领，一把将他从地上拽起扔在了床上。"还嘴硬。你刚才还说不认识呢！我看你就是不见棺材不落泪！"

"领导，你们怎么不按套路出牌？来了不问案子，老纠结一条鱼干啥？"杜强双手撑着床垫，小心地与嬴亮保持了安全距离后说道，"领导，实不相瞒，我从小吃鱼被鱼刺卡过嗓子，还差点动了手术，自打那以后，我就再也不敢碰鱼。我最多只能分清个儿大、个儿小，你让我看品种，这不是强人所难吗！"

十八 ➤

一番紧迫逼问过后，众人以为，展峰接下来会对杜强继续进行讯问，可让大家疑惑的是，他却把吕瀚海丢在房间里，其他人则被他喊进了二楼会客厅。

关上门，展峰问道："你们什么看法？"

嬴亮义愤填膺地说："盗窃、诈骗、强迫卖淫，你们要是看过杜强的档案，就知道为什么连毒虫都称呼他赖皮强！简直不是个玩意儿！"

"这种泼皮无赖，我在派出所也接触过，但像他这样坏到芯里的，还真少见！"隗国安补了一刀。

"没错，我也觉得他很善于伪装！"司徒蓝嫣用手托着下巴开始回忆细节，"道九把鱼缸抱进屋以后，我一直在注意杜强的表情，当他看到玻璃缸中是河豚时，瞳孔不自主地放大。而瞳孔主要受两组肌肉支配，瞳孔括约肌收缩使瞳孔缩小，瞳孔开大肌收缩使瞳孔扩大。前者受动眼神经支配，后者受交感神经支配。当人受到惊吓或情绪出现剧烈波动时，交感神经兴奋，才会使瞳孔放大。虽然变化只有短暂的几秒，但我百分之百可以肯定，杜强在看到鱼缸的一瞬间，就认出鱼是河豚了，而且，他知道这种鱼意味着什么。"

"师姐，你说他认出了河豚，又存在恐惧心理，是不是做贼心虚？"

一向很严谨的司徒蓝嫣也拿不定主意。"我也仅仅是推测，并没有实质性证据，就算凶手是他，我们一样拿他没有办法！"

"我不信他能做到天衣无缝，这种祸害，我一定要亲自把他送上刑场！"嬴亮发誓的声音，在空旷的会客厅内回荡了好一会儿，才渐渐淡去。展峰自始至终一言不发，等到讨论声变小后，隗国安试探性问道："展队，大伙儿都说完了，咱们下一步准备干啥？"

展峰双手插兜，用极为平和的语气说道："这样，我再补充两句。"他下意识地抬头看了一眼天花板，似乎在找一个合适的开头。

仔细想了想，他才拿定主意开了口："咱们从源头开始捋一遍。首先，凶手为什么要选择河豚毒素？"

"这还用问吗？河豚毒一度被认为是自然界中毒性最强的非蛋白类毒素，毒性比氰化物还要高1000多倍，0.5毫克即可置人于死地，既然是投毒案，当然毒性越强越好！"嬴亮脱口而出。

"那你是否知道，河豚毒素还可以用来镇痛、麻醉、抗癌、戒毒、镇静，价格极为昂贵。要提炼1克河豚毒素，需要20公斤河豚卵巢，全球河豚毒素的年产量也就5到10公斤，每克售价高达10万美元。

"另外，据农业部、国家食品药品监督管理总局的相关规定，我国禁止出售活体河豚。从获取途径来看，获取河豚毒的难度要远大于常规毒药，甚至比蓖麻毒素还要难弄到手。"

"展队，您还真是贵人多忘事，您昨天把我们喊进车里，嘚啵了半天，不是分析出了凶手用木炭烘烤河豚卵巢制毒吗？怎么这么快就忘了？甭管难不难弄到手，毒就是河豚毒，还有什么问题？"嬴亮抬起了杠。

"当然记得！"展峰道。

"从取毒的整个过程不难看出，凶手不光购买了专门的工具，还很熟悉河豚的毒性！

"我对茶叶样本中的河豚卵做了毒化检验，发现其中的毒素含量达到了同种类的峰值，也就是说，用于制毒的五条河豚，全都在生殖期。

"人工养殖的河豚使用的是井水和饲料，毒性会大大降低，只有野生河豚才会有这么大的毒性。

"每年5月，是暗色东方鲀的产卵盛期。我可以断定，这五条鱼，是凶手在繁殖期捕捞的。

"暗色东方鲀作为洄游性鱼类，繁殖期会成群溯河进入淡水区，4月至6月在江河中产卵。秋季水温下降，则陆续游向深海区，12月初返回深海区越冬。出生的幼鱼在江河湖泊等淡水中生活，到翌年春天才回到海里，当在海中长至性成熟后，再进入江河产卵，依次循环。

"我们国家食用河豚已有上千年的历史[1]，由于过度捕杀，已让野生的暗色东方鲀极为稀少。而作为深水鱼类，它体形小，游速快，极难捕捉。能一次捕到五条，说明凶手不但对暗色东方鲀的生活习性了如指掌，还有非常精湛的捕鱼技能。"

说了半天有些口渴，展峰径直走向饮水机，趁着这个空当，隗国安问嬴亮："杜强会不会捕鱼？"

---

[1] 根据《山海经》记载，早在四千多年前的大禹治水时代，长江下游沿岸的人们就品尝过河豚，更是早就知道它有剧毒了。两千多年前的长江下游地区是春秋战国时期的吴越属地，人们食用河豚的习俗比起当今日本人有过之无不及。品尝河豚精巢时，人们对其洁白如乳、丰腴鲜美、入口即化、美妙绝伦的感觉，不知该如何形容，有人联想起越国美女西施，于是"西施乳"这一名号就在民间传开了。

赢亮挠了挠头。"这个我还真不清楚，不过我个人觉得，也就是撒个网的事，没多大难度吧！"

展峰的声音由远处传来："要是抓普通鱼类，傻瓜式撒网兴许还有点用，但对抓野生河豚来说，不亚于大海捞针。没有娴熟的捕鱼技能，不可能有所收获。要知道，早在多年前，一条野生河豚的售价，都已达到了上千元。说起来，刚才你对杜强发难时，我留意到了一个细节。"

"什么细节？"赢亮好奇地问。

"杜强面对危险，最先的反应是迅速撤离，并躲到墙角。"

"这又能说明什么？我觉得是个人都应该有这种本能！你看散打比赛，大家在防御的时候都是缩起来护住头的。"

"是，下意识来说，人们都这样回避，但也不是绝对的！"展峰解释说，"常年乘船外出捕鱼的渔民，在深水区经常会遇到风浪，在船只摇曳的过程中，他们的第一个反应，是双腿分开呈弓步，以降低重心，控制船体平衡。如果我们假设，制毒的五条河豚，是杜强亲自捕捞的，那么他的本能反应，应是原地弓步，抱头下蹲。而快速跑开，则表明他长期生活在平原地区，没有水域生活的经历。"

赢亮有些不甘心地反问："谁规定什么事都要杜强亲力亲为？难道他就不能从别人手里买成品？"

"当然可以！但是……"展峰话锋一转，"我调查过暗色东方鲀的生活区域，距离本市有近一千公里。两天前，我联系了渔政部门，从他们那里得知，本市居民没有食用河豚的习惯，所以水产市场，也见不到有人售卖。就算是有，也都是餐馆的噱头，而且这些餐馆里，卖的全是养殖性河豚，毕竟就算拼死吃河豚，谁也不想弄出人命吧！别说普通老百姓，就连渔政部门的专家这些年也没见过一条野生河豚。

"还有用于制毒的河豚，是在5月份左右捕捞的，而杜强父亲杜泽富跟东胜之间的矛盾，发生在7月，难道说，杜强提前两个月，就已经预测到会有事发生？你不觉得，对一个毒虫来说，这种长期计划太具挑战性了吗？

"我翻看过杜强的履历，自打他染上毒瘾后，有三分之二的时间，都在看守所和强戒所里度过，在这种情况下，他是怎么对河豚毒了如指掌的？在常规剧毒物中，杜强又为什么要舍近求远，使用一种本地并不常见的毒？如果说是买的，在他连吸毒钱都凑不够的前提下，是什么动机驱使他花重金去购买价值不菲的河豚毒呢？"

展峰接连提出的问题，让赢亮想了半天也没能给出合理的解释。

隗国安将刚才的话在脑中打了几个转，他认为展峰所说固然有道理，但就此将杜强排除，也有些太过草率。

"有没有这种可能？"他说，"杜强在看守所和强戒所都待过不短时间。展队刚才也说，河豚毒有戒毒的用处[1]，那么，他会不会是从监友口中得知了河豚毒的来历，并且打听到了获取途径？而他花重金买这玩意儿，其实本意并非投毒，而是想给自己戒毒？只不过后来遇到了他父亲的事，他才想到用此毒去杀人？

"杜强被公安机关多次处理过，所以他熟知我们警察内部的调查程序，使用本地人不熟知的毒物，最显著的效果，就是可以让侦查人员无从下手。

"还有，蓝嫣刚才说，杜强在楼下见到河豚时，表现出了恐惧心理，而他恐惧的根源，会不会是以为我们查到了毒源？只是亮子后来一系列的鲁莽行为，又让他感觉到，我们只是在故意诈他，给他下套！杜强之所以仍负隅顽抗，或许是因为他认定我们拿他根本没有办法！"

隗国安越说条理越清晰，他点了一支烟卷，惬意地抽了几口。"再回想一下，几名工友被毒死后，谁才是最大的受害者？工地无法正常开工，农民工兄弟人心惶惶，损失最大的莫过于帝铂集团和东胜！

"而与两家公司都存在仇恨的，就只有杜强一人，所以我觉得，非但不能洗清他的嫌疑，而且还要将他列为重点目标继续跟进，能否查清毒源，才是破获本案的关键！"

不得不说，姜还是老的辣，专案组里，没有一个水货，别看隗国安平时不

---

[1] 河豚毒素能阻断一些神经冲动。科学家早就发现，它跟吗啡、杜冷丁等配合使用，能增强镇痛效果。而且它和一般镇痛药的药理不同，因而不会上瘾。实验表明用它来戒毒效果很好。

多言、不多语，其实心里跟明镜似的。作为专案组"城府榜"排行第二的角色，他不会像赢亮那样有啥说啥，开口前，他更多的是观察其他人的动向，尤其是他们的头儿——展峰。

每次在回答关键问题上，他都会在心里默默地做减法。虽然很多时候，他都能猜出案件的走向，但他习惯把机会让给其他人，自己默默验证就行了。这一回，要不是他感觉展峰的思路有些跑偏，也不会将心中所想全盘托出。

可让他没想到的是，这番话，除了让司徒蓝嫣频频点头、赢亮拍手称快外，居然还把一贯很难被问倒的展峰说了个哑口无言！

十九 ▄

清晨六点二十五分，康安家园，展峰的自建房里。

高天宇佝偻着身子坐在电脑前，双目直勾勾地盯着屏幕，整个人一动不动。

画面那边是一栋二层小楼，从裸露在外的红色砖墙不难看出，这栋楼的历史至少要追溯到二十世纪九十年代。

监控覆盖的范围是楼前广场，这是一个面积不大的矩形结构，南侧靠近花池建有一排公用自来水管，这也是楼内居民唯一的用水来源。

清晨六点三十分，一个女孩的身影准时出现在画面内，她左手端着塑料脸盆，右手拄着拐杖，步履蹒跚地朝水龙头走去。

看着她的身影，高天宇突然直起了身子，一副精神奕奕的模样，双目中展现出无限眷恋，仿佛此时他就站在女孩身边一样。

风吹过女孩的裤管，紧贴的布料，勾勒出女孩下肢不自然的轮廓，就算隔着裤管，也能看出那仅有手臂粗细的金属假肢正吃力地支撑着女孩那剩下三分之二的身体。

仅仅走了不到十步，女孩便停在那里，大口地喘着粗气。多年前，一枚炸弹在轰隆声中带走了女孩的双腿和她的母亲，要是生命中没有遇见那个他，经受不了打击的她，可能早就自暴自弃，并会在轮椅上度过余生。

可是现在不同，她有了他的牵挂，她也像其他花季少女一样，有个爱她的人把她捧在手心里。

她有些艰难地直起腰，露出一个灿烂的笑容。

她的他是个很绅士的软件工程师，总喜欢穿一身笔挺的西装。他还是一个很善良的义工，之前的每个周末，他都会来福利院帮助那些需要帮助的人。他们也是因此结下了情缘，为了让她能重新站起来，他几乎倾尽所有，才为她从国外弄回了这副假肢。

女孩知道，无论如何只有自己能站起来，才不会给她爱的人平添烦恼，这也是他的希望。

所以尽管在磨合时，假肢屡屡将她的断腿磨出血泡，但她依旧咬牙坚持，她总是给自己这样的心理暗示："多磨一磨，只要磨出老茧，就感觉不到痛了。"

可惜事实并非她想的那样，由于残肢一高一低，受力不均，她仍然需要依靠拐杖的辅助才能保持平衡，在行走的过程中，只要拐杖稍稍改变方向，就会造成新的痛楚。

刚佩戴假肢的那半年，女孩几乎每天都在剧痛中度过，要不是两个人的感情给了她坚持下去的勇气，女孩真的无法在二十多岁的年纪，承受这样的痛苦。

她本来幻想着，不久的将来，就能穿上婚纱，躲在那坚实的臂膀后，与他相伴一生。

可让她始料未及的是，他却在几年前突然消失得无影无踪，就在她感到无比绝望，揣测自己是不是被他弃之不顾了的那段时间里，她收到了他的来信，信中他告诉她，他爱她，让她无论如何一定要等他，他有一件事要办，那件事比他的生命还要重要。只要事情办得顺利，他一定会回去找她！

虽然只有短短的几句话，却足以让女孩泪如泉涌，两个人虽然相差十几岁，但他们彼此都能感受到那种刻骨铭心的爱，那种如蜜糖般的深恋感觉。

女孩义无反顾地选择了等待，她期待有一天，能像电影中演的那样，他踏着七彩祥云，将她从福利院接到他们爱的小窝。

…………

眼下她已是福利院的一名老师，早上八点，她要准时赶到教室，直到傍晚夜幕低垂，她才能回到屋里。

由于下肢行动不便，她每天都要比其他人早起一个小时，才能顺利完成洗漱的全过程。

当她再次调整拐杖，准备继续朝水池边走去时，她突然注意到，路边的监控好像又动了一下。

为什么会是"又"呢？

因为早在一个星期前，她就注意到了这个细节，她起先认为，是监控室的保安大哥在调试方向，可后来她才知道，保安大哥每天八点才上岗，非工作期间，监控室里根本就没有人。

而且设备在安装时都是经技术人员专门调试过的。保安大哥也说，他弄不好的东西，除非坏了，否则他一般都不会主动去碰。

在排除设备故障后，女孩猛地想起了一件旧事。

那是多年前的一个下午，他推着轮椅，和她在花园中散步，当行至花园主干道时，他习惯性地抬头看了一眼路口的监控。

她记得，他只是瞥了一下，就报出了品牌和型号，并且随口说了一句："这种版本极低的设备，很容易被破解，非保密机构还好说，若是军区等涉密单位用了这种设备，那后果简直是不堪设想。"

当她问起，他是否可以操控这种监控时，他颇为自信地笑了笑，却没有回答。

…………

想到这儿，女孩猛地抬起头，直勾勾地盯着视野中那个花生仁大小的镜头，这么多天以来，高天宇还是第一次如此清晰地看到女孩的脸庞。

多年压抑在心中的相思之痛，在这一刻完全爆发出来，独处暗室的他，不用顾及任何人的感受，在女孩面前，他可以撕下自己所有伪装，他饱含深情地用双手不停地抚摸着屏幕，试图将女孩眼角的泪水擦去，与此同时，他的眼角也落下热泪。

他多么希望，此刻能出现在她的面前，将她拥入怀中，亲吻着她的脸颊，并告诉她，他这辈子再也不想与她分开。

可是他不能，他甚至无法给她任何回应。

在隔空相望的无声画面中，女孩对着镜头在不停询问，监控探头无法录取声音，可高天宇却读懂了她的唇语，她在问："天宇是不是你？如果是，你就让监控动一下……求求你，快回答我！"

他真的很想回答她，他想告诉女孩，他的不辞而别，并不是违背了誓言，更不是将她抛下，而是在尽全力保护她的人身安全。

强大的理智没有让他迷失，他知道，一旦回应，女孩定会千方百计地寻找他的下落，如此一来，幕后组织的黑手，就会很快地伸到她的眼前。

见探头迟迟没有动静，女孩的情绪彻底失控了，一直以来被刻意控制的情感，顷刻宣泄出来，她跌倒在地上，痛哭声惊动了周围的其他人。

高天宇苦楚地注视着这一切，眼角的泪水汩汩流下。就在这时，显示器分屏突然发出报警，画面中，陡然间跳出了一位陌生女子的面孔。

二十 ➡

咖啡馆二楼，百无聊赖的韩阳坐在客厅的皮质沙发上左顾右盼，一身洛丽塔装扮的女子则在一旁盯着他的一举一动。

直到面前的茶水余温散去，一楼门口的风铃声才重新响起。

高跟鞋敲击楼梯的声响逐渐清晰，洛丽塔女子如收到命令般，主动回到了自己房间。

"让你久等了！"唐紫倩摘下墨镜，露出她那张精致到无可挑剔的脸庞。

韩阳眼底的痴迷一闪而过，他礼貌地起身，彬彬有礼地回了句："没有关系！"

唐紫倩坐到他对面，将一张字条递了过去。"你上次让我查的加密 IP 地址我查到了，稳妥起见，我还过去看了看。"

"地方在哪里？"韩阳顿时严肃起来。

"康安家园。"唐紫倩说着，神色有些迟疑。

见唐紫倩表情不悦，韩阳紧张起来："怎么了，难道你过去的时候发生了什么？"

"倒也不是，"唐紫倩跷起白皙长腿，"我就是查了一下！康安家园是咱们集团很早以前的项目，里面的住户基本都已经搬离，拆迁工程也进行了大半，那个地方到处都是断瓦残垣，除了一些无家可归的流浪汉，几乎没有人住在那里，也不知道为什么，集团把这个项目给停了，你提供的 IP 数据，确定没有偏差吗？"

韩阳嘴角扬了起来："大小姐，康安家园这个项目，集团之所以到现在还没有动工，是因为那儿有一个钉子户！"

"钉子户？"唐紫倩隐约有一丝不好的预感。

"没错。"韩阳将身子往后一仰，用一种酸酸的调侃口吻道，"哎！他不是别人，就是你最关心的警界新秀，公安部最年轻的专案组组长，展峰！"

"什么？怎么会是他？"唐紫倩大惊。

"为什么不能是他？"韩阳冷笑，"他们家有一栋自建楼，据说因为赔偿问题，至今都没谈拢，我猜，可能是集团考虑到他的身份问题，才会比较慎重，所以项目才一直扔在那里没有开工，你爸也一点不着急。"

唐紫倩很少涉足集团的具体事务，韩阳说的是不是真事，她也无法判断，可耳听为虚眼见为实，十几分钟前，她刚从康安家园返回，随处可见的残破房屋上，喷满了带有集团设计专利的拆迁标志。从已褪色的字迹上不难看出，该项目停工已有些年头。

虽说为了争取更多赔偿，当钉子户也无可厚非，可一旦展峰将"利"字如此赤裸裸地摆在明面上，这多少让唐紫倩对他有些失望。

韩阳掏出打火机将桌面上的字条点燃，当火焰将字条完全吞噬后，韩阳主动伸出右手，颇为礼貌地说："大小姐，这次多谢了！"

唐紫倩轻轻嗯了一声，并没伸手跟他相握。

韩阳知道，她还在纠结刚才那番话，他起身将伸出的右手重新插入裤兜，潇洒地走了出去。"对了！"他的脚步停在了楼梯入口，"侦办林婉案的民警丁长春退休了，前段时间，他和展峰见过一次面，好像把案件的相关材料交给了展峰，以我对展峰的了解，一旦案件由他接手，肯定会有大动作！毕竟，他可是连集团都不敢轻易得罪的人。"

二十一

因是协同作战，914专案组的分析结论，通过赢亮的转述，第一时间传到了鲍志斌大队长的耳朵里。在案件进展步履维艰的现状下，新的办案思路无疑也给730专案组注入了新的活力。一时间，围绕杜强展开的"关系网梳理""河豚毒来源摸排""情报信息研判"等诸多调查组纷纷成立，数十人抱着不破案不休息的决心，开展了新一轮的工作。

相比这边如火如荼的工作热情，914专案组那边却有些死气沉沉。

自从上次见过杜强后，展峰一直没有任何新的动作。赢亮与隗国安私下里曾聊过一次，他觉得，案情已经分析得足够详细，那就应该顺着隗国安的猜想往下查，这个时候展峰还想一意孤行，实在是有些太个人英雄主义。而这次，就连隗国安，多少也有些认同赢亮的观点。

因石头的案子，几个月前开始，赢亮就跟展峰发生过多次摩擦，赢亮的性格很犟，一旦认为是什么样，没有确切证据，打死不改看法，所以他到现在还是认为，展峰根本就是没把他发小的案件放在心上，否则也绝不会拖到现在还没有做相关调查。

如今投毒案有了明确的嫌疑对象，他却坚持跟众人背道而驰，三番五次地故意作对，让赢亮怎么可能不恼火。失去耐心的他，猛地想起了师弟许猛对他说的那番话。

"宁做鸡头，不做凤尾！"

拿定主意，赢亮毅然决然地申请暂时退出914专案组，加入730专案组的调查队伍中。

虽说调查思路上出现了分歧，但两个专案组的最终目的还是破案，所以展峰对此并未阻拦，干脆让赢亮彻底地任性了一把。

不过虽说不反对，却也不代表此事对展峰没有影响。无论914专案组成员间发生什么不愉快，在他看来都是内部矛盾，彼此谦让一点，就可以大事化小小事化了，至少在案件侦破中，大家的目标还是相当一致的，能力互补，也可以形成合力之势。

所以赢亮的举动，多少还是让展峰有些寒心，这就好比两口子吵架，家庭矛盾再激烈，自家人关上门什么都好说，可一旦你跑到邻居家诉苦，性质瞬间就发生了变化。

展峰内心里，其实很想把赢亮给拽回"家"，可他也知道，以赢亮的倔脾气，没有充分的理由，是绝对不会再踏进家门半步的。

矛盾既然是因物证而起，那么最终仍需从物证下手，找到解决办法。

赢亮甩手不干的当天下午，其他人就在展峰的带领下，重新进入了虚拟勘查系统。

一个已经没有尸体的现场，痕迹检验是发现线索的唯一途径。

而在众多痕迹中，手印、足迹、工具痕迹、枪弹痕迹（仅限枪支现场）、特殊痕迹被称作撬开犯罪现场的五大杠杆。

进入室内后，展峰按照勘验重点，把注意力集中在了门口的茶叶罐上。

这是市面上最为常见的两斤装不锈钢茶叶罐，通体银白色，表面光滑。突出约10厘米的圆柱状开口，被加盖密封着，为了防潮，在内盖盖紧后，还要在外侧套上一层外盖。

要想从罐子里取出茶叶，需先拽掉外盖，再拔掉密封内盖，而无论哪一步，都会在罐体上留下指纹。可让展峰感觉诧异的是，整个罐体，除了幸存者闫峰的指印外，并没有发现第二个人的指纹。

自从进入专案组，司徒蓝嫣经历的，比她十几年求学生涯加一起学到的还要丰富，在耳濡目染之下，她对物证的分析，现在最少能算是入门级别，见展峰将茶叶罐不停地放大缩小，她也看出了点什么，于是说道："根据闫峰的供述，他们寝室为排班制，八名工友，每人一班，按理说，罐体上除了闫峰的新鲜指纹外，肯定还会留下其他人的陈旧指纹。

"现在就剩下闫峰的指纹，显然，凶手在投毒后曾擦拭过罐体。闫峰前一个班是金磊。而金磊值班时，茶叶还没有出现问题。这么一来，凶手的投毒时间，可初步划定在 7 月 29 日晚十点至 7 月 30 日晚十点这二十四个小时内。

"工人上工时间是早上六点至上午十一点，下午五点至晚上十点。寝室有人时和白天，凶手不可能有机会作案。所以，凶手大概率是在 7 月 30 日晚班期间投的毒。"

"我觉得时间还可以更精确一些。"隗国安补充道，"7 月正值盛夏，白天时间长，晚上七八点钟天还亮着，想要不引起注意，等太阳彻底落山后，才是最佳时机，尤其是晚八点到十点这两个小时！"

…………

有了准确的时间，那么接下来，就要确定侵入方式。

凶手没有翅膀，不管地面多么凌乱，理论上应该是有迹可循的。

展峰操控系统，将其他物证屏蔽，只留下室内足迹。

案发时，正值工地下工期间，入室围观的人员较多，加上后续 120 前来抢救，地板革上足足留下了上百枚残缺、叠加及损毁的鞋印样本。

这种杂乱到让人发狂的现场，别说在十五年前，就算是现在，也足以令人束手无策！

好在随着科技的发展、物证技术的日新月异，这一切终于有了相对简便的解决办法。

就在嬴亮认为展峰无所事事的这两天里，他其实一直在利用新技术解决这个难题。

识别加层鞋印[1]靠的是：鞋底磨损、附着物、行走习惯及呈痕体[2]受力强度等特征。

这些数据，在过去很难量化，但自从足迹自动识别系统成功研发后，一切便可以迎刃而解。

---

[1] 加层鞋印是鞋底沾有尘土等物质，在相对干净的平面上留下的鞋印，常见的有泥土足迹、灰尘足迹、血足迹等等。

[2] 呈痕体可以很直观地理解为呈现出痕迹的客体，在本案中就是地板革。呈痕体的受力强度，直接关系到鞋印的最终形态，比如同样一双鞋，在光滑路面上行走与在泥地上行走，留下的鞋印会有很大不同。

系统的最大作用在于，它能识别鞋印的多种特征，从而以此区分个体。这要比以往用肉眼比对鞋底花纹，来得准确得多。

虚拟现场中，密密麻麻的鞋印，让人乍一看，摸不到任何头绪，可经展峰一种鞋印一种颜色地逐渐剥离后，隗国安发现，这么多足迹，其实大体可以分为两大块：少量的，是救护人员的皮鞋印；最多的，则是工地配发的解放鞋印。

果然不出隗国安所料，展峰第一步便把皮鞋印剔除嫌疑。

展峰将剩下的十几种残缺足迹，依照颜色，逐一放回"室内"进行分析。

杂乱痕迹混在一起时就像一团乱麻，的确很让人头大，可当痕迹拆开，抽丝剥茧后，就连隗国安这个门外汉，竟也看出了端倪。

那些步子短，走到门口又退出来的鞋印，无疑是看热闹的人留下的。

而那些脚步急促，走到室中心，返回时有明显负重的鞋印，应该是参与抢救的工友所留。

去掉这些，最终还残留了一串残缺不堪、毫无比对价值的印记无法排除。

放大数倍后，只能勉强推测出，是工地配发的解放鞋所留。

经足迹系统识别，该串鞋印在"步长""步角""步宽"上有规律可循，并且痕迹存在连续性。

所以展峰认为，这串从门口一直延伸到北侧行李架的鞋印，为同一人所留。于是他把相关检验数据，逐条展示在众人面前。

样本名称：足迹样本；

样本编号：136；

单个样本二维坐标：至北墙 26 厘米，至西墙 128 厘米；

样本品相：残缺，无法辨识花纹；

样本生理特征：左右足穿鞋足迹；

样本主要成分：硅酸盐水泥、水、沙、石子。

当看到最后一条时，隗国安突然想起走访材料上曾提过，那段时间工地正在浇筑混凝土，样本检出混凝土成分再正常不过，他反复看了数遍，也搞不清，展峰为何要把这串足迹单独拎出来。

　　面对隗国安的疑惑，展峰解释道："人在行走时，每只脚都要经过踏、踱、蹬三个步骤。清晰的足迹，能够较好地反映人的身高、体态、行走特点及习惯动作。残缺鞋印虽然承载的信息较少，但只要是成趟足迹，仍存在一定的研究价值。

　　"现场这串混凝土加层鞋印，是由门进入，径直走到北侧行李架前，随后又折了回来，呈倒'J'状。

　　"虽说之后进入房间的其他人，对该鞋印造成了毁灭性的破坏，但从步幅特征[1]依旧可以看出，此人进入室内的脚步从容不迫，并没有呈现出紧张感。值得注意的是，成趟足迹有一定的连续性，这说明他进来时，屋中并无其他人，所以不存在打招呼时的自然动作停顿。另外，他穿的是工地配发的解放鞋，鞋底又沾有大量混凝土，我怀疑，进来的是当天正在上工的工人。"

　　"中途返回？"司徒蓝嫣直击重点。

　　"没错！这也是我要把这串鞋印列为重点的原因！"

　　"可是展队，就算是上工期间回寝，又能说明什么呢？"司徒蓝嫣仍有不解。

　　"你可能没有注意到卷宗上的一个细节。东胜在企业规章上提出明确要求，为了保证工期，防止财物丢失，上工的工人，除非是特殊原因，中途不得返寝，否则抓到一次，就会被罚款两百元，情节严重的，还会被直接辞退。"

　　展峰在虚拟现场中，圈出了连接工地与休息区的两扇大铁门。"上工期间，东西两扇门，全都处于上锁状态，除非能跟看门的保安协商好，否则外面的人进不来，里面的人也出不去！

　　"西边那扇门，靠近休息区的出口，保安就守在大门边，想从这里出去又不被保安发现，很难。但东门则不一样，那边在最里侧，平常鲜有人去，而且上工时，休息区会集中断电。在夜幕的掩护下，如果有人从院墙翻入，并不会

---

[1]　步幅特征是指成趟足迹中反映出的双足协调搭配关系的特征，是行走运动特征在成趟足迹中的一种反映形式。包括：1.步长。成趟足迹中左右脚印同部位的垂直距离为一个普通步长。可分为80厘米以上的长步，70～80厘米的中步，70厘米以下的短步。左右两个普通步构成一个单步长。三个普通步构成一个复步长。2.步宽。连续成趟足迹中，以一个复步同侧脚后跟中心点或前掌中心点的连线延长线为步行线。

引起注意。

"值班保安的询问材料上明确提到，案发当天，没有人从西门回寝，至于东门的情况，他只是含糊地说，门已上锁，有没有人进入，他也不能保证。

"在工地上，只有泥瓦工才会近距离地接触混凝土。而这个工种，靠力气吃饭，没有多少技术含量，一旦违规，很容易被辞退，所以泥瓦工通常也是工地上最老实的一个工种。

"从此前的调查得知，室内并无财物损失。那么试问，这个不知名的人，冒着如此大的风险，中途从工地返寝的原因，会是什么呢？"

几个小时前还在因推理沾沾自喜的隗国安，在听完展峰的讲述之后，顿时心头一凉，知道自己估错了方向。

他身边的司徒蓝嫣则道："保安不知情，说明他是无正当理由返寝。既然他敢冒这个风险，那么一定有非常重要的事要办！"

"没错！"展峰说，"虽然东胜自诩以军事化管理民工，但因群体素质参差不齐，想要做到整齐划一，何其困难。就拿行李摆放来说，有的全部堆在上铺，有的则集中堆在下铺，还有的为了最大程度利用空间，一股脑儿地都塞在床下。每个寝室的布局，都各不相同。这个人在摸着黑的情况下，还能对 4-1 室的环境如此熟悉，不排除内部人作案的可能性。"

听到这里，隗国安有些难以置信地瞪大了眼睛："展队，你是说，真正的凶手不是杜强，而是藏在这八名受害人之中？"

展峰重重地点了点头："目前来看，不能排除这个可能，所以在物证技术没有穷尽的前提下，我一直不主张在杜强身上浪费太多精力！"

隗国安追问："可现在活着的只有闫峰、金磊、金选奔他们三个人，照你这么说，凶手就在他们当中？"

展峰颇有些沉重地摇了摇头："不一定！也有可能在被毒死的五个人里！"

二十二 ➡

和唐紫倩分别后的第二天，韩阳就主动联系上了庞虎，两个人依旧约在清禅阁相见。

支开了外人，两个人对面而坐。庞虎正要起身沏茶时，韩阳伸手拦住他。"不了，虎哥，咱们不用来这些客套的。"

庞虎放下水壶，朗声笑道："什么客套，还不是你们年轻人性子急，不乐意陪我们这些老人慢慢品茶？"

韩阳显然无心打趣，直奔主题道："虎哥，展峰他们在调查帝铂花园的案子，这事你知道吗？"

"我怎么会不知道，不过这起案子，死的是我们东胜的工人，跟你们帝铂集团并没有瓜葛，查不到你们身上，不用担心。"

"十五年前我没有入职，就算是有，也跟我八竿子打不到一起。"

"你这话是什么意思？你身在集团，十几年前的事要真出了问题，你不也得处理？"庞虎有些不悦之色。

韩阳见庞虎不悦，有些无奈地说道："我没什么意思，要真出什么问题，我当然要负责处理，这是我的职责嘛！我就是担心虎哥你们被牵连进去。对了，其实我此次前来，是有一件事要问，希望虎哥你可以知无不言。"

"什么事？"庞虎心情好了点。

"罗湖市，康安家园，是不是你们东胜承接的项目？"

庞虎怫然不悦道："韩阳，我很不喜欢你今天说话的态度。"

"哦？是吗？"韩阳冷冷一笑，露出不以为忤的神色，"那么请问，项目闲置了这么久，为什么还不开工？是不是因为有一家很特别的钉子户，让你们东胜也拿他没有办法？"

庞虎一拍桌子。"这是我东胜内部的事，帝铂集团项目部都没意见，你凭什么来指手画脚！"

"行，你既然不好开口，那我来替你说！你是不是怕得罪公安部最年轻的专案组组长，展峰？"

刚才还怒气冲冲的庞虎，听到这句话，突然多云转晴，脸上竟浮起了笑容。"我以为什么事呢，就因为展峰是你的假想情敌？找他的麻烦，都找到我头上了？"

　　韩阳闻言冷了脸。"虎哥，我真没有心思跟你开玩笑。我刚查到，贼帮案中那通电话，就是从康安家园里打出来的，我有理由怀疑，展峰的住处，实际是他的一个秘密据点，里边保不齐藏着什么人呢！我说，你们留着这么大的一个隐患不处理，不是怕他又是为了什么？"

　　韩阳话语里透露的关键信息，让庞虎马上冷静下来。他明白，韩阳的这番质问很有道理，可如果只是这样，他自然可以赞同韩阳。可韩阳哪里会知道，康安家园从规划，到拆迁，再到紧急叫停，其实都是"老板"当年一厢情愿搞出来的破事？

　　有些话压根儿就没办法跟韩阳解释，庞虎的顶头"老板"终日念佛，看起来快修得六根清净做和尚了，可其实他心里，始终还念着那位故人。就为了她的一句话，十几亿的项目永远停工，"老板"也是心甘情愿。

　　韩阳见庞虎不吭声，以为他被自己说服了，连忙趁热打铁道："虎哥，我觉得既然你们接了这活，那么就得……"

　　庞虎举手打断。"别说了，你信也好，不信也罢，康安家园的事，你最好不要再问，否则'老板'怪罪下来，你和我都担待不起！就这样，你回吧！"

二十三

　　送走了韩阳，庞虎掏出那部调成静音的手机，当看到备注为"倩倩"的号码呼入了五次时，他诧异地在心中嘀咕："今天这是什么情况？"

　　要知道，打电话来的这位大小姐，平日可向来没什么耐心，打一次不接就不会再拨过来，要等自己回过去才行。

　　他手忙脚乱地给对方打了回去。接通后，只听听筒那边传来优美的年轻女声，她埋怨道："虎叔，怎么这么久不听电话？难不成又在谈什么要命的大事？"

　　正所谓，卤水点豆腐，一物降一物，刚刚还面露煞气的庞虎，一瞬间就喜笑颜开。"再大的事，哪儿有倩倩的电话重要，我是不小心碰到了静音键，再加上年纪大耳朵背，所以没听着！求原谅，求原谅！"

　　"哼！这还差不多！行，我原谅你了！我现在正在开车朝你那儿去，十分钟就到！”

“好嘞，我在茶社，也正要往家里头赶，你到的时候，让管家先给你开门，晚上叔亲自下厨，给你烧两个拿手好菜！”

“嘟嘟嘟……”电话挂断的声音响了好一会儿，唐紫倩才缓过神来，她哪儿顾得上吃什么好菜，心里疙疙瘩瘩的，难受极了。

自打听了韩阳对展峰的描述，唐紫倩心中像绳子被打了个结，始终解不开。从小到大，她与父亲见面的次数一只手都可以数过来，所以心中有了苦闷，对她曾有救命之恩的庞虎，就成了唯一的倾诉对象。可以说他在唐紫倩心中的地位，与她父亲相比不分伯仲。

宝马 MINI 在车流中穿行，车轮下的双向四车道，她已记不清楚开过多少次，道路的尽头就是庞虎的住处，一栋隐于大型山庄里的独栋别墅。

穿过自动识别车牌的 AI 门禁，沿着小路继续行进，道路右手边，是一片椭圆形的人工湖，湖边的松林中，有一处修缮规整的墓地，墓碑上赫然雕刻着“吾弟庞鹰”四个大字。

唐紫倩只知道庞鹰是虎叔的亲弟弟，至于什么时候去世的，为什么埋在这里，这么多年来，虎叔并没跟她提及过。

距离别墅不到 50 米时，提前接到通知的管家老黄，已经恭敬地站在路边迎接她了。

把车钥匙交到对方手中，唐紫倩轻车熟路地踏进了别墅的前厅。

这是一幢四层独栋，内装由庞虎亲自设计，只要来到这里，唐紫倩就不免在心中吐槽一番，因为每次看到别墅的布局，她都会想起《情深深雨濛濛》中，陆振华家的那座挑高砖瓦房，连里面那种老套的中式审美都一模一样。

庞虎不在，百无聊赖的唐紫倩，只得像小时候那样，在屋中左走走右转转，看看能不能找到些新鲜玩意儿。

当她走到书房时，几张散落在桌面的油画，勾起了她的好奇心。

她蹑手蹑脚地走了过去，抽开画纸一看，五幅图清一色都是裸体女子。而且每一个都搔首弄姿，跟她在国外看习惯的人体艺术不同，活脱儿就是风尘女子模样，可是这些画画得极好，每一幅都栩栩如生。

"虎叔怎么喜欢收藏这种东西！"对此毫无兴趣的唐紫倩物归原位后，重新回到了客厅。

还没等她把管家送来的咖啡送入口，庞虎爽朗的笑声大老远就传了进来。

"倩倩，久等了吧，你可不能怪我啊，今天路上堵车！"

"没事，我不急！"唐紫倩说着跳起来朝他跑去。

"嗯？"庞虎围着唐紫倩绕了一圈，"刚才电话里还好好的呢，怎么现在这副失意模样？难不成有心事？"

"确实有一点点嘛！"唐紫倩忸怩道。

"没事，有虎叔在，虎叔给你撑腰！有什么事，我们去里面说！"

庞虎径直朝书房走去，就在他推开房门的一瞬间，发现桌上的油画还摊着，让他一下乱了阵脚。"哎，这个老黄真是，也不知道把我的东西收拾收拾！"一时间找不到借口，他连忙把管家当成了替罪羊。

"没事，我看也不怎么乱！"聪明的唐紫倩揣着明白装糊涂。

庞虎将画胡乱一卷，快速地塞进了书柜，转身问道："跟叔说说，有什么心事啊？"

无论什么事情，唐紫倩在庞虎面前都不会隐瞒，她直言不讳道："韩阳最近一直都和我有联系，他让我帮他查了一个IP地址，在康安家园。"

"这事我知道，是我让查的。"庞虎道。

"莫非是爸爸让他查的？"唐紫倩皱眉。

庞虎沉默了一会儿，为了不让唐紫倩卷到这件事里来，他决定还是不说透。"谁让查的问那么清楚干吗？不是叔故意瞒你，有些事啊，你知道得越少越好！"

"行，那我不问。虎叔，你现在跟我爸爸还有来往吗？"

"我和你父亲是老乡，当年混穷的时候，是你父亲帮了我，你也知道，你父亲干的是正经行当，我习惯剑走偏锋，虎叔身上有些事，也不瞒你，我怕给你爸惹麻烦，所以我们已经很久没有私下联系了。"

"这个我知道，现在到处都在严打，虎叔，你自己可要小心。"唐紫倩关心地说道。

"不碍事。"庞虎不以为意，"你叔这个年纪，早就不习惯打打杀杀那一套，如今都讲究和气生财，我现在做的也都是正规生意，就是过去有那么一点……哐，你明白就行。"

"那就好，那就好……"唐紫倩欲言又止。

从小当女儿看到大，唐紫倩心里边的小九九，庞虎怎么可能猜不到："韩阳找你说了什么？是不是康安家园项目，还有林婉案？"

"你怎么知道？他都跟你说了？"

庞虎绷着脸，失望之情溢于言表。"韩阳这小子，做事太冲动，有时候还摆不正自己的位置。你啊，你把心放在肚子里，康安家园项目停工的原因在我，不在展峰身上。还有林婉案，展峰他也没有接手。"

"什么？他没有接手，那为什么韩阳说他一直在追查，想抓住林婉……"唐紫倩面露不解。

"这小子虽然在公安局干过，多少有些人脉，可你虎叔在社会上混这么多年，也不是瞎子过河。很多事，我比他打听得清楚，你信我就行了，总之这起案子还在市局刑警支队，而且……"

见庞虎欲言又止，唐紫倩赶忙问道："而且什么？"

"而且我收到的消息，跟韩阳说的恰恰相反。"庞虎目光一聚看向窗外，"展峰之所以始终盯着这起案件，真正的原因，是他一直想给林婉翻案！"

二十四 ▶

结束了新一轮的虚拟勘查，914专案组余下的三个人，终于明确了下一步的侦查方向。以此作为节点，两个专案组一个瞄准杜强，一个锁定被害人，双方不管是工作还是侦查方向，都宛若两条平行线，几乎没有了交集。

车厢中，展峰盯着那一串几乎分辨不出任何特征的鞋印出神。某种直觉一直在警告他，案子可能并没有他想的那么简单。

按照正常思维推测，这串鞋印的轨迹应是一个完整的倒"U"形，可由于靠近茶桌的位置被踩踏得很严重，足迹的主人从行李架返回时，究竟有没有去过茶桌前，现已无从考证。他只能在残缺的倒"J"形轨迹上寻找答案。

车厢外偶尔传来阵阵虫鸣，让展峰意识到夜幕已经降临，长时间佩戴 VR 眼镜，即便适应 3D 模型的他，也难免感到有些头晕恶心。摘下 VR 眼镜，他打开车窗，望向远方。

远处的市局大楼里，刑警支队办公室一如既往地亮着灯，赢亮所在的 730 专案组，今天又要熬通宵。展峰想起，曾去打探过的隗国安告诉他，每晚十点，赢亮都会准时参加专案会，听取一天的工作进展。而他目前的身份，是数据研判组的负责人，他的建议对专案组组长鲍志斌而言，有着极为重要的参考意义，有时甚至在关键问题上，直接影响了专案组的侦查方向。

展峰与赢亮在一起相处了数年，他也算深知赢亮的性格。因从小受父亲影响，赢亮极富正义感，但又因父亲的悲惨经历，在他的眼里，向来是容不下丁点"污秽"。他进入专案组带有很明确的目的性，这一点他没有故意隐瞒，而作为上司的展峰也早就清楚。

但赢亮并不知道的是，他发小石头的案子，当年曾被首批 914 专案组挂牌侦办，作为主办侦查员之一的展峰，对案件的细节，其实比赢亮还要清楚。当他得知石头的悲惨遭遇时，也是义愤填膺，可出乎他意料的是，专案组对该案并未来得及深入，该案就被部领导打上了 SS 级的特殊标签，该案也就此从专案组抽离，搁置至今。

要不是他被任命为专案组组长，可能永远都不会知道，在诸多未破悬案中，还有一种责任直接落实到部级领导肩上的案件，这种案子，或是侦破难度大，或是影响恶劣，又或是涉及敏感人群，在办理时，程序和操作都相对更加特别。

这些只有极少数人可以接触到的案件里，难度从低到高被分为 S、SS、SSS 三个等级，一旦案件被打上 S 级的烙印，那么该案的侦办，就必须由公安部主要领导统一调度。

仍是赢亮不知道的情节：展峰曾在周局面前帮赢亮据理力争过，可当周局将该案背后的隐情告知以后，他也感到脊背一阵发凉，这桩案件绝对需要极其慎重，如果列入专案组的接案计划，说不定就会打乱多年来的艰苦布置。在这牵一发而动全身的格局下，他也只能按照周局的意思，暂且把该案放在一边，等待更合适的机会重新启动。

"林婉杀人案""高天宇连环爆炸案""914大案"这些都是暂时无法公开，更令人无法释怀的案件，它们无时无刻不让展峰在痛苦中煎熬，相比之下，赢亮的失礼、顶撞甚至是申请离组的胡搅蛮缠，在他看来，实在是不足挂齿，每次被赢亮冒犯，展峰都会并且也只能选择沉默以对。这正应验了那句老话：知道得多并非好事，在展峰心中，很多他自己能承担的事情，并不愿意让其影响年轻又冲动的赢亮。

或许赢亮就像所有的年轻人，需要经历痛苦才能不断成长，但正值盛年又饱经风霜的展峰，却像个真正的"家长"，宁愿让他少经历一些刀枪剑戟和雨雪风霜。

只是，这一次赢亮的脱离，影响的也不单单是展峰一个人的心情，而是整个专案组的士气。杜强狡猾又无赖，所有人都看在眼里，自然也大大提升了他的作案嫌疑。展峰要否定杜强是凶手，自然要拿出一个值得他人信服的理由，虽说目前发现了一串可疑鞋印，但其中会不会还生出变数，就连展峰自己也不敢轻易保证。

一个案件，之所以成为悬案，正是因为在多数情况下，存在一些无法预测的巧合，而这些巧合，往往又能阻碍案件的逻辑推定。本案是否存在这样的随机偶然呢？

带着这个疑问，仅仅休息片刻的展峰重新戴上VR眼镜，再次进入了虚拟勘查系统。

二十五

现场分析，实际上就是一个不断假设，不断论证以及推翻论证的过程，进入虚拟现场后，展峰沿着那串倒"J"形足迹，一直走到了转弯的位置。

当展峰踏着嫌疑足迹来回走了数遍后，他发现这个人迈步的间距较大，进入房间后，存在一定的紧张心理。当他走到行李架跟前时，脚印出现了重合，这说明，此人曾在行李架前逗留过一段时间。

按照现场勘查"先重点，后一般"的原则，嫌疑人活动区域，不用说那也是重中之重。为了集中精力做到点滴不漏，展峰将现场一分为四，东北角的行李架，成了他接下来要攻克的重点。

他假设案发当晚，那个人是从工地返回，从行李架的包中取出河豚毒，混入茶叶，接着离开房间的。那么这样一来，只要能判断出毒素来自床架上的哪一个包，就可以锁定嫌疑人的身份了。

可是要找出包，却没有想象中的那么简单。行李架为高低床改造，为了取物方便，八个人的行李，全都堆在下层，上层部分空无一物，只有一块木质床板。

工人用的牛仔蓝帆布包，是工地统一发放的，上面印有"东胜"的字样，单从外表，分辨不出任何差异。因帝铂花园项目工期为三年，多数工人一年四季都生活在这里，每人都有一个或好几个包，案发时，八个人的行李被分为两摞，将下层堆了个满满当当。

在工地干活，大家穿的都是统一配发的劳保装，一式两套，洗了穿，穿了洗，不到换季很少有人会去翻行李取别的衣服。加之帆布包长得都一样，时间一长，就连工人自己都经常搞错，更别提展峰这样来调查，面对的还是虚拟现场的外人。

在东胜，结算工资用的都是银行卡而不是现金，因此多数工人，包中除了衣物被褥，根本没啥值钱东西，加上体力劳动者很少能在工作外保持整洁，随意乱丢乱摆的情况，每间屋都随处可见，这更给勘查增加了难度。

房间地板革下，是松软的泥地，用幸存者闫峰的话来讲，要不是考虑到会受潮，他们巴不得把行李都丢地上，省事。

展峰低下头，看着脚下的地板革，这东西又叫PVC塑胶地板，有一定的韧性，负重踩踏的话，会在上面留下凹陷状足迹，不过嫌疑鞋印并未发现此特征。换言之，那个人是直接弯腰取出物品，并没有将沉重的包提起来。而床架前的重叠鞋印相对比较集中，可见其在翻找时，没有发生位移。

要想在摸黑不开灯的情况下，走到包所在的方位，必须同时满足两个条件，第一，嫌疑人提前做了准备，将帆布包放在了唾手可得的位置；第二，进入屋子之前，他已出现了暗适应。否则，足迹也不会如此连贯。

视觉适应是视觉器官的感觉随外界亮度的刺激而变化的过程，有时也指这一过程达到的最终状态。视觉适应的机制包括视细胞或神经活动的重新调整，瞳孔的变化及明视觉与暗视觉功能的转换。由黑暗环境进入明亮环境，眼睛过渡到明视觉状态称为明适应，所需时间为几秒或几分钟。由明亮环境进入黑暗环境转换成暗视觉状态称为暗适应，这个过程约需要十几分钟到半小时。频繁的视觉适应会导致视觉迅速疲劳。

小区在施工时，都安装了非常明亮的白炽灯用于照明，从工地返工直接进入室内，无法那么快地进入暗适应状态，所以展峰怀疑，此人在作案前，可能预先躲在某个黑暗的角落，直到双眼可以看清周围情况后，才翻墙而出。

而要达到进入房间后，行动毫无迟疑，这个过程，最少需要二十分钟。

帝铂花园工期较紧，东胜也不是个养闲人的地方，用工人的话来说："你要他的钱，他也能要了你的命！"

施工期间，每个班组都有一个头儿负责监工，要离开必须经过他的同意。

当年案发后走访时，所有班头儿都被拉网式地查了一遍。在他们的说法里，特别强调了"人有三急"的问题。施工期间，总是有不少人打着上厕所的旗号躲在墙角偷懒，对这种情况他们向来是睁只眼闭只眼，毕竟班头儿干活少，他们的工资还需要民工去挣，只要适度，也不好直接跟人翻脸。

总而言之"小便三五分钟""大便十来分钟"，这是彼此心照不宣的事情，一旦超过这个点，难免就要被他们呵斥或记录下来。

展峰一一调出走访材料，在仔细翻阅后，他发现并没有一份笔录存在异常，所有班头儿都非常肯定，案发当晚，工人们都在岗在位，也没有人上厕所超过正常的时间。可适应屋内的阴暗，至少要花费二十分钟，难道此人真不是工人？

然而展峰马上就推翻了这个假设：从鞋印附着的新鲜混凝土可以判断，那个人绝对来自工地。

调查结论与物证分析自相矛盾了，可是展峰坚信，人会说谎，物证却不会，既然鞋印线索成了算不清的糊涂账，那么他也只能果断放弃，考虑更换其他侦查方向。

二十六 ➤

展峰沉默地思索着，他觉得真正的凶手就隐藏在八名受害人中。那么 4-1 室作为他们生活起居的地方，总会留下些蛛丝马迹。

尤其是在确定要进行作案的那段时间，倘若凶手不是心理素质强到变态，多半会有些异于常人的举动，他必须找到这些细微痕迹，才能打开新的突破口。

虚拟现场之内，展峰手持控制器，用红、黄、蓝、绿将 4-1 室分割成四个区域：北墙的窗、南侧的门，为绿色进出口。模糊鞋印为蓝色行走轨迹。东北侧行李架，为黄色重点部位。放置茶壶的长条桌则是红色中心现场。

接下来他要做的，就是以四色为圆心，进行扩散式分段勘查。这是在重点区域无成效性收获后，开展的一种非常规勘查手段。

很多案件中，嫌疑人会极力抹去自己在重点部位留下的痕迹，可一旦走出现场，他们则会自然而然地放松警惕。这一点，在盗窃案件中，体现得尤为明显。有些入室盗窃的嫌疑人，为了减少负重，获得赃物后，会习惯性地将贵重物品外包装随意丢弃在附近，如何找到这种丢弃现场，就需要结合案件情况，开展扩散式分段勘查。

此方法，其实是对案发现场的一种区域性延展，在做这项工作前，要预先把重点部位吃透，才不会出现偏差。

继续以盗窃案为例，警方只有从被盗者口中，详细了解失窃物的外包装、品牌、颜色等细节特征后，才能有的放矢地进行下一步侦查。

本案与盗窃案调查颇有些异曲同工之处。展峰接下来要按红、黄、蓝、绿的顺序，把涵盖在颜色范围内的物证重新梳理，并分析其存在的合理性，从而找出其中的内在关联。这在学术上也被称为空间多向定位法。

人作为成痕体，会在运动中留下相对连贯的痕迹。比如：行走会产生足迹，触摸会留下指纹。那么假设某现场，足迹停留在衣柜附近，而恰好又在柜门上发现了指纹，据此就能重建出一个盗窃的场景。如果指纹、足迹都在衣柜内侧，重建的结果可就未必是盗窃了，而大有可能是一幅"老王入室"的画面。至于是哪种场景，取决于指纹与足迹逻辑上的关联。

所以，平日大家所谓的破坏现场、伪造现场，并非只是简单地抹去痕迹，更加严重的，是打破了诸多连贯痕迹间的逻辑关联，在刑侦科技并不发达的年代，想分析此类嫌疑附加痕迹 [1]，确实有着不小的难度。

难不成警方对此毫无办法？远了不说，到了当下，很多问题早已不再是问题。

就算嫌疑人抹去了现场指纹、足迹，看似消灭了最关键的痕迹，可是在抹除的过程中，仍可能会在现场留下皮屑、碎发等微量物证，也就是说，在首次关联被破坏后，警方还可以从二次关联上下手。

而展峰现在要做的，就是将四个重点区域的物证建立这种二次关联。

可让他苦恼的是，十几年前的物证技术还停留在"一把毛刷走天下"[2] 的层面，在那个年代，无损提取还是一个很模糊的概念，这就给他造成了新的困境。

姑且以指纹为例，因早年 DNA 技术并不发达，几乎没有人知道汗液指纹也可以提取 DNA。所以那时的做法，相当简单粗暴，技术员均是拿毛刷一扫了事。而现在，则需先用多波段光源提取指纹纹线样本，接着再用微量物证提取仪，寻找汗液内的脱落细胞，以备日后检验 DNA。物证提取的方式不同，也决定了它的最终价值如何。

让展峰格外头疼的是，本案虽提取了诸多物证，但有不少根本无法建立关联。如在长条桌桌面上，一共找到几十枚指纹样本，可大部分都没有验证所属何人。如今时过境迁，那时候都没整明白，现在要想搞清楚，无

---

[1] 嫌疑附加痕迹是指破坏原始痕迹而造成的新的痕迹。
[2] 由于早年刑侦科技的落后，犯罪现场勘查仅限于指纹、足迹这种明面痕迹，其中足迹多用肉眼观察，指纹则需要毛刷蘸取粉末刷显。因技术限制、经费无法保障等诸多主客观原因，曾经有一段时间，技术员到达现场只会用到一把毛刷，那段特殊的时期，被现在的技术员戏称为"一把毛刷走天下"的时期。

疑是天方夜谭。

二十七 ◂

展峰不得不再度停下，稍事休息后，他第四次戴上 VR 眼镜，开始观察今晚的最后一块区域：被标注成绿色的进出口。

颜色范围有两块：南侧门、北侧窗。

北墙的塑钢窗仅能打开一半，别说成年人，就算是大一点的孩童也别想由此钻入。也是因此，在勘查之初，这扇窗户并未引起足够的重视。

可就在展峰把窗户放大十倍后，一个细节引起了他的注意。

他发现，在肉眼无法辨别的纱窗网眼上，竟有大量的弧形弯曲，而纱线的受力方向，正好是纱窗的开启方向。

塑钢窗有三层轨道，靠外的两层为玻璃窗，安在最内侧的才是纱帘。只有把玻璃窗完全打开，纱窗才有被拽开的可能。

展峰跳回外围现场，从外部观察了一下，随后他发现几十间彩板房，仅有4-1室的纱窗有拖拽痕迹。纱帘网眼较细，这种痕迹绝非人为。窗到地的距离仅有 1 米 2，不能排除猫科动物及犬类入室的可能。

被动物爪钩过的网眼，集中分布在纱窗下层的三分之一处。如果将变形的网眼置于水平面上，可以清晰地发现，纤维受力方向与水平夹角在 40 至 60 度之间；若想如此倾斜向上，需端坐在窗台上，用爪子向后方钩取。窗台的宽度不到 8 厘米，也就只有平衡性较强的猫科动物可以办到。

爪痕如此密集，那只曾经试图进入室内的猫，一定是嗅到了让它十分感兴趣的东西。

狗的嗅觉非常灵敏，这个大多数人都有一定认知，但猫的嗅觉比狗还要敏锐，这对很多人来说却是个冷知识。猫鼻子的构造很特别，它的嗅觉器官位于鼻腔深部，名为嗅黏膜，在这些弯弯曲曲的密集褶皱上，存在 2 亿多个特别灵敏的嗅细胞。当气味随着空气进入鼻腔后，能刺激嗅细胞发生兴奋，产生电位，沿嗅神经传入大脑的嗅中枢，从而引起嗅觉。猫的嗅细胞对气味非常敏感，能嗅出被稀释成八百万分之一的麝香气。

养猫的人可能会注意到，小猫生下来，有很长一段时间都是闭着眼睛的，它完全是靠嗅觉找寻母猫的乳头。就算是把猫喜欢吃的东西埋进土里，它们也能轻而易举地找到。

说到食物，就必须再介绍一下牛磺酸。这种物质，是猫体内不可缺少的一种氨基酸，牛磺酸对猫的视网膜有很好的保护作用，如果长期缺乏，会导致视力下降，甚至失明。

猫是无法自行合成牛磺酸的，只能从食物中摄取。鱼类、贝类以及鼠类中均含有丰富的牛磺酸。这也是猫对这些食物情有独钟的主要原因。

其中鱼类的蛋白质代谢和腐败会产生三甲胺和哌啶。三甲胺是气体，易溶于水。哌啶是液体，有氨臭味，这两者的浓度越高，我们平常所说的"鱼腥味"就会越重。

投进茶叶罐里的河豚毒，是将新鲜河豚直接宰杀，取出卵巢置于炭火上烘烤而制成。

因水分大量蒸发，势必会提升卵巢的腥臭味。而在工地上最多见的就是流浪猫，它们不像家猫那样养尊处优，大多时候，都处于饥饿状态。在展峰看来，除了食物，应该没有其他东西，能让猫变得如此疯狂。

也就是说，猫之所以急切地要拉开纱窗，一定是嗅到了美食的味道。

再往深了想，嫌疑人为何要将河豚毒混入茶叶，而不是加入其他食品中？是不是也跟这种腥味有关？

尖牙茶由干叶片较大，倘若烘焙不充分，会因水分较多，沤出一种不可名状的浓厚气味。与河豚卵巢两者混合后，可以平衡腥味，刚好能瞒天过海。

这是巧合，还是凶手处心积虑的细致安排呢？

要想证实这一点，展峰仍需找到更多的蛛丝马迹。

如果河豚毒藏于行李包内，猫进入室内，锁定气味源后，必然会想方设法地抓开包，那么包外侧，也多半会留下猫的爪痕。

若是如此，问题就有了突破点：谁包上的爪痕最集中，谁的嫌疑就最大。

…………

车厢外的天空不知何时已有了淡淡霞光，车内原本有些困意的展峰，却像吃了兴奋剂般，一瞬间精神抖擞起来。在虚拟现场内，他将下铺那堆牛仔帆布包逐一放大观察，可遗憾的是，最外侧的四个包上，居然没有一丁点痕迹。

展峰眉头直皱，这根本就不符合常理，如果不是靠近外侧的包，凶手在拿取河豚毒时，脚印就不应该集中叠加，而会呈现出比较剧烈的位移表现，于是他又把行李架上上下下仔细地勘查了一遍，这一次他发现在上铺的木板上，除了大量爪痕外，居然还有不少猫的泥渍足迹。

有了这些痕迹，便证实了他的猜测，而且从猫足上的泥渍、灰尘等不同附着物看，它显然不是第一次进入室内。可见，河豚毒藏在包里已有不短的时间，这才让那只猫念念不忘，总是跑来试图搞点美食。

可巧妇难为无米之炊，捋顺了思路，展峰仍要考虑实际困难。这个虚拟现场是依托现场照片建模而成，它的弊端在于，没有影像的部分，就算技术再高，也无法彻底还原。

至于是谁的包上有爪痕，现在已无须纠结，因为展峰推测，嫌疑人可能早就注意到了这只猫，纱窗下沿那颗阻尼钉就是最好的证明。如果这颗钉子不被拔起的话，纱窗将很难被打开。

封闭纱窗的原因也不难推测：猫多次进入，在包上制造爪痕，必然引起了嫌疑人的注意。

既然如此，那么，带有爪痕的包会不会被换掉了？

对这个问题，现场照片其实已经为展峰提供了答案。

二十八 ━

早饭过后，展峰将司徒蓝嫣、隗国安叫入车内。

老鬼左手揉着撑起的肚皮，右手捏着牙签，坐在座位上惬意地剔着后槽牙。"展队，这么着急喊我们过来，是不是有什么新发现？"

"算是有一点吧！"展峰睁着那双布满血丝的眼睛，语气疲惫，"鬼叔，能不能帮我画张画？"

"那不是你一句话的事吗，这么客气干吗？"隗国安掏出画笔，摆好了姿势，"说吧，画谁？"

"一只猫！"

"什么？"隗国安拿手指掏了掏耳朵，"展队，你没在开我玩笑吧？猫跟案子能有什么关系？"

"还真有。"展峰把二人带入 VR 现场，将昨晚的勘查结论系统地为他们演示了一遍。

看到最后，隗国安也忍不住频频点头。"馋猫鼻子尖，不会有这么巧合的事，之前我还觉得残缺脚印分析得有些牵强，可这个猫爪印，简直就是实锤。我现在也完全相信，凶手就在这八名受害者里。"

隗国安越说越兴奋："这种案情小说里都看不到，没想到实打实地存在，太不可思议了！太不可思议了！"

司徒蓝嫣盯着上铺的床板说道："爪痕密集，反映出这只猫性格较为急躁，另外，它应该是只家猫，或者说，流浪之前被人饲养过。"

隗国安觉得有些难以置信："啥？家猫你也能分析出来？你们心理学不是研究人的吗？"

司徒蓝嫣笑着解释道："动物心理学[1]也是心理学的一个分支，正好是我的选修课程，所以我多少对此有些了解。猫、狗作为与人类朝夕相处的宠物，动物心理学对它们有极为详尽的研究。

"通常来说，家猫受主人的影响，比较容易出现性格问题。俗话说'宠猪举灶，宠子不孝'，道理如出一辙。

"猫的性格问题可归纳为四种：一是嫉妒型，通常出现在家中饲养多只猫的情况下；二是暴躁型，这与猫主人不按时喂食且长期不管不问有关；三是胆

---

[1] 动物心理学是心理学的分支学科。是对动物——尤其是非人类动物的心灵研究。除动物心理学之外，研究动物行为的还有比较心理学和习性学，比较心理学着重于从进化的观点对不同动物的行为进行比较研究，动物心理学则着重于通过动物行为对其心理过程进行分析。习性学则侧重在正常自然环境中对动物的习惯和行为及其适应生存的环境进行观察。

怯型，若是饲养家庭中有一个顽劣的熊孩子，在这种环境下生长的猫，或多或少都会存在胆怯的情况；四是自私型，所谓'朱门酒肉臭，路有冻死骨'，绝不是只存在于人类社会，有些猫对自己的利益可是非常看重的。

"从痕迹上看，我觉得这只猫属于第二种与第四种的并存型。它之所以会如此执着，原因有二：一是它可能每天只吃一种固定食物（猫粮），河豚的鱼腥味，对它来说，极具吸引力。二是猫科动物有极强的领土意识，如未绝育的公猫会用喷尿的方式来圈画地盘，潜意识中，在它地盘内的东西，都归它所有。一旦有其他的猫进入领地，必定会引起争斗。

"我猜这只猫多次入室的动机，是想尽早将东西取走，怕被其他猫捷足先登。表现出了一种极为自私的心理状态。

"野猫由于缺少食物来源，活动范围不固定，领土意识也相对薄弱，就算是嗅到了鱼腥味，一两次尝试无果后，也会就此作罢，能表现得如此执着，它的活动范围应该是相对受限的，所以我认为，这只猫是工地饲养的家猫。因民工劳作时间长、流动性大，工地管理层常年奔波，有心情养猫的，只可能是工地上的常住户，比如保安、食堂、小卖部之类场所的工作人员。"

隗国安听得啧啧称奇："我的个乖乖，蓝嫣，你这心理学太厉害了，随便一分析，都快把猫主人找到了！"

"鬼叔过奖了，不过是个笼统的结论，想通过心理学确定猫主人，困难不小。"她看向展峰，"展队，你有没有什么好办法？"

"我的猜测跟你的观点基本一致。之所以要搞清楚猫的情况，其实是为了印证我的一个推测。"

"推测？什么推测？"隗国安竖起耳朵。

"鬼叔，假如你养了一只猫，整天跑到别人家里乱抓乱挠，时间长了，你会不会有所察觉，尤其还是在工地这种开放式的环境下？"

隗国安很快代入猫主人的角色："如果是我养的猫不见了，我肯定会满世界找，若是发现猫弄坏了别人的东西，最起码要赔个礼、道个歉啥的吧！"

司徒蓝嫣双眼一亮："所以说，找到猫主人，就等于找到了新的突破口！猫主人或许会记得，自己的猫到底弄坏了谁的东西，而那个人，就是我们的嫌疑人。"

隗国安笑道："如今已经有了嫌疑范围，只要猫主人稍微给点提示，咱们就能少走不少弯路。"他放下 VR 眼镜，转而拿起纸笔，"我准备好了，展队你说，画个什么样的猫？"

展峰挼了挼思路。"在确定猫入室的侦查方向后，我取了些混合样本[1]。

"猫科动物为了适应炎热环境，在高温天气时，会出现大量掉毛的情况。在混合样本中，一共筛选出了 68 根毛发，其中有 21 根为动物毛。

"我用原子吸收法，对毛发进行检测，发现了铬、铁、镍、铜、锌、锰、镁等元素，通过比对动物毛发元素含量表，可断定动物毛发均来自猫科动物。

"因性别不同，公猫与母猫的毛发元素含量，也存在差异。比如说，在母猫的毛发中，铬比公猫多 1.5 倍，铁多 2.2 倍，铜多 1.1 倍，锌多 1.3 倍，钠多 1.2 倍（数据并非实验数据，仅是为了方便理解），等等。对比元素实际占比量，得出结论，入室抓挠的是一只公猫。"

展峰又调出木板上的猫足印，解释道："猫的运动系统主要由骨骼和肌肉组成，全身共有 230 至 247 根骨头。分头骨、躯干骨和四肢骨三部分。其中肢骨是形成足迹的前提，包括前肢骨和后肢骨。

"与人类足迹不同的是，猫前脚有五个脚趾，后脚有四个脚趾。每只脚掌下生有肉垫，每个脚趾又有趾垫。行走时三角形尖爪隐藏在趾球套及趾毛中，只有在摄取食物、捕捉猎物、攀登时才会伸出。

"猫足趾下的肉垫能起到极好的缓冲作用，使猫在行走时悄然无声，便于袭击和捕猎。不同品种的猫，其肉垫的形状也不尽相同，常见的有三角、椭圆、半弧、心形、凸形五种。种类特征，可反映在猫足印上。

"《痕迹学》上对猫足的研究，已相当成熟，通过成串猫足印，也可推断出猫的性别、体形等特征。也就是说，只要有猫足印和毛发，就能还原出本猫的基本形貌。"

---

[1] 在勘查重大案件现场时，为了确保室内物证无遗漏，勘查人员会将那些与案件无明显关联且无法归类的物证，如地面泥土灰尘、室内药瓶药罐、垃圾桶内丢弃杂物等等，打包收集，这类物证统称为混合样本。

展峰沉吟片刻，做出结论："综合以上信息，进入室内的是一只高约30厘米，长约65厘米（含尾巴），重约5公斤，黄白相间的中华田园猫（狸猫）。"

二十九 →

摩尔庄园，别墅内。

午饭刚过，庞虎在书房的茶桌后坐下，端起曼松贡茶痛饮一口。管家老黄叩响了房门。"刀疤来了。"

庞虎的好心情被打断，有些不快地隔门问道："他来做什么？"

"他没说，看样子是有紧急的事情，人已经在客厅候着了。"

和警察打了这些年交道，庞虎知道，无论什么通信设备，都不可能在公安局的眼皮底下做到绝对保密，所以他要求手下，有重要的事情必须当面汇报。于是他放下茶碗，道了句："让他来书房。"

刀疤接到管家传话，一路小跑来到门前，他弯起食指刚要敲门，庞虎的声音便从屋内传来："门没锁，进来吧！"

刀疤整整衣装，缓缓推开厚重的木门，他看到庞虎端坐在根雕茶桌后，一杯沏好的红茶已摆在了客座之上。

"来，喝茶！"庞虎温和地招呼道。

刀疤顿觉受宠若惊，快步走过去，接了茶连忙坐了下来，刚送到嘴边，就听庞虎问："找我什么事？"

"虎哥您稍等！"他放下茶杯，从口袋中掏出一张5寸照片递了过去，"您先看看这个！"

庞虎双目眯成了一条线，瞅了半天，除了能认出照片上是只猫外，并没有任何发现，于是他把照片往茶桌上一丢。"别打哑谜，说重点。"

"是这样的虎哥。"刀疤赶忙解释，"这幅画是老鬼的手笔，专案组现在正满世界找这只猫呢！"

"猫？跟我们有什么关系？"

"有！有关系。"刀疤火急火燎。

"你知道这只猫的下落？"

"知道！"

"谁的？"

"小卖部汪士淮养的。"

"汪士淮……"庞虎皱着眉头思索了片刻，"哦，我想起来了。"他一拍脑门，"他是不是做过我们东胜的保安队长。"

"没错，就是他！"刀疤一拍手。

庞虎神色微肃。"难怪你会说有关，把前因后果说给我听听。"

刀疤连忙正襟危坐道："展峰他们几个最近在查帝铂花园的投毒案，想必虎哥您也知道些情况。"

庞虎"嗯"了一声，算是回答。

"目前该案除了展峰所在的 914 专案组，刑警支队的 730 专案组也同时在查，据我收到的消息，两个调查组在侦查方向上好像存在分歧，嬴亮起了异心，跑到别的组去了。"

"展峰一直压着他发小的案子不办，以嬴亮的性格，不起异心反倒不正常了。"庞虎评价道。

"是这个理，虎哥，话说到这儿，我能不能问句题外话？"刀疤小心翼翼地问道。

"说吧！"

"展峰为什么要把石头的案子压着，死活不办呢？只要他愿意接，嬴亮就不会跟他离心，我们也不可能有所作为。当时您怎么会把宝押在他的身上，您是不是知道点什么？"

"呵呵！"庞虎冷笑道，"你不知道，展峰这小子也算是我打小看着长大的，他什么个性，我心里一本清账，他表面上不声不响，其实跟嬴亮一样疾恶如仇，要是没有上边那些老狐狸的指示，他不可能压着这么大的案子不办。"

"您的意思是，是公安部在压？"

"除了他们，还会有谁？我看这帮老猴是想放长线钓大鱼啊！"庞虎笑了笑。

"那……那只猫的事，咱们要不要插手？"刀疤又问。

庞虎回过神，重新拿起照片端详了一会儿。"这只猫还在不在？"

"死了很多年了！昨天吕瀚海把猫的画像贴满了整个小区，老汪给我打电话，问要不要配合他们专案组调查。"

庞虎思索片刻道："投毒案发生在我们东胜的管辖范围，虽然帝铂集团后来认了全部损失，可这事对咱们两方来说，都算无妄之灾。唐总当然不差钱，但我心里多少还是过意不去。再说了，你也知道，我弟弟庞鹰的案子，展峰他们也费了不少心思，恩仇要分明，既然投毒案重启了，于情于理，我们都不能袖手旁观。你去告诉老汪，知道多少就说多少，不必隐瞒。"

"明白！"刀疤利落地点点头，起身准备离开。

"另外！"庞虎话锋一转，叫住他，"你让老汪带支录音笔，回头把专案组的问话一字不落地放给我听。知己知彼才能百战百胜，这么好的机会，别放过了。"

"行，我马上去办！"刀疤爽快地道。

刀疤走到门边，谁知庞虎又补了句："对了，这事不管结果如何，我与展峰从今往后就两不相欠了。我庞虎做事一码归一码，虽说这些年不再搞打打杀杀那一套，但不代表我没有脾气。再说了……也是时候给专案组点颜色看看了。"

刀疤作为典型的墙头草，不管是在庞虎面前，还是在韩阳座下，他很清楚两人的目标始终只有一个——914专案组。区别无外乎是庞虎做事老到，讲原则，而韩阳更为激进，不择手段罢了。

但不管怎么说，只要专案组被干掉，论功行赏必然少不了他的一份。所以不管是哪一头，只要是针对专案组的行动，刀疤都会有一种莫名的兴奋雀跃。

"我这边早已按您的吩咐准备妥当，就等您一声令下！您老不开口，咱们也不好动手嘛！"

庞虎气定神闲地一笑："耐心点，好戏还在后头，你就留着点劲，准备登台唱戏吧！"

三十 ➤

下午两点，一名头发花白，身穿深蓝色保安制服的中年男子跟在吕瀚海身后，走进了办案区。

展峰已提前接到消息，在询问室耐心等待了一段时间。

伴着"嘀嘀嘀"门禁密码输入的声音，吕瀚海如凯旋的勇士，一踏进办案区就骄傲地喊起来："展护卫，人我可给你带来了啊！"

隗国安探头埋怨道："吵吵啥，有话进来说，省得给人听见！"

"你个人精，就你屁事多，办案区除了咱们几个，连个鬼影都看不到，你担心个啥啊！"

隗国安懒得跟他论，认怂地笑道："得得得，我的错，辛苦九爷了，您赶紧回房歇着，剩下的交给我们。"

"别介！我还有正事要办。"吕瀚海掏出那张寻猫启事，指着最下方的一行小字念道，"提供线索者，警方将给予两千元现金奖励，你替我问问展护卫，这钱我上哪儿去领啊！"

隗国安闻言无语地说："你小子是不是掉钱眼里了？自己组的本职工作，还想着要钱呢？"

"哎，话可不能这么说，我就一司机，还是个临时工，不多赚点外快，我指望啥活，你们公务员哪儿晓得现在的物价贵得哟……"

眼看吕瀚海又要扯远，展峰快步走了出来。"钱的事一会儿再说，你是怎么找到他的？"

"早上我去帝铂花园小区贴寻猫启事，听老鬼说，西门那个小卖部是重点，我就多贴了几张。"吕瀚海手指男子，"他叫汪士淮，小卖部的老板，当年案发时，他在现场。我一开始问他认不认识这只猫，他头摇得跟拨浪鼓似的，没想到他刚才联系我说这只猫就是他养的，我以为这家伙在玩我，可他竟然当着我的面赌咒发誓，我这才把他带了过来，不信你问他是不是。"

"汪老板，是这样吗？"展峰转头看那人。

汪士淮满脸尴尬，他自然不能跟警察说，是有了刀疤的准信儿才配合的，只能按照提前编好的台词回答道："确实如此，这起投毒案，我是亲眼看到的，你们说要找猫，我害怕，所以一开始没敢认。"汪士淮拽了拽身上的保安制服，"二十年前，我就是东胜公司的保安队长，后来上了年纪实在干不动了，才留在小区经营小卖部的，我是保安，你们是公安，都带一个安字，算半个同行吧！所以怕归怕，我想了想，还是联络了这位警官，总之你们警察需要我怎么配合，我一定配合。

"可也希望你们理解一下，我就一个小老百姓，早上这位警官在我店里，当着那么多人的面问我，我哪儿敢说，毕竟人多眼杂，那个投毒的还没归案，我一时间脑子就不太管事……所以……所以……就没承认……"

汪士淮的解释合情合理，展峰不再继续追问，对他说道："这只猫，确定是你的？"

"放在现在给我一只活猫，我也不敢保证，可要是往前推十五年，那么这只猫绝对就是我们家铃铛，因为当年工地上就这一只猫，绝对不会错！铃铛性子凶狠，附近的流浪猫只要敢来工地，一准被它打跑。"

展峰的眉头渐渐舒展开来。"那就劳烦汪老板，借一步说话了。"

"哎，展护卫，我的……"吕瀚海一看展峰转身，立马犯了急。

"九爷！"司徒蓝嫣冲他摇了摇手机，"支付宝到账两千块，查收啊！"

吕瀚海收到语音提示，笑得见牙不见眼。"我去，要不怎么说，蓝妹妹能当专案组的财务大臣呢！办事就是利索。"

"别贫了。"隗国安一把搂住他的肩膀，两个人并排走向门外，"怎么样，我说得没错吧，我就知道小卖部老板绝对知情，你看，要不是我让你往那边去……"

吕瀚海把手机往兜里一揣。"老鬼，你别跟我耍花花肠子，想打我这两千块钱的主意，门儿都没有！"

相处这么久，隗国安哪儿还不知道，跟吕瀚海什么都能谈，就是不能谈钱，否则绝对能当场翻脸。"那是你的辛苦钱，我怎么会打它的主意，我这儿是有一件小事，想麻烦九爷！"

"小事？有多小？"吕瀚海翻翻白眼。

"对你来说，就是举手之劳！"隗国安知道这是个不见兔子不撒鹰的主儿，笑着给他颗定心丸。

吕瀚海想了想。"行，说来听听！"

"你要是没事，帮我打听打听，亮子他们专案组最近有啥进展？我们这儿现在就三个人，根本走不开嘛！"

吕瀚海斜视道："老鬼，你又在搞什么名堂！谁不知道你俩关系最好，你怎么还让我去打听？"

"哎，这说来就话长了……"隗国安解释说，"两个专案组的矛盾，你多少应该也听说了一些。起先我也觉得那个杜强是凶手，可这几天，经展队一分析，我越来越觉得，730那边有些跑偏了。你看啊，亮子现在是他们的数据研判组组长，他顶着公安部的光环，他的话在730专案组里相当有分量，我昨天晚上才跟他碰过面，我感觉这小子最近有点飘啊……"

"然后，你就说了他两句，结果被顶回来了？"吕瀚海接了下一句，调侃地看着隗国安。

隗国安无奈地点了点头："九爷敞亮。"

吕瀚海苦笑道："敞亮个屁，我到现在都搞不清楚，赢亮这六亲不认的性格到底遗传了谁，听你说，他爸也是刑警，没听说老爷子有这别扭劲啊！"

"你管他遗传谁呢！这都不重要。咱们组内部发生点小摩擦，别人又不知情，在730专案组看来，赢亮其实就是我们派出去的援兵，他现在把刑警支队使唤得团团转，要是到头来杜强不是凶手，这不是让人看咱们专案组的笑话吗！"

"啧啧啧！"吕瀚海咂巴着嘴，"展峰才是专案组组长，要丢也是丢他的人，皇上不急，你这个老太监倒先急起来了！"

"你大爷的，怎么还骂人呢？"隗国安板着脸，"我跟你说啊，你没看出来他俩正较着劲呢吗？现在组里就剩下咱仨男的，蓝嫣一个姑娘家，怎么能让她蹚这浑水，加上赢亮对她那点意思，你不知道，她去说，只怕会起反效果。她用不上劲，我再不从里头撮合撮合，到头来，不管谁斗败，我们专案组这锅都背定了。"

"得得得，不掰扯那些，你直说，我该干什么？"

"九爷你向来不拘小节，自从贼帮案破获后，你跟赢亮也算是有过命交情的人了，虽然你俩表面上还不太对付，可我想好了，你见到他，就拿蓝嫣当挡箭牌，说是他师姐发现了新情况，杜强这条线，能放就放一放，等我们这边消息再往下推，九爷的情商这么高，该怎么说，应该不用我教了吧！"

吕瀚海笑骂道："老鬼呀老鬼，难怪你是个'光明顶'，什么不拘小节加情商高，就是暗示我脸皮厚呗？我理解得对不对？"

隗国安不服输地喊："哎哟，九爷，我看你啊，再这样发展下去，到我这个年纪，头发不会比我多多少！"

吕瀚海一点头："行吧！怎么说我也算是收了专案组的好处，拿人钱财，替人消灾，这事就包在我身上了，等我好消息！"

三十一 ◣

两个人在那边掰扯时，展峰带着司徒蓝嫣，已经开始了询问。

"能不能麻烦你说说这只猫的来历？越详细越好！"展峰问道。

汪士淮连忙把在脑子里过了无数遍的"剧情"娓娓道来："我呢，二十啷当岁的时候，就在外漂，也没个固定工作。直到后来应聘成功，进了东胜。

"这个公司只挣工地的钱，全国各地哪里有项目，我们就去哪里，虽说收入相对稳定了些，可说白了，还是满世界漂泊！

"我呢，一直想安个家，后来经人介绍，我认识了我前妻马玉芳，她是东胜的保洁主管，认识没多久，我俩就办了事，婚后第二年，来了个女儿。要不是女儿生病，急需输血，我还不知道，女儿其实跟我没有半点血缘关系，我平白给人家养了孩子。

"在我的逼问下她承认劈了腿，后来离婚也就顺理成章了，当然，离婚后，女儿就判给了她。她走的时候，带走了女儿的所有东西，唯一没带走的，就是那一窝家里大猫下的猫崽。"

说到痛心之处，汪士淮的眼圈泛起了红晕。"那时闺女已经四岁了，年纪虽小，可那小人儿心里什么都明白。电视上说，人都是有感情的动物，闺女虽不是我亲生的，可朝夕相处四年，怎么可能说放就放得下。

"我记得，临走时，闺女告诉我，一定要把猫养大，等猫长大了，她就回来！但那次告别后，我就再也没见过她，可能是她妈觉得尴尬吧！"

汪士淮无可奈何地苦笑："当时那窝猫崽，是小卖部养来抓耗子的大猫下的，一共四只，大猫不慎吃了耗子药给毒死了。前妻走了，我工作太忙，猫崽还在吃奶，我又不会照顾，先后死了三只，就剩下一只活了下来。

"它是我对闺女最后的念想了，所以为了保护好它，我在它脖子上拴了只铃铛，不管它走到哪里，我只要听到铃铛响，就知道它还在，它的名字，也是由此而来。

"小卖部养猫都是散养，铃铛的性子很野，工地不少人都被它抓伤过，我每天给它配的猫粮，它也不怎么爱吃，一天到晚叼些乱七八糟的东西，什么毛线球，零食包装袋，拖得满窝都是！

"为了改掉它这坏毛病，我只要见到它叼东西，就会拿棍子轻打两下。后来它也知道怕，不敢再往家拖东西，只是这脾气却变得一天比一天大，把它惹毛了，连我都被抓得鲜血淋漓的。"

眼看汪士淮就要把故事说成关于猫的回忆录了，展峰打断了他一下："汪老板，你知不知道投毒案发生在哪一天？"

"这事具体年份我忘了，可日子我记得很清楚，7 月 30 日！算起来，应该有十好几年了吧！"

"那劳烦您回忆回忆，案发前一段时间，铃铛是不是经常去 4-1 室的民工宿舍？尤其是工人上工的时候。"

汪士淮搓着下巴，约莫回忆了一支烟的工夫，才说道："我孤家寡人　个，又兼任保安队长，公司给我在工地上单独弄了一间彩板房。工人上工时，我主要负责巡查，铃铛有时跟我一起，有时就不知道溜哪儿去了，你要说它进工人宿舍，那是常有的事，但具体哪一间，我确实回忆不起来了。"

"你们工地上，有没有上工后，工人又返回宿舍的情况？"展峰换了个问题。

"为了赶工程进度，除非发生紧急情况，否则公司绝对不允许工人在施工期间返寝，至少在我巡查时，没有发现过类似情况。"汪士淮回答得很肯定。

"会不会有什么事情，被你忘了，或者你没有察觉？"

"这个……"汪士淮有些拿不定主意，"小区建成之前，小卖部和食堂的经营权都在东胜，每位工人在小卖部都有一个账目，平时花销，可以现结，也能挂账，因为到了年底发工钱时，可以一并结，所以公司也不怕挂账。当年我们保安队岗亭，就设在西门，公司为了节省人力开支，都是让值班保安轮流帮小卖部记账。接触时间长了，我们保安与工人之间的关系处得都相当不错，实话实说，因私交不错，偷偷放人出来的情况确实有，但只是个例。"

展峰很欣赏汪士淮的实话实说，于是迎合道："咱们中国本身就是人情社会，也能理解！"

"对，是这个理。"

"那……铃铛现在还在不在？"

展峰的话又勾起了汪士淮痛苦的回忆，他叹口气，说道："唉！别提了，案发后没几天，这猫就没了。"

"猫怎么死的？"

"我也不清楚。记得是8月2号，我刚配合警方采证完毕，回到住处时，发现铃铛趴在那里一动不动，起先我以为它睡着了，就没当回事，可我一觉醒来，发现它还趴在窝里，我唤它，它也不理，我当时心里咯噔一下，去摸它时，才发现尸体已经凉了。"

"你觉得铃铛的死，会不会与投毒案有关？"

"应该不会……吧！案子发生之后，我听人说，是有人在茶叶里下了毒，而且这边出事，警察那边就把茶叶罐拿走了，铃铛不可能会接触到，一只猫也不喝茶不是？铃铛走的时候很安详，跟睡着了一样，我一直以为铃铛是到了大限，就是它那时还正值壮年，让我有些纳闷，警官，我之前就想问了，你们找它，是觉得一只猫能跟投毒案扯上关系？"

"我也只是猜测。"展峰话锋一转，"对了，铃铛的尸体你是怎么处理的？"

"唉！一窝猫崽，全被我养死了，前面三个都刨坑埋了，可我怕女儿哪天真的回来了，不知该怎么跟她解释猫的事，所以给铃铛保了个全尸，我把它装进盒子，放在了朋友冷库的角落里头，有时过去拿货，我还会去看两眼，这也是为何，吕警官拿着照片来找我时，我一眼就认出是我们家的铃铛。"

"尸体还在？"这让展峰大为意外。

汪士淮不好意思地笑笑："在啊！不过平时这话我可不敢对外说，我朋友做冷库生意，我的小卖部经常会从他那里进些冷鲜肉，常年都有生意往来，他的冷库占地上千平方米，空地很多，我就要鞋盒那么大点地方，这对他来说，根本不算事，只是不好说出去，你说放只死猫在生鲜旁边，被人知道了，多瘆人？"

三十二 ➡

安成冷库距离帝铂花园不到十公里，是一个经营肉制品的超低温冷链室，气温常年维持在零下 20 摄氏度左右。从操作间借了几件棉衣御寒，展峰等人在 3 米高的货架顶端找到了那个装着铃铛尸体的木质茶叶盒。

正如汪士淮所说，猫尸保存完好，就像刚刚才去世一样。

其实时隔这么多年，汪士淮心里也清楚，女儿回来的可能性已经不大，只是留着猫的尸体，心中有个着落罢了。他收到庞虎的指令，要求全力配合专案组破案，虽觉得不舍，但还是把铃铛的尸体交给了展峰。

…………

市公安局法医解剖室里，司徒蓝嫣望着解剖床上已完全化冻，变得柔软的猫尸道："我查过资料了，看牙齿磨损，这是只有六岁猫龄的猫，相当于人类的三十四五岁，按照猫科动物的生理特征，铃铛正值壮年，应该不会突然暴毙，多半另有死因。"

"也不是绝对。"展峰拉了拉乳胶手套，试图挤出指间残留的空气，当把薄如蝉翼的新型手套调整到最佳位置后，他才继续说道，"汪士淮常年给铃铛喂食同一种猫粮，食物结构相对单一，他没有什么科学养猫的意识，这样会导致铃铛缺少相应的微量元素，时间久了，铃铛很容易患上一种疾病。"

"什么病？营养不良？"隗国安胡乱猜测。

或许因为找到了关键的证据，展峰饶有兴致地卖了个关子："你们仔细回忆下，汪士淮是不是说，铃铛有段时间经常把毛线、食品外包装袋拖进猫窝？"

"没错，他是这么说过！"二人点头道。

"这是猫科动物异食癖最典型的外在表现。是一种营养代谢不良产生的疾病，包括生理和心理两个层面。若是长期缺乏某种元素，不光是猫科动物，一些犬类、禽类也会出现烦躁不安的情绪，最直接的表现，就是攻击性强。"

"展队，你的意思是，铃铛实际上是患上了间歇性精神病？所以才会六亲不认？"

"鬼叔的说法通俗易懂，可以这么理解，不过这是由内分泌系统紊乱导致的。"展峰继续说道，"通常患上异食癖的猫，会食用大量杂物，常见的有毛线球、纸张、木屑、塑料袋、橡皮筋等等，多数病猫会因此消化不良而死去。另外，猫在睡觉的过程中，喜欢蜷成一团，要是食入铁钉等尖锐物体，在睡梦中被刺破内脏失血而死，也是很常见的。所以铃铛的真正死因是什么，还得解剖后才有定论。"

在把猫咪开膛破肚之前，展峰先行采集了铃铛的足迹及爪印样本。经比对，案发时，多次进入室内的那只猫，就是他们面前的铃铛。

验明正身后，展峰取出柳叶刀，沿着铃铛的喉管一刀划至阴囊，剖开腹膜，在看清内脏情况后，展峰的表情突然凝重起来。"心外膜血管扩张淤血，心腔内血液呈暗红色流动性。双肺淤血水肿。胰腺表面呈暗红色，切面淤血。这是典型的钠离子阻断后，导致运动神经及呼吸肌麻痹而亡。铃铛死前不是在睡觉，而是因为中了河豚毒，四肢无力，无法行走，才会瘫软在窝里。"

"它……它怎么会中河豚毒？"隗国安一脸不可思议，"它不是一直没有得手吗？"

困惑的不单是隗国安，就连展峰都满脸疑问。

市局法医室设备较为落后，为稳妥起见，展峰将铃铛的消化系统整个切除，带回了外勤车内。借助高倍目镜，展峰小心翼翼地按照咽、食管、胃、小肠、大肠、肛门的顺序，逐一剪开。

让他没有料到的是，铃铛的整个消化道里，除了少量白色糊状物外，基本空无一物。

隗国安望着白乎乎的一团糊状物，狐疑道："猫肚子里没有别的，难不成问题就出在这上面？"

展峰用镊子稍稍取了一点，放在载玻片上，仔细观察。"跟我想的一样，从纤维构成看，铃铛是把纸屑吞进了肚子里。"

说完，展峰双眼从目镜前挪开，接着他用玻璃皿将铃铛的胃部完全遮盖。"我们只在胃部发现了白色糊状物，上至食管下至小肠都是空的，没有任何发现。所以说，铃铛是空腹吞下了纸屑，而河豚毒素，应该就附着在纸屑上。当胃液与纸屑融合，河豚毒完全释放，导致了铃铛中毒而死。"

隗国安做出大胆假设："也就是说，凶手是用一个纸袋装的河豚毒，作案完毕，他能预料到接下来会出事，当然不能把证据留在宿舍内，而后他将纸袋随意丢弃，纸袋上沾有浓厚的鱼腥味，刚好被圈养在工地上的铃铛叼走误食，这才导致铃铛中毒死亡？"

"过程没错，但鬼叔你忽略了一个至关重要的细节！"

隗国安挑眉看向展峰。"哦？哪个细节？"

"纸屑能轻松到达胃部，说明铃铛没有咀嚼，而是选择直接吞咽。猫的口腔较小，喜欢球状物。我猜测，凶手在投完毒后，把装毒的纸袋揉成了一个实心纸球，丢在了现场附近。"

隗国安以为展峰会给出什么令人兴奋的解释，结果说了半天，也只是吞了个球而已，这么大费周折，没有什么实质性进展，隗国安多少有些泄气。"唉！球形也好，纸片也罢，折腾半天，难道我们的破案希望，要寄托在这团纸糊糊上吗？这玩意儿能有什么用啊？"

展峰参与过数不清的悬案侦办，可以说但凡是悬案，都要经历线索中断、瞎子摸黑的情况。但从没有一起案件，能像本案给展峰带来这种无法破案的感觉，随时随地涌现的沉重压力，让平时以老好人自居的隗国安都表现出了负面情绪，可想而知，现在车内的气氛有多么压抑。

其次，本案一路走到现在，展峰固然如履薄冰，但追根溯源，他的心病还是赢亮。石头的案子，他给不出，也不能给出合理解释，所以他知道，靠着自己去说服，绝对无法让嬴亮回头。他当下唯一能做的，就是在最短的时间内，拿出最具有说服力的证据，让嬴亮改变对案件的看法，因此，破案这件事对他和嬴亮的关系而言，也是迫在眉睫。

可现实情况，正如隗国安抱怨的那样，目前就只有这团被消化液侵蚀成糊状的纸屑，它能在案件侦办上起到多大作用，一切还是未知数，要是检验后，没有任何收获，那么之前的所有努力，将化为泡影。

正所谓福无双至祸不单行，就在展峰刚调整好心境，准备进行下一步工作时，那部植于他耳蜗深处的加密电话，突如其来地响起……

三十三

次日上午，康安家园自建房中。

高天宇今天似乎心情不错，大清早便精挑细选了一套深灰色格子西装套在身上。西装作为从欧洲传来的服饰，穿着上也自有考量，这种类似棋盘的格纹面料会给人带来很精致的感觉，而深色又能提升品位，通常只有在极为隆重的场合，高天宇才会以这一身示人。

站在卫生间的镜子前，他用白皙修长的手指捏起领结，左右上下不停地微调，直到调整到自认为的最佳状态，他才满意地收了手。

厚重的防盗门在他收手的刹那被打开，高天宇使时间精准到如"定时炸弹"的秒表一般。和他预想的一样，进来的不是别人，正是多日未见的展峰。

"给你三十分钟，立即说清楚叫我回来的原因。"

展峰的语气夹杂着疲惫及愤怒，就像是弥漫在空气中的火药，只要高天宇的应对稍有不慎，便会引爆他积累的怒意。

"不知展队是否还记得我们的赌约？"高天宇那张邪恶而俊美的脸上，露出了一丝放荡不羁的迷人笑意。

始终沉浸在投毒案中的展峰，一时间没反应过来高天宇话语里的意思。"什么赌约？"

"您可真是贵人多忘事，"高天宇双手插兜，似笑非笑地朝展峰缓缓逼近，

"上一起石棺案，你能在不开棺的条件下确定凶手的抛尸位置，这一点我着实没有想到，愿赌服输，按照约定，你可以问我一个，你最关心，我也必须如实回答的问题。"

说话时，高天宇的指尖已触到了藏于裤缝的刀片，按他过去的所作所为，他绝对算得上是大奸大恶之徒，但他也是一个极为信守承诺的人，正像他所说的一样，不管展峰问出什么问题，他一定会如实回答，包括他曾经犯下的那些案子。

高天宇微笑凝视着展峰，眼底却闪过一抹厉色。

一旦窗户纸被捅穿，那么接下来，他跟展峰之间就只能鱼死网破了，拿到了他的口供，展峰要查出实际证据就只剩下时间的问题，然而他现在还不能被警方抓捕。

如此一来，除了你死我活，不会再有更多的可能性。之前高天宇曾经多次撩拨甚至主动攻击展峰，他甚至还表现出了类似精神分裂的冲动，但只有他自己清楚，这是他对展峰身手高低的试探。

高天宇知道，除非一招制敌，否则他在格斗方面绝不是展峰的对手，所以，他也做了最坏的打算——今天死在这里的人，会是他自己。也正是因此，他才把自己打扮得如此体面，他并不畏惧死亡，但他不接受任何人的审判，就算是死，也必须听从自己的安排。

两个人的距离近在咫尺，透过金丝眼镜，高天宇能清晰地观察到对方的嘴唇在轻轻嚅动，他知道，这是人发音的开始，他期待展峰开口的第一句话，宛若罪犯在期待法官的宣判，这个结果无论好坏，对终结"折磨人心的揣测"都是一剂良药。

当然，整个赌局，仍是另一个层面的试探，不过要看展峰是否足够聪明，给彼此留一道可走的"生门"。

就在这时，展峰开了口。

眼前的一切，在高天宇的脑中，像是来回跳剪的蒙太奇片段。

"也许……"展峰道。

高天宇微笑着，刀片已经从裤缝中抠出。

"有些……"

刀片被高天宇握在手中。

"事情……"

他的右手缓缓伸出，指尖与刀片平齐，只要微微一送，刀刃就会凸出于指甲，成为杀人利器。

"还是……"

高天宇的目光凝视着展峰上下滚动的咽喉。

"不要……"

右臂肌肉做好了准备，微微抬起。

"那么早知道的好。"

展峰的话终于说完了，而时间如凝固般，将屋内的一切都按下了暂停键。

"为什么？"高天宇终于问道。

"什么为什么？"展峰的声音里没有丝毫烟火气，仿佛之前被催促回家的愤怒和焦灼，只是高天宇脑海中的幻觉。

展峰没看高天宇的右手，径直从高天宇身边经过，就像他不知道那只藏着刀片的手，已经做好了随时偷袭的准备。

展峰在沙发上坐下，伸展了一下肢体，发出舒缓的呻吟。

"你不想知道答案吗？我说过，你可以提问，我会如实回答。"没有转身，高天宇背对着展峰，低头看着在指尖蹁跹的刀片，它纤薄得像一只闪闪发光的小蝴蝶，让他想起女孩喜欢夹在辫子上的蝴蝶发饰。

"问题只有一个，"展峰平静地解释道，"我跟你的交易，从一开始就不是一次性的，你自己最清楚，一个问题能交代清楚的内容太有限了。"

"你拿我当大鱼？"高天宇回头一笑。

"不是你自己愿者上钩的吗？甚至，当初你找上门的时候，我连钩都还没甩出去。"展峰摊开手掌，他的身体语态没有任何对抗之意，是完全打开的，表现出绝对的容许和接纳。

高天宇心中突然升起暴躁的火苗，他明白，展峰是在用这种方式展示绝对自信——杀了展峰不会很难，但离开康安家园，逃离警方的视野却不容易。以展峰的心性，做出这样毫无防备的表现，绝不可能没有埋伏后手。

说白了，他被展峰握在掌心里，展峰想要提醒他的，就是这个事实，这里面还包括了他女友的个人安危。当然，这也是他试探的根本目的：展峰到底对他的忍让到了什么地步？展峰是真心想要跟他合作，有着充分的理智和冷静，还是在时时刻刻试图从他身上确认犯罪事实，从而沉迷在对他的恨意中，忽略了更大的共同目标？

在得到答案前，高天宇不敢更深一步地按计划实施。

得到想要的答案，高天宇手指一颤，刀片不知所终。他走到展峰的对面坐了下来，表情温和，又饶有兴趣地看向展峰。

展峰也很清楚，这个高智商罪犯对自己又完成了一次试探，他并不着急深入谈话，而是认真地说道："高天宇，说到做到的人，世上不止你一个，我答应你的事还没有完成，所以我也并不着急知晓答案，况且我既然跟你合作，我们就是彼此配合、尊重的关系，我对你的尊重就是：如果你真的想要告诉我什么，你应该想清楚与我交换的条件，再自己主动开口。"

"看来……我还是小瞧了你，你果然比我想象的更加出色。"高天宇用左手搓揉着右手手指，"说实话，能跟你这样的聪明人交易，我感到很欣慰。"

展峰能在这个年纪带领 914 专案组屡破大案，没有一颗清醒的头脑是绝对做不到的。他与高天宇的赌约，就像是剪断定时炸弹上的红、蓝线，在搞清炸弹到底安了几个引爆装置前，盲目地剪断引线，非但不能止爆，反而会造成更大的损失。

高天宇的试探，他从打赌那一刻便已察觉，这人搞出来的案子，绝不是一两个问题就能解决的，没有足够的定案证据，就算高天宇亲口承认也是空谈。时机未完全成熟的情况下，展峰绝对不会轻易触碰高天宇的底线，否则得到的一定是这人的以死相抗。

其实从进门时，他便察觉到了异样，他也清楚，高天宇情绪反复的真正原因：在受困情况下，他始终处于被掌控的弱势地位，就像恋爱中的女人，会反复用伎俩来确定，自己是否一直都在"被爱"的状态。为了把这场戏完美地演下去，展峰也玩了点心眼，高天宇既然喜欢戏剧化的出场，他也不介意陪高天宇找找棋逢对手的感觉。

"你是不是还有其他事情?"展峰问道,"单为了一个我本来就不会要的赌注把我叫回来,太笨了,不像你。"

高天宇之所以想试探展峰,主要还是因为前几天透过监视器,看到了初恋女友痛苦的模样,在备受煎熬中,他在潜意识中认为,也许只有死才是解脱,甚至生出了自杀念头。高天宇明白,虽然很多时候他只是表面上伪装疯狂,但是真正的疯狂一直被他压制在心底深处。

正如他心中所想,展峰只怕不会接招,不过也算冒了一次大险,他明白,在心底的某个地方,作孽太多的自己,是有真诚求死之意的,如果自己死在展峰手里,倒也算将遇良才,没什么好后悔的,不过在最后关头,展峰能对他如此信守承诺,也把他对死亡的期望,稳稳地克制住了,他也对展峰的正确选择,有了些微妙的感谢之情。

不过这些,他可没打算跟展峰解释清楚,倘若把这世上最想要他性命的人排成排,展峰绝对能站在头一号,自投罗网可不是他高天宇做人的方式。

当然了,在办案期间,突然把展峰叫回来,必须给出一个合情合理的解释,尤其高天宇面对的,还是一个极为敏感的聪明人。

高天宇马上将手中早就准备好的底牌摊在了展峰面前。"这么着急喊你回来,的确不是为了什么赌注,而是因为我有一个重大发现。"

展峰知道,高天宇说正经事的时候是很靠谱的,并不避讳这人是自己的仇敌,直接问道:"什么发现?"

"还记得贼帮案,我打出的那通网络电话吗?"高天宇抬手敲了敲耳朵。

"你说呢?"展峰觉得这个问题对高天宇来说,稍显弱智。

"这通电话虽然暴露了我们的位置,但它也成了钩出幕后集团的鱼饵,现在,有鱼上钩了。"

气氛骤然紧张起来,展峰眯起眼压低了嗓子:"谁?"

"一个我从未见过,但能看出很美的女人。"高天宇打开电脑,把那张有些模糊的截图调了出来,"这是好几天之前,你安装在院墙外的定点监控捕捉到的画面,有三张远景,也就是说,她绕着咱们的住处最少走了三圈。"

把电脑屏幕转向展峰，高天宇继续说道："康安家园已破败多年，除了流浪拾荒者前来避难，穿着光鲜之人，轻易不会涉足这个臭气冲天的露天垃圾场。那么这个人的身份，绝对值得怀疑……"

高天宇的分析仍在继续，可他具体说了什么，对展峰来说已经不再重要。他微微垂下眼睑，遮住大小剧烈变化的瞳孔，继续盯着屏幕上的截图，画面上的女子虽戴着墨镜、口罩，可那婀娜的身形仍让他一眼就认出了对方的身份。

一个问题在他脑中不停地反复来回。"怎么会是她？"

三十四 ◆

为高天宇采购了些补给，展峰乘当天最早的航班返回了专案组。

监控画面带给他的疑问，还没有得到解答。不过，展峰是一个能沉下心的人，只要出现问题，他就会在脑中做好标记，然后整齐地呈列在大脑中。需要时，他能在极短的时间内，根据重要程度调整自己的思路，而不是让某个暂时没有答案的问题，在脑中苦苦纠缠。

刚进市局大门，展峰就径直进了外勤车，并且对所有人关上了车门。

等到隗国安再次见到他时，已经是两天后的专案会上。电子大屏贴出了几张线条图片，隗国安能认出这是放大后的纤维，但其中藏着哪些线索，还需展峰做进一步解说。

"案件没往糟糕的方向发展。"展峰开篇的第一句话，算是给隗国安吃了颗定心丸。

"展队，你有线索了？"他有些兴奋。

"只是暂时找到了解开谜团的可能。"展峰将其中一张图片放大，"或许是凶手在揉搓纸团时过于用力，所以铃铛的胃液，并未将纸团完全侵蚀，分离的过程中，我得到了微量的片状碎屑，这张照片就是观测到的纸片纤维分布。经检验，样本纸张源自手工小作坊，而不是大型造纸厂的流水线生产。"

"两者之间有什么区别？"司徒蓝嫣问。

"咱们国家的手工造纸有抄纸和浇纸两种不同的方法，由于在技术、工艺及关键步骤上存在差异，所造出的纸张纤维排列也会明显不同。

"抄纸法是利用活动式纸帘，手工将纸浆均匀铺于纸上，再提出水面，放于案板，最后将所有的原料叠加在一起压榨。浇纸法则使用固定纸帘，入料后，于水中摇晃，直到材料均匀，最后晒干成纸。

"其中被广泛应用的是蔡伦发明的抄纸法，而浇纸法则带有显著的地域特征。两者的区别，从工艺上便可看出。

"抄纸法的大致工艺流程是剥料——浸泡——浆灰——蒸料——清洗——打浆——加纸药——抄纸——压榨——晾纸——分纸。

"而浇纸法则是剥料——清洗——煮料——捶打——捣浆——浇纸——晾纸——揭纸。

"跟抄纸法相比，浇纸法采用布帘造纸，纸的表面往往没有明显的帘纹，这是一个很直接的外观特征。由于缺少压榨过程，浇纸法造出的纸张较厚，表面粗糙、松弛。又因浇纸工艺过于简单，生产出的纸张往往有厚有薄，纤维分布极不均匀。

"综合以上特征，可以判断，承装河豚毒的纸袋，是利用浇纸法所生产。"

隗国安挠挠头，这一番话他听得似懂非懂。

展峰继续说道："浇纸法虽生产工艺落后，但由于生产出的纸张吸水性强，也有某些特殊的用途……"

隗国安眼前一亮，立刻想到一个地方："中药铺？"

"鬼叔说得没错。一般用来包装中药材的纸，都是用浇纸法生产。"展峰又说，"因提纯步骤不同，纸张常有黄白两色之分。"

司徒蓝嫣在平板中调出了会议记录："凶手在制毒时，使用了金属臼、杵，还有药碾，现在包装用的纸，也颇为讲究……"她在车子里踱了几步，确定十拿九稳后，才继续刚才的猜测，"会不会是职业习惯！他在中药铺子里干过？"

"不一定！"展峰否决道，"首先，浇纸法这种造纸工艺，通常只存在于偏远地区的小作坊。由于产量低、污染重，其销售渠道极为有限。十五年前，电商行业尚未发展，我有理由怀疑，凶手使用的纸袋，是他就近获得的。

"中国人说：靠山吃山，靠水吃水。居住在山下的村民，会上山采药换取经济收入，那么生活在水边的人，也会有相应的手段。

"河豚子除了是毒物，也是一味中药，主补虚，去湿气，理腰脚，杀痔疾。常外用，要是与蜈蚣烧研，对治疗疥癣虫疮有奇效。只是河豚捕捞难度较大，河豚子的价格也一直居高不下……"

司徒蓝嫣兴奋道："毒素是从五条野生河豚身上提取的！展队你是不是怀疑，凶手曾以制作河豚毒为经济来源？"

"没错！"展峰点点头，"正是因为常年接触，他才对河豚毒素的药理了如指掌，所以才会放弃其他毒物，用它去作案！"

隗国安茅塞顿开："照你俩这么分析，问题就简单了，野生暗色东方鲀洄游的区域，只存在于长江中游、洞庭湖或鄱阳湖水系。既然凶手锁定在八名受害者中，那么只要查一查他们的户籍地在不在这个区域内，问题不就解决了？"

隗国安进一步建议："那，要不要找亮子……"

"这个工作我已经做了！"展峰堵住了隗国安的话，他点击鼠标，电子屏上出现了金坤、金广水、金建业、金选奔、金磊五个人的名字。

"他们来自 HB 省瑶尚市沿河县金寨村，电子地图显示，距离金寨村不足三公里的地方，就属于长江流域。除此之外，我还把案发时东胜聘请的所有在岗工人全部梳理了一遍，确定只有他们五个的居住地符合条件。"

隗国安有些难以想象。"金坤、金广水、金建业均被毒死，要不是抢救及时，金选奔、金磊可能也性命不保，而且根据幸存者闫峰的口供，当晚杯中放置茶叶的多与少，完全是按照他的主观意识安排的，要是说凶手真在他们五个人中，那他绝对做好了被毒死的准备，这简直太玄幻了，什么仇什么怨？要拿自己的命去填？"

"不用怀疑，凶手就在这五个人之中。"展峰又调出了几张照片，"我在纸团中还找到了另外几样东西：金属屑、岩石颗粒及纺织纤维。虽说也只是微量，但还是分析出了结果。"

隗国安捏着下巴，目光在几张图片上逐一掠过。

展峰解说道："金属屑中，除铁和碳元素外，还有少量的硅、锰、磷、硫等杂质，其中碳元素含量低于 0.25%，由此推断，金属屑源自一种叫碳素钢的钢筋，是一种低碳钢。碳是决定钢材性能的主要元素。含碳量的多少会直接引起晶体组织的变化。当含碳量在一定范围内增加时，钢的强度和硬度会随之增大，塑性和韧性降低；当碳含量超过 1%，钢材的强度、可焊性及耐腐蚀性也会急剧下降。因此，在建筑工地中，碳素钢常被用于搭建楼体的框架结构。"

展峰挪至第二张照片。"检验石粒样本中的微量元素种类、含量分布状态、结构粒度颜色得出，该石粒为深层火成岩。在建筑工地里，只有打地基时，才会将这种石头挖出来。

"最后一份是纺织纤维。它又分为天然纤维和化学纤维。显微镜下观察，其横截面接近圆形，纵面光滑，可见黑点，主要成分为聚酰胺纤维，俗称尼龙。

"这种纤维在摩擦后，极易起球，我在纸浆中提取的也是球状物，并且碳素钢及石粒，也是被它包裹其中的。"

隗国安想了想，说："就是说，凶手作案时戴了一副手套？"

"没错！这也是为何我们在茶叶罐上没有发现除闫峰之外的指纹。"

司徒蓝嫣点头道："最值得注意的是，凶手戴的还是一副工地施工时才会配发的尼龙手套。"

紧接着，展峰调出了当年的方位照，他指着右下角的一块矩形洼地说道："案发前后，靠近东门的 35 号楼，正在浇筑地基。4-1 室的八个人被分为两组，闫峰、闫旭光、闫力行三名同村的人在搅拌混凝土，其余五个人在地面施工。"

隗国安道："水泥时间一长就会凝固，所以搅拌混凝土是一刻都不能偷懒。相反，在地面施工时，因为人员众多，而且穿着都差不多，偷摸跑掉一个两个，通常不会引起注意。"

司徒蓝嫣皱起秀眉："也就是说，当年走访时，班头儿说了谎话？"

隗国安摇头冷笑："那可不！毕竟这么大的案子，这板子要真打下来，绝对吃不了兜着走，谁敢轻易说实话？我看，就是这帮孙子，给咱们出了个十几年的难题！"

三十五

虽然缩小了嫌疑范围，但还有一个问题让司徒蓝嫣感到困惑。

"凶手的犯罪动机到底是什么？"

为此，她查阅了五个人的社会背景。

金坤、金广水、金建业的父辈，为堂兄弟关系，按辈分算，还未出"五服"，因沾亲带故，所以他们三个人的关系相当要好。

常言道，粥坏坏一锅，人坏坏一窝，这三个人打小就不是什么好鸟，吃喝嫖赌，无不沾染。在农村，尤其是不发达的偏远地区，一旦名声在外，想找个媳妇儿成个家，简直就是天方夜谭了，大家都像躲粪坑一样绕着他们走，所以这三位，一直晃悠到四五十岁，还是孤家寡人。

他们虽上了年岁，可恶习难改，三个人经常是"今朝有酒今朝醉，明日愁来明日愁"。只要有钱，就两件事，要么赌博要么嫖娼，赔了钱不说，三个人还都染上了梅毒。

从心理学角度分析，这种"吃了今天，不讲明天"，过一天算一天的人，比较安于现状，很难构成什么杀人动机。

金选奔五十出头，八个人中年纪最大，也是光棍一个。不过与金坤等人不同的是，他为人老实忠厚，经济条件虽不好，但也一直有口饭吃，据说他当年与食堂的洗碗工赵寡妇有说不清道不明的关系。案发前一天，还有人看到他在帮赵寡妇挑水。

既然他有情感牵挂，按理说，也不会存在什么作案动机。

金磊，单亲家庭，母亲早逝，有一个比他小五岁的妹妹。虽说只是初中毕业，但在八个人里头，还就数他学历最高。辍学后，他曾外出谋过生，因缺乏社会经验，始终找不到可以糊口的工作。考虑到他实际情况困难，后经村委会介绍，他才应聘到工地充当泥瓦工。他的收入，基本都是用来供妹妹上学。有亲情的牵挂，他貌似也不会产生极端念头。

而且让司徒蓝嫣格外费解的是，案件发生在 7 月 30 日，到年底还有不短的时间，他们每个人都有近四万块的工钱没有结算，这种情况下，杀人自伤着实让人想不通。

连钱都不要，直接寻死，显然投毒的念头是在某件事的刺激下偶然产生的。

可据闫峰交代，他们八个人相处得虽不能说很融洽，但至少表面上没有任何矛盾，平时下工后各玩各的，甚至连嘴都没拌过一句。

展峰听了司徒蓝嫣的困惑，认为投毒的源头既然不在工地，那么有可能，存在于早年的恩怨中。

考虑到五个人出自一村，专案组达成一致意见，对五个人的经历进行追根溯源式的调查。

三十六 ➡

从地图上看，机场距金寨村的直线距离并没多远，可让吕瀚海没想到的是，那里的交通，竟比一般的山区还要恶劣，透过后视镜，他能看到，隗国安脑袋上的几根毛，正随着车体的颠簸，极有规律地起起落落，显得异常搞笑。

他们此行的目的地，是县环保局。导航显示，还要如此颠簸三十公里。吕瀚海感觉再这样下去，绝对能把大家的午饭给晃出来，为了转移注意力，他打算寻个话题解解闷。

"哎，展护卫。"他偏头看向副驾驶。

"怎么？"

"我听老鬼说，这几个家伙就住在附近的金寨村，你干吗舍近求远去什么县环保局，你看看这路况，再这么晃下去，我非得吐了不可！"

这个问题隗国安也想不通，他原先也以为，大家下了飞机会直奔目的地，可直到起程时他才知道，展峰竟临时改变了路线，要去什么环保局。

三双眸子一起朝自己看过来，展峰这才意识到，他的老毛病又犯了。

"林婉案"发生后，展峰受到了相当大的刺激，以至他至今都很少主动与人沟通。知情人晓得他患上了"社交障碍"，但对别的人来说，他的这种性格，就是特立独行，尤其他现在还处在一个比较敏感的位置，大家的感知就更加明显了。

俗话说，一个巴掌拍不响，展峰也清楚，跟赢亮之间的摩擦，他也要负一定的责任。比如这次，要不是吕瀚海提醒，他还没有意识到，自己又让人产生了独断专行的误解。

于是他耐心解释说："在农村，常住人员相对固定，且亲戚邻里关系复杂，这些人对外人的排斥心相当强，直接前往，很难摸出情况。所以，必须预先找到突破口。

"再说了，本案过去了十五年，知情人是否健在，很难说，况且造纸厂到底用的是抄纸法还是浇纸法，不是懂行的人，绝对不清楚。靠走访群众，只怕问不出什么。

"造纸是重污染行业，在全国大力整治环境的背景下，手工作坊仍在经营的可能性不大。但要将这些小作坊关停，也必须有行政处罚文书。而处罚的前提是行政机关要对排出的污水进行抽样鉴定，所以只要能拿到存档的水样检测成分表，我就能判断出大概。

"另外，在铃铛的胃部，我分离出了少量的片状纸屑，烘干水分后，测算出了纸屑的面积及重量。通过数据反推，铃铛吞入肚内的是一张 10 厘米 ×10 厘米的正方形纸片。纸张较厚，且质感柔软蓬松，应是定制生产。找到造纸作坊，又有了产品规格，那么查清销售渠道，就有了针对性。"

都说姜是老的辣，可隗国安觉得自己这颗老姜，在展峰面前简直毫无"辣"味可言。他这种曲径通幽，却又相当缜密的思维方式，让车上的所有人都为他折服。

有了方向，接下来的工作，就如搅动器疏通马桶一样顺畅。

在金寨村附近，只有一家造纸作坊，且是家族式经营，早年打着"祖传造纸"的旗号，生意还算红火。不过就算挂着"百年老字号"的招牌，也没能让它在环检中幸免于难。

据了解，该作坊根据工艺的复杂程度不同，所生产的纸张也有好坏之分。

上等品是绘画、书法的首选。中等品多用来包些糖果、饼干。劣质品只有等到清明、中元，打成纸钱烧给祖先。

正如展峰所料，10厘米×10厘米的规格，是定制上等品，东家是一家膏药铺，他们家的膏药远近闻名，治疗跌打损伤有奇效。

三十七 ▶

俗话说得好，人怕出名猪怕壮，既然是远近闻名的药铺，那么打听到地址就是毫无悬念的事了。

巧合的是，这家名为"本草堂"的膏药铺，就开在金寨村的村口，黑底金字的木质招牌，大老远看上去也很是醒目。

往好了想，若是药铺掌柜愿意配合，展峰拿着五个人的照片，让其逐一辨认，只要问清谁曾到铺子里卖过河豚子，那么问题便可迎刃而解。

可是呢！理想很丰满，现实很骨感。河豚子是剧毒，私自买卖，追究起来不光这红火的铺子要完，估计连掌柜的都要进去吃吃牢饭。

当隗国安问起，膏药铺是否收蜈蚣、河豚子时，药铺老板突然脸色一变，闭口不谈起来。

稳妥起见，展峰并没有打草惊蛇，而是去到辖区派出所，找片儿警先了解了一些外围情况。

隗国安在派出所也管片儿，片儿警管理的弯弯绕绕，他比谁都清楚，所以在路上他自告奋勇，主动挑起了大梁。

当得知片儿警姓金，住处离金寨村不足两公里时，隗国安立马觉得心里又舒坦不少——看来不会太费事了。

虽说对方警衔比他低了一级，可隗国安还是一口一个"金老哥"，马屁拍得啪啪响，就连蹲在门口的吕瀚海都有些听不下去。

不过拍马屁这一招倒是屡试不爽，从老金脸上堆起的皱纹不难看出，漂亮话他听得是相当舒坦，隗国安还没有道明来意，老金便拍着胸脯道："我从小就在金寨村附近长大，只要是发生在我片儿里的事，我都能说出个七七八八，您尽管问，只要知道，我知无不言。"

老金也是直性子，根本经不起隗国安的捧，前后不过三两句，就跳进了隗国安给他挖好的坑里。不过隗国安之所以这么做，也并非是算计同行，他是担心在案情不公开的前提下，片儿警老金会有所保留。毕竟涉及敏感问题，内部还有一个"责任倒查"，他也担待不起。考虑再三，隗国安决定声东击西，还是先从膏药铺问起。

"我听人说，你们这里本草堂的膏药挺有名的？外地人都过来求药？"

"这个不假，而且我们所不少同事都用过。你也知道，出警时，难免有个磕磕碰碰，他家的膏药十块钱一帖，贴了包灵。"

"效果那么好？"隗国安故作吃惊。

"可不咋的，据说是家传秘方啊！"

"那这个掌柜的，你认不认识？"

"老板是外地人，名叫贺咏志，听说他出生于中医世家，年岁已过古稀，不过是个倒插门。早年在村里开了家中药铺子，靠给人治点小病维持生计。这个人生性古怪，自从老伴死了以后，就很少跟村里人有来往了。因年龄悬殊，我和他也谈不上认识，不过因一起案子打过交道。"

"案子？什么案子？"隗国安多问了一句。

老金表情突然凝重，似乎在回忆一件不愿提及的往事。"事情发生在我刚从部队转业回来当片儿警那会儿，算起来至少有二十多年了。

"记得那天早上，天刚亮，我那当村长的二大爷骑着自行车，慌慌张张地赶到派出所，说村里的寡妇范堂娟不知为何，在村口的大槐树上上吊自杀了。

"接警后，我通知技术队去勘查了现场，法医除了在范堂娟身上检出梅毒外，并没有发现任何体外伤。稳妥起见，经家属同意，我们还做了尸体解剖，最终排除了他杀的可能。

"至于她自杀的原因，我们也搞不清楚，事情大约过了半个月，贺咏志私下里找到我，说是他知道范堂娟上吊的前因后果。

"他说范堂娟曾经找他看过病，经他的诊断，她患的是花柳（梅毒），后来没过多久，村里又来了一个男人找他问诊，那人得的也是花柳。

"在开药的过程中，贺咏志嘴一秃噜，就把范堂娟患病这事给说了出去。这说出来的话就是泼出去的水，一个寡妇一个男人都得了花柳，脑子再笨，也能想到究竟发生了什么。在农村，这事要传出去了，那唾沫星子都能把人给淹死。

"意识到了问题严重，贺咏志当时就有些害怕，虽然那个人当面赌了咒，绝对会保密，可贺咏志心里还是有些忐忑不安。

"果不其然，前后没一个月，范堂娟就吊死在中药铺门口了。别人不知为啥，可贺咏志他心里有数啊，打从那天起，贺咏志就整天做噩梦，只要他一闭上眼，就能看见范堂娟伸着舌头来跟他索命，他也是精神上被折磨得不行了，这才来派出所找我道出缘由。"

"找他看病的那个人是谁？"

"这个我也问了，可贺咏志固执得很，就是不肯说！后来实在没办法，我也托人私下里打听过，村里人就跟商量好似的，对这件事避而不谈。不过就算找到了，范堂娟也是自杀，无非就是道德上的谴责，根本走不了法律程序，无奈之下，我也只能作罢！"

"再后来，又发生了什么事？"隗国安小心追问。

"可能是贺咏志心中过不去这个坎，自从范堂娟上吊之后，他就关了中药铺，金盆洗手，不再给人治病，改行卖膏药维持生计。除此之外，我倒也没听说金寨村还发生过什么大事。"

三十八 ▬

隗国安问到了想要的信息，回头转告给其他人，展峰从技术队调来了二十多年前范堂娟的尸检报告，翻开第一页，家属意见栏上，赫然签着四个字，"同意，金磊！"

"范堂娟就是金磊的母亲？"谁也没想到，范堂娟会和投毒案扯上关系，也难怪隗国安惊得叫出声来。

展峰翻到尸检报告的最后一页，除死因分析外，他还在病史一栏看到了"复发性一期梅毒疹"的字样。

投毒案尸检时，他就已发现金坤、金广水、金建业三人都患有梅毒，由于他们仨都有嫖娼的恶习，所以他们究竟是什么情况下感染的，根本没办法查清。

可现在又突然冒出了个范堂娟，那么这件事就有了多种可能。

专案组一致认为，贺咏志当年不肯吐露的那名男性患者，应该就是他们三个中的一个。

范堂娟在得知自己患病后，曾多次去找贺咏志医治，说明病情不是她轻生的直接原因。排除这一点，剩下的就不难联想了。

三个光棍、一个寡妇，无外乎两种情况，要么范堂娟与其中一个人有染，要么与三个人都发生过关系。

只要能搞清楚这一点，投毒案的因果关系也就变得明了起来。

尸检报告上显示，范堂娟是在 1997 年 8 月 12 日自缢的。那一年，刚满十九周岁的金磊，已经从学校辍学外出务工了。

隗国安怀疑，金磊在之前有可能并不知晓母亲自杀的原因，后来弄清缘由后，才产生了犯罪动机，导致他投毒杀人。

而司徒蓝嫣则觉得这个推测有些牵强。如果只是单纯的报复杀人，目标明确，他为什么要对全寝室的人下手？

另外，金磊也是投毒案的受害者，要不是闫峰的巧合之举，他本人也难逃一劫。试想，一个连命都不要的年轻人，要解决三个病秧子，需要这么大费周折吗？

就在三个人讨论犯罪动机的关键时刻，吕瀚海突然拿着手机冲了过来。

"展，展，展护卫……"

"发生了什么事？"

"刚才赢亮给我打了个电话，说投毒案破了！"

隗国安顿时傻了眼："什么？破了？"

"对，杜强承认了案子是他干的，另外，他还说出了河豚毒的购买渠道，

730专案组根据他的供述，找到了毒源。"

"他为什么会把这件事第一时间告诉你？"

"哎呀，我说展护卫，都什么时候了，你还这么喜欢八卦呢？"吕瀚海没好气地解释说，"这不前几天老鬼给我派的活吗？他说你们几个跟嬴亮闹得不快活，非让我去说道说道，就因为这事，我跟嬴亮还在宾馆吵了一架。临走前，嬴亮还跟我杠，说他一定会找到杜强的犯罪证据。你说他为啥第一时间通知我？那不是在显摆呢！这个王八犊子，当天要不是看守的民警在场，准又跟我动粗！"

"这事怨我，怨我！"隗国安不好意思地打哈哈。

吕瀚海耸了耸肩。"无所谓，反正我脸皮厚，案子都破了，咱们还在这穷乡僻壤转悠啥，赶紧回吧！"

其他二人同时看向展峰，等着他做决定。

虽然展峰对那边的突破别有看法，但他还是同意了吕瀚海的建议："行，这边的事先放一放，回去再说。"

三十九 ➤

站在刑警支队的走廊里，展峰离得大老远就听到了鲍志斌爽朗的笑声，他皱着眉头来到跟前，刚好与鲍志斌打个了照面，两个人身边时不时还能见到举着相机的民警进进出出。

"哎呀，展队，你可回来了。我估计你大概也知道了些情况，杜强这家伙终于良心发现，承认了。我们根据他的供述，也找到了河豚毒的购买渠道。"激动万分的鲍志斌，转身冲专案民警喊道，"那个谁，把咱们提取到的样品拿过来！"

民警翻箱倒柜，取出一个物证袋送了过来。

鲍志斌摇了摇袋中的灰色粉状物。"不搞这桩案子我还不知道，这东西与吗啡、杜冷丁混合使用，居然能戒毒。"

"卖方承认杜强从他那里买过河豚毒？"

展峰的一盆冷水，让满脸兴奋的鲍志斌稍稍冷静了一些。"这个嘛，倒是还没有。不过也正常，跟杜强一样，刚被抓到都有一个畏罪隐瞒的过程。"

说完，鲍志斌又来了劲头。"这次可多亏了赢亮，要不是他带着研判组连天加夜地分析，我们也不可能根据杜强的只言片语就找到卖家！你放心，回头我就跟领导汇报，这起案子算咱们两家联合侦破，不会少了你们专案组的功啊！"

淡泊名利的展峰，当然不会把荣誉放在心上，相比之下，他更关心案子本身，他追问道："技术队那边，有没有把提取的样本与案发现场的样本进行比对？"

"这个工作，我本来准备第一时间开展，可张教导员告诉我，他把剩余的样本都交到了你那儿，就是因为还没有做比对检验，刚才宣传处的同志要来采访，都被我拒绝了！现在就等您来敲这最后一锤了！"

展峰瞥了一眼物证袋。"你们在现场是不是还找到了研磨机？"

"展队，你真神了嘿！"鲍志斌竖起大拇指，"你说得没错，这家伙除了卖河豚毒之外，什么蟾蜍、毒蛇、蜈蚣他都捣腾，我不打听不知道，这玩意儿制成成品，卖给中药店，比贩毒来钱还快！"

"既然如此，我想应该没必要检验了！"展峰笃定地道。

鲍志斌哈哈一笑，抓了抓头发。"我觉得也是，天下哪儿有这么巧合的事？不过，虽然都是秃子头上的虱子——明摆的事，但检法那边还是需要鉴定报告做定案的证据，所以仍要劳烦展队例行个程序。当然，你要没时间，也可以把样本再移交给我们，我让市局技术室出这份报告！"

展峰的"不必检验"之意与鲍志斌的理解恰恰相反，他听得有些无语，但又不好当着众人驳鲍志斌的面子，无奈之下，展峰只能岔开话题："这事晚点我跟你细说，我有个问题，杜强之前不承认，怎么现在想通了？"

鲍志斌听出了弦外之音，连忙道："展队，这点你可以放一百个心，我们绝对没有引供、诱供、刑讯逼供，自从多次询问，他始终不承认后，我们一直都把他扔在宾馆里晾着，这次是他主动联系我们供述的犯罪事实。"

"主动联系的？"这让展峰颇觉意外。

"千真万确，宾馆装有监控，我们都做了备份，展队若是不放心，我可以给你拷贝一份，你从头到尾看一遍就知道了！"

展峰看向其他二人，当注意到司徒蓝嫣冲他轻轻点了点头后，他转头回了句："行，我们先看一遍监控再说！"

四十 ◗

用作指定居所的宾馆，内外共安装了八个摄像头，除了洗澡上厕所，其他地方几乎不存在任何死角。

近一个月的录像，在车上的液晶显示器上分屏同时播放。

录像显示：前二十天里，杜强整日不是吃喝拉撒看电视，就是跟看守的民警侃大山，日子过得是相当滋润。之后的七八天，他除了每天闷在屋里看电视，似乎也没有表现出其他异常。

而且实际情况也正如鲍大队说的一样，其间没有专案民警前来问话，确实是杜强主动要求做有罪供述的。

"问题究竟出在了哪里？他为什么会突然决定承认作案，难道真的是自己想通了？"

就在众人大惑不解之时，展峰调出了一段宾馆院内的视频。

画面中，嬴亮与吕瀚海好像在争执着什么，不过由于监控不带录音功能，他俩具体说了什么，从录像上是无法看出来的。

隗国安看得苦笑连连。"九爷也是实诚，我让他去劝劝嬴亮，他怎么还追到了宾馆里！"

司徒蓝嫣却道："别看道九整天嘻嘻哈哈，我能看出来，他做事很有自己的一套原则。嬴亮整天在730专案组里搞数据研判，而且刑警支队的走廊安装了三道门禁，除非有紧急情况，否则道九绝对不会主动进入涉密单位。我猜，他一定是猫在小车班，得知嬴亮要用车，这才一路追到了宾馆。"

隗国安一听乐了："这家伙要是知道，你对他有这么高的评价，估计做梦都能笑醒过来。"

两个人的闲聊，展峰并没仔细听，作为专案组组长的他，将精力全部放在了案件上，他把视频来来回回放了几遍后发现，自从嬴亮与吕瀚海吵完架，杜强就再没有跟值守民警聊过天。

要不是展峰心中的嫌疑人另有其人，这个细节，还真不足以让他起疑。

四十一

市局营房内。

展峰几个人像看守犯人般，将吕瀚海团团围住，笔记本电脑上正播放着那段被截取的视频。

隗国安在一旁催促："九爷，想起来什么没有，你俩当天在吵吵啥？"

"吵吵啥，吵吵啥，我还不是给你背锅？"吕瀚海不耐烦地用手赶苍蝇一样驱逐隗国安。

"得得得，都怨我，都怨我，回头我给你买条烟赔个不是，你静下心来想一想，这很重要！"

"老鬼你个人精，你们怎么不去问嬴亮，我看你就是个吃软怕硬的货。"

"嬴亮经常说愣话，你又不是不知道，前一秒说的，后一秒都能忘。而且他现在已经膨胀得不要不要的，他能记起来个啥？再说了，就他的脑子，能跟你九爷比？"

隗国安的话明显是故意奉承，可也算是个大实话，吕瀚海寻思了一会儿，道了声"好吧"，然后开始根据画面复述起当时发生的情况。

"我就是个临时工，怕遭人闲话，你们公安局那些又是加密，又是刷卡的单位，我是懒得去的。不过老鬼既然把活交给了我，我也应了下来，那我就得给他办好不是？

"为了等到嬴亮，我在门岗的小车班蹲了三天，得知他要用车，我就跟在他屁股后面追到了宾馆。

"这家伙，一下车就问我跟踪他干吗，我一听就不乐意了，就把老鬼告诉我的事，原原本本地跟他说了一遍。他听了不但不理解，还说我们在瞎折腾。

"我说我一个临时工都知道，服从命令听指挥，他竟然无组织无纪律，他要是这么有能耐，还加入什么专案组，自己破案不得了。

"我们俩就是因为这句话吵了起来。至于吵架的内容嘛，有点18禁，难听，在这里我就不复述了！"

展峰点击鼠标，将视频暂停，赢亮站在院中，手指着宾馆房间的画面被定格下来。

"你想想，这个时候他说了什么话？"

"手指的是房间窗户，应该……不是在骂我！"吕瀚海喃喃几句后，突然"哦"了一声，"我想起来了，他当时说我不懂法。"

"吵个架，怎么还扯到法律上去了？"

吕瀚海白了隗国安一眼。"还不是你？赢亮当时说，杜强的父亲杜泽富如果存在诬告行为，构成什么伪证罪，最少也要蹲五六年大牢，他爹怎么可能冒这么大的风险陷害他儿子。大概就是这个意思！"

"你俩当时说话的声音大不大？"隗国安又问。

"我去，赢亮是你小老弟，他的脾气你还不清楚？还问声音大不大？若不是有人拉着，他都要跟我动粗了好吗？我还能囫囵站在这儿，多亏了其他警察。"

"这就能解释通了。"隗国安从耳边捋出一撮头发盖住自己的"光明顶"，整理完发型，他十分确定地说道，"我看，杜强这小子估计还真是良心发现了！"

四十二 ➧

正当专案组琢磨着，怎么暂缓对杜强提请逮捕时，隗国安的手机突然响了起来，来电的不是别人，正是前两天刚接触上的金寨村的片儿警老金。

挂了电话，隗国安道："金选奔说他有重要的事跟我们汇报，可是他行动不便，希望我们能去他家一趟！"

"谁？"吕瀚海插了句嘴。

"就是那个没被毒死，后来得了肌无力，只能坐在轮椅上的老奔！"

展峰有些严肃地问："他怎么会知道我们的行踪？"

隗国安挠头道："这个我也问了片儿警老金。他说他们派出所在搞扶贫，金选奔是他的扶贫对象，我们去派出所的那天，老金刚把他接到所里，准备申请下一年的专项扶贫款。

"因为他行动不便，需要老金开车送一程，所以他就一直在走廊里等到我们离开。没承想，我们和老金的对话他是一字不落地全听见了。

"也是在他的追问下，老金才直说了我们是来自公安部的干警，过了两天，他就非得闹着让老金联系我们，说是要提供重要情况……大致经过就是这样了。"

…………

虽说目前金磊的嫌疑最大，但展峰也没在金选奔身上掉以轻心，因为关于老奔的信息少之又少，所以从金寨村回来后，展峰又重新将投毒案的五份尸检报告仔细翻阅了一遍，他发现金坤、金广水、金建业三个人在尸检时，内裤正面始终处于干燥状态。

这种现象，着实有些反常。

人死之后，肛门括约肌与尿道括约肌失去活性，粪便及尿液会在腹腔压力及重力的作用下从下体流出，所以失去生命体征后，人体大多会出现大小便失禁的情况。

据小卖部老板汪士淮供述，当年在职民工都习惯挂账，展峰从财务那儿也翻到了这个账本，上面清楚地记录着，三个人在案发当天，每人买了一片万艾可（伟哥）。

这种药的作用机理，展峰了然于胸，他们死后未小便失禁，看来是服用药物后使阴茎充血，挤压尿道所致。而要想使万艾可产生药效，前提是服用者必须产生性冲动。

展峰推测，他们三个人多半是下工后准备去找小姐，所以提前服用了伟哥。

精虫上脑的三个人，绝对不会在这个节骨眼上想不开，所以"五减三"就变成了"二选一"，本案的嫌疑人，要么是金磊要么就是金选奔，又或者，干脆就是两个人共同作案。

所以，展峰当即决定，再次返回金寨村，当面会一会这位其他人嘴里的实在人——金选奔。

四十三 ➡

金寨村的住户呈梯形分布，金选奔与金磊两家门挨着门，位于梯形的右下角。

一条崎岖的土路从两家门前经过，沿路向东步行没多远，就是一片庄稼地。

在片儿警老金的带领下，展峰一行人来到了金选奔的住处。

这是一处坐南朝北的院子，三间平房被一道2米多高的砖石墙围了起来，院子面积不大，空余的地方都被种上了蔬菜瓜果。

一路走来，展峰注意到，同样类型的建筑在村子中随处可见。

要不是来查案，在这秋高气爽的季节，走进这样怀旧古朴的村庄，也不失为一种享受。

随风而落的松针，在老奔那件手打的红色毛线衣上卷在了一起，瘫坐在轮椅上的他早就在院中等候多时了。

片儿警老金也是个明白人，在相互介绍一番后，他就主动退出院外，跟吕瀚海一起在车上等候。

"你们是不是在调查帝铂花园的投毒案？"鬓角花白的老奔，用他那苍老沙哑的声音直奔主题地问道。

既然对方主动，展峰自然也没有必要隐瞒，他点了点头，说："没错。"

老奔有些呆滞的目光在众人身上扫了一遍，他强打起精神，努力提高声音又问道："你们是不是手机新闻里发的，那个专破大案的专案组！"

展峰没有说话，算是默许了对方的猜测。

"不说话，那就是我猜对了？"老奔语气有些喜悦。

展峰道："听金警官说，你知道些情况？"

"唉！"老奔叹息道，"人之将死，其言也善，你们不用再费功夫了，毒是我投的！"

"什么？你投的？"隗国安惊呼。

"没错。"老奔点点头。

"金磊没有参与？"

老奔使劲摇了摇头："这事与他无关，是我一时冲动，干了傻事。"

"为什么要这么做？"

"说来话就长了，"老奔长吁短叹之后，开始将尘封的往事娓娓道来，"算起来，我和娟子（范堂娟）岁数差不多。早年她住在我们隔壁村。

"她家里头有一片田，一直延伸到我家的屋后，不管是犁田耕地还是施肥打药，她父亲都会带她到我们家讨点水喝。一来二去，我和她就结成了小时候的玩伴。

"说来也不怕丢人，我打小就喜欢她，可后来我才知道，娟子的心上人却是住在我家隔壁的二蛋，也就是金磊的亲爹。人家两个情投意合，我也只能单相思了，可谁能料到，二蛋竟是个短命鬼，三十啷当岁，就被水鬼索了命，还差点把小磊给搭上。

"娟子生二丫头时，难产大出血，身子特别虚，为了给娟子补身体，二蛋带着小磊下江摸豚。仗着自己水性好，他一个猛子就扎进了江里。

"二蛋这个人，什么都好，唯一的缺点就是爱逞能，都说淹死的都是会水的，听说他临死前，还把船给抓翻了，要不是小磊身子小抱着船桨游到岸边，他们家爷俩不会留一个活口。

"家里出了这事，娟子她一个女人哪儿承受得起，她要是住得远一些，我可能还能眼不见，心不烦，可咱两家就一墙之隔，我哪儿有不管的道理。而且那时我也有点私心，既然二蛋没了，我就想着能不能帮娟子把两个孩子拉扯大。那啥……大不了给人家当个后爹呗！"

司徒蓝嫣问道："那她同意没有？"

"没有！"老奔有些伤感，"娟子这个人性子比较偏，除了二蛋，她心里边容不下第二个男人。我跟她说这事的时候，二蛋刚走不久，我心想，这么短的时间，娟子心里接受不了也正常，兴许时间一长，她就答应了。可我一直等到两个孩子长大成人，她也没有松这个口。"

"你心里有没有怨恨过？"司徒蓝嫣又问。

"唉！虽说耽误了一辈子，但那也是我心甘情愿，怨不得谁！"老奔抬手擦了擦眼泪。

"后来发生了什么？"

老奔目视前方，愣了几秒。"后来……后来小磊为了供养妹妹，自己主动退学，去外地打工。娟子因为这件事受了刺激，整日坐在院子里以泪洗面。我也劝过她，可她除了抱怨自己没用，其他的一句话都听不进去。这人要是糊涂了，什么傻事都能做出来。还有一件事，我怎么也没有料到，她竟然跟村里的几个光棍混到了一起。"

"金坤、金广水和金建业？"

"对，就是他们！"老奔往地上啐了口唾沫，"他们三个没有一个好东西，二蛋'五七'刚过，金坤就打起了娟子的主意。后来他还趁醉酒，想成娟子的好事，还好我及时发现，用铁锹把他给拍晕了过去。我们俩的梁子，就是在那个时候结下的。"

隗国安不解道："按理说，出了这档子事，范堂娟应该对他们三个极为反感才是，后来怎么又勾搭在一起了？"

"这个我也不清楚，我就出了趟远门的工夫，回来就成那样了。我还逼问过娟子，她说这是她的事，让我别问。

"这么多年了，我太了解她的性格，我知道把她逼急了，她非死在我面前不可，没想到……最后她还是给了自己一个了断。

"娟子上吊自杀后，我很自责，我以为她的死是因为我，直到我进了工地，听到金坤他们三个在寝室抱怨，说他们得了花柳，都是拜娟子所赐，他们还说娟子是个婊子，不知道跟哪个男人厮混，染了这个病，又来传染给他们。

"听他们这么说，我才想起，娟子上吊前，我还撞见他们三个人蹲在村口骂骂咧咧，只是当时我不知道他们到底在骂什么。

"一想到娟子的死是因为这三个人，我就对他们恨得是咬牙切齿，虽然我这辈子没有得到过娟子的心，但我也不允许任何人在背地里这么糟践她。

"他们闲聊时，以为我睡着了，可他们哪里料到，我那时就已经起了杀心。反正我这辈子也就落个混吃等死，多活几十年，少活几十年对我来说，都没什么所谓。"

听到这里，司徒蓝嫣问道："你对他们三个下手，我可以理解，可为何你要让所有人都陪葬？"

"因为我已经失去了理智，觉得死的人越多，我心里边越平衡。"

司徒蓝嫣不解道："那金磊呢？他可是范堂娟的儿子！"

"我对娟子有爱，但也有恨！如果她当年从了我，就不会有后面的事发生，我打了一辈子光棍，到头来她情愿去死，都不愿给我一次机会，我就想，干脆带着小磊一起去问问他娘，她到底为什么要这样对我！"

彻底说完了自己的事，老奔将双手举起，一副认罪伏法的模样。

虽说从笔录中暂时还看不出什么疑点，但在细节问题上，想要把展峰糊弄过去，还没有那么容易。

不动声色地将老奔带上警车后，展峰用随身携带的万能开锁器，插入了金磊家的三环锁，锁芯轻松被拧动，锁舌没有锈死，说明有人经常打开。

站在门口放眼朝院里望去，巴掌大的院内，铺满了枯黄的落叶，无论墙垣还是断瓦，都蒙上了一层厚厚的尘土。

岁月的侵蚀，让裂痕爬满了灰扑扑的雕花门窗，房屋拐角的蛛网一层叠着一层，被吸食而尽的昆虫皮囊，干瘪地挂在网上，一个挨着一个，在风中摇摇晃晃。

堂屋那对插进木门的锁环，跟裸露在外的铁锁锈在了一起，眼前的一切，都在透露一个讯息，除了老奔偶尔进入院中睹物思人外，这里应该很久没人来过。

就在这时，院子中一盆绽开的两瓣花，吸引了展峰的目光。从枝丫上新鲜的修剪痕迹不难看出，这盆花肯定被人精心地打理过。

展峰拿出手机，朝着花朵拍了张照片，经软件识别，关于花的所有信息即刻被显示了出来："虎刺梅：落叶灌木，多刺，四季开花，刺有毒，接触皮肤后，可能导致过敏、瘙痒或伤口感染等……"

看完上千字的介绍后，展峰终于找到了至关重要的一句话："花粉呈凹囊形，两端带有凸起……"

"看来……是时候请出真正的嫌疑人了！"展峰收起手机，因这桩案子而悬在心口的那块石头，终于落了下来。

一旁的司徒蓝嫣端详着展峰的神情。"展队，你是不是也认为，案子不是老奔干的？"

"没错！你们还记不记得，我在茶叶样本中分离出了花粉孢子？"

隗国安想了想说："对，是有这么回事！"

"现在我可以确定，花粉的源头就是这株虎刺梅。另外，你们瞧那里！"展峰指向了院子西北角的墙根，那是一块破旧的石棉瓦，不仔细看，根本发现不了边缘的烟熏痕迹。

隗国安快步向前，一把将之掀开，瓦片下是一口用水泥砖头砌成的圆柱形炉灶，目测仅有两块砖的高度，外观很像是煮饭用的电饭锅。

"难道，这个就是制毒用的炉子？"

"就是它，不会有错的。"展峰道，"现场那串残缺鞋印呈外展状，这是常年行船的人为了保持稳定形成的职业特征。

"临来前，我在派出所翻看了老奔的扶贫档案，在他的社会履历中，没有发现他曾以渔业为生，也就是说，他不会捕鱼，更别说去抓河豚，这是其一。

"其二，我私下里联系上了当年与老奔有暧昧关系的赵秀珍。据她所说，老奔是个实诚人，他俩并不是外人想的那种关系，老奔一开始就主动告诉她，他喜欢的人也是一名寡妇，只不过后来人没了。因赵秀珍也有几个孩子要拉扯，老奔觉得她可怜，闲下来时，就过去给她搭把手，其实对她并没有什么非分之想。

"两个人熟悉后，赵秀珍就一直把老奔当大哥相待，案发时，正值盛夏，赵秀珍担心老奔穿不着的棉衣放久了会发霉，所以就都给拿了去，翻晒浆洗。也就是说，在4-1室的行李架上，压根儿就没有老奔的包。

"其三，你们有没有考虑过一个问题？凶手既然抱着必死的决心去作案，那他为什么还要戴手套抹掉茶叶罐上的指纹？"

展峰这么一问，隗国安也顿时觉得奇怪："对啊，反正横竖都是一死，干吗要小心翼翼的？"

展峰嘴角扬起，露出难得的笑意，这一切的谜底，其实早就被他看穿了，他说道："凶手担心，警察如果查到真凶是他，他的家人会被追索民事赔偿！"

四十四 ━

转瞬十余年，时至今日，金磊仍在帝铂集团的定点医院接受透析治疗。

在赢亮师兄韩阳的帮助下，专案组第一时间找到了金磊的下落。

算起来他不过四十出头，可他那双黯淡、空洞的眼睛，似乎早已看不见这世上的光明。

当躺在病床上的金磊从众人口中得知老奔要替他顶罪时，他的手指紧紧地攥住被边，眼角一热，顿时流出泪来。

"是我把他害成了这个样子，我对不起他！都是我，都是我的错啊……"

守在病床前的展峰，打开了同步录音录像。"别着急，我问你，毒是不是你投的！"

金磊猛地抬起头来："没错，是我干的！"

"理由呢？为什么要杀那么多的人？"

面对展峰的质问，金磊默默将头偏向窗外，模糊的视线与回忆在泪水中交织成网，让他一时间混乱得无法讲述。

他侧过身去，尽量说服自己去面对那段难堪的尘封往事。沉默良久后，终于鼓足勇气的金磊，轻声地揭开了心底的伤疤。

…………

1983年6月，对刚满五周岁的金磊来说，是刻骨铭心的日子。一个月前，家中添了丁，母亲范堂娟用半条命给他换回了一个妹妹。接生的稳婆说，要用河豚炖汤，才可回气血。

金磊的父亲水性很好，除了种田，捕鱼是他们家的第二个经济来源，金磊从记事起便时常跟在父亲身后下江摸鱼，稳婆口中的河豚是一种时令鱼，只有五六月份才能摸到。而且这种鱼个头小，游速快，遇到危险时，肚子还可以鼓起上浮，所以它不像其他鱼类，固定生活在某一水层。由于捕捞难度大，味道又极其鲜美，所以当地人把它的功效传得神乎其神。

说来也是不巧，母亲难产赶在 6 月，江里的河豚早就开始洄游，就算金磊父亲水性再好，也只能凭着运气能摸几条是几条。

河豚生性胆小，白天来往渔船较多，很容易被惊动，所以爷俩只能夜里去碰碰运气。金磊家用来捕鱼的是一艘小木船，只容得下两个人对视而坐。而且这种船在水中不易保持平衡，要是一人驾驶，如遇风浪，很容易发生侧翻。都说穷人家的孩子早当家，自打金磊能跑会跳时，父亲就把他当成秤砣，放在船上压着船。

而那天夜里，也是如此……

船刚驶到江边，父亲便拿着自制的诱鱼器，一个猛子扎进了江中。金磊则举着煤油灯，焦急地等待父亲凯旋。

他哪里会想到，因母亲难产大出血，多日操劳的父亲，身体精力已是强弩之末。他跟父亲出过无数次船，能精确计算父亲的换气时间，可这一次，父亲迟迟不出水换气，他只觉得四周寂静得可怕，情急之下，他趴在船边不停呼喊着父亲，可他耳边除了哗啦哗啦的水浪声，再没有听到一丝回应。

木船上画了一个圈，这是父亲给小金磊圈定的活动范围，父亲告诉他，无论发生什么事，都不能离开这个圈的范围，年幼的金磊，对父亲的话一贯言听计从，可这一次，他再也坐不住了，就在他踏出圈奔向船尾时，船身突然发生晃动，失去平衡的他，一个趔趄翻进了江中。

好在金磊深得父亲的遗传，年纪虽小，但水性不弱，在呛了几口水后，他抱住木桨，总算捡回了一条命，可父亲终究没能逃过一死。

父亲的尸体在第二天中午，漂到了江边。母亲在精神崩溃后几度昏厥过去。

金磊还小，他无法感受母亲的那种绝望，在灵堂前，他忽闪着大眼睛，看着身穿白衣的人们进进出出，这些人中有老有少，有生有熟，这就是他对父亲最后的记忆。没有痛苦，没有悲伤，由于岁月的冲刷，他现在甚至都回忆不起父亲的模样。

喧闹、嘈杂，最终在三天后都归于平静。而就在这时，另一个男人仿佛早有预谋般，进入了金磊的生活。

他叫老奔，就住在隔壁，看起来与父亲年纪相仿，虽然两家仅有一墙之隔，但平日鲜有来往。

金磊记得，农闲时，老奔喜欢坐在门前摇着糖果冲他咧嘴大笑，每次面对诱惑，金磊觉得快要把持不住时，父亲总会很适时地将他一把拽进屋内，并大声训斥他："陌生人的糖果不能要，万一有毒，就要死翘翘的！"

也许是受到父亲的教育，金磊心中对老奔始终有所提防，以至于每次只要发现老奔摸进院子，年幼的金磊都会拿起木棒将他驱逐出去。而老奔则会笑眯眯地退出院子，一副求饶的模样。

父亲去世后，母亲独自一人扛起了家中的大梁。失去了捕鱼这个重要的经济来源，金磊第一次感受到了什么叫吃了上顿没下顿。

他的印象中，每次妹妹哭喊着要喝粥时，隔壁的老奔都会找各种理由，送来米面粮油。什么"一个人吃不掉，容易发霉"，什么"粮食不好卖，搁着也是搁着"，诸如此类的话，老奔颠过来倒过去，一直说到了金磊念中学。

随着年龄的增长，金磊逐渐懂得了一些道理，他也认可了老奔的好心，他甚至觉得有老奔守在母亲身边，他就算去再远的地方，心里也会踏实不少。

然而，让金磊并未想到的是，就在他们兄妹俩在亲戚家寄宿求学时，家中却悄然发生了一场可怕的变故。

四十五 ▶

事情的起因，还要从村里一名叫金坤的光棍说起。村中几乎没什么人敢招惹他，倒不是他有什么家族势力，而是他那属"狗皮膏药"的性格，一旦沾上谁，离八百里都能闻到腥臭味。"光脚的不怕穿鞋的，我怕谁？"这句话他常挂嘴边，不以为耻反以为荣。

金寨村说小不算小，说大也不大，村民平时都是抬头不见低头见，彼此间虽有近有远，但照面时都还会讲上两句客套话。都说再烂的人，也有两个酒肉朋友，金坤也不例外，他那两个没出"五服"的家门弟弟金广水和金建业，与他相比，就是有过之而无不及。

三个人无所事事，经常蹲在村口，不是对过往的小姑娘吹口哨，就是与熟悉的村妇聊上两句"骚寡[1]"。

二蛋溺水的头天，他们就去江面看了热闹。

望着已泡得发肿的尸体，金广水满脸堆笑。"坤哥，二蛋没了，他媳妇范堂娟可就成了寡妇，你有啥想法没有？"

在一旁嗑着瓜子的金建业也跟着起哄。"水哥说得是，我注意过，咱们村就数娟子的屁股最翘，要是能来上一下，我少活一年也愿意。"

金广水听言，一巴掌扇了过去。"想什么呢！说不定过几年就是咱嫂子了。"

"哎，对对对，水哥教训得是，当我没说，当我没说。"

这说者无心，听者有意，作为光棍三人组的精神领袖，除了男女那点苟且之事，金坤脑子里也容不下其他东西。

说论身材长相，范堂娟在同龄村妇中，最少可以排进前三，金坤早就对她垂涎三尺。可村里有个不成文的规定，对待有家室的村妇，最过分的举动，也不过是闲来无事聊聊骚，一旦有人敢跨越"雷池"，必定会遭到村里所有男丁的集体报复。

可要是变为房中无人的寡妇，家里没了男人做主，那就等于成了露缝的鸡蛋，是个男人都想上去闻闻荤腥，尤其像金坤这种无头苍蝇。

二蛋"五七"刚过，金坤便趁着夜色翻进了范堂娟的院内，借着酒劲蹲坐在堂屋门前，用他那淫荡腔调贴着门缝就是一顿"表白"，他也不管屋里的范堂娟有没有听，反正就是三句不离老本行，什么"房里活外面活他都擅长"，什么"屁股大好生养，生多少个他都养得起"，诸如此类。

污言秽语激怒了隔壁刚要睡下的老奔，他拿起铁锹冲进院中，朝着金坤后

[1] 骚寡：地方方言，即荤段子。

脑就是一锹，要不是那天老奔干了一天体力活，没有余力，金坤估计当晚就要踏上黄泉道。

别看老奔平时不言不语，一副老实人的模样，可金坤知道，越实诚的人性子越拙，老奔绝对是个敢跟人玩命的主儿，后来经村长协调，老奔赔了医药费，这事他也没再追究，他也怕把老奔逼急了，真会拿他开刀。

事情发生后，村长也怕"寡妇门前是非多"，为了控制影响，这事被扼杀在了摇篮里，除了当事人知晓，金坤连对他那两个臭味相投的家门弟弟，都没提及。

当有人问起他头上为啥缠着绷带时，他只打着哈哈，说是摔的，给糊弄过去了。

他那两个不知情的兄弟，还在翘首以盼，不知金坤何时能把范堂娟拿下，可忌于老奔这位护花使者，金坤是有贼心也没那贼胆。

常言道，不怕贼偷，就怕贼惦记，再精明的猫，也有打盹的时候，一心想尝荤腥的金坤，终于等到了老奔出远门的绝佳机会。

那是一个阴沉的夜晚，墨色浓云挤压着天空，沉沉的仿佛要坠下来，趁着浓得化不开的夜色，金坤趴在范堂娟家的平房顶上，瞪着他那双眼睛，耐心地等待一个闯入时机。

潮湿、阴冷的风从江面刮来，在他的眉梢凝结聚拢成水滴后，又徐徐坠下。金坤自己都搞不清猫了多久，直到他面前湿了一片，独守空房的范堂娟才在睡梦中起身，摸黑朝院中的茅房蹒跚而去。

金坤眼前一亮，如壁虎般贴墙而下，悄无声息地赶在范堂娟进屋前，躲在了木门后。

范堂娟的脚步声越来越近，金坤把事先涂满"蒙汗药"的棉布握在手中，就在范堂娟打着哈欠进屋关门之际，他一个箭步，把棉布蒙在了对方的口鼻之上。

范堂娟在他怀里没挣扎几下，便瘫软在了地上。

金坤贪婪地将她抱起，扒掉衣物，丢在床上。

整个过程，范堂娟并没完全失去意识，只是在药物的作用下，她无力反抗。

被金坤多次糟践后，愤怒与屈辱让范堂娟突然从床上跃起，性格刚烈的她，抓起藏于枕下的剪刀，朝着金坤便刺了过去。

要不是药效还在，范堂娟无法使出全力，否则这一剪刀下去，能直接让他进宫当"公公"。

发泄后的金坤，慌忙把衣物拽到床角胡乱穿上了。

"娟子，你可千万别搞那么大动静，我光棍一个无所谓，你可还有两个孩子呢！"

不得不说，这句话直击范堂娟的软肋，她噙着泪水，恼羞成怒地骂道："金坤，你个王八蛋，我一定会让你不得好死！"

既然确定走这一步险棋，那金坤自然做足了准备，而且他也不是第一次干这种下三烂的事，附近村子的寡妇，有不少都被他祸害过。

金坤连忙掏出一张五十块纸币放于床前。"说实话，我打一开始是想跟你规规矩矩地过日子，否则我也不会靦着脸跟你说那些话。不过被老奔这家伙敲过以后，我也想明白了，有他在，就算咱俩在一起，往后也没好日子过，所以我也就掐了这个念头。

"你一个寡妇带两个孩子也不容易，我听说你们家小磊成绩好，也很争气，二丫头也不错。这手心手背都是肉，你也不可能偏袒了谁。否则以后孩子大了，绝对会埋怨你这个当娘的。

"你的情况，村里的长舌妇天天说，我也多少知道一些。你生二丫头时大出血，落下了病根，干不了体力活，这些年要不是老奔帮衬，你们一家的日子根本熬不过去。

"老奔是个实诚人，所以他差点把我打嗝屁了，我也没怨他。既然你俩成不了一对，你也不能天天吊着人家不是，他总不能贴你一辈子。村里人都说，老奔不娶，是着了你的道，说你狐狸精上身，克死了丈夫，又给老奔下了迷魂阵。

"老奔现在三十七八，若是再过个十来年，他还不娶，估计你都能被唾沫星子给淹死！你信不信？"

望着还没从迷药中缓过劲来的范堂娟，金坤乘胜追击，怂恿道："所以要么你就跟老奔好上，要么就跟他划清界限。可从你的角度考虑，没了老奔，你又无力抚养俩孩子，咋想都是个解不开的难题。

"不过，我既然能跟你说这么多，最起码我是打心眼里为你着想过。对！我也知道，我在村里名声不好，你连老奔都不从，更不会跟了我。可我是真心喜欢你，我也想帮你啊。"

说着，他把纸币往范堂娟的面前推了推。"你放心，今后我不会死皮赖脸地缠着你，最多一个月来两次，而且我保证都是晚上来，不会让其他人知道。每次来，我都会给你这个数，为了你的两个娃，你好好考虑考虑，行不？"

四十六 ▬

直到第二天日上三竿，范堂娟才彻底从药劲中清醒过来。望着金坤丢下的那张五十块纸币，她心中又悲又苦，不知该如何是好。要是收下钱，就真变成了村妇口中的婊子。可要是与金坤这个臭名昭彰的无赖较真，毁了她的名声不说，两个孩子也会在村里抬不起头来。

范堂娟深知，在农村只要成了寡妇，就会被莫名其妙地贴上"祸水"的标签，村里所有女人都会对你小心提防，生怕自己男人的三魂七魄被勾走。

所以就算别人有错在先，争论下去也是百口莫辩，尤其对方还是一个光棍，就算要个公道，对金坤也是不痛不痒，反而伤及自身。

说起老奔，他也是范堂娟心中过不去的坎。青春懵懂时，老奔就曾向她表白过，可她心里早就住进了心上人，无奈之下她只能将老奔拒之门外。

老奔和她的丈夫二蛋从小也是玩伴，老奔的心思，二蛋也早就心知肚明，自从范堂娟过门后，二蛋对老奔就充满了敌意，他心里老觉得老奔会对自己的老婆图谋不轨。

可范堂娟却清楚老奔的本性，他绝对不是丈夫想的那种会干出苟且之事的人。

丈夫死后，老奔曾好几次提出要照顾他们娘仨，可范堂娟觉得，老奔这样的好人，应该有属于自己的家庭，不能在一个寡妇两个孩子身上吊着，所以感激归感激，她还是多次拒绝了老奔的好意。

可让她没想到的是，老奔竟如此执拗，要给他说亲的媒婆，不知被他赶走了多少次。

无奈之下，范堂娟也只能刻意与老奔保持着恰到好处的距离。

金坤有句话说得没错，这些年，若不是老奔的帮衬，凭她一己之力，根本没办法将一双儿女养大。连村里的光棍都看得清清楚楚，可想而知在背后有多少人议论。

"不能再耽误他了！"想通后的范堂娟一抹眼泪，将那张五十块纸币叠好装进口袋，金坤给得不少，这足足抵得上她儿子女儿一个月的生活费了。

四十七 ➧

金坤能成为光棍三人组的领袖，光靠排行高是不行的，要是兄弟们跟着他喝不上酒、吃不到肉，这上下分明的关系就难以维持了。

金广水和金建业之所以对他马首是瞻，正是因为跟在他身后能玩到女人。

二十世纪九十年代初，人们思想较为保守，在城里，也没有几家风月场所，就算是有，也不是金坤这种乡巴佬消费得起的。

在交通闭塞、思想封闭的农村，要想玩女人，更是难上加难。

可是好脑子不用在正道的金坤，却琢磨出了一个专门攻克寡妇的办法，尤其是那种上有老下有小的寡妇，只要他出手，就没有不成功的。

其实归纳起来，就五个步骤。

第一，摸清底细，闲来没事套套近乎，这叫"圈羊"。

第二，强行入室，生米煮成熟饭，这叫"打羊"。

第三，拿出钱财，摆明态度，各种蛊惑，这叫"喂羊"。

第四，隔段时间，再摸入屋，尝试发生关系，这叫"养羊"。

只要前四步能够成功，就等于彼此认可了这种状态，当感情熟络后，便会进入第五步，"宰羊"。

这个时候，金坤便不会投入那么多钱财，甚至有时还会倒打一耙，顺点值钱的玩意儿。

而金坤的两个兄弟，也会在最后的收尾阶段，乘虚而入，溜边尝点女人的荤腥。

被戳中软肋的范堂娟，没有逃过金坤设下的圈套。

只不过，范堂娟这只"羊"要比金坤以前祸害的寡妇质量都好，他不舍得"宰"，以至于很长一段时间，都只是停留在"养羊"阶段。

虽说金坤三兄弟按照范堂娟的要求，每次前去都格外小心，但天下哪儿有不透风的墙，对范堂娟格外上心的老奔早就发现了蛛丝马迹。

每次金坤进屋后，范堂娟都会将房门紧锁，尽管老奔能隐隐猜到屋里发生了什么，可他还是难免对范堂娟抱有幻想。

有一次，实在憋不住的老奔，趁金坤出门之际，一个跃身跳进了院子，他质问范堂娟在做什么，没想到对方却丢了一句："我的事，不需要你管，欠你的，我一定会还！"

这么无情无义的话，让老奔难免恼羞成怒，他头也没回地走出院子，恨不得一头撞死，眼不见心不烦。正在气头上的他，哪里会注意到，自己身后范堂娟那充满歉意、泛红的双眼。

四十八

1995 年，对金磊来说，遭遇了人生中的第二拐点。由于父亲早逝，九岁才上学的他，进入了学业最为紧张的初三阶段。

跟现在不同，那个年代初中再往上，有中专和高中两个选择。中专培养的多为企业对口工人，只要毕业就能找到一份可以养家糊口的工作。如果是选择高中，那么，后面只能沿着大学这条路，一条道走到底。

看起来，中专很适合金磊这种贫苦家庭，实则并不然。经历过那个年代的人都知道，从九十年代初，就已出现了某种苗头，到了中期，中专院校已成为关系户扎堆儿混文凭的地方。

像金磊这种无钱、无人、无权的三无家庭，就连班主任都劝他要好生考虑一下，别在学不到东西的地方浪费时间。

金磊是家中唯一的男丁，遇到大事，总要跟母亲商量，那时没有电话，而且每次回家，他都没有提前打招呼的习惯。

为了省下两块钱的车票，他别了两块干粮，从天蒙蒙亮，一直走到天擦黑才进村。

农村没有什么娱乐项目，为了省点电，只要太阳落山，村民便关门闭户，盼着第二天的日头早点升起。

金磊走在那条回家的必经之路上，除了路边草丛里的虫鸣声，他再没听见任何响动。

可就在他即将行至家门口时，他家的院门突然"吱呀"一声被打开，一个男人鬼鬼祟祟地从院子里走了出来。

金磊以为是家中进了小偷，赶忙闪到一边观察情况。

然而让他没想到的是，母亲竟尾随其后，露出半个身子。

这时他已看清那名男子不是别人，正是村里名声极差的光棍——金坤。

他至今还清晰地记得，当年父亲去世时，金坤说的那些污言秽语。

望着金坤离去的背影，金磊仿佛察觉到了一丝异样。

为了搞清其中的缘由，父亲死后心智比同龄人成熟许多的他，并没有直接捅破这层窗户纸。

他在路边等了很久，直到他觉得有了足够的时间差，他才调整心情，敲响了自家院门。

"谁？"门内的范堂娟警觉起来。

金磊深吸一口气，用极为放松的语气回道："娘，是我！"

"小磊？"范堂娟走到门前，"你怎么赶在星期三回来了？学校放假了？"

木门被打开，金磊步伐轻盈地走进院内。"跟班主任请了一天假，有事情要跟娘商量。"

"什么事？"

"是考中专还是考高中，我想听听你的意见。"

范堂娟面带忐忑地跟在儿子身后，进了堂屋。"学习的事，娘不懂，你自己做决定就好。"

"班主任说以我的成绩，考个重点高中，绝对没有问题，可我想早点挣钱！"

"钱不是你该考虑的问题！你给我记着，要想走出这穷村子，读书就是唯一的出路！"

"道理我都懂！可读中专，三年后就能挣钱，若是进了高中，再读大学，我怕……"

"你怕什么？是不是怕娘供不起？"范堂娟强行打断了儿子，"你把心给我放肚子里，钱的事，我自然有办法，你只管好好读你的书，娘要是有文化，也不至于一辈子窝在这破村子里头。"

"行，我知道了！"金磊点了点头。

见儿子被自己说服，范堂娟颇感欣慰地摸摸儿子的头，慈爱地说道："走一路饿了吧？娘去给你做饭！"

四十九 ◣

望着院外母亲忙碌的身影，刚才还挂着笑容的金磊，突然面露寒霜，因为他已经嗅到了母亲卧室中，有股难闻的气味。

顺着味道，他在床下找到了一个纸篓，篓子内堆满了被揉成团的草纸，他将最上方的一个捡起，打开，如浓痰般的液体黏在一起，散发着令人作呕的腥味。

正值青春期的他，当然知道这是什么，于是，他进门前的猜测已然得到了证实。不过最初，他并没有往其他方面想，毕竟母亲寡居已久，哪怕有男人也谈不上稀奇。

他只是奇怪，如果母亲要选择下半生的伴侣，为何不选择老奔，却找了个无赖？直到返回学校后，他还在纠结这个问题。

一想到金坤将来有可能会成为自己的继父，金磊怎么都静不下心来，为了不影响最后的冲刺，思来想去，他决定开诚布公地与母亲好好谈一次，如果母亲铁了心要跟这个人，那就算名声再坏，他也尊重母亲的选择。

可他哪里会想到，这次回家，却让他看到了难以想象的一幕。

当晚，他又一次遇到了之前的情况，可是那天夜里，从他家出来的不是金坤，而是村里的另一个光棍金广水，他还清楚地看到，在离开时，母亲从金广水手中接过了几张纸币，那熟练的动作，显然已不是第一次了。

躲在树后的金磊如遭雷劈一般愣在那里，他怎么都不敢相信眼前的一幕。

打从上初二时，他就在纳闷一件事情，他感觉家里的经济条件突然变得好了许多。按理说，体弱多病的母亲没有什么来钱的门道，他一度以为是隔壁的老奔在暗中资助。为此，每逢节假日下江摸鱼时，他总会给老奔提上几条。可从老奔对他冷淡的态度上看，事情似乎不是他想的那样。

当时金磊以为老奔是故作姿态，可现在疑问终于有了答案，只是这个结果，说什么都无法让金磊接受。

他能怪罪母亲吗？当然不能。家里有几张嘴要吃饭。自从父亲去世后，家中大小琐事，都压在了母亲柔弱的肩膀上。

为了能送他们兄妹俩去县里上学，母亲低声下气地去求一个远得不能再远的亲戚，就差没给人磕头跪安，这些他都记得清清楚楚。

能做的母亲已经做到了极致，能想的办法母亲也想到了极致。反倒是他这个整天被母亲挂在嘴边的"顶梁柱"，只会"衣来伸手，饭来张口"。

在村里像他这么大的年轻人，几乎都跟着大人们出去讨个赚钱的门道，有的两三年就衣锦还乡，也只有他还在傻乎乎地走着读书这条路。

想通之后，他没打算去揭穿母亲，他做了一个大胆的决定，放弃学业，外出挣钱！

五十

直到儿子临走的前一天，范堂娟才得知儿子放弃了学业，气急败坏的她，除了拿着木棍一棍又一棍地打在儿子身上，大骂他不争气外，再也无力去挽回什么。

中考已过，儿子去意已决，范堂娟像是丢了魂一样倚在门框上，那个她曾引以为傲的儿子，她的全部精神支柱，就这样和村里的盲流青年，一起坐上了那辆开往县城的翻斗三轮车。

然而祸不单行，范堂娟并未料到，在外人眼里是"女强人"的她，竟会被最后一根"稻草"彻底压倒。

不知从什么时候开始，范堂娟便隐约地觉得下体瘙痒，并生有点状红斑，她本以为是村屋阴暗潮湿，不注重个人卫生所致，直到后来奇痒难耐，试尽所有土方都无济于事，她才想着去找村里的赤脚医生查查病因。

村医贺咏志是个倒插门的外地人，性格怪异，自从进了村，没少受岳父岳母的冷眼。在农村，"破鼓万人捶"是再寻常不过的事，加上他岳父在村中有些势力，所以贺咏志在村里的地位比范堂娟也好不到哪儿去。

弱者间的共情，是一种人性本能。范堂娟对贺咏志也是颇为信任，当贺咏志提出，要脱衣服观察病情时，范堂娟仅仅犹豫片刻，便应了对方的要求。

经过贺咏志反复诊断，病因最终被确定下来，当老贺小声说出"花柳"二字时，他注意到，范堂娟脸上并未流露出惊讶的表情，显然，她早就有了心理准备，或者说，她确实存在某些不检点的行为。

贺咏志的诊屋开在村口，门前的大槐树下，就是村民平时休闲娱乐的地方，三两妇女聚在一起，最喜欢在背地里"东家长，西家短"地议论，关于范堂娟各种不堪入耳的传言，他听得耳朵都要起茧子了。甚至有不少人传，她的一对儿女，全靠村里的四个老光棍才养活得起。

闲来无事，他的岳母最喜欢摇着蒲扇坐在树下，什么话题她都能插上两句，那种毫无顾忌、大到聒耳的笑声，一向让贺咏志厌恶至极。

敌人的敌人，就是朋友。所以贺咏志对范堂娟非但不反感，相反还颇为同情。

他主攻中医，平时会收些蜈蚣、花蛇、蟾蜍、河豚子等毒物做药引，范堂娟的儿子金磊是他的常客，几乎隔段时间，金磊便会按照他的要求，提着烘干后的药引，前来售卖。

贺咏志知道，这个月换来的钱，可能就是他兄妹俩下个月的口粮，所以，只要能多给，贺咏志从不吝啬。甚至为了给金磊增加收入，各种毒物的习性、如何抓取、如何制药，他都倾囊相授，就连金磊碾药的工具，也都是他慷慨相送的。

从金磊这孩子身上，他看到了那种面对困境不屈不挠的精神，他觉得要是没有良好的家教传承，子女不可能会有这种弥足珍贵的品性，爱屋及乌，所以不管别人如何评价，他对范堂娟也都是肃然起敬。

可当范堂娟被确诊为性病后，贺咏志难免有些失落，他没想到，那些长舌妇口中的疯言疯语并不是空穴来风。

要说这种病，要是至大医院就诊，医生肯定会要求配偶也一同检查，方便确定传染源。可范堂娟一介寡妇，到底和她发生关系的是谁？范堂娟不说，他更不好问。但有一点，性格耿直的贺咏志从不会在问诊中掺杂任何情感，不管关系多熟，找他治病，他也不会趋利避害、报喜不报忧。对于范堂娟的病情，他更是直言不讳："只能保守治疗，这病断不了根！"

这对范堂娟来说，无疑是晴天霹雳，原本就捉襟见肘、囊中羞涩的她，哪里还有续命的药钱呢。

儿子的无故离开，本来就让她意志消沉，被查出无法治愈的性病，更是雪上加霜，对范堂娟来说，钱是一个问题，关键是病情发展到后期，一定无法遮掩，到时候如何向儿女启齿，更是个大问题。范堂娟突然觉得，她俨然已成为子女的负担，所以不管贺咏志如何劝说，她最终还是拒绝了第一个疗程的草药。

她这个举动让贺咏志极为反感，都说穷山恶水多刁民，他平时接诊的病人至少有七成，都把他这里当成了菜市场，无论他把价格压到多低，仍会有不少人讨价还价，甚至还有人拿着他开的方子去集市抓散药。

贺咏志是个倒插门，唯一能让他挽回颜面的，就是他祖上传下的中医技法，像范堂娟这种诊了半天病情，一服药都不拿的，不光是看不起他这个人，更是对他手艺的不信任。

正是因此，平时看起来老实巴交的贺咏志，在范堂娟离去时忍不住放了句狠话："既然你不相信我，那以后你还是另寻高人吧。"

…………

范堂娟永远也不会想到，压倒她的最后一根稻草，竟会来得如此迅速。七天后的一个夜晚，金坤三兄弟带着怒火冲进了她的家中。

房门关严后，金坤二话没说，朝着她脸上就是几耳光，就在她刚想放声呼救时，金坤一把捂住她的嘴巴，恶狠狠地道："有种你就喊，到时候我会让全村的人都知道你得了花柳病！"

范堂娟心中一惊，她惊慌失措地瞪着金坤，那惶恐的眼神似乎在询问，他是怎么知道这件事的。

见她被吓住，金坤缓缓将手移开。"喊啊，怎么不喊了？要不要把你的护花使者老奔一道喊过来，听听你干的好事？"

无助、屈辱、怒意的交错让范堂娟浑身发抖，她眼里噙着泪水。"你听谁说的？"

金坤没有理会，一把脱掉裤子，金广水、金建业两兄弟见状，也跟着把内裤褪到了脚跟。

金坤指着裆部的红色疱疹，说道："范寡妇，我们兄弟三个平时省吃俭用，给你养儿养女，对你不薄，你不带这么坑人的，你不管跟哪个男人瞎搞，那是你的自由，但你也不能把这病都染在我们身上！"

"我问你，你到底是听谁说的？"范堂娟始终不依不饶。

"你管我听谁说的！"金坤提起裤子，"这些年你也在我们身上赚了不少钱，现在既然出了这事，于情于理，都要给我们些补偿！"

"就是！"

"没错！"兄弟二人也跟着点头附和！

金坤不给范堂娟反驳的机会。"你放心，你一个寡妇，我们兄弟也不会讹上你，我打听过了，这属于慢性病，需要长期吃药调理，一个月，也就六十块药钱，咱仨加一起一共一百八十块，这钱你得掏！"

听到药价，范堂娟第一个想到的便是村医贺咏志，因为六十块钱，刚好是一疗程草药的价格，于是她问："是不是中医堂的老贺说的？"

金坤显然有些不耐烦。"你自己干的好事还怕别人说出去？少在这儿跟我装蒜，我现在跟你说的是医药费！医药费！你懂不懂？”

“没错，我们要的是医药费！”

“你要是不给，我们就把这件事说出去，让全村人知道！”

三个人的谩骂和催讨，在范堂娟耳边变得越来越远，此时她眼前都是自己哀求贺咏志替她保密的画面。

望着面无表情、无动于衷的范堂娟，金坤临行前放下狠话，如果三天之内不给钱，他就要把这件事公布于众。

看着金坤三个人的背影，范堂娟唇边露出了一个哀婉至极的笑容……

五十一

金磊接到噩耗赶回家时，派出所早已介入调查，受过教育的他，面对母亲的尸体，没有过分的悲伤，相反地，作为家中的长子，他还表现出了异于常人的冷静。警方在经过一系列调查后，如实告知了他调查结论——自杀。

得知母亲患有性病，他就已猜到了母亲为何选择轻生，为了给母亲保留最后一丝尊严，他匆匆料理完后事，只当一切都没有发生过。

治丧的那几天，金磊想让老奔送母亲最后一程，他知道，这位默默守候了他们家半辈子的男人，在母亲心中的分量绝不会低于他的亲生父亲。可让金磊没想到的是，直到发丧，他也没见到老奔一面。

…………

在江边，老奔蹲坐在二蛋落水的地方抽着闷烟，远处庄稼地里的唢呐声，在他耳边若隐若现，他甚至能从断断续续的音节中判断，那是一首下葬时才会吹的《哭五更》。

望着滚滚江水，老奔长叹一声：“二蛋呀二蛋，你这人什么都好，可就是争强好胜这一点我很不喜欢。你做了短命鬼，可害苦了娟子，你实话告诉我，娟子走，是不是跟你有关？你这个人，怎么就这么自私呢？你人都没了，为啥不让我后半辈子再照顾娟子一程？现在遂了你的心，你们两口子能在下面相会了，可你有没有想过俩孩子怎么办？你呀你，我是真不知道该说你啥好……”

要是此时有第二个人在场，一定会认为老奔患了失心疯，可谁又能体会到，就算范堂娟一声不吭地离他而去，他也不舍得对她有一丝责怪，他只能把心中那点不甘和埋怨，转嫁到英年早逝的二蛋身上呢？

斯人已逝，人死不能复生，在范堂娟下葬后的第三天，老奔就有了离开的打算。

一张贴在村口公告栏上的招工启事，吸引了老奔的注意，平时村委会每隔一段时间，便会贴出类似的用人广告。起先这种告示还会在村里掀起波澜，可随着外出人口的逐年增加，工作环境选择的多样性，像这种又脏又累的建筑活计，已很少有人问津。

这次就连村委会都没有抱任何希望，为了简化程序，只是在广告下方写了一句："名额不限，愿报名者，到村部登记即可。"

…………

母亲去世后，家中彻底没了经济来源，金磊原本想靠庄稼收成与毒虫外快供养妹妹上学。可让他没想到的是，村医贺咏志告诉他，自己以后准备改行不再行医，至于今后要做什么还没想好，让他另寻出路。

断了重要的收入来源，急需用钱的金磊，只好考虑外出谋生。

跟他一墙之隔的老奔，早已万念俱灰，想尽早离开这片伤心地。

自从范堂娟身披红衣上吊自杀后，金坤三兄弟整日惴惴不安，一方面他们怕警察会找麻烦，另一方面则是担心范堂娟回来索命。不管基于哪一点，他们也都急于离开。

临到发车前，村支书也没想到，这种不受欢迎的工种，全村居然会有五个人报名。当然，直到一起坐上工地派来的中巴车，几人也没意识到，命运会如此巧合，竟会这样把恩仇爱恨交加的五个人，凑到了一起。

…………

在办完了入职手续后，他们五个人连同三名外乡人，被分进了一个八人间。从开工的那天起，室内的气氛，犹如浮于水面的油滴和水，永远没有真正融合的机会。

金坤三兄弟平时形影不离，闫峰三个外乡人，也是如此。老奔想与金磊搭成一伙，可由于范堂娟下葬时，老奔回避没有出现，金磊心中过不去这个坎，与他也始终保持一定距离。久而久之老奔也能觉出一二，心知强扭的瓜不甜，他也只能就此作罢。

　　这种关系在每天的上工和下工中保持着微妙的平衡。直到有一天，金磊因身体不适外出寻医时，金坤的一番话，将所有人的命运推向了终结。

　　那天夜里下工后，金磊至工地外的小诊所就医，年纪较小、精力旺盛的闫峰躺在床上突然冒出了一句："哎，我就闹不明白，磊子这么有文化的人，怎么会跟你们几个混在一起？"

　　闫峰来自东北，性格豪爽，跟谁相处都是一副自来熟的模样，金坤兄弟平时三句不离生殖器，除了喜欢占便宜外，其实倒也不难相处。偶尔开开大尺度的玩笑，几人也是打个哈哈就过去了。

　　可让闫峰没料到的是，今晚刚一开口，就惹怒了将要睡去的金坤。

　　"小兄弟，饭能乱吃，话可不能乱说！"

　　闫峰不是一个喜欢聊正经事的人，见对方语气有些不对，他赶忙打住："得得得，算我嘴贱，不说了，睡觉！"

　　没想到金坤却不依不饶地说："睡觉干吗，有些话我憋在心里老久了，反正今天磊子不在，屋里头也没外人。"说着，他用手拍了拍下铺的床沿，"老奔，你也别装死了，给我醒醒。"

　　"有话快说，有屁快放！没睡！"

　　"老奔，我承认，单打独斗我不是你的对手，可现在我们兄弟仨都在，你跟我说话，最好客气点！"

　　"我就这样，我看你能拿我怎么样？"

　　"得得得，都是老乡，少说两句。"黑暗中，不知谁操着东北腔劝道。

　　"老奔，不是我说你，你我都是受害者，别搞得跟死对头一样，咱们班组，哪间屋不都是和和气气的，就我们屋，一天天各玩各的……"

　　老奔生硬地打断金坤。"你到底想说什么？"

　　"行，那我就直奔主题，你知道当年金磊他娘，范寡妇为啥要自杀吗？"

　　老奔心中突然咯噔一下，这么长时间以来，他也很想知道其中的隐情，为此，他还主动去问过金磊，可每次对方给的回答不是"不清楚"就是"不知道"。

老奔稍稍平复后问道："为啥？"

"咱们村的人都知道，你对范寡妇是一往情深，为了她打了半辈子光棍，实话告诉你，你这情献错了地方，都说寡妇门前是非多，不光是你，我们兄弟仨也被她给害惨了……"

"快说来听听，怎么个惨法！"对面床上的闫旭光，点了支烟饶有兴趣地等着"听戏"。

金坤扒着床沿探出头来，心有余悸地看着下铺的老奔。"你要没意见，我可就说了！"

老奔没有作声，金坤在他的默许下将前因后果添油加醋地说了出来，当然，为了体现出此事不是他们三兄弟的错，"入室强奸"被他改成了"主动献身"。

听完原委，闫旭光把烟头一扔，调侃道："乖乖，搞了半天，金磊还是你们四兄弟出钱养活的！"

此言一出，看热闹不嫌事大的闫力行又蹦出一句："这他娘的都可以拍电影了，名字我都想好了，就叫四根光棍与一个寡妇的爱情故事。"

"哈哈哈……"不光是闫旭光，就连金广水兄弟俩，也跟着乐了起来。

"对了！"笑得快要岔气的闫力行又问，"老坤，你们也是饥不择食，五十块钱嫖个寡妇，比外面的小姐还贵，难不成磊子他娘的活好？"

"力行哥，你少说两句吧！"老奔刚要发火，平时与金磊关系还算不错的闫峰率先劝道。

"得得得，到此为止，不说了，不说了。我现在也总算知道，你们都是来自一个地方，为啥老整不到一起了……"

"喵……"

冷不丁的一声猫叫，让屋内重新归于安静。

那是工地小卖部老板养的家猫，名叫铃铛，不知为何，总喜欢跟在金磊身后晃荡，这声叫唤，极可能预示着金磊马上要返回寝室。

"都睡吧，都睡吧，明天还要干活呢！"

果不其然，闫旭光话音刚落，金磊就推门而入。

为了掩饰脸上的尴尬，众人仿佛商量好似的，纷纷侧过身去，床板因晃动发出的"吱呀"声此起彼伏，金磊丝毫没有在意这些，实际上，要不是被铃铛发现，他可能还会一直蹲在屋外。

今晚对金磊来说，很不凑巧，但又很凑巧。

说不凑巧因为，诊所断电，早早关门，说凑巧则是因为，他刚走到寝室附近，就隐约听到了金坤说的那句，"你知道当年金磊他娘，范寡妇为啥要自杀吗？"

没有听着前情，金磊悄悄藏在门前，听完了后续。

他没有想到母亲会因为赚钱，去找三个光棍主动献身。他更没有想到，金坤会把这件事公布于众。

他想起了在书上看到的一句话"贫穷可以让人卑微到丧失所有底线"，直到现在，他仍理解母亲的苦衷，但他无法原谅建立在"他人痛苦上的喜乐"。

这么多年的隐忍，让他脑海中蹿出一个念头，他要为母亲守住这个秘密，让知道这件事的所有人，永远闭嘴。

他不能让警察查出他是凶手，这样所有事情还会被公布于众，到那时，他可怜的妹妹，也会一辈子活在阴影之内。

深思熟虑之后，他想到了一套完美的杀人手法。

他的行李中，至今还藏着一包没有卖掉的河豚子，这种剧毒无疑是杀人的最佳选择，若是让警方都捋不出头绪，那只有一种办法，把自己变成被害人。他认为，就算是再精明的警察也不会料到，投毒者会狠毒到对自己下手。

金磊想到了很多种投毒方式，最终，他觉得最稳妥的便是混在茶叶中。因为茶叶的异味就是河豚子腥味最好的掩护。

把妹妹的最后一笔学费寄出后，计划被他提上了日程，看在闫峰曾为他母亲说过话的分上，金磊绞尽脑汁地打算留他一命。

闫峰的性格，金磊很了解，他不喜欢贪小便宜，有时情愿自己吃点亏，也不会跟人争得脸红脖子粗。

金磊估算过他们寝室每天的茶叶用量，稳妥起见，他还在作案前把小卖部的茶叶买断了货。金磊知道，如果罐中的茶叶不够分，那么闫峰宁愿自己没有，也不会让其他人吃亏。

然而"生死由命，富贵在天"，要是闫峰当天起了贪念，那金磊也帮不了他。

赶在闫峰值班那天，一切都按计划进行，当金磊看到闫峰茶缸中是一杯白水时，他悬着的心终于落下。

他主动拍了拍对方的肩膀，有些欣慰，又欲言又止。

"磊子，茶叶不够了，所以就给你和老奔少弄了些，你们不会介意的吧？"

金磊刚要回答，其他人三两成对鱼贯而入。

因刚洗完澡，水分蒸发得厉害，几人二话不说，端起水杯一饮而尽。

在昂头的瞬间，老奔猛然发现，金磊眼中闪过一丝冰冷的笑意，就在他琢磨着到底发生了什么事时，他突然觉得自己已上气不接下气，仿佛有人掐住了他的喉咙一般。

没过多久，他便眼前一黑，重重地摔在了地上……

再次醒来时，他与金磊都脱离了生命危险，被送入普通病房。

…………

"这事是你干的？"深夜，当护士关门离去后，老奔开了口。

"是。"金磊没有隐瞒。

"为什么？"

"那天金坤的话，我在门口都听到了。"

"你不想你娘的事被传出去？"老奔立即明白了金磊的想法。

"对！"金磊点点头。

"你自己的水杯里也有毒？"

"嗯！"

"唉，这样也好……这样也好……"病房里，老奔反反复复地重复这四个字。

"你不恨我吗？"金磊反问。

"不！"老奔苦笑。

"为什么？"

"因为娟子是你娘嘛……"

沉默良久后，金磊把头偏了过去。"喂，老奔。"

"嗯？"他吃力地做着回应。

"你还记不记得小时候你是怎么拿糖果逗我的？你说，只要我喊你一声爹，你就把糖果给我。"

老奔微微一笑，眼角闪着光亮。"这事你还记得？"

"听好了。"金磊对老奔露出比哭还难看的笑容，"爹……"

房间很空，老奔确定自己没有听错，他用尽全身力气侧过身去。

"你刚才喊我什么？"

压抑不住的情感，让金磊哭出声音："爹，对不起……对不起……"

五十二

取完金磊的笔录，730 投毒案终于形成了完整的证据链。案件的彻底告破，也让组长鲍志斌彻底冷静下来。

那幅挂在办公室，他亲笔写下的墨宝——"只要干不死，就往死里干"，现在看起来是那么扎眼。

一边是只有三位民警的 914 专案组，另一边是数十人的精兵强将。出现这种结果，虽说主要原因是杜强父子俩的误导，但作为队伍的带头人，他的主观臆断也让整个队伍走了不少弯路。

忙活了几个月，从药贩子手上找到的河豚毒，与现场样本并不相符。当拿到检验报告时，他的心就凉了半截，回忆起展峰说的"没必要检验"，他明白，展峰当时就是特地给他留颜面。他不敢想象，要是没有展峰在背后抽丝剥茧，检验报告一出，整个 730 专案组的士气，必定会被彻底打垮，这起影响恶劣的投毒案，也会因为他的"任性"将继续被尘封下去。

当然，冷静下来的，不光是鲍志斌，还有誓死要跟展峰一决高下的赢亮。

当看完司徒蓝嫣整理的结案报告后，赢亮第一时间冲到宾馆反锁房门，他双手抓起杜强的衣领，狠狠地将杜强摔倒在地。

也只有这样的暴力，才能略微压一压他心中的怒火，哪怕今天要他脱掉这身警服，也要给那些被耍的组员一个交代。

然而，这一次杜强没有躲闪，他双膝跪地，不停地向嬴亮央求："警官，我求求你，我父亲是一时糊涂，他绝对不是故意糊弄你们的，只要你们放过他，让我干什么我都愿意，我可以抵命！我可以抵命！"

嬴亮怒气未消，大声骂道："谁稀罕你这条命！"

杜强跪在地上拽着嬴亮的裤脚，一记耳光一记耳光地抽向自己，直到嘴角渗出了血丝，嬴亮才生气地挡住了他的手。

杜强佝偻着身子，抽泣道："警官，我知道，自从我染上毒品，我父亲没过过一天好日子，是我对不起他，让他在所有亲朋面前抬不起头，要不是我弄走了他的拆迁款，他也不会对我恨之入骨，欺骗你们来抓我，今天造成的这一切都是因我而起，我愿意承担一切后果，我求求你，放我父亲一马，我在这儿给你们磕头了。"

"咚！"

"给你们磕头了！"

"咚！"

"给你们磕头了！"

"咚！"

响亮的磕头声中，嬴亮神色复杂……

"够了，亮子！"隗国安一脚踹开房门。

透过窗子目睹这一切的杜泽富，蹒跚着跌跌撞撞地走进了门，边走边喊："我的儿啊——"

望着头发花白、衣衫褴褛的父亲，浪子回头的杜强早已泣不成声，他一把将父亲抱入怀中。"爹，对不起，孩儿不孝，孩儿不孝啊……"

…………

眼前的一幕，让所有人为之动容，可法律终归无情，要不是杜泽富做了伪证，这起案件绝不会久侦不破，拖延了十余年之久，所以杜泽富必然要付起自己应负的法律责任。

展峰唯一能做的，就是尽可能多地给他们些时间，让他们互相解开心结。

站在宾馆院中，他抬头看向赢亮，然而刚走出来的赢亮似乎并不想与他对视，几次目光闪躲之后，赢亮干脆走到了一旁，扭头不语。

展峰来到赢亮面前，低声道："亮子，有些话，我一直想找个机会跟你说。"

印象中，展峰好像还是第一次喊他小名，他抬起头，直勾勾地盯住展峰。

"很抱歉！我们之间有些误会，这可能与我的性格有关。"

若不是展峰离他近如咫尺，赢亮根本不敢相信，"抱歉"两个字会从这个冷冰冰的专案组组长的嘴里说出来。

"出于保密原则，某些案子不是我能决定的，之所以暂时不接手，是因为……时机还不够成熟。"

"你的意思是说……"

展峰抬手让他打住。"有人在盯，你放心，我可以保证。"

赢亮深知专案中心的内部纪律，通过这起案子，他对展峰的能力也是彻底服了，既然连展峰都觉得时机还不成熟，那么就算把案件拿出来，侦破的希望也十分渺茫。

沉默良久后，赢亮重重地点了点头："展队，我明白了。"

展峰朝他伸出右手。"我们是一个团队，大家都在等你回来！"

"有我！"

"也有我！"

循声而来的隗国安与司徒蓝嫣也朝赢亮伸出了手掌。

赢亮百感交集地看向众人，由于他个人的原因，差点让专案组蒙羞，他并没有想到，展峰能主动冰释前嫌，他一贯是个直来直去的人，既然话已说开，他也顾不上那些矫情了。

他举起右手，朝众人敬了一礼。"组员赢亮，请求归队！"

下一秒，他的手被拽了下来，跟大家的紧紧握在了一起。

（未完待续）

图书在版编目（CIP）数据

特殊罪案调查组 . 3 / 九滴水著 . -- 长沙：湖南文艺出版社，2023.8
ISBN 978-7-5726-1200-8

Ⅰ . ①特… Ⅱ . ①九… Ⅲ . ①推理小说-中国-当代
Ⅳ . ①I247.5

中国国家版本馆 CIP 数据核字（2023）第 093866 号

上架建议：推理小说

TESHU ZUI' AN DIAOCHAZU.3
特殊罪案调查组 . 3

著　　者：九滴水
出 版 人：陈新文
责任编辑：刘雪琳
监　　制：毛闽峰
策划编辑：张园园
特约编辑：孙　鹤
营销编辑：刘　珣　焦亚楠
封面设计：梁秋晨
版式设计：潘雪琴
图片米源：视觉中国
出　　版：湖南文艺出版社
　　　　　（长沙市雨花区东二环一段 508 号　邮编：410014）
网　　址：www.hnwy.net
印　　刷：三河市中晟雅豪印务有限公司
经　　销：新华书店
开　　本：680 mm × 955 mm　1/16
字　　数：331 千字
印　　张：21
版　　次：2023 年 8 月第 1 版
印　　次：2023 年 8 月第 1 次印刷
书　　号：ISBN 978-7-5726-1200-8
定　　价：49.80 元

若有质量问题，请致电质量监督电话：010-59096394
团购电话：010-59320018